LA FEMME EN FEU

LISA BARR

LA FEMME EN FEU

traduit de l'américain
par Sophie Guyon

ARCHIPOCHE

Ce roman a été publié sous le titre
Woman on Fire
par Harper Paperbacks, New York, 2022.

Notre catalogue est consultable à l'adresse suivante :
www.archipoche.com

Éditions Archipoche
92, avenue de France
75013 Paris

ISBN 979-10-392-0482-8

À David, Noa, Maya, Maya et Izzi,
vous êtes tout pour moi.

Et en mémoire de ma grand-mère adorée,
Rachel, une survivante, une battante,
une maman ourse et une grande cuisinière,
la voix dans ma tête.

« Les bons artistes copient,
les grands artistes volent. »

Pablo Picasso

« On peut regarder un tableau pendant
une semaine et ne jamais y repenser.
On peut aussi en regarder un autre
pendant une seconde et y penser toute sa vie. »

Joan Miró

Prologue

Salon Art Basel, Miami

June capte le regard anthracite de la femme qui la détaille comme si elle était une œuvre d'art. Elle pivote légèrement, le cœur battant la chamade, et s'offre sciemment à son examen. *Doucement*, se rappelle-t-elle. Chaque geste compte.

Elle s'est minutieusement préparée pour cette soirée. Elle a étudié les préférences de Margaux de Laurent, connaît son style et ses goûts sur le bout des doigts. Elle a travaillé son look. Adieu la journaliste studieuse, place à la femme élégante, sexy et aguichante. Ses boucles châtains indisciplinées cascadent en douces ondulations. Elle a troqué ses strictes lunettes en écaille pour des lentilles et porte une robe bandage asymétrique rouge cramoisi signée Hervé Léger, révélant des courbes qu'elle a passé sa vie à camoufler sous des sweat-shirts amples. Un message accompagnait la robe : *Mettez-la*. Le *sinon* était implicite.

On lui avait également envoyé des escarpins, des stilettos Anika Baum aux talons de dix centimètres. Rien de surprenant à cela car, à Art Basel, les chaussures passent avant l'art. Elles dévoilent tout : qui vous êtes, si vous êtes un client sérieux ou non, ce que vous pouvez vous offrir. « Il suffit d'un détail pour tout foutre en l'air, lui avait-on dit des mois plus tôt quand l'enquête n'en était qu'à ses débuts. Margaux de Laurent est considérée comme la galeriste la plus importante au monde. Néglige les détails et tu n'es plus dans la course. »

Margaux lui décoche une moue séductrice de ses lèvres grenat brillantes. Mais June ne s'y trompe pas. Elle n'y voit pas de la concupiscence, mais une tentative de contrôle. Margaux prend deux flûtes de champagne sur un plateau et en lève une vers elle, d'un geste qui suggère qu'il ne faut pas se fier aux apparences, que les enjeux sont élevés. C'est *sa* soirée, après tout, l'événement le plus convoité du salon où il faut voir et être vu, et elle attend de June qu'elle joue le rôle qu'elle lui a attribué.

La soirée de la galerie de Laurent, parrainée conjointement par UBS et LVMH, est un événement ouvert aux seuls détenteurs d'invitations remises en mains propres, qui expose avec faste les artistes émergents et reconnus de la galerie. Elle attire célébrités et top-modèles, trafiquants de drogue et personnalités politiques, influenceurs et mondains, critiques et collectionneurs en vue, qui se croisent dans la cour de la Versace Mansion, et ne partiront probablement pas avant le lever du jour. L'important pour Margaux n'est pas tant de vendre les œuvres de ses artistes que de mettre sa marque en valeur et d'éclipser ses concurrents.

Élégante dans une robe smoking Tom Ford qu'elle porte à même la peau, à mi-chemin entre l'androgyne et la star du porno, Margaux savoure son statut de reine du bal. June en est malade rien qu'à la regarder. Elle frissonne quand elle la voit se frayer un chemin jusqu'à elle. *Reste calme, prends un air assuré. Tu n'auras pas de deuxième chance.* Tout dépend de cet instant. Elle jette un rapide coup d'œil dans la cour, au-delà des noceurs, et aperçoit Adam parmi un groupe de journalistes, en train de parler de ses toiles. Il ne la voit pas encore ; ne sait même pas qu'elle est ici. Ça vaut mieux. Comme il est beau. D'une beauté sauvage, les cheveux en bataille, un blazer branché qu'il déteste sur le dos. June sait qu'il préfère être en jean déchiré et T-shirt à l'effigie d'un groupe de rock.

Elle ferme brièvement les yeux, essaie de ne pas penser au passé. Elle doit rester concentrée et le protéger, les protéger tous, de Margaux. Elle lutte contre la peur qui la saisit. *Cette salope est un danger pour tout le monde.*

Elle serre les poings, sachant qu'il lui faudra beaucoup de cran pour piéger Margaux et faire éclater la vérité. Pas celle qui sera publiée le lendemain dans le journal. *Mais la version cachée de l'histoire.*

Flânant parmi la foule apprêtée, Margaux ne semble pas remarquer les flagorneurs qui cherchent à attirer son attention tandis qu'elle avance vers June avec une précision de panthère. Les invités obséquieux s'écartent, la laissent passer. June retient son souffle quand la veste soyeuse de Margaux effleure sa peau nue. D'aussi près, elle ne peut s'empêcher d'inhaler son parfum entêtant, vanille tahitienne avec des soupçons de rose – N° 1 Imperial Majesty de Clive Christian, l'un des plus onéreux au monde.

— La robe vous va comme un gant, lui chuchote Margaux à l'oreille. Prenez des notes et tenez-vous prête.

Elle prévient toute question ultérieure en collant ses lèvres sur la bouche d'une June prise au dépourvu, qui doit se dominer pour ne pas recracher le goût de champagne et de tabac.

— Et ne faites pas de vagues, la prévient Margaux, qui lui remet la flûte de champagne Ruinart puis la quitte et traverse la cour.

Quand June lève les yeux, elle croise le regard stupéfait d'Adam. Il l'a repérée, a vu le baiser. Il n'en revient pas. *C'est quoi, ce bordel, June ?*

Ce n'est pas ce que tu penses. Elle détourne vite les yeux, tente de se fondre parmi un groupe d'invités. Elle ne peut pas s'occuper de lui maintenant. Elle doit faire ce qu'elle a à faire sans interférence. Son cœur palpite quand elle se retourne et voit Margaux monter sur l'estrade placée au centre de la cour, à côté de la fontaine sculptée surmontée de têtes de Poséidon. Le DJ vedette éteint la musique en plein morceau et tout le monde se fige.

Margaux domine l'espace, son champ de bataille. Elle se pénètre de l'adulation de la foule, toussote et attend que le silence général devienne pesant. C'est ce qui lui plaît. Ce jeu de pouvoir. Tout le monde sait que Margaux de Laurent se nourrit d'attention. June observe ces centaines de visages subjugués et meurt d'envie de hurler : *Bande de dupes, elle se joue de vous !*

La mise en scène est impeccable. La cour et les abords de la piscine, somptueusement décorés, sont garnis de tableaux soigneusement disposés au milieu de sculptures de glace géantes et de centaines de bougies dorées. Les serveurs, véritables Chippendales, sont tous de jeunes hommes au corps musclé luisant en jean noir moulant et débardeur blanc. Même la météo est de la partie. Une chaleur inhabituelle pour une nuit d'hiver, heureusement tempérée par une petite brise. *Trop parfait.* June pousse un énorme soupir. Ça ne peut plus durer.

— Bonsoir et bienvenue. Je suis ravie d'être parmi vous ce soir.

Elle n'a pas besoin de micro. Sa voix profonde résonne, et l'on devine à son accent britannique distingué et racé qu'elle vient d'un milieu aisé.

— Pour la dix-huitième année, la galerie DLG est présente à Art Basel, mais l'événement de ce soir revêt une importance particulière à mes yeux. Parce qu'il va au-delà de la simple exposition. Parce qu'il m'est personnel.

Elle désigne la grande toile voilée pendue derrière elle, vers laquelle convergent tous les regards. Le public est à sa merci.

— Ce tableau avait disparu de notre collection familiale depuis huit décennies. Jusqu'à aujourd'hui…

Margaux laisse planer un silence lourd de sens en balayant la foule du regard, puis se tourne vers son assistante toute de noir vêtue.

— Allez-y.

Le drap disparaît d'un coup, June lève un regard stupéfié vers l'immense toile et se fige. Le sourire glacial et méprisant de Margaux semble lui être directement adressé. Son sang se met à bouillir ; sa colère enfle. *Cette toile ne t'appartient pas !*

Menteuse ! hurle-t-elle à pleins poumons, mais sa voix l'a désertée. *Ce n'est pas possible.*

Pourtant si.

Ce sont tout d'abord un puis quelques applaudissements, puis une ovation tonitruante et assourdissante. June, le visage en feu mais le corps glacé, comprend que Margaux s'est jouée d'*elle*.

Margaux se repaît des vivats. Son regard implacable se pose à nouveau sur June. Elle ne sourit plus pour afficher sa victoire, mais pour lui faire comprendre que la partie est terminée.

June voit Adam qui tente de la rejoindre à travers la foule compacte. Mais on lui donne un coup sec sur l'épaule : une jeune femme au visage anguleux, dans une minirobe en cuir blanc si moulante qu'il faudrait un chausse-pied pour l'enlever. Elle reconnaît en elle l'hôtesse qui accueillait les invités à l'entrée de la villa.

— Suivez-moi, lui ordonne la femme à voix basse.

June se sent fléchir. Ses yeux filent de l'autre côté de la pièce, cherchent Adam, en vain. Où est-il ? Sa tête tourne. *Réfléchis, bon sang, réfléchis.*

Elle a envie de suivre son instinct et de prendre ses jambes à son cou, mais elle sait qu'il vaut mieux obtempérer. Le *sinon* plane au-dessus de sa tête comme un nuage menaçant. June suit la femme hors de la cour, franchit une petite porte dérobée, descend un escalier étroit, puis pénètre dans l'inconnu. Elle n'a pas le temps de comprendre ce qui se passe ou de revenir sur sa décision qu'elle est délestée de sa pochette et propulsée sur la banquette arrière d'une voiture par une main ferme et vigoureuse. On lui place un sac sur la tête avant de lui attacher les mains.

Elle a le souffle coupé et son crâne est comme arraché à son cou quand la voiture accélère. Elle se cramponne de toutes ses forces contre le siège de cuir. Pourquoi n'a-t-elle pas fui ou crié quand c'était encore possible ? Cette foutue peinture vaut-elle sa vie et celle des personnes qu'elle aime ?

1

Chicago, dix-huit mois plus tôt

June s'est habillée pour son entretien : pantalon noir, chemisier blanc, chaussures plates rouges. Qu'importe si son futur nouveau patron ignore qu'elle existe et va bientôt forcer l'entrée de son bureau.

— Tu crois vraiment que c'est une bonne idée ?

Sa mère s'assied près d'elle à la table de la cuisine. Elle est revenue du travail avec des cafés et des beignets.

— Pour tout te dire, si un quidam débarquait sans rendez-vous à mon bureau pour demander du travail, on lui montrerait la porte, ajoute sa mère, qui semble épuisée après une longue journée au tribunal.

— J'ai bien essayé de le joindre par les voies normales, mais ça ne m'a menée nulle part. Ce n'est pas toi qui m'as appris qu'il « fallait parfois avoir des couilles pour être une femme » ?

Sa mère éclate de rire, et son sourire, bien que fatigué, parvient encore à illuminer la cuisine.

— Exact. Mais on parle de Dan Mansfield. Tu ne peux pas débouler comme ça. En plus, j'ai entendu dire que c'était un véritable con.

— Vraiment ? Qui a dit ça ?

— Steve. Mansfield l'a plusieurs fois interviewé dans le cadre de certaines de nos plus grandes affaires. Et…

— Hum, Steve le Con qui traite Dan Mansfield de con. Alors ça, c'est marrant.

— Exactement, s'esclaffe sa mère. Qui se ressemble s'assemble. On pourrait se commander une pizza tout à l'heure, se poser sur le canapé et regarder *The Bachelor*. J'aurais bien besoin de me faire plaisir sans penser à rien. Ça a été une dure journée.

Elle dénoue le nœud de soie de son chemisier ivoire.

— Je suis épuisée.

— Enregistre l'émission. On la regardera à mon retour, promis.

June se lève, enlace sa mère, puis rince sa tasse à café. Sa mère la regarde mais son esprit est visiblement ailleurs. June l'encourage, sans grand succès, à avoir une vie en dehors du tribunal. Elle travaille trop. Mais elles sont seules. Personne avec qui partager la charge financière. Son père a filé bien avant sa naissance. C'était une grossesse imprévue en fac de droit, mais sa mère n'a eu de cesse de lui répéter que c'était *lui l'erreur, pas elle*.

— Ne t'inquiète pas, d'accord ? Au pire, qu'est-ce qui pourrait m'arriver, que Dan Mansfield me dise de partir ? Garde-moi une place sur le canapé pour plus tard. Je t'aime.

*

Alors que June remonte d'un pas décidé l'étroit couloir du *Chicago Chronicle*, elle entend une voix d'homme tonner au loin.

— … et tu crois vraiment que j'en ai quelque chose à foutre de ce que le maire a bouffé au dîner ? File-moi un putain d'article que je puisse publier !

C'est lui. Elle en est sûre. Elle reconnaît la voix de baryton rendue rauque par la cigarette qu'elle a si souvent entendue à la télévision lorsque Dan Mansfield couvrait des événements en direct depuis des pays lointains. Elle n'était pas nerveuse jusque-là, mais voilà qu'elle sent une appréhension soudaine à l'idée de rencontrer son héros personnel dont l'ouvrage sur le reportage d'investigation trône, telle une bible, sur sa table de chevet. Elle jette un nouveau regard à sa montre. Elle est dans les temps.

Elle est surprise par le calme qui règne dans la salle de rédaction, même à 19 heures. Une vraie ville fantôme. Impression renforcée par le plafond beige stuqué qui s'écaille et les murs lambrissés marron qui ne semblent pas avoir été rénovés depuis les années 1970. *Où sont-ils tous passés ?* Même la rédaction de sa fac était en pleine effervescence à cette heure-ci. On ne fait pas du 8 heures-17 heures dans le journalisme. C'est en dehors de ces horaires que ça bouge.

June suit l'écho de la voix et se fige quand elle aperçoit un rai de lumière sous la porte close du bureau d'angle, face à elle. *Ce doit être le sien.* Elle lui a laissé des messages et envoyé son CV deux fois. Mais rien. Zéro. Aucune réponse. Quelle est la pire des choses qui pourrait arriver maintenant ?

Elle lit la petite plaque noire : DANIEL MANSFIELD, DIRECTEUR DE LA RÉDACTION. *Bingo.* Elle pousse une profonde expiration, frappe.

— Qui est-ce ? demande une femme d'une voix bourrue.

— June Roth.

— Vous avez rendez-vous ?

Elle semble agacée.

— Je suis… sa nièce.

June se dandine sur ses pieds. *Laissez-moi entrer, je vous en prie.* La femme ouvre, l'air renfrogné. On pourrait lui donner quarante ans comme soixante : un visage ordinaire sauvé par les quelques jolies taches de son qui lui parsèment l'arête du nez, corpulente dans un pull beige informe retroussé aux coudes.

— Dan n'a pas de nièce. Qui êtes-vous et pourquoi êtes-vous là ?

Par l'étroit interstice entre la porte et le bras du cerbère, June aperçoit Dan dans son bureau, dos à elle, tête penchée, en train de taper à son clavier. Elle attend quelques secondes puis décide de foncer, prenant la femme par surprise.

Dan s'interrompt et lève les yeux avec un petit sourire.

— J'ai tenté de l'arrêter, lui dit la femme en mitraillant June du regard, mains sur ses hanches épaisses.

— Et vous êtes ? demande calmement Dan en croisant les bras.

June retient longtemps sa respiration. *C'est vraiment lui.* Les cheveux grisonnants, épais et ondulés, la chemise bleue froissée avec plein de stylos dans la poche, le cache-œil noir à gauche, comme à la télé.

— Je suis June Roth. Je sors de la Medill School of Journalism. Je veux travailler pour vous, dit-elle d'une traite.

Elle se mordille la lèvre inférieure, un tic nerveux dont elle n'a pas réussi à se défaire depuis le collège. On dirait une gamine ; sa tirade ne ressemble en rien au discours puissant qu'elle s'était répété sur le trajet.

— Quelle entrée impressionnante. Bien, vous avez réussi à contourner la gardienne de prison, dit-il en désignant le seuil, d'où son assistante n'a pas bougé, bras croisés et visage empourpré. Beaucoup ont essayé, aucun n'a survécu. Merci, Louise. C'est bon. Je vais m'en occuper. Tu peux rentrer chez toi.

June pousse un soupir de soulagement et ne perd pas une minute. Elle sort son CV de sa pochette et le pose brutalement sur le bureau de Dan. Celui-ci lorgne le document, le froisse, le jette vers la poubelle comme un ballon de basket, et marque.

— Tout d'abord, je me fous royalement de ce qui est écrit.

Il repousse un tas de dossiers et désigne la chaise devant son bureau. Un bon signe. June s'assied aussitôt.

— Mais je suis curieux, comment avez-vous passé le garde de la sécurité ? Même si ce type ne risque pas de remarquer qui que ce soit. Il est trop occupé à flirter avec les stagiaires.

June sent son cou s'enflammer.

— J'ai flirté avec lui… Je lui ai dit que j'étais votre nièce et que je venais vous faire une surprise. Tout est vrai… sauf que je ne suis pas votre nièce.

Dan éclate de rire, et son visage grognon s'éclaire, révélant la présence d'un homme autrefois plus jeune, peut-être jovial.

— Pas mal.

Son visage se referme aussi sec. Il s'adosse dans son siège et la scrute.

— Je vais vous économiser du temps et de l'énergie. J'ai déjà une assistante. Mais, avant tout, je n'ai pas organisé ce rendez-vous, et je n'ai ni l'envie ni le temps de vous former, vous pas plus que n'importe qui d'ailleurs.

Tout en l'écoutant, June remarque les profondes cicatrices qui marquent ses mains, comme des toiles d'araignée en relief. *Des brûlures.* Et sa main gauche… sans index. Et, bien sûr, le cache sur l'œil. Il doit ces blessures à une explosion dans un laboratoire de méthamphétamine sur lequel son équipe et lui enquêtaient quelques années plus tôt à El Paso. L'opération d'infiltration avait mal tourné. Le cartel avait eu vent de l'enquête et fait sauter le labo, et lui avec. Elle avait lu des articles à ce sujet. Les télés nationales en avaient même abondamment parlé. Dan l'avait payé cher. Il avait survécu à l'explosion, mais pas son collaborateur.

Elle détourne son regard des brûlures et se concentre sur son visage. Il n'attend aucune réponse, il la met à l'épreuve. Elle s'éclaircit la gorge.

— Écoutez, monsieur Mansfield.

— Premier lancer, dit Dan en levant l'index de sa bonne main tel un arbitre. Monsieur Mansfield, c'est mon père, et je ne pouvais pas le blairer. Mais vous êtes là, alors poursuivez.

June regarde la myriade de récompenses alignées sur les trois étagères derrière lui, puis, sur le mur du fond, les photographies de Dan alors jeune reporter dans des zones de guerre. Elle remarque également sur la console derrière son bureau la photographie d'une fillette en justaucorps dans un petit cadre, sa fille probablement.

— Écoutez, Dan – elle insiste sur son nom. Mes camarades se bousculent pour travailler dans différents magazines, journaux et médias en ligne. J'ai obtenu mon diplôme dans un seul but, celui de travailler pour vous et votre équipe d'investigation. Alors me voici.

Il la fixe comme si elle s'était échappée de l'asile. Elle change aussitôt de tactique et se met à déballer son CV.

— J'étais rédactrice en chef du journal de mon lycée, rédactrice en chef du journal de ma fac pendant toutes mes années d'études…

Elle attend une réaction, mais rien, pas même un battement de cils.

— Et pendant la fac… j'ai travaillé tous les étés au journal local, qui m'a engagée pour écrire les articles de première page.

June sait qu'elle s'égare, mais ne peut s'arrêter. Elle vient d'éteindre tout l'intérêt qu'il aurait pu éprouver.

— J'ai aussi fait trois stages pendant la fac et…

Ne vient-il pas de lever les yeux au ciel ? Arrête. Reprends-toi, allez. June se lève.

— Écoutez, je ne suis pas là pour qu'on perde notre temps. Je ferai n'importe quoi pour décrocher un reportage.

— Je ne fais plus partie de l'équipe d'investigation. Je suis directeur de la rédaction aujourd'hui.

Il retourne violemment les papiers sur son bureau. June comprend alors deux choses : cette situation ne lui plaît pas, et il n'est pas totalement transparent. Impossible que Dan Mansfield ait arrêté d'enquêter, ce serait comme si Ducasse annonçait qu'il cessait de cuisiner pour devenir maître d'hôtel.

Sachant qu'elle a foiré, June tire sa dernière carte.

— Vous vous rappelez le Porngate ? crache-t-elle. Il y a six ans ?

Dan fronce les sourcils, serre les mains et se penche. Là, elle a toute son attention.

— Bien sûr, qui pourrait l'avoir oublié ? Mais ce n'était pas mon sujet. C'était celui de notre journal concurrent… une lycéenne a servi d'appât pour démanteler le plus grand réseau de trafic sexuel de jeunes filles, une histoire qui a mis un gouverneur, quatre sénateurs et un tas d'autres désaxés derrière les barreaux.

June expire longuement, s'apprêtant à livrer son plus grand secret. Mais soit elle joue son va-tout, soit elle rentre chez elle, et il est hors de question qu'elle parte.

— Eh bien, vous la regardez, la Source anonyme. C'était *mon* histoire. Au lycée. Je l'ai apportée au journal.

Le menton de Dan se relève aussi sec.

— Et pourquoi ne me l'avez-vous pas apportée, bon sang ?

Elle fixe sans ciller son regard de cyclope.

— J'ai essayé. Vous avez ignoré mes appels. Mais je suis là aujourd'hui. Vous pouvez vous racheter.

Dan ravale un gloussement inattendu.

— Vous avez du cran. Ça me plaît. Alors c'est vous, hein.

— C'est moi.

— Ils ont remporté un Pulitzer.

— Oui… en effet.

Elle détecte le sourire impressionné quasi invisible et poursuit :

— Vous m'avez ignorée une fois. Voulez-vous vraiment commettre la même erreur deux fois, Dan ? Je veux travailler pour vous depuis que je suis adolescente. Je suis votre carrière depuis que vous étiez reporter de guerre.

— Vous portiez encore des couches, affirme-t-il avec raison.

— J'exagère pour bien me faire comprendre, riposte-t-elle. Écoutez, vous vous attaquez aux sujets que personne ne peut publier, et vous les publiez. Je suis prête à travailler gratuitement pendant les trois premiers mois, même si je préfère être payée.

Elle redresse les épaules et attend.

Dan se met alors à rire, à lui rire franchement au nez. Elle sent ses joues s'empourprer mais ne bouge pas d'un cil. Elle attend qu'il ait fini. Il se reprend enfin, penche la tête et l'étudie, avec un intérêt manifeste cette fois. Elle se voit dans son regard : une jeune femme sérieuse qui ne porte pas de maquillage parce qu'elle a des choses plus importantes à l'esprit. Elle devine à ses lèvres pincées et à ses bras croisés qu'elle a eu raison de lui tendre cette embuscade. Elle connaît les gens, déchiffre leurs expressions et leur langage corporel. Elle avait mal commencé sa présentation, mais la conclusion a clairement retenu son attention.

Le téléphone de Dan sonne, brisant l'instant.

— Quoi ? hurle-t-il dans le combiné. Quand ? Combien ? Mon Dieu. Oui, je suis dessus. On va envoyer nos gars.

June se fige. Dan raccroche, passe devant elle comme si elle n'était qu'un meuble, la laissant dans son bureau.

Mais elle le suit dans la salle de rédaction, où seuls quelques rares retardataires travaillent à leur bureau.

— Où sont-ils tous passés ? crie-t-il. Il y a des tirs en ce moment même à Englewood. Quatre morts. Un camé isolé armé d'un AR-15 retient les résidents de son immeuble en otage, et menace d'en tuer d'autres. Il me faut des journalistes. Où sont Barb et Alan, merde ?

Quelqu'un répond, une voix invisible venant d'un box.

— Ils sont rentrés chez eux.

Dan lève les bras au ciel.

— Chez eux ? Tu te fous de moi !

Il pivote brusquement et voit June dans le coin, armée d'un stylo et d'un bloc qu'elle a pris au cas où sur le bureau de son assistante.

— Vous, la Source anonyme. Rendez-vous utile. Venez dans mon bureau, allez ! Je vais vous donner une liste de noms que vous allez appeler pour m'obtenir ce dont j'ai besoin. Vous saurez faire ?

Il n'attend pas de réponse. June lui emboîte le pas, sentant la montée d'adrénaline, l'urgence à sortir un article.

Dan ne perd pas un instant. Il fait les cent pas pendant qu'il est au téléphone en attendant qu'on lui réponde, lui criant dessus comme le cuisinier d'un bouge. Trois télévisions hurlent de concert comme un chœur grec dysfonctionnel, délivrant simultanément la même info de dernière minute de trois manières différentes.

— Obtenez une liste des victimes auprès du service de police, lui lance-t-il. Dites-leur que c'est pour moi. Trouvez qui est blessé et qui est mort. Contactez les familles. Trouvez des gens qui vivent dans ce foutu immeuble. Je veux des réactions. C'est la pire partie du boulot, croyez-moi. Première leçon : le plus important n'est pas la scène, mais les gens. Les lecteurs ne veulent pas de statistiques ; ils veulent des visages. Ils veulent savoir qui est mort, qui s'est retrouvé seul, l'enfant autiste qui vient de perdre sa mère. Trouvez tout ce que vous pouvez. Je vais m'intéresser au tireur et à qui est derrière tout ça.

Dan se met à tousser mais continue à parler.

— Vous saurez faire ça, June ? Et pourquoi ne notez-vous pas ce que je vous dis ?

Il fixe son bloc-notes, qu'elle n'a pas touché.

— J'ai tout noté.

Elle tapote sa tête avec son stylo, comme si une puce y était implantée.

— Vous vous en sortez comment pour la frappe ?

Elle l'a vu taper au clavier en arrivant tout à l'heure. Ses doigts à elle peuvent distancer les siens d'une bonne longueur.

— Plutôt pas mal.

— Je veux entre cinq cent vingt et six cents mots sur mon bureau dans deux heures.

— C'est comme si c'était fait.

Leurs regards se croisent. Nul besoin de poursuivre la conversation. Le job est à elle.

2

Munich, Allemagne

Margaux écarte les rideaux défraîchis en vichy, regarde les éclairages publics crus en contrebas par la fenêtre entrouverte de la cuisine, puis attrape ses jumelles. Le Vieux n'a pas changé de position depuis près d'une heure, bien calé dans le fauteuil de sa chambre comme un cadavre, clignant à peine des yeux.

Ça fait près de trois jours qu'elle le surveille, et elle a l'impression de purger une peine de prison. De son poste d'observation au cinquième étage de l'immeuble, elle a une vue directe dans le minuscule appartement de l'homme, une de ces dizaines d'habitations miteuses dans le bâtiment en stuc blanc quelconque du quartier Schwabing de Munich, autrefois connu pour son charme bohème mais aujourd'hui délabré, comme une belle femme qui s'est laissée aller. Elle n'a eu aucun mal à obtenir ce poste de premier choix auprès de la locataire âgée, autre relique du passé. Elle lui a proposé 20 000 euros et un séjour d'une semaine dans un hôtel de luxe à proximité afin de pouvoir utiliser son appartement sans qu'elle lui pose des questions. Pas mal pour une femme qui s'en sortait tout juste avec cette somme à l'année. Elle aurait dû demander un climatiseur pour ce prix, elle peut à peine respirer dans ce sauna qui empeste la naphtaline et la graisse.

Plus les jours passent, plus le Vieux, *alias* Carl Geisler, est pathétique. Ses TOC sont insupportables à regarder, comme une image qu'elle se repasserait en boucle. *Mais ça en vaudra la peine*, se rassure-t-elle. Elle prend un paquet de Gitanes sur la table blanche en formica ébréchée près d'elle, allume une cigarette et attend dix minutes que l'horloge de parquet dans le coin de la petite salle à manger sonne 20 heures.

Et c'est reparti.

Pile à l'heure, l'horloge sonne. Margaux éteint la cigarette, reprend les jumelles et regarde le Vieux se lever de son fauteuil Chesterfield décati dans l'angle de sa chambre, d'abord le pied droit dans le chausson, puis le pied gauche. Il retire ensuite les deux pieds et renfile les chaussons exactement pareil. Il répète la séquence trois fois, puis se rapproche du lit, passe le bras dessous et en retire une vieille valise en cuir noir défraîchi. Il la dépose délicatement sur le lit à la même place exactement que les autres fois, au centimètre près. Margaux le sait parce qu'il se sert d'une règle pour le mesurer, celle en bois des générations d'antan. Elle ne s'inquiète pas que Geisler la surprenne à l'espionner. Il ne regarde jamais dehors, n'a pas une seule fois jeté un œil par la fenêtre. Apparemment, cette activité ne figure pas à son programme quotidien parfaitement codifié.

Elle retrousse ses manches et ouvre un peu plus la fenêtre pour laisser entrer un peu d'air frais, puis jette un regard rapide à son téléphone. Un tas d'e-mails et de SMS sont arrivés, mais elle s'en occupera plus tard. L'heure du déjeuner vient de se terminer à New York. Elle avait dit à son bureau qu'elle se rendait à Paris pour affaires, ce qu'elle a fait pendant deux jours, en se servant de son avion privé, avant de réserver un autre billet pour Munich. Elle avait pris un avion de ligne et volé incognito à l'aide d'un faux passeport. Quand elle avait reçu ce rapport confidentiel la semaine dernière, elle avait compris qu'elle devait agir vite, seule, et surtout, sans laisser de traces.

Son hacker personnel, un ancien concepteur de jeux de la Silicon Valley accro à l'Adderall – le type ne dort jamais –, avait appris qu'une jeune journaliste du magazine d'information allemand *Spotlight* détenait des informations susceptibles de secouer le monde de l'art comme jamais depuis la fin de la Seconde Guerre mondiale. Margaux serait certainement intéressée par ce qu'il avait tiré de l'ordinateur de la femme. *Intéressée ? C'est une blague ?* Si l'information se révélait exacte, ce petit voyage n'aurait pas de prix et sauverait ses galeries de la faillite.

Elle s'assure à nouveau que les comprimés et l'arme munie d'un silencieux – au cas où – se trouvent bien dans son sac à main. *Si je dois regarder encore une fois le Vieux mesurer précisément quatre centimètres autour de cette valise, il se pourrait bien que je finisse par me tirer une balle dans la tête.*

Tout en observant Geisler et ses bizarreries interminables, Margaux réfléchit à la vie misérable de cet homme, élevé dans un château gothique sur une colline surplombant l'Elbe à Meissen pour finir dans cet appartement grand comme une boîte à chaussures. *Quel gâchis. Elle secoue la tête*, se remémorant sa propre enfance pathétique à Oxford, dans une demeure obscure de cinquante-six chambres, l'endroit le plus désolé au monde, enfant unique élevée par une succession de nurses au visage austère qui la haïssaient plus que ses propres parents ne se haïssaient eux-mêmes. Elle avait épuisé cinq vieilles filles avant d'avoir treize ans. Peu importe que la dernière nounou soit partie du jour au lendemain parce qu'elle prétendait qu'on l'avait empoisonnée. Margaux sourit tendrement au souvenir de la mort-aux-rats versée dans le thé de cette salope taiseuse et du spectacle de sa souffrance. C'était l'une de ses meilleures farces.

Geisler se met à compter jusqu'à dix. Elle le voit articuler les chiffres comme d'habitude. *C'est maintenant que ça devient intéressant...* Il ouvre la valise avec un geste grandiose à la Houdini, puis lentement, tendrement, déballe les dessins comme s'il déshabillait une femme pour la toute première fois. Il prend les œuvres une par une, les tient à la lumière, puis les suit délicatement du bout des doigts et se met à leur parler. Margaux regarde remuer ses lèvres fines et connaît assez d'allemand pour comprendre qu'il chuchote des mots d'amour : *liebling, liebling.* Elle attend qu'il en finisse. Les effleurements, les étincelles de joie dans ses yeux alors qu'il caresse délicatement chaque feuille couverte de croquis au crayon graphite et au fusain. Ce ne sont cependant pas de banals gribouillages, mais des œuvres volées de Renoir, Monet, Cézanne et Gauguin. Margaux écrase sa quatrième cigarette de la soirée, enfile ses gants et passe son gros sac sur son épaule. Trois jours suffisent amplement. *C'est le moment.*

Vingt minutes plus tard, Margaux crochète sans difficulté la serrure légère de la porte du Vieux, de si piètre qualité qu'elle aurait pu le faire avec l'ongle. Elle sait qu'il dort. Il a pris ses deux comprimés, a enfilé sa chemise de nuit, éteint la lumière et, conformément à ses habitudes, il ronflait à 20 h 47. Ce type est programmé comme un train suisse.

Elle traverse sur la pointe des pieds l'entrée à l'odeur de renfermé et se dirige vers la cuisine, rudimentaire et stérile, où seules trônent sur la cuisinière une bouilloire rouillée et une casserole en aluminium bon marché. Elle regarde alentour, voit les vieux placards bas en bois et un unique garde-manger immense. C'est vers là qu'elle se dirige d'abord, l'ouvre et recule sous le choc.

Bon sang.

Sur les étagères artisanales qui emplissent le placard de haut en bas, elle voit une multitude de toiles roulées fourrées et empilées comme des sardines entre des briques de jus et des boîtes de conserve. Elle estime que chaque étagère accueille au moins cent rouleaux de tailles différentes. Son cœur a des palpitations quand elle extirpe délicatement le premier rouleau de l'étagère à hauteur d'yeux et déroule la toile en lambeaux. Une peinture à l'huile aux couleurs vives, des rabbins qui dansent en levant la Torah au-dessus de leur tête, entourés de femmes, d'enfants et de voltigeurs, *Chagall*. Elle en tire un autre. Des baigneuses nues rassemblées comme des fées dans une forêt, *Cézanne*. Le troisième, un petit groupe de danseuses de l'Opéra qui attendent anxieusement le lever de rideau, *Degas*. Des champs de blé parsemés de cyprès, *Van Gogh*.

Rouleau après rouleau, chef-d'œuvre après chef-d'œuvre, Margaux peine à respirer. C'est comme si on lui avait donné les clés du Louvre et dit de se servir. Elle ôte autant de toiles des étagères qu'elle peut en emporter et trouve quelques grands sacs-poubelles sous l'évier de la cuisine, qu'elle remplit à ras bord. Le rapport piraté qu'elle a lu se trompe, il ne parvient même pas à rendre compte du trésor caché dans cet appartement crasseux. Quand elle ouvre les placards bas de la cuisine, elle est surprise de trouver assez de toiles pour remplir un petit camion de déménagement. La réserve de Geisler doit valoir au moins un milliard de dollars, si ce n'est plus. Des vieux maîtres. Des fauves. Des impressionnistes. Des cubistes. Des expressionnistes… *Comment cet homme a-t-il pu s'en tirer comme ça ?* Pas ce bon à rien d'agoraphobe, mais son père, Helmuth Geisler, le marchand d'art en chef d'Hitler, l'ignoble voleur d'art. *La r*age commence à la consumer.

Elle entend la voix de son grand-père tonner dans ses oreilles comme des cymbales : *Concentre-toi, puis classe les informations pertinentes, Margaux. N'en fais pas une affaire personnelle. Il ne s'agit pas de toi, mais d'art, d'histoire.* Redressant les épaules, elle jette un regard affamé aux chefs-d'œuvre. *Il ne s'agit pas de toi, mais d'argent.* C'est d'elle, ça, pas de son grand-père.

Elle identifie mentalement chaque peinture, chaque artiste célèbre, jusqu'à ce que son Rolodex interne soit au bord d'une explosion kaléidoscopique. Rouleau après rouleau, ça ne s'arrête pas : Pissarro, Matisse, Kandinsky, Klee, Beckmann, Munch, Derain, Braque, Nolde, Dix…

Elle parcourt la pièce délabrée du regard. Des murs nus et pourris, un plafond gras, moisi et incolore, pas un seul tableau. *Qui est ce barjo ?* Elle s'approche de la fenêtre la plus proche, pousse les volets brisés, lourds de poussière, et voit passer devant l'immeuble cette même Volkswagen noire aux vitres teintées qu'elle a déjà remarquée trois fois hier. Une coïncidence ? Elle secoue la tête. Ça n'existe pas. Quelqu'un d'autre a dû avoir vent de l'article de *Spotlight*. Il faudra qu'elle pense à vérifier plus tard. Elle se dépêche de gagner la chambre, s'appuie contre la porte et entend les ronflements sonores du Vieux, un râle d'agonie. *Bientôt, très bientôt.*

Elle attend, pense à son grand-père adoré, Charles de Laurent, mort quand elle avait douze ans. Si seulement il pouvait la voir aujourd'hui… marchande d'art devenue cambrioleuse. Elle lui dirait qu'il ne s'agit pas de vol mais de légitime défense. Dépouiller un individu qui a pillé des œuvres n'est pas un crime mais une revanche. Helmuth Geisler et ses complices nazis avaient confisqué bon nombre des tableaux de son grand-père à Paris pendant la guerre. *Mais pas tout.* Son ingénieux grand-père, qui avait toujours un temps d'avance, avait compris ce qui se tramait. Il avait écouté ses collègues et clients de Berlin et

Munich dont on avait confisqué ou détruit les collections. Il était résolu à protéger l'immense collection de Laurent bien avant que les nazis frappent à la porte de sa galerie.

Quand ils avaient envahi sa galerie située rue La Boétie, près d'un an avant l'entrée des nazis dans Paris, et exigé qu'il leur livre son impressionnant trésor, il était prêt. Il avait raconté à Margaux qu'il avait dû remettre à ces criminels trois cents œuvres majeures, mais qu'il avait déjà sauvé plus de deux mille chefs-d'œuvre de la collection familiale. Il les avait d'abord protégés en les envoyant dans le sud de la France, puis les avait clandestinement mis en lieu sûr à Lisbonne, Londres et New York. À l'exception d'une toile, celle que sa jeune femme adorée mais malade, Sylvie, aimait par-dessus tout. Il s'y était accroché trop longtemps à tort, et il était trop tard quand il avait essayé de la sauver de cet être sanguinaire, Helmuth Geisler. Son grand-père ne s'était jamais remis de cette perte.

Soudain, Margaux se moque d'être silencieuse ou prudente. Elle se met à ouvrir et refermer violemment tiroirs et commodes. *Il est là… Ce tableau est forcément là.*

— Qui est là ? Qui est là ? crie le Vieux en allemand depuis la chambre.

Margaux se fige, l'imagine enfiler et retirer trois fois ses chaussons usés jusqu'à la trame. Il entre dans la pièce dans sa chemise de nuit blanche usée, une torche souffreteuse à la main, tel le fantôme de Dickens avec sa peau veinée transparente et cette ridicule couronne de cheveux blancs comme neige qui ceint son crâne tacheté presque chauve. Il voit Margaux et les sacs-poubelles bourrés de toiles, la porte du garde-manger grande ouverte et tous ses rouleaux méticuleusement rangés extirpés des étagères.

— Non. Non. Non !

Ses yeux perçants d'un bleu cobalt s'écarquillent à la manière d'un démon.

— Oui. Oui. Oui !

Margaux ne peut s'en empêcher. Elle n'éprouve aucune empathie pour ce misérable héritier nazi.

— Les enfants de mon père…, se met-il à baragouiner d'une voix tremblante.

— Où est *La Femme en feu* ? demande-t-elle en s'approchant de lui les poings serrés.

Il recule contre le mur, y appuie ses mains, paralysé.

— Non, pitié, supplie-t-il, ses yeux phosphorescents terrorisés. Je ne l'ai pas. Elle n'est pas là… juste les autres que j'ai protégés des voleurs. J'ai des responsabilités.

— Putain de menteur !

Margaux se retient difficilement de le réduire en bouillie.

— Vous êtes un voleur. Je la veux, on se dépêche !

— S'il vous plaît, qui que vous soyez, laissez-moi tranquille. Je ne suis qu'un homme simple qui vit avec des œuvres d'art magnifiques.

— Des œuvres volées par votre père. Confisquées à des musées, des collectionneurs, des galeries, des artistes. Prises à *mon* grand-père. Votre père n'a pas payé pour ses crimes – elle le pointe du doigt – mais vous allez payer.

Le Vieux se ratatine devant elle.

— Mon père était un héros, dit-il d'une voix faible mais les poings serrés. Il a sauvé des peintures que les nazis auraient détruites. Un héros, vous m'entendez ? Un héros, pas un brigand. Nous avons des preuves, des papiers, des contrats signés…

— Ah, les papiers, ironise Margaux en regardant ses minables poings.

Elle pourrait le renverser d'un souffle.

— Des contrats signés. Vous parlez de contrats faits sous la *contrainte*. Toutes vos preuves ont été falsifiées.

— Mensonges, tout n'est que mensonges, renifle-t-il. Ma grand-mère était à moitié juive.

Elle se plie en deux de rire.

— Je sais. La grand-mère. La demi-juive. Je sais tout là-dessus. Helmuth Geisler s'est servi de ce mensonge pour reprendre toutes les œuvres qu'il avait volées, et les Alliés, ces abrutis, l'ont cru.

Elle secoue la tête, dégoûtée.

— Combien y a-t-il de peintures dans cet appartement ?

Geisler reste muet. Il place ses mains devant sa bouche comme un gamin voulant empêcher la vérité de se déverser.

— Vous avez raison, Carl, dit Margaux d'une voix adoucie, aussi onctueuse que du miel, un ton apaisant qu'elle utilise pour manipuler les autres. Vous vous êtes *vraiment* très bien débrouillé pour protéger des méchants toutes les œuvres de votre père. Je vous le redemande, combien gardez-vous de peintures ici ?

Il se redresse. Son regard fou brille de fierté.

— Mille cinq cent vingt-sept, plus vingt-trois dessins.

Elle le voit regarder vers la cuisinière. De fines gouttes de transpiration percent sur le front du Vieux.

— Qu'y a-t-il là-dedans ? demande-t-elle en allant dans cette direction. Elle est là ? Oui ?

— Rien. Partez, je vous en prie. Laissez-nous tranquilles, mes peintures et moi.

Sans quitter Geisler des yeux, Margaux ouvre la cuisinière, jette un œil à l'intérieur et est abasourdie. D'autres toiles. Au moins une centaine. Mais ces œuvres ne sont pas roulées comme les autres. Non, elles sont empilées comme des lasagnes, comme s'il allait les cuire. Elle aperçoit le Matisse en premier. *Cet imbécile cache un Matisse dans sa cuisinière.* Elle a entendu parler de ce Matisse volé. Qui vaut plus de 30 millions de dollars au bas mot. *Très bien. Il est à moi à présent.* Elle le dépose délicatement sur le plan de travail, puis remarque une huile de Max Beckmann, l'expressionniste allemand, et en dessous, plié en deux, un

Picasso… Elle se redresse, jette un regard noir à Geisler qui est resté collé au mur.

— Un Picasso plié en deux ? Vous vouliez en faire un sandwich, espèce de taré ? hurle-t-elle.

— Non, non. Vous ne comprenez pas… dit Geisler en secouant la tête et en gémissant. Je suis innocent. Je les ai protégés.

— Innocent. Vous avez juste suivi les ordres, c'est ça ?

— Oui, exactement.

Sa tête cesse de bouger ; son corps, de trembler.

— C'est tout à fait ça.

— Où est cette foutue toile ?

Margaux sait qu'elle doit se dépêcher. Elle retourne à la fenêtre et regarde dans la rue. Cette Volkswagen continue à tourner. Elle doit se tirer de là, avec ou sans la peinture. Elle surplombe Geisler à présent et sort l'arme de son sac.

— *La Femme en feu.*

— Ne me faites pas de mal, supplie-t-il, les mains sur le cœur. C'est ma sœur qui l'a.

— Votre sœur ? Elle est morte il y a trois ans.

Elle pousse l'arme contre sa tempe.

— Non, Beatrice s'occupe de son jardin. À Salzbourg. La toile est là-bas avec elle, crie-t-il, dérouté. Je vous en prie, mes comprimés. Il me faut mes comprimés.

— Oui, je m'en serais doutée.

Margaux s'oblige à prendre une voix douce. Elle doit mettre un terme à cette farce. Le tableau n'est pas ici.

— Dans la salle de bains ?

— Oui, mais ne touchez pas aux comprimés. Ne les mélangez pas. Ils sont disposés dans l'ordre exact. C'est ainsi et pas autrement.

Cette partie-là sera du gâteau.

— Je ne déplacerai rien, Carl, promis. Je vais vous apporter les comprimés et un verre d'eau, mais uniquement si vous me dites, et je vous le demanderai une dernière fois… où est cette belle peinture ?

— Oui, deux comprimés… le premier et le troisième. Ni le second ni le quatrième. Je vous jure…, gémit-il, je ne l'ai pas. La dernière fois que je l'ai vue c'était dans la maison de Salzbourg. Ma mère…

Sa mère était morte dix ans plus tôt. Le type n'a manifestement plus toute sa tête. Margaux regarde à nouveau sa montre. Elle aurait déjà dû être partie depuis un quart d'heure. Elle ne s'inquiète pas que le Vieux crie ou qu'il ait le temps de s'enfuir, pour aller où ? Sa vie s'était arrêtée en novembre 1972, quand son père était mort dans un accident de voiture et qu'il avait été nommé gardien du trésor entaché. Il n'a pas d'amis, de connaissances, de voisins ou de tiers veillant sur lui. Il ne manquera à personne. Ce sera net et rapide.

Elle se rend dans la salle de bains, prend dans son sac les deux comprimés de cyanure auxquels elle a donné la forme de ses médicaments pour la tension. Il faut qu'elle pense à envoyer dix mille de plus au hacker pour l'extrême précision de ses informations. Elle remplit un verre d'eau au lavabo et revient vers Geisler, penché sur la cuisinière comme en prière. Elle lui tend les comprimés, et il va même jusqu'à la remercier en les prenant.

— Je remettrai toutes les toiles comme vous les aviez mises si vous retournez vous coucher, marchande Margaux.

— Ces comprimés n'ont pas le même goût que d'habitude.

Il se lèche les lèvres.

— Comme les amandes amères du jardin de Salzbourg.

— Oui, comme celles du jardin.

Ignorant ses marmonnements, elle le raccompagne à son lit. Désorienté, il la laisse faire.

Elle attend qu'il fasse sa routine avec ses chaussons et se mette au lit. Elle tire les couvertures sur lui, le borde étroitement.

— *Gute Nacht, Liebling*, lui chuchote Margaux en regagnant la porte au moment où il commence à s'étouffer.

Elle ne ressent rien. Elle lui jette un dernier regard avant de refermer la porte, court dans le couloir vers les sacs de toiles, puis se fige. Son grand-père lui avait dit un jour que la peinture était plus grande que lui. Elle n'aurait pas pu tenir dans ce garde-manger ou la cuisinière. Elle regarde derrière elle. Il n'y a qu'un seul endroit suffisamment grand pour ce tableau. Le cœur lui martelant la poitrine, elle se précipite à nouveau dans la chambre, éjecte Geisler du lit en ignorant le bruit sourd contre le sol, et soulève le matelas. Et voilà. L'orange brûlé apparaît à travers les lattes du sommier, comme emprisonné. Une femme enfermée derrière des barreaux.

— Te voilà, dit Margaux dans un souffle.

La Femme en feu. Non pas en train de jardiner à Salzbourg mais retenue captive par ce fou. *La préférée de mon grand-père. Si seulement il pouvait me voir*. Margaux ne peut empêcher ses yeux, qui n'ont jamais versé la moindre larme, de s'embuer quand elle sort délicatement la toile de sous le lit.

Debout près du mort à ses pieds, elle sort prestement son téléphone coincé sous son jean et envoie un SMS en majuscules au hacker :

BESOIN URGENT BACK-UP

Margaux roule le chef-d'œuvre et le met à l'abri sous son bras, referme la porte de la chambre derrière elle, attrape dans la cuisine les sacs-poubelles bourrés de toiles et le sac contenant l'arme, puis se glisse silencieusement et triomphalement par la porte.

3

Manhattan

— Monsieur Baum, votre rendez-vous de 10 heures est arrivé. C'est cette journaliste de *Vogue*.

Assis à son bureau, Ellis lève les yeux. Son assistante attend patiemment sa réponse depuis le seuil. Il lui sourit tendrement et se félicite mentalement. Alexandra est une de ses meilleures recrues. Intelligente, organisée, patiente, sachant ne pas le déranger pour des broutilles.

— Apportez-lui un café et faites-la attendre dans la salle de conférences.

Il baisse les yeux vers le journal étalé devant lui.

— J'ai encore besoin de quelques minutes. Un imprévu.

— Bien sûr. Aucun problème.

Alexandra s'attarde un instant comme si elle avait quelque chose à ajouter, mais change d'avis et s'éloigne. Ellis écoute le clic-clac familier des talons aiguilles dans le couloir. Un des nombreux avantages à travailler pour Anika Baum, Inc. est qu'Ellis veille à remettre en personne une paire de chaussures sur mesure à chaque employée fêtant ses cinq années dans la boîte. Sa société est composée à plus de 90 % de femmes, et il persiste. Sexisme inversé ? Il s'en moque comme d'une guigne. « Je mets les femmes à l'honneur, dit-il à tous les journalistes qui posent invariablement la question. J'ai une garderie, une manucure et une masseuse dans mon immeuble. C'est un travail stressant, avec des journées à rallonge, et j'exige l'excellence. Elles le méritent. Jetez-moi la pierre si vous y tenez.»

Ellis aime accompagner la remise des chaussures de tout un cérémonial. Il demande à son chef de préparer un repas spécial pour lui et l'employée, qu'elle soit secrétaire ou vice-présidente, puis il offre à celle-ci une paire d'Anika Baum personnalisée. Il ne demande qu'une chose en retour : une fidélité absolue. Chaque salariée d'AB est soigneusement choisie et passe par une période de formation rigoureuse avant d'être recrutée. Dès qu'il a vu Alexandra, il a su qu'elle gérerait ses affaires privées : une femme racée, qui garde la tête froide sous la pression, refuse les commérages, une bête de somme dotée de solides valeurs du Midwest qui fait toujours passer les besoins de son patron en premier.

En vérité, Ellis aime voir ses chaussures portées par celles qui ne pourraient jamais se les offrir. La plus simple paire d'AB coûte plus de 3000 dollars, et le haut de gamme avoisine les 14000 dollars. On dit que posséder une paire d'Anika Baum revient à avoir des Picasso aux pieds.

Ellis pivote sur son confortable fauteuil en cuir et admire la vue panoramique qui s'offre à lui depuis son spacieux siège dans le sud de Manhattan, un monument historique surplombant Central Park. Le soleil brille de mille feux et le ciel immobile est d'un bleu turquoise parfait, une toile de fond idéale pour la ligne des gratte-ciel qui s'insère sans interruption dans ses murs entièrement vitrés. C'était sa principale exigence adressée à l'architecte. *Je suis claustrophobe. J'ai besoin de respirer.*

Ellis se détourne de la fenêtre et fixe son précieux mur de chaussures, un vaste espace présentant les plus belles pièces de sa ligne de luxe dans des cases individuelles éclairées. Chaque chaussure porte un nom et revêt une signification personnelle pour lui. *Elle les aurait adorées.*

Revenant au journal sur son bureau, Ellis relit l'article en une pour la sixième fois en une heure : un vieil homme trouvé mort dans son appartement de Munich. Cyanure. Un homme qui s'avère être le fils reclus d'Helmuth Geisler, le voleur d'art du IIIe Reich.

Ellis ne pleure pas, il n'a plus de larmes, pourtant une humidité inhabituelle lui emplit les yeux. Il revoit l'unique visage qu'il a toutes ces années cherché à oublier mais qui le hante jusque dans son sommeil, Helmuth Geisler. Cet homme était un meurtrier en sus d'être un voleur. Il était là, dans l'entrée de leur appartement, le 16 novembre 1941, et avait ordonné la mort de sa mère. Et le jeune Ellis, qui n'avait pas encore huit ans, avait été obligé de regarder.

« Vous savez ce qui se passe, jeune homme, quand une Aryenne tombe amoureuse d'un Juif ? Quand Miss Allemagne 1927 choisit un youpin au lieu d'un des siens ? avait demandé Geisler à Ellis, la bouche obstruée par un torchon, les larmes silencieuses coulant sur son petit visage. Elle tombe. »

Ellis ne se débarrassera jamais du souvenir de cet homme, de ce visage, ces petites lunettes rondes masquant des yeux globuleux et des traits ordinaires, le corps raide et compact, les fins cheveux noirs gominés séparés par une raie au milieu. Il serre les paupières, comme si cela pouvait conjurer l'image suivante. Cette arrogance sur le visage de Geisler, un rictus sournois fendant ses lèvres fuyantes, quand sa mère s'était enfin effondrée sur ses talons hauts, ces chaussures mêmes qu'Ellis avait secrètement portées dans sa chambre plus tôt ce jour-là.

Sa mère n'était qu'une mise en bouche. Geisler en avait surtout après le tableau.

Ellis se rappelle un autre jour quelques années plus tôt quand ce célèbre peintre était venu chez eux. Ernst Engel. Il avait pris le thé avec sa mère et lui avait décrit l'idée qui lui enflammait l'esprit. Une femme, une tempête, consumée par la passion, le feu, la souffrance, la sensualité, à la fois Méduse, Aphrodite et mère Nature. Une femme qui n'était pas juste une femme, mais une force, un cyclone de couleurs. Engel s'était imaginé cette femme sous les traits d'Anika. *Accepterait-elle ? Accepterait-elle de retirer ses vêtements pour qu'il la peigne* ? Ce devrait être leur secret, avait-elle chuchoté. Son mari ne devait rien savoir. Engel ne pouvait venir que quand Arno était absent. L'affaire avait été entendue, une conspiration du silence à deux. *À trois*, si on comptait le jeune Ellis appuyé contre la porte, les oreilles grandes ouvertes…

— Monsieur Baum. Je suis désolée de vous interrompre à nouveau. Cela fait près de vingt-cinq minutes…

— Annulez l'interview, dit fermement Ellis sans vraiment lever les yeux.

Alexandra hésite.

— Vous croyez que c'est une bonne idée ? demande-t-elle doucement. Vous êtes le sujet de leur grand portrait. Vous ne pouvez pas…

— Alexandra, l'interrompt Ellis en levant une main. Je le peux et je vais le faire. Présentez-lui mes excuses. Mettez cela sur le compte de ma santé. Prenez un autre rendez-vous. Faites ce que vous avez à faire. J'ai besoin d'être seul.

Ses yeux la piquent tandis qu'elle redresse les épaules et bat lentement en retraite dans les Anika de la collection 2016 qu'Ellis affectionne particulièrement. Simples, noires, sa célèbre bride enveloppante en cuir qui remonte sur le mollet, des talons hauts aux lignes épurées incrustés de minuscules diamants, si discrets qu'ils sont à peine visibles.

Le cœur battant la chamade, Ellis déverrouille le tiroir du milieu de son bureau, écarte les papiers importants et l'unique document qu'il aimerait pouvoir ignorer – la sentence de mort que lui a envoyée l'oncologue –, et s'empare du portable prépayé secret caché au fond. Il le conserve à portée de main pour les affaires privées. Il inspire un grand coup et compose le numéro.

— Oui, bonjour… Je sais que c'est une surprise. Cela fait longtemps. Je vais bien, merci, ment Ellis.

Pas bien, non. Personne ne connaît la vérité sur son enfance, sur l'origine d'Anika Baum. Personne ne sait qu'il est arrivé dans ce pays à treize ans comme réfugié, orphelin affamé et moribond qui avait survécu à la guerre en vivant dans les égouts et les sous-sols. Pas même sa femme, leurs trois enfants ou ses cinq petits-enfants ne connaissent la vérité. Pas plus qu'Henri, l'amant qu'il cache depuis vingt ans. Après avoir vécu plus de soixante-dix ans en Amérique, la vérité devient floue, même pour Ellis, un mélange de couleurs, de points éparpillés, comme un tableau de Seurat. Il ne lui reste rien de son enfance pour prouver ce qui fut. Helmuth Geisler a veillé à faire disparaître toute trace de son passé.

Hormis une chose.

Ellis s'éclaircit la voix, lutte pour ne pas craquer.

— Tu te souviens de ce service que tu m'avais promis ? C'est le moment, Dan. J'ai besoin de toi.

4

Chicago

C'est avec une certaine nervosité que June traverse l'étage de la rédaction pour rejoindre le bureau de Dan Mansfield. Elle passe devant au moins cinq rangées de box où s'affairent journalistes et secrétaires de rédaction. Personne ne lève les yeux. Ni bonjour, ni « Bienvenue au *Chronicle* », ni beignets. En fait, personne ne lui adresse le moindre mot, le moindre signe. Elle voit pourtant bien que tous l'observent du coin de l'œil. Elle sait, sans qu'on ait besoin de le lui dire, que c'est parce qu'elle est la protégée de Dan Mansfield, celle qu'*il a* personnellement choisie. Elle n'a pas gravi les échelons, fait ses preuves en tant que journaliste débutante chargée du sale boulot. Elle dépendra directement de Dan, sautant par-dessus des douzaines de têtes pour parvenir à cette position enviée. Elle pousse un profond soupir inquiet. La jalousie est une plaie. *Je vais le payer.*

C'est l'article sur la prise d'otages d'Englewood, le jour où elle a déboulé dans le bureau de Dan, qui l'a placée au centre des écrans radars. Elle avait travaillé toute la nuit, et fourni à Dan ce dont il avait eu besoin. De sa propre initiative, elle s'était rendue à Englewood, considéré comme l'un des quartiers les plus dangereux de Chicago, et avait interviewé plusieurs des résidents qui vivaient dans le même immeuble que celui où le tireur retenait leurs voisins en otage. Elle avait tiré le gros lot en trouvant et en interviewant la mère du tireur, qui travaillait à la bibliothèque publique de Chicago. C'était un article chargé d'émotion qui lui avait valu un encart en première page en complément de l'article principal et lui avait permis de décrocher le boulot de manière pérenne. Dan y avait personnellement veillé. Elle déglutit. *Mais ce n'est pas ça qui me vaudra des amis.*

La tête haute, ignorant le brouhaha des chuchotements dans son dos, June tape à la porte de Dan. Louise répond et lui jette un regard critique.

— Tiens, la nièce est arrivée. Il vous attend. Je vois que vous vous êtes coiffée cette fois, dit-elle avec un sourire qui met en valeur les taches de rousseur de son nez. Dan termine une réunion. Attendez ici, prenez un café.

Elle désigne la cafetière à moitié remplie dans le coin du bureau.

June s'assied, boit son troisième café alors qu'il n'est pas 9 heures et parcourt le journal du matin posé sur la table basse en plexiglas. Elle entend une discussion âpre entre Dan et un autre homme dans son bureau et se demande de quoi il retourne. Enfin, Dan passe la tête par la porte et la salue. Il n'a pas l'air content, tout comme l'éditeur du journal qui sort en trombe et passe devant elle.

— Entrez, lui dit Dan.

June adresse un petit signe de tête à Louise et pénètre dans le bureau.

— Bonjour, monsieur Mansfi… Bonjour, Dan, se reprend-elle en s'asseyant dans le fauteuil face à lui.

Dan regarde la porte en chaussant ses lunettes de lecture, manifestement toujours agacé par son entretien avec l'éditeur.

— Que pensez-vous du télétravail ?

— Le télétravail ?

June n'est même pas là depuis cinq minutes.

— Si c'est nécessaire, je n'y vois pas d'inconvénient.

Il ôte ses lunettes et presse ses doigts les uns contre les autres, paumes écartées.

— Parfait, parce que *c'est* nécessaire. Je sais que c'est votre premier jour, mais ne vous attendez pas à une visite guidée. Je n'ai pas de temps pour ça.

Il désigne la salle de rédaction de l'autre côté du mur.

— Et je suis sûr qu'aucun comité d'accueil ne vous attendait. J'ai déjà eu droit à toutes les plaintes.

June s'empourpre.

— Ne vous laissez pas démonter. Ce n'est pas un concours de popularité : c'est la première chose que j'ai apprise sur le terrain. Faites votre travail, mais faites gaffe aux faux culs. Je peux engager qui je veux, merde ! Ça fait plus de vingt ans que je suis ici, ils ne vont pas me virer. Ils doivent chacun de leurs Pulitzer à mon équipe d'investigation. L'équipe qu'*ils* ont dissoute…, ajoute-t-il, consterné.

Son regard devient vitreux et June ne sait comment réagir. Ce doit être à cause de cette explosion à El Paso et de la mort de son collègue. Mais comment ont-ils pu lui faire ça ? Dan est l'un des meilleurs journalistes d'investigation du pays.

— Enfin, ne vous occupez pas de ces abrutis, reprend-il. Ils sont juste jaloux parce qu'ils n'ont pas pensé à interviewer la mère du tireur pour décrocher un scoop. Bon, j'ai un truc bien plus intéressant à vous confier.

Il écrit quelque chose sur un bloc et le lui tend.

— Retrouvez-moi à cette adresse dans une heure. Prenez un taxi. Gardez le reçu. Le truc, June, chuchote-t-il comme s'il complotait quelque chose, c'est qu'en fait, vous n'allez pas travailler pour le journal… officiellement du moins.

— Non ?

— Non.

5

Evanston, Illinois

Assise dos au mur dans le petit café de Sherman Avenue, June a une vue d'ensemble sur tout ce qui l'entoure : l'intérieur chaleureux, le tableau géant avec la carte en couleurs, les grandes vitres, le comptoir et le serveur. En voyant la clientèle d'étudiants et d'universitaires qui occupent les tables en bois, elle se demande pourquoi Dan a insisté pour qu'ils se retrouvent dans un café loin du centre, et *non* à proximité de son bureau. Elle a déjà presque fini son cappuccino végétal quand elle le voit traverser la rue en courant.

Il entre en serrant son attaché-case contre lui. Il porte des Ray-Ban rétro et un blouson noir Members Only, une relique des années 1980. Il la salue de loin, commande un café et s'assied en face d'elle. Il pose l'attaché-case sur la table, puis ajoute au café trois sachets de sucre qu'il déchire d'un coup.

— Sachez que je ne suis jamais en avance.

— Sachez qu'*à l'heure* signifie en retard pour moi, rétorque June en souriant.

Elle regarde Dan avaler sa tasse bourrée de sucre. Il a les traits tirés et son bon œil à la paupière tombante est injecté de sang.

— Tout va bien ?

— Ouais, ça va.

Il ouvre son attaché-case sans perdre de temps et lui tend un gros dossier.

— C'est pour vous. Lisez-le ce soir. Et June… c'est strictement confidentiel. Rangez-le dans un endroit sûr.

Il lorgne son sac à dos élimé pendu à sa chaise et hausse un sourcil. June croit entendre l'écho de la voix de sa mère : *Tu n'es plus une étudiante. Débarrasse-toi de ce vieux sac que tu traînes depuis le lycée et achète-t'en un vrai pour montrer que tu es sérieuse.* Elle a soudain honte.

— Je vais m'acheter un nouveau sac.

Dan fait un geste du poignet.

— J'en ai rien à cirer de votre sac. Veillez juste à cacher ce dossier. N'en parlez qu'avec moi. On ne joue pas les cow-boys cette fois, compris ? ajoute-t-il en se penchant vers elle.

June fait la moue, sachant qu'il fait référence à Englewood. Personne ne lui a dit de jouer sa propre partition. Mais elle a eu le scoop, c'est tout ce qui compte.

Elle s'agite sur sa chaise.

— C'est bon, j'ai compris… mais honnêtement, j'ai du mal à comprendre la raison de notre présence ici. Vous avez dit plus tôt que je ne travaillais pas *officiellement* pour le journal, pourriez-vous être plus précis ? C'est vous qui me rémunérez ? Désolée d'être abrupte, mais j'apprécierais des réponses simples.

Dan vide son café.

— Oui et non.

— Voilà qui est clair.

Ils rient.

— Écoutez, comme je vous l'ai dit au bureau, l'affaire va être intéressante mais compliquée…

Il croise les bras devant son torse.

— Vous me faites l'impression d'être du genre à adorer ça. Tout un tas de variables. Pour être parfaitement franc, c'est aussi personnel. Je ne peux pas vous donner tous les détails pour le moment, pour diverses raisons, mais vous trouverez dans ce dossier une documentation exhaustive qui vous aidera à comprendre l'ampleur de l'affaire.

Il pose ses coudes sur la table, se penche.

— Que savez-vous sur les œuvres d'art volées ? Volées par les nazis.

June plisse légèrement les yeux.

— Du genre *Monuments Men* ? demande-t-elle, faisant référence au film de George Clooney qui relatait l'histoire vraie d'un groupe spécial créé pendant la Seconde Guerre mondiale pour sauver de la destruction des chefs-d'œuvre dérobés par le IIIe Reich.

— Ouais, exactement ce genre d'œuvres.

— J'ai quelques notions. Je me suis rendue il y a quelques années à l'Art Institute qui consacrait une exposition au IIIe Reich et à l'art. Ma mère a jugé bon que je la voie juste avant ma bat-mitsvah. Enfin, mes souvenirs sont vagues, mais je me rappelle qu'il y avait des douzaines de tableaux exposés qui avaient été confisqués par les nazis, des œuvres qu'ils qualifiaient de « dégénérées », jugées immorales et interdites par le Reich. Je me rappelle aussi avoir été surprise d'apprendre qu'Hitler et plusieurs membres de son premier cercle avaient été des artistes dans leur jeunesse. Cela m'a profondément perturbée.

Dan l'encourage du regard à poursuivre.

— Je sais aussi grâce à de récents reportages que des survivants de la Shoah et leurs héritiers tentent de récupérer les œuvres d'art qui leur ont été volées. Bon nombre essaient depuis des années. Pas mal d'obstacles juridiques. Comment je me débrouille ? finit-elle en inclinant la tête.

— Mieux que prévu, je l'avoue. Vous avez une base. C'est bien. La situation est la suivante. Un homme m'a contacté pour retrouver un tableau d'une très grande valeur, qui compte énormément pour lui. On pourrait l'appeler la *Mona Lisa* de l'art moderne, il vaut des millions. Ce n'est pas l'argent qui l'intéresse ; c'est personnel. Mais pour être franc, toute œuvre volée manquant encore à l'appel reste un problème foutrement personnel. Après avoir creusé un peu la question, il est clair que l'affaire va beaucoup plus loin.

Dan termine son café et fait signe au serveur de le resservir.

— Un meurtre assorti d'un important vol d'œuvres d'art a eu lieu récemment en Allemagne. Selon les rumeurs, la collection du mort contenait plus de mille toiles de maîtres disparues depuis des générations. Et à ce que j'ai compris, le tableau en question pourrait figurer parmi les œuvres volées.

— Donc… les œuvres volées ont été volées au voleur ?

Le cœur de June s'emballe, un picotement familier se répand dans son corps. Elle aime les commencements, l'attente fébrile et les possibilités infinies d'une affaire non résolue.

— Des pistes ?

Il serre les lèvres.

— Minces. Pas grand-chose, mais un début. Cette affaire est plutôt, je vous l'ai dit…

Son regard se perd ailleurs.

June attend. Elle a appris un truc important, à savoir que le silence est une arme redoutable. Confrontés au silence, les gens tendent à parler, à tout déballer pour combler un vide désagréable. C'est par l'attente et l'écoute qu'elle a recueilli naturellement les renseignements qu'elle désirait et obtenu certaines de ses meilleures déclarations et informations.

— Il est célèbre dans l'industrie de la mode et… (La voix de Dan s'étrangle.) Ah, le coup du « silence est d'or ». Le b.a.-ba du journalisme. Bien joué. Voici de quoi il retourne, June. Ce sera une sorte de Porngate *bis*, une enquête à première vue limitée mais avec de vastes ramifications, des enjeux importants. Vous saurez faire face ?

Faire face ? Elle déglutit. Dan n'a aucune idée de ce qu'elle a dû supporter dans le Porngate, l'Original. Un tas de questions lui viennent à l'esprit.

— J'ai juste besoin de savoir exactement à quoi je vais faire face.

— Lisez ce foutu dossier et nous en reparlerons ce soir.

— Et le patron, il pense que je fais quoi exactement pour vous ?

— Ce que font toujours les bleus, répond Dan avec une grimace. Que vous organisez mes dossiers, trouvez des sources, des citations, vérifiez les faits, que vous vous tapez les corvées, aidez Louise.

June inspire l'arôme du café chaud, puis soupire. Louise doit déjà la détester parce qu'elle empiète sur son terrain.

— Et Louise, qu'est-ce qu'elle pense de tout ça ?

— Bonne question.

Dan éclate de rire, comme s'il savourait une blague que lui seul pouvait comprendre.

— Louise est à mes côtés depuis le début. Quoi que je fasse, elle est au courant. C'est *elle* qui m'a dit de vous engager. Elle a été impressionnée quand vous avez foncé dans le bureau à la manière d'un demi de mêlée. Au journal, tout le monde la craint. Elle m'a dit, et je cite : « Cette fille a du cran. Elle est des nôtres. »

Dan écarte grand les bras.

— Bienvenue dans l'équipe d'investigation. Dissoute, sous le manteau, mais toujours parfaitement opérationnelle. Puis-je vous faire confiance, June ?

Il n'attend pas de réponse. Elle a franchi la case Louise, empoché 200 dollars, et est prête à foncer, ça lui suffit.

6

Chicago

Plus tard ce soir-là, June est assise sur son lit, entourée d'un monceau de papiers. Elle a à peine de la place pour ses jambes. Elle regarde l'horloge sur sa table de chevet. Bientôt minuit, et il lui semble qu'elle vient tout juste de commencer. Tant de choses à comprendre. Elle a organisé tous les documents de Dan, les a numérotés, divisés en sections par dates et pays. Le dossier qu'il lui a remis est une leçon d'histoire, le programme d'un semestre à digérer d'un coup.

Après une nouvelle gorgée de café pour rester éveillée, elle regarde la grosse pile marquée 1939 près du coin du lit. Même si elle a vu cette exposition d'œuvres d'art dégénéré à treize ans avec sa mère, ce n'est que maintenant qu'elle comprend pleinement la véritable ampleur de l'implacable mission de destruction des avant-gardistes, des peintres notamment, par les nazis. Hitler et ses sbires s'en étaient pris aux expressionnistes allemands avec une violence inégalée.

Alors que June passe d'une page à l'autre et étudie la pléthore de photographies en noir et blanc, elle apprend qu'entre 1933 et 1945 les nazis avaient saisi plus de 600 000 œuvres d'art dans des collections privées, des musées, des galeries et des écoles, et chez les artistes eux-mêmes. Des centaines de milliers de tableaux et de sculptures avaient été détruits. Et pourtant, tandis que le Reich menait une guerre de destruction dans toute l'Europe, il avait également « sauvé » les œuvres les plus précieuses pour se les réserver, vendant aux enchères des quantités astronomiques d'art prétendument interdit, avec l'aide de la Suisse notamment, pour financer la machine de guerre nazie et s'emplir les poches. *La Femme en feu* faisait-elle partie de ces tableaux « chanceux » ayant survécu à l'épuration culturelle d'Hitler ?

Le téléphone sonne, l'interrompant dans ses pensées. June y jette un œil : numéro inconnu. *Dan.*

— Salut, Dan.

— Et ?

— C'est perturbant. Phénoménal, à dire vrai. J'avance péniblement dans cette montagne de documents. Qu'est-ce qu'on cherche à faire là, ajoute-t-elle après une hésitation, hormis prendre une leçon intensive d'histoire de l'art ?

S'ensuit un silence pesant où elle l'entend allumer une cigarette.

— Personne ne vous connaît, June.

— Merci… enfin, je crois ?

— J'entends par là que je suis reconnaissable. Tout le monde sait que si je travaille sur un sujet, il vaut mieux surveiller ses paroles. Mais vous… Je peux vous infiltrer et tirer les ficelles depuis les coulisses.

June entend le souffle de Dan sur fond de coups de klaxon. Il doit fumer dehors.

— J'ai des idées. J'attends juste l'accord.

L'accord. Qui dirige ici ? se demande-t-elle.

— De qui ?

— Poursuivez votre lecture. Je vous vois demain matin.

Il raccroche. Elle s'appuie contre sa tête de lit. Elle ne voit pas comment elle pourrait dormir maintenant. Elle est en passe de redevenir la Source anonyme. Elle plaque ses jambes contre sa poitrine et les serre tout contre elle. Personne, pas même sa mère ou ses amis intimes, ne connaît la vérité sur ce qui s'est produit après que cette histoire avait été révélée, la dure leçon qui avait accompagné ce reportage récompensé par un Pulitzer.

Rick Janus, l'auteur principal de l'article dénonçant le Porngate, avait appelé June le lendemain de l'annonce du prix pour lui demander de se joindre à son équipe et aux autres membres du journal qui célébraient l'événement ce soir-là à l'hôtel Hyatt. Elle avait supplié sa mère de l'autoriser à y aller. Pas longtemps, avait-elle promis. Sa mère était si protectrice que c'en était ridicule. Mais June avait dix-sept ans, une bonne décennie de moins que tous ceux de l'équipe d'investigation, voire du journal. Elle avait promis de rentrer avant l'heure du couvre-feu. Et non, elle ne boirait pas, même s'ils le faisaient tous.

Elle avait menti.

Elle avait aussi menti sur sa tenue. Elle avait quitté la maison dans la robe fourreau bleu marine qu'elle avait portée pour la soirée d'anniversaire de ses seize ans. Mais elle s'était rapidement changée dans les toilettes de l'hôtel, enfilant une robe en tricot moulante aux épaules découvertes achetée en douce, le genre de robe que sa mère méprisait. Mais elle avait enfin l'occasion de faire la fête avec l'équipe et elle se voulait élégante. À vrai dire, elle voulait se faire belle pour Rick. Ils avaient travaillé en étroite collaboration sur l'enquête six mois durant, et elle avait craqué pour lui malgré elle. Comment le lui reprocher ? C'était le reporter d'investigation principal du journal, il était brillant, bel homme et lui avait maintes fois répété que le reportage n'aurait jamais vu le jour sans elle, qu'*il* n'aurait pas pu réussir sans elle. Il ne cessait de complimenter ses talents de journaliste, la minutie de sa documentation et de ses recherches. Il lui répétait à qui mieux mieux qu'elle était aussi douée, si ce n'était meilleure, que n'importe quel membre de son équipe.

Trois flûtes de champagne et deux shots de vodka plus tard, June s'était retrouvée seule avec lui dans une chambre d'hôtel. Elle avait suivi le petit groupe qui allait poursuivre la fête dans sa chambre, puis avait attendu qu'ils ne soient plus que tous les deux. Rick, appuyé contre la commode de l'autre côté de la pièce, l'avait regardée et elle s'était sentie frissonner. Elle lui avait rendu son sourire. Il était évident qu'il avait envie d'être avec elle. Ce n'était pas juste le produit de son imagination. Rick avait la petite trentaine, il venait de se séparer et elle savait qu'il était bien trop vieux pour elle. Mais elle était mûre pour son âge. Les lycéens, si stupides et puérils, ne l'intéressaient pas. Sa mère lui disait toujours qu'elle était vieille dans l'âme.

— Super soirée, avait-elle dit, à la fois nerveuse, pompette et d'humeur lutine.

— C'est sûr, avait-il répondu en se dandinant. On n'aurait pas eu le prix sans toi, June. Et cet article n'est que le premier. Tu es appelée à faire de grandes choses un jour.

Il l'avait reluquée, la tête légèrement inclinée, et elle n'avait pas regretté l'achat de la robe. En général, quand elle le rencontrait avec l'équipe au journal, elle venait tout droit du lycée, en jean, baskets et sweat-shirt ample. Il la regardait d'un œil neuf ce soir-là, poussait de gros soupirs comme pour se calmer.

— Je suis un peu paf. Je crois qu'il vaudrait mieux…, avait-il marmonné en désignant la porte.

Mais il n'avait pas fini sa phrase, et à chaque fois que June se rejouerait la scène, la vérité s'imposerait à elle : *elle ne l'avait pas laissé faire.* Au lieu de partir, elle s'était approchée de lui, soûle et enivrée par le succès de leur reportage primé et son propre désir. C'était elle qui l'avait embrassé, et il ne l'en avait pas empêchée. Il l'avait enlacée, serrée fermement contre lui, son haleine fleurant le champagne et les kamikazes, puis attirée sur le lit avec lui.

Les mains de Rick l'avaient parcourue, trop empressées, et June avait compris qu'elle n'était pas vraiment prête pour ça. Elle avait cru l'être, mais la réalité était tout autre. Elle avait voulu lui dire de ralentir, mais la pièce tournait, elle avait la tête en feu et la nausée. Avant même qu'elle ait pu réagir, elle n'avait plus eu ni robe, ni soutien-gorge, ni culotte. Elle n'avait pas eu le temps de formuler une phrase cohérente qu'il était en elle. Elle avait crié, et il s'était retiré aussitôt.

— June, tu vas bien ?

Il s'était redressé, avait regardé les gouttes de sang entre ses cuisses.

— Oh purée. Tu es vierge ?

— Oui, était-elle parvenue à articuler.

Il avait pâli en se frappant le front de la main.

— Quel con, à quoi pensais-je ? C'était une erreur à tous points de vue.

Il avait bondi hors du lit comme catapulté et avait frénétiquement cherché son pantalon. Il l'avait enfilé prestement et s'était rassis près d'elle. Il avait remué la tête, essoufflé comme s'il avait couru quinze kilomètres.

— J'ai trop bu, mais je n'ai aucune excuse. Ça ne se fait pas.

Il lui avait touché délicatement le bras, mais ses doigts avaient paru brûlants contre sa peau en feu.

— Je suis tellement désolé, avait-il dit en lui jetant un regard contrit.

Pas un mot n'avait franchi les lèvres de June. Elle avait tiré les draps jusqu'au menton pour couvrir son corps, sa honte. Ce n'était pas sa faute à lui ; c'était la sienne. Elle l'avait suivi dans la chambre d'hôtel. Elle savait faire la différence entre le bien et le mal. Et pourtant, elle avait senti un lien puissant entre eux, et l'âge ne semblait pas entrer en ligne de compte. C'était *elle* qui l'avait embrassé en premier.

— Parfois, on se retrouve à travailler étroitement avec quelqu'un et on s'emballe tellement pour un projet commun que ces sentiments se confondent, avait-il dit en fixant le mur opposé, comme s'il y avait une tierce personne dans la pièce. Ils ne le devraient pas, mais ça arrive. Ce n'est pas ta faute, June, c'est la mienne. J'aimerais pouvoir revenir en arrière, mais c'est impossible.

Puis il l'avait regardée avec pitié, comme si elle était une de ces filles victimes du trafic sexuel sur lequel ils avaient enquêté, et cela l'avait profondément blessée. Elle avait prévu de lui demander un stage d'été dans son équipe d'investigation, espérant que cela déboucherait un jour sur un boulot permanent, mais voilà qu'elle ne le ferait pas et ne le pourrait jamais. Que s'était-elle imaginé ? Qu'ils courraient ensemble dans le coucher de soleil, magnétos en main ?

Il avait ramassé sa robe noire par terre et la lui avait tendue comme un rameau d'olivier.

— N'en parle à personne et j'en ferai autant. On oublie, d'accord ?

Il avait ensuite attrapé le téléphone sur la table de chevet et vérifié ses SMS. Elle pouvait partir.

— *J'ai tout fait foirer.*

Rick s'était levé et rendu dans la salle de bains avec son portable. Dès que la porte s'était refermée, June s'était dépêchée d'enfiler sa robe, qu'elle jetterait plus tard cette nuit-là. Elle s'était sentie minable, rejetée, mais surtout déçue par elle-même d'avoir mal interprété la situation. Réunissant ses effets, elle avait filé par la porte de la chambre sans un au revoir.

En montant dans un taxi, June avait su que sa première fois aurait toujours un goût de dernière fois. Et que son premier grand prix de journalisme serait terni à jamais. Elle s'était juré de ne plus laisser quiconque ou quoi que ce soit se mettre à nouveau en travers d'un reportage. Mais elle avait fait exactement ce que Rick Janus avait demandé. *Elle n'en avait parlé à personne et avait oublié.* Pas totalement cependant. Elle en avait gardé une couche de protection supplémentaire, plus épaisse, plus dure et impénétrable.

7

Missoula, Montana

Ellis ne s'était jamais rendu dans le Montana. Partout ailleurs dans le monde, oui, mais pas ici. Il n'est pas porté sur la nature. Il préfère les espaces intérieurs clos – hôtels cinq étoiles climatisés et immaculés –, d'une propreté parfaite, où il se sent maître de la situation. Mais il avait repoussé ce voyage depuis bien trop longtemps.

Il regarde par la vitre teintée du SUV. En dépit de ses appréhensions, Missoula, avec son ciel couleur saphir, sa chaîne montagneuse dentelée et la rivière scintillante à ses pieds, est d'une beauté à couper le souffle. *Mes chaussures ne survivraient jamais ici.* Il ne peut retenir un gloussement, imaginant ses élégants stilettos englués dans les bouses de vache et la boue. Il regarde ensuite sa montre pour la énième fois de la matinée : 6 h 55. *Parfait. Mon petit-fils doit encore dormir. L'élément de surprise est essentiel.*

— Cela doit être cette route devant, dit Ellis à son chauffeur. Celle sans marquage à votre gauche.

— Oui. C'est ça.

Paul, son chauffeur depuis plus de dix ans, qui voyage avec lui et le conduit partout où c'est nécessaire, lui jette un regard rassurant dans le rétroviseur.

Personne, dans la famille d'Ellis, ne sait qu'il a pris son avion privé pour aller voir Adam, surtout pas sa femme ou leur fille aînée, Hannah, la mère d'Adam. Trop de questions ; il ne pouvait prendre ce risque. Seule Alexandra connaît les détails.

Alors qu'ils empruntent la piste de terre, Ellis aperçoit au loin la petite cabane où Adam, le préféré de ses petits-enfants avouons-le, vit seul. Il secoue la tête, consterné. *Le gamin a grandi dans le luxe et vit maintenant comme un ermite.*

Ravalant la boule qui se forme dans sa gorge, Ellis se rappelle ce jour horrible quatre ans plus tôt, l'une des pires journées de sa vie peut-être, où Vivienne et lui avaient reçu cet appel en pleine nuit les prévenant qu'Adam avait fait une overdose d'héroïne. La vie de leur petit-fils, si beau et talentueux, qui avait fait une entrée fracassante sur la scène artistique new-yorkaise alors qu'il n'avait que vingt-cinq ans, ne tenait plus qu'à un fil. Il avait miraculeusement survécu, et après deux semaines de convalescence à l'hôpital, il avait passé près de trois mois en cure de désintoxication. À sa sortie, Adam avait abandonné sa famille, ses bons à rien d'amis et sa carrière fulgurante, et choisi l'isolement total et l'anonymat, tout comme il avait choisi de s'éloigner le plus possible du patronyme Baum. Cette rupture nette avait profondément attristé Ellis, mais au moins Adam était en vie.

Au moment où ils s'engagent dans l'allée gravillonnée, la poitrine d'Ellis se serre soudain et il ressent comme un coup de poignard. Cela se produit trop souvent ces derniers temps, et c'est de pire en pire. Il appellera son médecin en rentrant à New York. *J'ai peut-être fait une erreur en venant ici, pris une décision irréfléchie.* Il fixe l'arrière des cheveux poivre et sel soigneusement coupés de Paul, l'homme qui garde ses secrets.

— Paul.

Son chauffeur le regarde à nouveau dans le rétroviseur.

— Oui, monsieur Baum… Vous allez bien ?

— Ça va, merci.

Soudain, Ellis étouffe, a besoin d'air. Il baisse la vitre, sort un peu la tête et reprend son souffle.

— Je vous appellerai quand je serai prêt à partir. Cela pourrait prendre un certain temps. La ville que nous avons traversée tout à l'heure a l'air agréable. Allez vous détendre, prendre un petit-déjeuner.

Paul se gare et se retourne, lançant un regard sceptique à Ellis.

— Peut-être devrais-je vous attendre ici.

Ellis n'a pas le temps de répondre qu'une lumière s'allume dans la maison, un store se lève et la silhouette de son petit-fils apparaît.

— J'ai la situation en main, dit Ellis, inquiet.

Vraiment ? Il ne doute pourtant jamais de ses décisions.

— Vous pouvez partir maintenant.

— Pourquoi ne resterais-je pas, au cas où…

— Paul, s'il vous plaît, partez, l'interrompt Ellis en ouvrant la portière.

Alors que la voiture repart, la porte d'entrée s'ouvre en grand et Adam apparaît sur le seuil en pantalon de flanelle, pieds et torse nus, entouré de trois chiens. Il est beaucoup plus musclé que dans son souvenir. Ses cheveux sont plus longs, hirsutes, et il s'est aussi laissé pousser la barbe, un montagnard qui aurait bien besoin d'un bon coup de rasoir. Mais son visage a repris des couleurs. Il a l'air en bonne santé. Plus fort. Ellis va vers lui, pousse un profond soupir reconnaissant. *Dieu que tu m'as manqué.*

— Grand-père, s'étonne Adam en écarquillant les yeux. Que fais-tu ici ? C'est maman qui t'a envoyé ?

— Personne ne sait que je suis ici. Ni ta mère, ni ta grand-mère. Ça fait bien trop longtemps. Tu as l'air d'aller bien…

Ellis, qui n'est pas du genre à faire des câlins ni à afficher son affection en public, serre le jeune homme contre lui. Quelque chose en Adam le fait fondre. Petit garçon, Adam passait son temps à peindre ou à dessiner tout seul dans un coin pendant que ses autres petits-enfants chahutaient ou jouaient sur la balançoire du jardin de la maison de Bedford. Adam était un solitaire, un trait qu'ils avaient en commun. Mais tout cela avait radicalement changé quand il avait grandi, surtout après l'université – Adam s'était métamorphosé. C'était le boute-en-train de toutes les fêtes, constamment entouré d'un essaim de jeunes filles légèrement vêtues et de types couverts de tatouages, dans le genre artiste ou trafiquant de drogue. Il vivait sa vie à cent à l'heure, enchaînant les expositions dans des galeries, les after, les après-after, une existence en perpétuel mouvement, sans dormir, toxique, dominée par la drogue, qu'il tentait de dissimuler. Même pendant les grands repas de famille, Adam était incapable de rester cinq minutes en place. Ellis mettait cela sur le compte de la cocaïne et se faisait un sang d'encre pour lui. Adam était devenu la coqueluche de Chelsea, et tout le monde se l'arrachait. Le gamin n'était plus que l'ombre de lui-même. Le feu des projecteurs et les demandes incessantes l'avaient avalé tout cru.

Ellis désigne la porte à moustiquaire.

— Puis-je entrer ?

— Bien sûr.

Adam s'écarte, retient les chiens excités et fait entrer son grand-père.

Ellis essuie la poussière de ses chaussures sur le paillasson, fait un pas dans la pièce et s'arrête. Si l'extérieur ressemble à un dépotoir, là… *c'est incroyable*. Chaque mur est une toile peinte pleine de vie et de couleurs éclatantes, jusqu'au plafond noyé sous les coups de pinceau énergiques, les textures diverses et un déferlement d'or, de bordeaux, d'orange, de vert, de lavande et de turquoise, *des couleurs gaies*. Ellis absorbe lentement chaque tableau : des amants enlacés, des amis qui trinquent dans un café, des enfants qui gambadent dans un parc, des femmes nues près de la mer, la nature sous toutes ses formes, montagnes, eau, arbres, ciel, flore. La magnificence des œuvres est écrasante et le laisse pantois. Contrairement à la célèbre technique passée d'Adam, sinistre et abstraite, cette pièce véhicule la joie et la lumière, une imagerie thérapeutique. Hormis cette peinture là-bas. Le regard d'Ellis est attiré vers le mur le plus éloigné qui jouxte la cuisine.

Il s'en approche d'un pas hésitant, sent le poids du regard de son petit-fils posé sur lui quand il s'arrête à quelques centimètres et observe la composition d'un homme âgé en complet seyant perdu dans ses pensées, la tête à l'épaisse tignasse de cheveux argentés penchée en avant. Il est seul, mains serrées dans le dos comme un majordome, sous un déluge de chaussures fondant sur lui de toutes parts, un tir nourri de balles hérissées de pointes. Des stilettos. *C'est moi. Mon petit-fils m'a peint.* Il se tourne vers Adam, muet. Ses yeux s'embuent.

— Adam, dit-il dans un souffle, la voix étranglée.

Adam se fend d'un large sourire et Ellis retrouve les charmantes fossettes de l'enfant dans le visage d'un homme revenu d'entre les morts. Il comprend aussitôt qu'il a commis une erreur.

— Excuse-moi. Je crains d'avoir commis une grave erreur de jugement. Je suis venu te demander quelque chose, un service. Mais je comprends maintenant que c'était impulsif et indigne.

Il se met à tousser, étouffant les sons rauques dans son mouchoir. À nouveau cette foutue douleur dans la poitrine. Il s'assied sur le fauteuil le plus proche, un vieux La-Z-Boy élimé. Tout son corps plonge comme une ancre dans l'assise molle et accueillante.

— Je vais t'apporter à boire, dit Adam, inquiet.

Mais Ellis lui attrape fermement le bras et l'arrête.

— Tu sais, j'ai essayé… de te voir. Mais tu n'as jamais pris mes appels, alors j'ai cessé de t'embêter. J'aurais dû me battre davantage pour être là pour toi. Je pense à toi tous les jours.

Des larmes lui emplissent à nouveau les yeux, qu'il ne cherche plus à essuyer. Toutes ces émotions, est-ce le cancer ? De revoir Adam ? Cette peinture sur le mur ? Son esprit et son corps entament une lutte comme s'ils étaient adversaires.

— J'ai cru que j'étais peut-être à l'origine de tes problèmes. Que mon entreprise et toute l'attention qu'elle suppose te faisaient du mal. Trop de pression. Tous ces paparazzis. Tu détestais ce genre d'attentions quand tu étais petit. Peut-être *mes* actes ont-ils contribué à ce fardeau…

Adam serre la main de son grand-père qui l'agrippe.

— Tu n'as rien à te reprocher. C'était *moi*, le problème. Je menais une vie trop intense, trop destructrice. J'ai toujours voulu peindre et qu'on me laisse tranquille. J'ai été à l'encontre de la personne que j'étais et suis devenu cet autre, essayant d'être à la hauteur de la médiatisation qui m'entourait. Mon organisme s'est écroulé. J'ai eu tes appels, tes messages et ceux de grand-mère. Mais j'avais besoin d'être seul, de comprendre qui j'étais et de résoudre mes problèmes sans toucher à la drogue.

Adam lâche sa main et donne une petite tape sur l'épaule tombante de son grand-père.

— Mais je suis content que tu sois là.

Il désigne la cuisine avec un petit sourire.

— J'aimerais pouvoir te proposer un bloody mary. Je sais combien tu les aimes. Mais je n'ai que du jus de fruits.

— Un jus sera parfait. Pas d'alcool pour moi, Adam… C'est l'autre raison de ma présence. J'ai besoin de te dire certaines choses, parvient-il à dire, le souffle laborieux. Je buvais trop. C'était un problème et un secret… un parmi d'autres.

Tant d'autres. Il s'adosse dans le fauteuil, mais le dossier se relève et le surprend. Adam et lui se mettent à rire, puis le visage d'Ellis redevient sérieux.

— J'ai suivi une cure en même temps que toi. Si tu pouvais le faire, alors moi aussi, je devais chercher de l'aide. Je me suis inscrit dans un programme privé de six semaines hors de Chicago. Seule ta grand-mère était au courant. Je participais aux réunions avec d'autres hommes en vue – tu pourrais nous qualifier d'accros célèbres, dit-il avec un maigre sourire. Cela fait à peine plus de trois ans que je suis sobre.

Adam regarde son grand-père, abasourdi par sa confession.

— Merci de me l'avoir dit. Je sais combien c'est dur pour toi.

Il va ensuite leur presser deux jus d'orange dans la cuisine, puis revient s'asseoir sur le canapé en face de lui. Ils restent silencieux, se regardent.

— Mais ce n'est pas vraiment la raison de ta présence, je me trompe ?

— Non, en effet. Tu te rappelles ce que tu m'avais peint quand tu avais une dizaine d'années ? Tu aimais déjà tellement la nature alors. Enfin, tu as peint une tornade. Elles t'obsédaient. Mais cette tornade-là abritait un visage de femme.

Adam sourit.

— Oui… Je me rappelle.

— Eh bien, je l'ai toujours. J'y tiens beaucoup. Cela me renvoie à un souvenir du passé.

Ellis se remet à tousser.

— Tu ne vas pas bien. Que se passe-t-il réellement ?

Ellis écarte la question d'un geste.

— Je suis vieux. Tu vois, je fais ces cauchemars… Autrefois, ils étaient espacés de plusieurs mois, mais maintenant, c'est dès que je m'endors.

L'esprit d'Ellis vagabonde, ses pensées se fragmentent. Il a tant de choses à dire là, tout de suite, à raconter à son petit-fils.

— Je ne vais peut-être pas si bien… j'approche de la fin. Mais j'ai eu une vie intéressante, merveilleuse à maints égards. Ta grand-mère, ta mère, tous mes enfants, petits-enfants.

Et Henri, mais il ne le dit pas.

— Anika Baum est mon héritage.

Adam pose le jus sur la table.

— Je t'arrête tout de suite. Je ne suis pas celui qu'il te faut. Je ne peux pas reprendre la société. Ne me le demande pas, par pitié.

Ellis sourit.

— Ce n'est pas la raison de ma venue. Tes sœurs reprendront la société un jour. Elles sont déjà largement impliquées. C'est pour elles, pas pour toi.

Il tourne les yeux vers la grande fenêtre près d'eux et voit la jolie chaîne montagneuse.

— Je n'en ai jamais parlé à personne…

Il repense à la conversation qu'il a eue avec Dan Mansfield la semaine précédente.

— Enfin, jusque très récemment. Je ne suis pas né ici, tu le sais.

Adam s'adosse contre le dossier du canapé.

— Oui, je sais. En Belgique. Ta famille était dans les diamants.

— Des mensonges.

Ellis commence à se sentir fiévreux. *Tant de mensonges.*

— Ni la Belgique. Ni les diamants. Ni la famille. C'est ce que j'ai inventé pour les médias, jusqu'à ce que, moi aussi, je finisse par y croire. En vérité, je n'étais rien. Je viens d'Allemagne, et non de Belgique. J'ai grandi, si on peut dire cela, pendant la guerre. J'ai vécu pratiquement tout le conflit sous terre, dans les égouts, les sous-sols, une grande cheminée même, de mes huit ans à mes treize ans. Je suis à moitié juif, tu sais. Je suis arrivé seul dans ce pays, j'ai grandi dans des maisons d'accueil jusqu'à ce que je sois en âge de subvenir à mes propres besoins. Mais j'étais intelligent, rapide et créatif, et surtout, je n'avais rien à perdre. Il était si facile de s'élever en Amérique, de conquérir… de devenir quelqu'un. Ce sombre passé que j'ai caché…

Adam fronce les sourcils, un geste qui lui rappelle sa fille, Hannah, qui a cette même expression de curiosité. Par-dessus l'épaule d'Adam, Ellis voit le tableau des amants, si jeunes et insouciants, avec la vie devant eux. *Si seulement la vie était ainsi.* Il pousse un profond soupir empreint de douleur.

— Ma mère était incroyablement belle. Elle venait d'une petite ville près de Munich et a emménagé à Berlin à l'adolescence. Elle a remporté des concours de beauté, a été mannequin et est tombée amoureuse de mon père. Il s'appelait Arno Baum. C'était un banquier juif, marié avec des enfants. Elle était catholique, insouciante, bohème. Ils sont tombés amoureux mais ne se sont pas mariés, même si elle en parlait comme de son mari, a pris son nom et me l'a donné…

Et sa famille me détestait. Ellis revoit soudain cette fillette blonde aux tresses dorées qui fait toujours de brèves apparitions dans ses cauchemars. Elle s'était approchée de lui pendant qu'il jouait au ballon dans un petit parc près de son appartement : « Ce n'est pas *ton* père, petit enfoiré, c'est le mien ! » Son joli visage chiffonné par la colère quand elle leur avait craché dessus avant de fuir. « N'écoute pas ce qu'elle ou n'importe qui d'autre dit, l'avait rassuré sa mère tandis qu'il pleurait. Arno Baum est ton père. Ce sera toujours ton père. »

— Tu vas bien ? demanda Adam d'une voix douce.

La voix d'Ellis tremble tandis que les différents souvenirs se disputent pour se faire une place dans son esprit.

— Tu vois, Adam, j'avais environ cinq ans quand un artiste est venu chez nous peindre ma mère. Cet artiste était Ernst Engel.

— *Le* Ernst Engel ?

— Oui, celui-là même.

— Et que s'est-il passé ?

Les yeux verts brillants d'Adam – *les yeux d'Hannah* – étincellent de curiosité.

Trop de choses. Ellis détourne le regard, qui traverse son petit-fils, ne voit plus les amants ou les montagnes, ni rien de tangible. Il est à nouveau là-bas… dans l'entrée sombre du vaste appartement de sa mère, agenouillé, bouche bâillonnée, et il est entouré de soldats pointant leurs armes sur sa mère. Mais c'est cet homme – Helmuth Geisler – qu'il voit, la voix cassante de Geisler qu'il entend crier sur sa mère et qu'il est impuissant à faire taire.

— Vous avez posé pour ce porc, cet artiste dégénéré, Ernst Engel, non ? J'ai cette peinture en ma possession pour le prouver, hurle Geisler.

Ses petites dents pointues lui font penser à un écureuil.

— Vous baisez un Juif, donnez naissance à son bâtard puis posez pour un artiste qui était un ennemi connu de l'État. *Était*, Ernst Engel est mort. Et vous savez ce que vous êtes maintenant, Miss Allemagne… vous êtes *morte*.

Il se tourne vers Ellis et se penche.

— Arrête de pleurer, petit merdeux. Ta mère est une pute, et elle a le traitement qu'elle mérite.

Sa mère tombe à genoux et supplie Geisler d'épargner Ellis, prétendant qu'il n'est pas le fils biologique d'Arno Baum, qu'il est de sang aryen, comme elle. Ellis hurle qu'il veut mourir avec sa mère, qu'on le tue lui aussi, mais personne n'entend ses suppliques étouffées. Et Geisler est de l'avis de sa mère. Il veut autant qu'elle qu'Ellis vive, qu'il témoigne du défilé le plus grandiose de tous, ce podium qui embrase alors le jeune cerveau d'Ellis comme un feu de forêt et continue à dévorer son esprit enténébré aujourd'hui. Ils déshabillent sa mère jusqu'à ses sous-vêtements, puis la forcent à mettre des talons hauts et sa robe rouge habillée – la couleur du sang, dit Geisler, la couleur du tableau.

Sans perdre un instant, les nazis accrochent autour de son cou une pancarte – « J'ai baisé avec un youpin. Je suis une pute » – et la font sortir de l'appartement, laissant Ellis seul. Collé à la fenêtre et toujours bâillonné, il voit les hommes la faire défiler dans la rue. Ils l'obligent à tourner en rond sur ces talons hauts pendant des heures, tourner et encore tourner, jusqu'à ce qu'elle ne tienne plus debout. Quand elle s'effondre enfin, ils l'emportent plus loin, hors de la vue d'Ellis. Mais il entend les détonations, cinq, puis rien. Et dans ce rien, ce silence trouble et assourdissant... Ellis imagine tout et son contraire.

— Et ton père..., chuchote Adam.

Ellis s'interrompt, le souffle court.

— Je ne l'ai jamais revu. J'ai essayé de trouver des informations sur sa famille il y a quelques années via le musée de la Shoah à Washington, mais il n'y avait rien, alors j'ai arrêté. J'ai quelques souvenirs cependant... une voisine de l'époque, une veuve qui vivait dans l'appartement d'à côté et adorait ma mère, est venue me chercher. Je me rappelle à peine ce qui s'est passé, juste qu'elle m'a nourri et mis au lit dans sa chambre d'ami. Puis, quelques jours plus tard en pleine nuit, elle m'a remis à quelqu'un à l'arrière de la boulangerie du coin, un homme tout de noir vêtu. Personne ne connaissait son vrai nom. Mais cet homme m'a sauvé la vie.

— Qui était-ce ?

Ellis ferme les yeux un instant.

— Je ne le saurai jamais. Mais je n'étais pas seul. Il a sauvé d'autres orphelins. Il nous a fait quitter la ville en douce à travers les égouts, des fermes… la gadoue, les ordures. Tout ce dont je me souviens après ça, c'est le noir, la saleté, la puanteur et le froid. J'avais toujours faim. Mais la crasse et la pourriture étaient les pires.

Il détourne les yeux.

— J'ai survécu.

Quand Ellis achève son histoire – une histoire qui ne s'achève jamais vraiment pour lui – il lève les yeux vers son petit-fils au visage baigné de larmes.

— Tu vois, Adam, toutes les chaussures que j'ai créées visent à honorer la mémoire de ma mère, Anika. Pour ne jamais oublier *ce* défilé. Elle gardait la tête haute alors que les gens se moquaient d'elle. Et les gens, les voisins et d'autres en ville que je croyais être ses amis, lui jetaient des objets à la figure, des tomates, des ordures, même des chaussures. Elle m'a vu à la fenêtre. Ou peut-être l'ai-je imaginé, je ne sais pas… mais dans mon esprit, nous avons partagé un instant, un dernier échange. Elle a vu mon visage pressé contre la vitre et m'a adressé un sourire résolu. Ce sourire me disait d'être courageux quelles que soient les circonstances. Puis elle a disparu comme si elle n'avait jamais existé. Je n'ai pas pu la sauver…

Ellis regarde ses mains tremblantes. Des mains autrefois minces et lisses aujourd'hui parsemées de taches de vieillesse.

Adam quitte le canapé pour se placer devant son grand-père.

— Qu'attends-tu de moi ?

Ellis porte lentement la main à sa poche de veste et lui tend l'article sur la mort de Carl Geisler et les informations sur le trésor volé.

— C'est le fils de Geisler, explique-t-il. Assassiné et dépouillé. Je crois que le tableau de ma mère pourrait avoir été caché dans son appartement. Des rumeurs circulent selon lesquelles Geisler détenait des peintures de Picasso, Chagall, Matisse, Cézanne et un Engel, entre autres nombreux chefs-d'œuvre.

Sa voix s'étrangle.

— Je sais au fond de mon cœur que *La Femme en feu* – c'est le nom qu'Engel lui avait donné – s'y trouvait. Helmuth Geisler a dit à ma mère qu'il avait la peinture en sa possession, je l'ai entendu de mes propres oreilles. C'est la seule image que j'aurai jamais d'elle, le seul lien avec mon passé. Je suis résolu à la retrouver et à la rapporter à la maison où est sa vraie place, avec notre famille.

— As-tu des preuves, des arguments solides sur l'historique du tableau ? demande Adam. As-tu engagé quelqu'un pour t'aider ?

Ellis cherche à lire dans les yeux de son petit-fils.

— J'ai honte d'admettre que j'étais trop occupé à cacher mon passé. Alors, j'ai fait mes propres recherches et pu obtenir quelques documents importants. L'un était une brochure annonçant la mise aux enchères d'œuvres d'art moderne à Lucerne, en Suisse, en 1939. *La Femme en feu* figurait sur cette liste. Toutes les œuvres vendues avaient été spoliées par les nazis. La plupart des tableaux ont été achetés anonymement, et l'argent est allé soutenir la machine de guerre nazie. Abject.

Ellis prend une profonde inspiration.

— Je ne sais pas qui a acheté *La Femme en feu*, ou ce qui lui est arrivé ensuite, ni comment elle a fini entre les mains de Geisler. Ce que je sais en revanche, c'est qu'elle a aussi fait un court arrêt à Paris plusieurs mois avant la vente de Lucerne, et qu'Helmuth Geisler était impliqué là-dedans d'une manière ou d'une autre.

Il se penche en avant.

— Et c'est la raison de ma présence. J'ai un document signé de Geisler à un coursier chargé de transporter la peinture d'une galerie parisienne jusqu'à Lucerne.

Ellis sent ses joues trembler, son pouls s'accélérer.

— Et cette galerie… De Laurent.

Adam regarde son grand-père, éberlué, du rouge lui montant au cou et au visage.

— C'est ça, dit Ellis avec une petite moue.

— Margaux de Laurent, dit Adam d'un ton pincé.

— Oui, *La Femme en feu* est passée entre les mains de son grand-père, Charles de Laurent. Sa signature figure sur le document du coursier, sous celle d'Helmuth Geisler. Le tableau appartenait-il à de Laurent ? Représentait-il Ernst Engel à Paris ? A-t-il été *obligé* de vendre la peinture à Geisler ? Y a-t-il un contrat de vente quelque part ? Il y a tellement de questions. Sans parler du fait qu'Ernst Engel a été assassiné en 1939 et que *La Femme en feu* pourrait avoir été sa toute dernière œuvre et qu'elle a, dans ce cas, une valeur inestimable.

Ellis se sent faible.

— Si moi, je crois que la peinture se trouvait parmi les œuvres volées en possession de Geisler, tu peux être certain que Margaux le pense aussi. Et je n'ai pas besoin de te dire de quoi est capable cette femme impitoyable…

Le visage d'Adam s'assombrit, et Ellis regrette aussitôt d'avoir abordé le sujet. Pensait-il vraiment qu'Adam, un ancien héroïnomane, pouvait l'aider à retrouver cette œuvre perdue depuis si longtemps avant que les sales pattes de Margaux de Laurent ne s'en emparent d'abord ?… *Honte à lui.* Ellis se lève sur des jambes flageolantes.

— Je suis désolé de t'imposer ça. Je m'étais imaginé ce plan dément. Mais en te voyant si bien installé ici dans ce beau cocon que tu t'es créé, j'ai changé d'avis. Ma demande était dictée par les émotions. Inappropriée. Je m'occuperai seul de cette affaire.

Adam se lève également, et parle d'une voix si faible qu'Ellis l'entend à peine.

— En fait… ce souvenir est si vague, mais il est possible que Margaux m'ait parlé de cette peinture. Il y a cinq ans, quand j'étais avec elle dans son château de famille dans le sud de la France, je me rappelle qu'elle m'avait montré plusieurs peintures que son grand-père avait sauvées pendant la guerre, et elle a parlé de celle que son grand-père n'avait pas réussi à sauver mais qui comptait plus que tout pour lui. Un truc à propos d'une femme en feu, c'est tout ce dont je me souviens. Mais je planais tellement que je ne peux pas dire avec certitude si c'est vrai ou si je l'ai juste rêvé.

Ellis se met à tousser sans pouvoir s'arrêter et cherche à retrouver son souffle.

— Tu es malade, non ? Dis-moi la vérité.

Inutile de lui cacher quoi que ce soit maintenant.

— Oui, mais personne dans la famille ne le sait, avoue Ellis, pensant à l'arrêt de mort que l'oncologue lui a remis quelques semaines plus tôt, caché dans le tiroir de son bureau. Un an, grand maximum. Dix-huit mois si j'ai de la chance.

Il ramasse la coupure de presse posée sur la table basse et l'agite.

— Le cambriolage de Geisler m'a poussé à bout, il a fait resurgir tant de souvenirs douloureux que j'avais tenté d'oublier. Mais, c'est là toute l'ironie, c'est ce qui me maintient en vie. Parce que pour la première fois depuis près de huit décennies, je sais que le tableau m'attend quelque part pour que je sauve ma mère. Je le sens dans toutes mes fibres, Adam, de la même manière que je peux sentir le cuir de n'importe quelle paire de chaussures et connaître juste à l'odeur sa qualité et son fabricant.

Ellis range délicatement l'article dans sa poche de poitrine, sort son mouchoir et tamponne son front en sueur.

— J'ai une chance réelle de revoir ma mère… peut-être pour la toute dernière fois. Je dois juste la trouver avant que Margaux de Laurent n'y parvienne la première.

Se détournant de son grand-père, Adam se dirige vers la fenêtre et contemple le paysage majestueux qu'il appelle son jardin. Il fixe la vitre pendant une éternité, puis se retourne lentement et résolument, comme Ellis le faisait enfant quand il tourbillonnait devant la glace de l'armoire chaussé des talons hauts de sa mère.

— Dis-moi ce qu'il faut faire et je le ferai.

8

Correns, France

Margaux s'emplit les poumons de l'air frais de la campagne. Une inspiration avide suffit à faire affluer toutes les senteurs familières, les collines aromatiques au loin, les vignes devant, l'oliveraie sur la gauche, même les grottes fraîches du Néolithique situées non loin du château qu'elle avait explorées, petite fille, d'innombrables fois. *Comme cet endroit m'a manqué.*

Elle n'était pas revenue à Correns depuis des mois. C'est dans ce petit village provençal à quelques kilomètres au nord de Brignoles que s'élève depuis plus d'un siècle le château familial avec son domaine de mille hectares où elle a passé de précieux étés avec son grand-père. Certains de ses plus beaux souvenirs d'enfance viennent de là. Mais tout s'était brusquement arrêté après son douzième anniversaire, quand son grand-père était mort. Maintenant, le château de Laurent dans toute sa gloire rustique ne rime plus avec plaisir mais avec affaires. *Hormis les promenades.* Ici, en plein air, Margaux sent encore la présence formidable de son grand-père, entend sa voix retentissante, comme s'il marchait à ses côtés.

Vêtue de bottes hautes, d'un jean moulant et d'un vieux cardigan pelucheux, reliquat de son adolescence, Margaux marche d'un bon pas sur le chemin qui relie le château à la *Maison*[1*], un bunker de mille mètres carrés caché sous les vignes et les bois luxuriants voisins. Protection bâtie par son arrière-grand-père juste après la Première Guerre mondiale, la Maison abrite aujourd'hui la légendaire bibliothèque d'art familiale, un *catalogue raisonné** exhaustif. S'y trouvent également des renseignements top secret extrêmement sensibles sur le monde de l'art – l'idéal quand on veut faire chanter quelqu'un, disait son fanfaron de père. *Et maintenant… la collection Geisler.*

Margaux entend encore l'écho de la voix grave de *grand-papa** Charles : « Tu as l'œil, *ma chérie**. Mais ce qui distingue réellement les bons marchands d'art des meilleurs est l'*oreille*. Écoute et apprends… tu dois connaître l'histoire. Sois une éponge, un *marchand érudit*, un expert de l'authenticité et du talent véritable. Les gens te choisiront non pas pour tes superbes galeries et collections – *cela aussi* – mais pour ton savoir. Tu dois savoir ce que tes clients veulent. Étudie tes artistes, tes concurrents, les clients de tes concurrents, les préférences de tous. Et surtout, apprends leurs secrets. » Ses épais sourcils argentés se fronçaient avec amour tandis qu'il offrait à son unique petite-fille des perles de sagesse qui lui passaient royalement au-dessus de la tête, mais qu'elle emmagasinait néanmoins. « Mais, l'avait-il prévenue en agitant l'index, si tu te montres négligente, si tu commets un faux pas, personne ne l'oubliera et tu en paieras le prix. Aie toujours une longueur d'avance sur la concurrence, mais cela suppose parfois, je le crains, d'utiliser des moyens souvent – il avait détourné un instant le regard – douteux. »

Douteux, en effet. Margaux accélère. Elle se rappelle chacun des mots de son grand-père. Son père en

---

1.* Les mots en italique suivis d'un astérisque sont en français dans le texte. (*Note de la traductrice.*)

revanche, Sébastien, n'avait rien eu à lui offrir. Il avait repris les galeries à la mort de son grand-père et s'était montré négligent et imprudent. Un clown, commettant tant de faux pas qu'elle avait arrêté de compter. Et il en avait payé le prix.

Margaux s'arrête en chemin près d'un gros rocher et l'escalade comme quand elle était enfant. Elle s'assied au sommet, les genoux serrés contre la poitrine, et s'imprègne du panorama d'une beauté à couper le souffle. Elle voit au loin l'entrée des gorges du Verdon, ce magnifique canyon qu'elle a si souvent sillonné. Après la mort de son grand-père, personne ne lui avait imposé de limites ou de règles, ne l'avait prévenue des dangers. Personne n'avait semblé se soucier de ce qu'elle faisait. Ses parents étaient trop absorbés par leur propre vie pour remarquer ses longues absences. Alors Margaux faisait ce qu'elle voulait. À quatorze ans, elle avait déjà appris à ne dépendre que d'elle-même, au point d'en oublier ses parents. Elle attendait juste le moment de pouvoir leur ravir l'entreprise familiale.

Elle envisage brièvement d'oublier les affaires qui l'attendent à la Maison et d'aller se baigner dans l'Argens à l'embouchure du canyon. Cette baignade à poil après l'ascension éreintante avait toujours été l'instant préféré de ses randonnées. Un pur bonheur, barboter seule dans l'eau turquoise sous les rayons brûlants du soleil… juste elle et la nature. Elle avait l'impression que le monde lui appartenait. *Sauf la fois où elle avait décidé de partager son bout de paradis.* Elle ne referait plus jamais cette erreur.

Margaux saute au bas du rocher et reprend sa marche, chassant le souvenir envahissant des événements de cette soirée fatidique où son père avait perdu la vie. Elle n'avait pas été inquiétée : cela seul importait. Pourtant, si elle devait fermer les yeux, elle verrait encore ce salaud prétentieux, entendrait son dangereux rire d'ivrogne. Ce rire pompeux qui refusait de s'effacer.

Son père avait dilapidé pratiquement tout son héritage à *elle*, celui que son grand-père avait passé sa vie à construire et à protéger. Personne dans le monde de l'art ne connaissait l'ampleur des difficultés financières de DLG au moment de sa mort, la laissant écrasée sous le poids de ses dettes. Quand elle avait appris que les galeries étaient au bord de la faillite, elle avait tout tenté pour cacher la vérité à ses investisseurs, à ses artistes, aux médias, à ses collectionneurs surtout. Elle s'était mise à vendre, dans le plus grand secret, des propriétés que les de Laurent possédaient en différents endroits du globe afin de maintenir à flot les galeries phares de Paris, New York, Hong Kong, Bâle et Londres. Ce château, le jardin d'Éden de son grand-père, serait le suivant sur la liste si elle ne pouvait faire autrement.

Deux mois plus tôt, après une longue et difficile réunion avec les comptables de DLG, Margaux avait été informée qu'elle devrait se déclarer en faillite avant la fin de l'année, humiliation ultime. Ils lui avaient suggéré de réfléchir sérieusement à vendre la légendaire collection d'œuvres d'art familiale. *Inacceptable !* leur avait-elle hurlé. *Jamais.* Les médisances seraient féroces et impitoyables. *Et son grand-père...* cela anéantirait sa mémoire. Elle était bien décidée à trouver une autre solution, et elle avait mis son hacker personnel au travail. Dès qu'elle avait entendu parler du trésor entaché de Geisler, elle avait su qu'il était la réponse à ses problèmes. *La* solution.

Margaux observe les rangs de vigne luxuriants autour d'elle, émerveillée par les raisins, mûrs et abondants, surtout au début des *vendanges**. Sa mère se plaignait toujours que ça sentait les ordures ; une raclure comme elle était bien placée pour le savoir. Mais Margaux avait toujours adoré cet arôme, se sentait pleinement vivante en humant ce mélange puissant de miel et de kérosène.

Poursuivant sa route sur le chemin sinueux, elle savoure le craquement agréable des brindilles sous ses bottes, comme un roulement de tambour annonçant son arrivée. Quand elle atteint la Maison, elle saisit le code de sécurité et pénètre dans la confortable habitation de trois chambres, puis jette un regard alentour. La télévision hurle, les restes d'un croissant à la confiture à moitié mangé collent à une assiette et une tasse de café a été abandonnée sur la table de la cuisine.

— Wyatt ! crie-t-elle sans obtenir de réponse.

Elle sait qu'il est là. Il doit déjà être à la cave.

Elle entre dans la chambre de Wyatt. Les fenêtres sont ouvertes, le lit est défait et ses vêtements sont éparpillés sur le sol. Quel porc. Elle contourne le foutoir et pénètre dans l'immense dressing de la taille d'une petite chambre. Elle s'agenouille et soulève le levier discrètement placé qui dépasse du plancher et donne accès à un escalier de fortune descendant dans une gigantesque cave à vin de style gothique.

Tout en descendant, Margaux examine les arches ogivales en pierre alignées sur les murs. La cave est identique à celle du château, à la différence près qu'elle est fausse, une couverture parfaite si elle venait à être trouvée.

Avançant d'un pas vif dans le tunnel long et froid, elle passe devant une douzaine de portes anciennes en bois décoratives encastrées dans la paroi. Encore un effet visuel. Aucune des portes ne s'ouvre à l'exception de la toute dernière. Elle saisit un nouveau code et entre. Si la cave semble tout droit sortie du Moyen Âge, ce qui se cache derrière la porte renforcée est un rêve de haute technologie, avec médiathèque ultramoderne et système informatique de pointe à en faire baver le Pentagone.

Nirvana accueille Margaux à pleins tubes, et elle voit Wyatt Ross taper des doigts à son immense bureau, tel un DJ vedette à Ibiza, entouré d'une ribambelle d'écrans et de dispositifs électroniques illuminés. Ancien crack de la Silicon Valley, Wyatt a trouvé sa véritable vocation en tant que hacker et voleur. Elle lui verse une rémunération obscène pour s'assurer ses services exclusifs, sa loyauté, son silence, son ingéniosité et, surtout, son mépris de l'humanité. Il est comme un poisson dans l'eau dans le monde souterrain de la technologie, sorte de traître cybernétique, et ne commet aucune erreur. *Pas encore du moins.*

— Margaux.

Il lève les yeux, feignant la surprise, quand il voit le reflet de son visage dans l'écran de son ordinateur. Elle ne se laisse pas berner. Il a dû la voir approcher de la Maison et pénétrer dans la cave. Leur système de surveillance couvre tout le château. Il l'attendait. Elle joue le jeu.

— Ça fait un bail, dit-elle avec un sourire froid.

— Tu es superbe.

— Et tu es égal à toi-même.

Elle le jauge avec un petit sourire. Il a ce faux air de hipster – barbe de deux jours, T-shirt noir élimé, jean râpé et incontournables Doc Martens éraflées. Il a également un tatouage complexe au poignet, une citation en sanskrit probablement, dont elle se fout royalement de connaître la signification.

— Café, ou vin ? Il est tôt mais, hé, pourquoi pas. Un bon cru offert par le domaine viticole.

Il se lève. Wyatt est grand, longiligne et mince, comme un homme qui fume sans discontinuer et ne mange que par nécessité. Elle devine à son attitude gauche qu'il ressent le poids de son regard fixé sur lui. Elle aime le rendre nerveux.

— Vin. Et il n'est jamais trop tôt.

Margaux s'assied sur le canapé en cuir, tend les jambes, allume une cigarette et lui en offre une, qu'il prend en rejoignant le bar dans l'angle du vaste bureau.

— Je suis ravie que les peintures soient arrivées sans encombre, commence-t-elle. Pas de doute, tes gars connaissaient leur affaire. Ils m'attendaient à la seconde où je suis sortie de l'immeuble munie de deux sacs bourrés comme le Père Noël. Et ils ont bien nettoyé après moi… aucune empreinte de doigts ou de pas. Un ménage parfait, si j'ai bien compris. Les autorités allemandes n'ont toujours pas le moindre indice.

— Oh si, elles ont un indice, mais pas sur toi, sur Geisler. J'ai fouillé davantage dans les fichiers de cette reporter de *Spotlight* pendant ton absence. J'y ai trouvé des informations confidentielles révélant que certains membres du gouvernement allemand connaissaient l'existence du trésor secret de Geisler depuis au moins un an, et qu'ils avaient laissé ce vieux fou parmi toutes ces peintures pendant qu'ils réfléchissaient à ce qu'ils allaient faire de lui. Ils devaient craindre le cauchemar médiatique qu'ils connaissent aujourd'hui, dit-il en riant. L'héritier du voleur d'art personnel d'Hitler qui vit peinard avec plus d'un milliard de dollars de chefs-d'œuvre spoliés entassés dans sa cuisine. On pourrait penser que cette affaire aurait été réglée depuis longtemps.

Il revient vers le canapé avec deux verres du rosé de la réserve familiale, de tous les vins produits au château le préféré de Margaux, et s'assied en face d'elle. Elle jette un bref coup d'œil dans son verre et voit presque la répartition des raisins, le mélange parfait de cinsault, syrah, grenache et son préféré, la variété vermentino à la peau blanche et aux feuilles pentagonales vert foncé. Son grand-père avait adoré lui expliquer les différences entre les cépages pendant leurs promenades. À l'époque, elle se demandait souvent s'il préférait son précieux vignoble à ses peintures. Elle lève les yeux et regarde les chaussures crasseuses de Wyatt appuyées sur la table basse devant elle. Elle le fusille du regard.

— Ai-je envie de connaître le sort de la femme qui m'a loué son appartement à Munich ?

Il ôte prestement ses chaussures de la table.

— Mes hommes *sont* les meilleurs. Discrets. Et non… c'est inutile.

La voix de Wyatt a un léger accent du Sud, vestige d'un bled ouvrier paumé du Kentucky où il est né, puis qu'il a fui sans jamais se retourner. Margaux se concentre sur son tic à l'œil droit.

— Et la journaliste derrière l'article ?

— Réduite au silence.

— Comment, si je peux me permettre ?

— Mieux vaut pas, répond-il, le regard soudain sombre et vide.

— Je vois… Et cette voiture ?

— Je cherche toujours à retrouver cette Volkswagen que tu as vue tourner autour de l'immeuble de Geisler. J'ai remonté la plaque que tu nous as donnée. Elle était louée. Sous un faux nom. Mais rassure-toi, j'y travaille. Mon plus grand souci maintenant que nous disposons des peintures est de savoir comment mettre la machine en route suffisamment vite pour pouvoir maximiser nos profits. Inutile que je te rappelle que les œuvres volées sont une vacherie. Dès qu'une peinture est déclarée volée, elle perd aussitôt de sa valeur. Les gens s'interrogent sur les peintures qui auraient pu faire partie de la collection de Geisler. Personne ne le sait avec certitude… mais ça viendra. Nous devons agir au plus vite.

Wyatt désigne l'épaisse fenêtre en verre menant aux archives, qui abritent trois gigantesques chambres fortes où sont planquées les toiles de Geisler. Chaque chambre a sa propre fonction : l'une contient des œuvres à conserver pour les clients de DLG, une autre abrite les peintures destinées à la vente, et la troisième, la collection permanente de la famille – ces œuvres qui ne devront jamais être vendues. Son grand-père ne laissait rien au hasard.

— Voici ce qui va se passer, lui explique Margaux. Pas plus de deux peintures à un même collectionneur ou musée. Vends-les sous le manteau, en te servant du dark web ou de ta magie noire. Quoi qu'il advienne, dit-elle plus fort, on doit demeurer parfaitement anonyme. Veille à ne cibler que les musées aux conservateurs véreux et les clients sensibles au chantage au besoin. Je te suggère de commencer par contacter les trafiquants de drogue d'Amérique latine. Puis la mafia russe. Puis, bien sûr, ces gros dégueulasses de politiciens chinois qui achètent des œuvres majeures à la pelle.

Elle le transperce du regard.

— On raye toute personne dotée d'un sens moral. Pas une seule peinture ne doit être échangée légalement. Même s'il y a une demande, ce pourrait être un piège. Je me fais bien comprendre ?

— Parfaitement.

— Je ne veux pas que quelqu'un puisse faire le rapprochement avec moi, insiste-t-elle. Et pour ce qui est de blanchir l'argent, suis tous les protocoles pour qu'il soit blanc comme neige une fois sur mon compte. Pour chacune des œuvres que tu fourgues, tu recevras un bonus substantiel. Ça devrait amplement te motiver.

Son regard glisse sur lui, comme pour lui rappeler qu'il n'est pas indispensable.

— Encore un truc… la peinture d'Ernst Engel – *La Femme en feu* – ne sort pas d'ici. Cette toile n'est et ne sera jamais à vendre, point barre.

Wyatt hausse les sourcils, mais elle l'ignore, ne lui devant aucune explication. Il termine son vin et les ressert.

— Il y a aussi la question délicate des familles juives qui se démènent pour récupérer les œuvres qu'on leur a volées, dit-il.

— Je ne fais pas dans le délicat.

— Écoute-moi. Il ne s'agit pas d'un simple casse, on parle de l'histoire de la Shoah. On doit s'attendre à un cirque pour obtenir la restitution des œuvres, surtout quand le monde aura un aperçu des toiles inestimables que Geisler possédait dans sa collection, et crois-moi, ça se saura.

Il désigne les chambres fortes derrière eux, de l'autre côté du mur.

— Je fais notamment référence aux Matisse, Chagall, Cézanne, à ces deux Picasso, au Klimt et à ce Rembrandt. Ces œuvres sont toutes ultra-célèbres, et ça ne fait pas un pli qu'ils mettront leurs gars dessus, ils vont chercher, espionner, contourner des pare-feu, attendre le faux pas. On parle d'un inventaire dépassant le milliard. Je peux faire beaucoup pour nous camoufler, mais je ne peux pas empêcher les fuites ou les hackers.

— Tu as fini avec ton petit sermon improvisé ? demande Margaux, le visage assombri. Tu peux faire et tu *feras* ce qu'il faut, raison pour laquelle je te paie une somme astronomique. Je te tiens personnellement responsable de toute fuite, dit-elle en s'approchant de lui, et tu ferais mieux d'empêcher les hackers de hacker. Tu – elle agite sa cigarette devant les yeux de Wyatt – vas boucher tous les trous qu'il y a à boucher. Paie qui tu dois en crypto. Tu n'as pas intérêt à merder.

Wyatt croise son regard venimeux, mais se retient de montrer la moindre faiblesse. Elle remarque quand même les petites gouttes de sueur qui s'accumulent sur ses tempes. Elle s'appuie contre le dossier du canapé, le regarde en fumant tranquillement. Wyatt aime être mené à la baguette et elle aime le voir ramper. Mais ça suffit. Elle écrase son mégot, regarde sa montre et se lève.

— Allons voir ces toiles.

Ils quittent le complexe informatique pour la chambre forte qui renferme non seulement la collection de Geisler mais aussi des précieuses œuvres que sa famille garde en lieu sûr depuis trois générations. Parmi elles, des Rembrandt, le Titien, Velázquez, Rubens, Monet et un Picasso de sa période surréaliste, que le peintre a spécialement peint pour son grand-père.

— Combien de toiles exactement avons-nous prélevées chez Geisler ? demande-t-elle, testant Wyatt comme elle le fait de quiconque travaille pour elle, puisqu'elle connaît déjà la réponse.

— L'intégralité de la collection, répond-il, content de lui. 1 527, ainsi qu'une valise bourrée de croquis.

Bonne réponse : *la seule possible.*

— Où est *La Femme en feu* ?

— Avec les intouchables et plusieurs autres peintures de Geisler saisies dans la galerie parisienne de ton grand-père : le guitariste de Picasso, les joueurs de carte de Cézanne, les iris de Van Gogh, et une muse de Modigliani. J'y ai également mis deux Salvador Dalí qui appartenaient à ton père. Je suppose que tu ne veux pas qu'ils soient vendus ?

Il supposait bien.

— Pas avant que je te le dise. Je passerai en revue toutes les œuvres de Geisler demain matin pour te donner une estimation et choisir celles qu'il faut vendre en premier.

Elle incline la tête vers lui.

— Excellent travail.

Wyatt sourit comme un gamin qui vient de remporter le concours d'orthographe.

— Me trompé-je, ou est-ce un vrai compliment de ta part ?

Elle laisse échapper un petit rire. Saisissant l'occasion comme une invitation, il se rapproche.

— Demain, on travaille, mais là, tout de suite, tu fais quoi ?

Wyatt a la voix rauque, et son corps se penche légèrement. Son haleine dégage un mélange de tabac, de vin et d'herbe.

Ce ne serait pas la première fois qu'elle couche avec lui, ni la dernière. En dépit de son air débraillé, Wyatt sait y faire au lit. *Hum, pourquoi ne pas célébrer l'événement ?* Elle passe lentement le dos de sa main sur le chaume de ses joues d'une douceur inattendue. Et puis, Dieu merci, ses spasmes oculaires semblent s'être calmés.

Ayant reçu le feu vert, Wyatt l'attire à lui. Elle passe nonchalamment ses bras autour de sa nuque, l'embrasse goulûment avant d'enfoncer carrément sa langue dans sa bouche. Il pousse un gémissement sonore quand elle presse ses seins tendus contre sa poitrine et il sent son entrejambe durcir. Il la pousse violemment contre le mur proche, exactement ce qu'elle aime, puis lui arrache cardigan et chemisier. Elle ne porte jamais de soutien-gorge. Il lui ôte le téléphone des mains et le jette sur le tas de vêtements. Elle remarque le renflement notable qui exerce une tension sur son jean et défait adroitement sa braguette. Elle lui ôte son jean, s'en débarrasse prestement sur la pile d'à côté avec son T-shirt, puis descend lentement le long de son torse. Wyatt se cale contre le mur froid alors que Margaux le prend entièrement dans sa bouche. Il gémit au-dessus d'elle, et elle ne lui donne pas trente secondes avant qu'il jouisse. Mais il l'arrête.

Margaux lève les yeux et s'essuie les lèvres, surprise.

— Il y a un problème ?

— Tu vas aussi en profiter, dit-il d'un ton sans appel, affirmant sa virilité.

Se sentant d'humeur généreuse, Margaux le laisse faire. Elle ne l'arrête pas quand il la hisse vers lui et entreprend de déboutonner son jean et de lui ôter bottes et culotte, la laissant aussi nue que lui.

Wyatt l'éloigne pour bien la regarder. Margaux sait ce qu'il voit : la peau impeccable, les seins fermes surmontés de mamelons rose vif, le fin trait net de poils pubiens sombres.

— Tu es si foutrement belle, murmure-t-il.

— Il paraît, répond-elle avec indifférence.

— Et tu t'en fous royalement.

Il laisse ses doigts glisser de ses seins à son ventre plat et ferme.

— C'est ça.

Elle sait aussi ce que Wyatt pense. Ce qu'ils pensent tous d'elle. *Femme ou monstre ?* Elle préfère monstre. Comme ça, ils gardent leurs distances et restent sur le qui-vive. Wyatt l'attire au sol avec lui, étalant sous eux ses vêtements pour en faire un matelas, puis sa tête descend et il l'enfouit entre ses cuisses. Margaux est sur le point de jouir quand elle voit s'allumer l'écran de son portable. Pendant que Wyatt s'active, elle lit le message :

C'est Adam : appelle-moi.

Adam... Son corps entier s'embrase et Wyatt, qui croit en être responsable, sourit. Soudain, Margaux est submergée par les sensations cataclysmiques, la perte de contrôle sur son corps – mais pas son esprit, parfaitement clair et déjà en pleine réflexion. Les ongles profondément enfoncés dans les épaules du hacker, elle a un orgasme éclair. Assouvie, elle fixe le plafond voûté et sourit. *Adam Chase est enfin revenu d'entre les morts*.

9

Evanston, Illinois

June sort de son nouveau sac l'article de *Spotlight* sur le meurtre de Carl Geisler et le pose brutalement sur la table du café.

— Que voyez-vous ?

Dan chausse ses lunettes de lecture suspendues à une chaîne fragile autour de son cou, prend l'article et l'examine.

— Eh bien, il y a l'article bien sûr. Des citations et des photos des œuvres volées. Une photo de Carl Geisler qui semble avoir pris un calmant de trop. Une autre de son père qui traverse le Louvre au pas de l'oie…

Il lève les yeux.

— C'est une question piège ?

June frappe l'article de son stylo.

— Ce qui compte ici, c'est ce qu'on ne trouve pas. Dites-moi, qui a écrit l'article ?

Il rapproche le papier de son visage.

— Putain de merde !

Son bon œil la regarde avec une lueur d'admiration. Elle prend acte du compliment avec un sourire entendu.

— C'est ça. « L'équipe de *Spotlight* ». L'article en couverture, leur plus grand scoop en plus de trente ans d'existence du magazine – je sais, j'ai vérifié –, et quoi, aucune signature ? Ça existe, ça ?

Dan secoue la tête et avale son café bourré de sucre.

— Non. Pas un journaliste de cette planète n'accepterait que son nom soit absent de cet article. Même si c'est un travail de groupe, tous les noms seraient cités. À moins que…

June l'étudie attentivement, attend qu'il le dise. La troisième tasse de café est la bonne. Dan s'anime soudain, et son visage perd dix ans d'un coup.

— Le journaliste est protégé ou réduit au silence… reste à savoir pourquoi ? Qui a eu raison de lui ?

— Ou d'elle, le reprend June.

— Ou d'elle, marmonne Dan.

— Je pense qu'on doit trouver qui couvrait l'événement, et comment les événements se sont enchaînés avant et après.

— Je peux m'en charger.

Dan s'enregistre une note dans son téléphone.

June attend qu'il ait terminé d'écrire, un spectacle affligeant. Il ne tape que d'un doigt.

— Et l'autre chose… Vous m'avez remis des centaines de pages d'informations sur les œuvres d'art volées. J'ai tout lu. J'ai pris des notes et j'ai des questions à vous poser.

Elle serre ses mains l'une contre l'autre.

— Nous cherchons une peinture, et il me manque un fait essentiel. Vous savez aussi bien que moi que je ne peux absolument pas chercher une œuvre disparue, un héritage familial, sans savoir qui la veut et pourquoi.

Elle se penche par-dessus la table.

— À qui appartient cette peinture ?

Les lèvres de Dan se retroussent, rictus autant que sourire.

— La question en or.

— Je suis sérieuse.

La mâchoire de Dan se crispe.

— Moi aussi. Ma source a demandé à rester anonyme.

— Et je respecte cette décision plus que tout. Mais à moins de savoir à qui elle est destinée, j'avance à l'aveuglette. Vous avez dit que le temps était compté.

Elle le fixe, espérant qu'il va céder.

Dan croise les bras. Aucun signe de fléchissement.

June mâchonne l'intérieur de sa joue.

— Je comprends. Vous ne me faites pas encore confiance. Je sais que ça fait à peine cinq minutes que je travaille avec vous, mais c'est *vous* qui m'avez intégrée à cette équipe. Une équipe de deux personnes, souligne-t-elle. Je ne peux donner tout ce que j'ai sans connaître les éléments de base.

Dan se tortille sur sa chaise, mal à l'aise, sachant qu'elle a raison mais hésitant à lui faire totalement confiance. Il la regarde comme il le ferait d'un arbitre venant de prendre une mauvaise décision. *Très bien*, se dit June. Elle va attendre. Elle feint de regarder son téléphone. Un *meme* de sa mère destiné à l'inspirer. Un SMS d'une amie d'université qui veut organiser un dîner. La réponse arrive. Elle le sait à l'inspiration que prend Dan.

— Racontez-moi un truc sur vous que vous n'avez jamais dit à personne, demande-t-il à la place.

— Hein ? coasse-t-elle. Vraiment, c'est à ça que vous voulez jouer ?

Mais Dan ne rigole pas. Ça lui coûte de révéler une source qui a exigé l'anonymat. Elle le lit dans son regard. Ce n'est pas un jeu pour lui.

Elle réfléchit, incline la tête.

— Je vous ai déjà parlé de la Source anonyme.

— Non… ça ne suffit pas. C'était pour vous permettre de décrocher le boulot.

Il la pointe du doigt.

— Dites-moi quelque chose sur *vous*.

— Et ensuite, vous révélerez la source ?

Elle n'a rien contre le troc, mais c'est ridicule. Puéril.

— Ce n'est pas ainsi que je travaille. Je ne cache rien, vous me voyez telle que je suis.

— Non, June, ça n'arrive jamais. Il y a ce qu'on raconte. Et il y a la version cachée de l'histoire. Tout bon reporter sait qu'elle seule compte. Très bien, dit-il avec un long soupir, je me lance. Je suis un alcoolique en voie de guérison. J'ai fait passer le travail avant les besoins de ma famille, et à cause de ça, j'ai perdu les deux êtres que j'aime le plus au monde. Il y a toujours un prix à payer. C'est ma version cachée de l'histoire. À vous.

— Vous m'en voyez désolée. Ce doit être très dur.

Dan, un alcoolique ? Elle se rappelle la photo de sa fille en justaucorps posée sur la console derrière son bureau. Lui parle-t-elle ? June se sent soudain nerveuse. Qu'attend-il réellement d'elle ? Elle n'a que deux choses à lui offrir. Rick Janus – hors de question qu'elle choisisse cette option. Très bien, l'autre. Elle s'éclaircit la gorge.

— Bon… Je suis une erreur, née d'un étudiant ayant abandonné ses études de droit et de la major de sa promo. Il s'est barré avant ma naissance. Un lâche. Ça vous va ?

June pince les lèvres.

— Mais j'ai une mère formidable, intelligente, au sommet de son art, qui travaille trop dur et s'inquiète trop.

— Pas de doute, les chats ne font pas des chiens, dit Dan avec un sourire.

— C'est tout à fait ça, répond June en éclatant de rire.

— On dirait que vous avez eu la mère qu'il vous fallait, et que vous êtes probablement la plus belle erreur qu'elle ait faite.

Les traits de Dan s'adoucissent.

— Avez-vous essayé de retrouver l'étudiant ?

— Ouais. Marié sans enfant. Vit à San Diego. Dans l'immobilier. Un parfait abruti. J'ai décidé qu'il ne valait pas la peine que je perde mon temps.

Elle pousse un profond soupir.

— Si ce type a pu laisser tomber quelqu'un comme ma mère, alors, il ne méritait pas qu'on lui coure après.

Dan jette un bref coup d'œil par la vitre puis revient vers elle.

— J'aurais bien aimé que ma saloperie de père se tire. Ça nous aurait économisé des tas de factures d'hôpital impossibles à payer. Le bras de ma mère n'a plus jamais fonctionné correctement après qu'il en a eu terminé avec elle. Savez-vous que l'article qui m'a valu mon premier Pulitzer traitait des violences conjugales, un phénomène endémique, et de la façon dont les tribunaux laissaient ces salauds s'en tirer à bon compte ?

Ils s'observent par-dessus la table, éprouvant un nouveau sentiment de camaraderie.

— Vous savez ce que je dis toujours : « Ce qui ne vous tue pas vous… »

— « … incite à écrire sur le sujet. »

— Exactement ! *La Femme en feu* appartient à Ellis Baum, chuchote-t-il.

June en reste comme deux ronds de flan. Elle ne s'y attendait pas.

— Ouais, *cet* Ellis Baum. Le modèle était sa mère, assassinée pendant la Shoah par Helmuth Geisler. Je suis sûr que ce nom est apparu plusieurs fois dans les documents que je vous ai donnés. Enfin, Ellis a caché son passé à tout le monde, moi compris. Mais il est mourant, et ça aussi au fait, personne ne le sait. Il m'a appelé pour me demander mon aide. Et je compte bien me donner à fond. C'est un ami très proche, et ils sont rares.

Dan lui décoche un sourire triste.

— Ce doit être mon éblouissante personnalité.

— Il y a de ça, dit June, cherchant toujours à masquer combien elle est surprise que la source soit Ellis Baum, l'icône de la mode, mourant qui plus est… Comment vous êtes-vous rencontrés ? Je ne vous aurais jamais imaginés ensemble. Vous n'êtes pas vraiment tendance.

Elle désigne son vieux blouson.

— Ellis en conviendrait de tout cœur, répond-il en riant. Je doute que quiconque nous imagine l'un avec l'autre. Mais c'est une tout autre histoire. Je pense que nous avons atteint notre quota de la journée. Il faut agir vite, dit-il en rassemblant ses affaires. Mais surtout…

— Vous ne voulez pas le décevoir.

Une fois encore, June finit pour lui. Dan hoche la tête, mais elle est un peu inquiète à présent. Tout journaliste sait qu'enquêter pour un ami proche ou un parent met des œillères. L'émotion est un obstacle majeur, avait dit un jour un de ses professeurs. Détachement et impartialité sont essentiels pour trouver des indices et se frayer un chemin à travers les embranchements inévitables. En règle générale, plus on est personnellement concerné, plus on s'éloigne de la vérité. Dan connaît cette règle.

— Nous retrouverons la toile d'Ellis Baum. Maintenant que je connais la source, j'aimerais lui parler directement.

— Culottée avec ça, dit Dan en fermant son attaché-case. Annulez vos projets pour le mois à venir. Vous allez faire bien plus que ça.

10

New York

La porte de l'appartement s'ouvre brusquement au bout du couloir. Comme toujours, le cœur d'Ellis bat des ailes dès qu'Henri arrive. Il l'imagine dans le vestibule, jetant son gilet pare-balles vert sur l'antiquité en bois qu'ils ont dénichée chez Sotheby's, laissant tomber sa sacoche photo devant. Ses chaussures sont probablement crottées. Peu importe. Il est simplement heureux qu'Henri soit rentré sain et sauf. Entendant une interruption dans les pas, il l'imagine se regardant dans le grand miroir espagnol doré du XVIIe siècle et se passant les doigts dans cette tignasse châtain clair parsemée de gris. Ellis pousse un profond soupir. Plus de vingt années de vie secrète avec un homme presque deux fois plus jeune que lui. Il ne saura jamais pourquoi Henri reste – et ne le demande plus.

— El, c'est moi, crie Henri d'une voix joyeuse.

— Oui, je sais. Je suis ici.

Henri, un large sourire dévoilant des dents d'une blancheur de pub sur une peau bronzée, se tient sur le seuil du bureau.

— Comment va mon chausseur préféré ?

Ellis contemple le plus beau visage qu'il ait jamais vu, et qui ne cesse de se bonifier avec l'âge ; un visage qui se confondait trop souvent avec celui de Vivienne, notamment au lit. Quand le corps de Vivienne se tortillait sous lui, c'est à Henri qu'il pensait. Mais pour être honnête, le charme de Vivienne se matérialisait souvent quand il était avec Henri. Ellis est resté résolument fidèle à la femme à laquelle il est marié depuis bientôt cinquante-deux ans et à son amant. Ils sont au courant de leur existence mutuelle, et acceptent ce qui est à l'évidence inacceptable. Il les tient dans des cases séparées. Henri reste en ville, et Vivienne alterne entre les résidences de Bedford, Montecito et des Hamptons. Sa vie avec elle est étalée au grand jour, et Henri reste un secret.

— Bienvenue à la maison. Comment était-ce ? demande Ellis dès qu'Henri entre dans la pièce.

Il a passé les trois dernières semaines à photographier le Nigeria pour *National Geographic*.

— Disons que ce n'était pas Bali !

Henri s'esclaffe et, comme d'habitude, la beauté de son rire réchauffe Ellis comme un plaid.

— Une horreur, un piège mortel, mais Dieu que les gens sont beaux ! Les photos, El, sont incroyables.

Il avait rencontré Henri Lamonte vingt-deux ans plus tôt alors que celui-ci était encore photographe de mode et avait été engagé pour une publicité Anika Baum. Il lui suffit de fermer les yeux suffisamment longtemps pour revoir en détail la nuit qui avait suivi la séance photo, quand Henri, à l'aube de la trentaine, l'avait séduit dans son bureau. Il se rappelle chaque regard, chaque caresse, nuance et odeur de ce précieux souvenir et le convoque dès qu'il veut se recentrer. Malgré l'épouse et la famille soudée d'Ellis, Henri avait deviné qui Ellis était réellement, ce qu'il cachait. Ellis le savait depuis toujours, mais il avait choisi de vivre la vie que sa mère aurait voulue pour lui. *Était-ce seulement vrai ?* se demanda-t-il souvent par la suite. Du peu qu'il se rappelait d'elle, Anika Baum était bohème, en avance sur son époque, ne jugeait personne. Elle adorait le voir parader dans leur vaste appartement avec ses talons hauts et ses vêtements. Il entendait encore ce rire joyeux planer dans l'air, frais comme un bouquet de fleurs. Non, ce n'était pas sa mère qui l'empêchait de choisir ce type de vie ; lui seul se refusait ses propres désirs, peut-être en punition d'avoir survécu à la guerre quand elle n'y était pas parvenue. Un garçon qui n'avait ni famille ni mère avait décidé de fonder une famille dont la mère serait la pierre angulaire. Mais contrairement à Vivienne, Ellis n'était pas parfait. Sa manière de compartimenter sa vie n'avait aucun sens, et il en allait autant de la dévotion d'Henri pour lui. *Et pourtant, nous sommes là*, se dit Ellis alors qu'Henri se penche pour l'embrasser goulûment sur la bouche, recule et l'observe.

— Qu'a dit l'oncologue ?

— Stable. Rien n'a changé, ment Ellis pendant qu'Henri se dirige vers le bar pour se préparer un dirty martini et lui servir une eau gazeuse.

— Tu mens, dit-il en le regardant de ses yeux pénétrants.

— Oui, ça aussi, concède Ellis. Ça ne s'améliore pas. Restons-en là, tu veux bien ?

Henri s'assied sur le canapé à côté d'Ellis, appuie fermement sa main contre sa cuisse, la caresse légèrement. Ellis sait qu'il lui arrive de coucher avec d'autres hommes, quand il est en déplacement par exemple – des aventures d'un soir, parfois plus –, mais seule une relation s'était éternisée et était devenue insupportable. Qu'a-t-il pour se défendre ? Il est bien trop vieux pour Henri, et il ne quittera jamais Vivienne, ce qu'Henri n'a jamais exigé. Pas plus qu'il n'a insisté au fil des ans pour qu'Ellis assume son homosexualité, pas même dans le monde de la mode où c'est monnaie courante. Henri sait qu'Ellis vient d'une autre époque, le respecte et ne demande jamais rien de lui, *hormis cela*. Des moments volés qu'ils passent tous les deux dans leur vaste appartement de Tribeca. Ils chérissent tous deux ces moments à deux, leur espace sacré.

— Je suis allé voir Adam, lui dit Ellis.

La main baladeuse s'interrompt.

— Adam ? Comment va-t-il ? Attends, tu t'es rendu dans le Montana ?

Henri se fige de manière théâtrale, puis secoue la tête, sidéré.

— Tu sais que c'est en pleine nature, dis ?

— Oui, je sais, sourit Ellis. Crois-moi, je ne m'attendais pas à ce que ce soit aussi beau. Adam est en pleine forme. Henri, il y a quelque chose…

Il s'arrête, rassemble ses pensées.

— Quelque chose dont je veux te parler depuis longtemps.

— Ça a l'air sérieux.

Henri se cale dans le luxueux canapé en cuir chocolat et écoute Ellis tout déballer lentement : sa mère, la guerre, la toile, les mensonges, ses soupçons sur Margaux de Laurent, dévoilant et libérant toutes les vérités de son passé qu'il avait enterrées.

— Pourquoi ne m'en as-tu jamais parlé avant ? dit-il doucement quand Ellis a terminé. Pourquoi tous ces bobards belges ? Ta famille dans les diamants ? Tu sais que je me fous de tout ça. Ça aurait expliqué tant de choses. Pourquoi tu ne pleures pas. Pourquoi tu restes le regard dans le vague pendant des heures. Pourquoi tu me repousses comme si tu ne méritais pas le plaisir, *nous*. Tu vois cette photo, là… ?

Ellis regarde dans la direction de son doigt accusateur, le cadre en cerisier avec l'agrandissement en noir et blanc de la photo de lui qu'Henri préfère, prise à son insu au début de leur relation. Ellis, en pull irlandais épais, regarde par la fenêtre bordée de neige de leur appartement. Il a une expression résolue sur le visage, le regard distant, la mâchoire crispée.

— C'est le visage que je n'ai jamais réussi à atteindre, soupire Henri. Ça explique tout. J'aurais juste aimé le savoir plus tôt… que tu m'aies fait confiance.

Ellis prend les mains d'Henri dans les siennes et regarde avec amour les doigts longs et agiles, la peau marbrée de veines qu'il connaît si bien.

— C'est à moi que je ne faisais pas confiance. En fait, *je* ne pouvais pas accepter mon propre passé. Mais ces derniers temps, il me semble plus réel que le présent. Je suis désolé.

Henri cherche d'autres indices sur le visage peiné d'Ellis.

— En quoi puis-je t'aider ? Je le vois bien, il y a quelque chose.

Ellis observe son amant, respire l'air qui l'entoure. Long vol, odeur musquée, transpiration sèche. *Lui.* C'est enivrant.

— Griffin Freund, dit-il enfin.

Henri ôte sa main et son visage se décompose brièvement, puis il lève les yeux, perplexe.

— Quoi, Griffin Freund ?

Un long silence se glisse entre eux. Ils avaient bien failli se séparer une fois, justement à cause de Griffin Freund, l'ancien conservateur du Museum of Modern Art. Un homme avide de publicité avec ses acquisitions extravagantes et risquées et, de l'avis d'Ellis, un manipulateur et un opportuniste cabotin. Huit ans plus tôt, Henri avait été engagé pour faire des photos du MoMA, et il avait littéralement craqué pour cet homme. C'était allé au-delà du coup d'un soir, d'une aventure. Ils avaient continué à se voir et, pour la première fois, Henri, ensorcelé par Freund, s'était éloigné. Ce furent sept mois d'un véritable enfer, puis, miraculeusement, Henri s'était détaché. Il était rentré chez eux, sans excuse ni explication, mais il était rentré, et c'était le plus important. Henri allait détester ce qu'il avait à dire.

— J'ai besoin que tu reprennes contact avec Freund.

Henri écarquilla les yeux, méfiant.

— Contact ? Où veux-tu en venir ?

Comment pourrait-il donner ne serait-ce qu'une ébauche d'explication… Ellis s'éclaircit la gorge et vide son verre d'eau.

— Je passe mes journées à réfléchir au moyen de retrouver cette toile. Tout le monde sait que Griffin Freund a quitté le MoMA en mauvais termes. On dit qu'il se fait des millions maintenant en conseillant de sales types – trafiquants de drogue, financiers peu scrupuleux et autres criminels assoiffés de pouvoir – sur leurs collections. Je ne cesse de penser aux toiles volées de la collection Geisler, on parle d'œuvres du calibre de Picasso, Chagall et Matisse. Des œuvres majeures. Impossible que ces peintures soient vendues par les canaux normaux…

Ellis essuie son front humide du dos de la main. Il cherche son mouchoir, mais il est dans son manteau pendu dans l'entrée.

— Crois-moi, si ces peintures refont surface, Freund sera le premier à prendre tout ce qu'il peut pour sa clientèle abjecte. Et ce n'est un secret pour personne qu'il travaille main dans la main avec Margaux de Laurent.

Les traits d'Henri se durcissent. Il est furieux, et à raison.

— Donc, si j'ai bien compris. Tu me racontes tout ça parce que…

— Oui, Henri.

Ellis déglutit péniblement, comme s'il avait une pierre acérée coincée dans la gorge.

— Parce que j'ai besoin de toi là-bas, dans le lit de Freund, dans ses oreilles, si d'aventure ma toile atterrissait entre ses mains ou tu apprenais quoi que ce soit sur l'endroit où elle se trouve.

— Entendons-nous bien, lui dit Henri avec un regard noir, tu es prêt à me prostituer pour que je t'aide à trouver ta peinture ?

— Oui, c'est exactement ce que je veux.

C'est bien la dernière chose que je veux, que ce poison de Griffin Freund revienne dans nos vies. Il sonde les doux yeux marron d'Henri. Mais ils ne dégagent plus aucune chaleur.

— Je sais que c'est… – Ellis cherche un terme civilisé pour méprisable, détestable, déplorable – que ce n'est pas optimal. Il faudrait que tu joues la comédie un temps, pour moi.

— « Que je joue la comédie » ? « Pas optimal » ? Bon sang, Ellis.

Henri pose le verre d'un geste brusque, et le liquide se répand sur la table basse. Aucun des deux ne fait mine de l'essuyer.

— On parle de l'homme qui s'est mis entre nous, crie-t-il, la mâchoire crispée. Réfléchis à ce que tu me demandes. Tu crois vraiment que tu pourras le supporter ?

Ellis se mord la lèvre. *Dix-huit mois avec de la chance, a dit le docteur. C'est tout. C'est tout ce qui me reste.*

— Oui, pour la toile, je peux tout supporter.

Il regarde Henri descendre la fin de son martini et cette gorgée lui dit tout du tourbillon d'émotions de son amant : colère, blessure, frustration, confusion et trahison.

— Je sais que cela fait beaucoup de choses à digérer, dit Ellis d'une voix douce.

— Beaucoup de choses à digérer. Mon Dieu, Ellis, là, tout de suite, je ne te reconnais plus.

— Moi non plus.

Un nouveau silence malvenu plane dans l'air, qui semble s'éterniser cette fois. Ellis sent les couteaux lui transpercer la poitrine et accueille la douleur, il mérite de souffrir.

— C'est extrêmement difficile pour moi, mais j'ai besoin que tu le fasses. Je dois savoir que j'ai paré à toutes les éventualités. Henri, s'il te plaît. Je sais exactement ce que je te demande… Je n'ai pas beaucoup de temps.

Henri se lève, arpente le tapis oriental, s'arrête devant Ellis, et le fixe pendant une éternité.

— Grosse erreur. Mais d'accord, je vais faire ça pour toi.

11

Correns, France

Le monde entier te cherche, dit Margaux à la peinture exquise qu'elle avait rapportée dans sa chambre la veille. *Et te voilà, belle, en sécurité avec moi.* Elle avait accroché *La Femme en feu* près de son lit, comme si ce chef-d'œuvre était un vulgaire poster. Si son grand-père savait qu'elle avait utilisé des punaises… « La présentation est une forme d'art, lui disait-il pendant leurs longues promenades. Tout est dans le cadre, l'éclairage et l'installation. Mais fais attention. Si un client remarque le cadre *avant* la toile, tu t'es fourvoyée, tu as raté la vente. Et le cadre, Margaux, ne doit jamais éclipser, mais toujours *servir* l'œuvre. L'éclairage donne le ton mais ne doit jamais projeter de reflets sur la toile, et l'endroit où tu exposes la peinture est éloquent. Ne l'oublie pas. »

Elle n'a rien oublié – tout ce que son grand-père, la seule personne qui comptait pour elle, lui a dit car ses paroles méritaient d'être retenues. Elle fixe la peinture comme si elle la voyait une fois encore à travers le regard avisé de son grand-père…

— Quelle est ta peinture préférée, grand-papa ? lui avait-elle demandé un jour qu'elle lui avait rendu visite dans la galerie parisienne.

Elle avait alors dix ans, et lui dans les quatre-vingts, mais il restait toujours aussi vaillant, insistait pour venir tous les jours à la galerie.

— Raconte-moi encore l'histoire.

Tout sourire, il avait ébouriffé les longs cheveux noirs ondulés de Margaux pendant qu'ils contemplaient un Monet.

— Eh bien, tu aimes celle-ci ? lui avait-il demandé.

Elle avait incliné la tête, regardé les lys bras croisés, imitant la posture de son grand-père.

— Non. Elle ressemble trop à un rêve. Elle est trop jolie. Trop prévisible.

Il avait laissé échapper un rire jovial.

— Mais que t'ai-je fait, *ma chérie** ? Si Claude était encore en vie pour entendre cela, je te garantis qu'il aurait adoré. Il ne supportait pas les flatteurs qui l'entouraient. Tu sais, je l'ai rencontré ici à la galerie quand j'avais une vingtaine d'années. Mon père était un grand collectionneur de ses œuvres. Tu es une fillette étrange. Brillante avec des avis tranchés.

Il avait désigné une autre peinture.

— Et celle-ci, *Femmes sur la corde raide* de mon vieil ami Ernst Ludwig Kirchner ?

Son grand-père aimait jouer à ce jeu, testant ses réactions face à des œuvres majeures. Elle lui avait décoché un large sourire. Les couleurs vives, les corps en mouvement, les grands coups de peinture abstraits. Âpre et électrisant. Et non guindé comme Monet. Et la funambule affichait une expression de colère et de détermination. Margaux s'était identifiée à elle, avait senti les émotions intenses de la femme comme si elles venaient de son propre visage.

— Oui, celle-ci, je l'aime… je la sens ici.

Elle avait désigné son ventre.

— C'est comme ça que je sais ce que j'aime.

Son grand-père avait semblé ravi.

— Et dans ton cœur ?

Margaux avait réfléchi. Elle ne sentait jamais rien dans son cœur. Comme s'il était mort, rythme plat.

— Oui, ici aussi, avait-elle menti.

Les yeux de son grand-père avaient brillé. Son approbation comptait pour elle. Elle savait aussi que même si c'était son père qui supervisait alors toutes les galeries, son grand-père ne lui faisait pas confiance. Elle l'avait entendu s'emporter contre lui, le traiter d'imbécile, lui reprocher sa piètre éthique professionnelle et sa vie personnelle lubrique. Redressant délicatement le menton de Margaux de son index osseux, son grand-père lui avait dit :

— Tu es ma préférée, et tu sais pourquoi ? Parce qu'on ne peut pas acheter, vendre ou former l'« instinct ». Les meilleurs marchands d'art sont nés avec. Et comme moi, tu as cet instinct.

Elle avait redressé ses petites épaules.

— Et toi aussi, tu es mon préféré, grand-papa. Tu sais pourquoi ? Parce que tu ne me mens jamais.

Pas comme son père, qui mentait comme un arracheur de dents. Ou sa fourbe de mère. Son grand-père avait suivi le regard de Margaux vers la porte de la galerie, là où son père aurait dû venir la chercher deux heures plus tôt. Il avait pincé les lèvres comme pour s'excuser.

— Ton père a toujours été ainsi, irascible et égoïste. Et ta mère…

Il avait secoué la tête. *Ma mère*, avait-elle pensé, *est pire encore.*

— Je suis désolé. C'est dur pour toi, n'est-ce pas ?

Elle avait hoché la tête et il l'avait serrée tout contre lui.

— Quand je souffre, Margaux, je m'aperçois que l'œuvre parfaite arrange toujours les choses. N'oublie pas : l'art reste alors que les gens partent.

Elle s'était laissée aller contre son ventre dodu.

— Ne me quitte pas, d'accord ?

— Je ferai de mon mieux pour rester dans les parages.

Cela avait été l'unique fois où son grand-père lui avait menti. Elle l'avait regardé avec des yeux sombres et confiants.

— Raconte-moi encore l'histoire de la peinture. La première fois que tu l'as vue, *elle*... ton autre préférée.

*

C'était un jour comme les autres, sauf que non. C'était *le* jour. Charles de Laurent ne cessait de consulter sa montre, attendant la livraison ultraconfidentielle. C'était la douzième toile de maître qui lui venait en douce d'Allemagne, une fois encore envoyée par l'artiste Max Kruger devenu agent double : il feignait de travailler pour les nazis tout en œuvrant en secret à sauver l'art moderne allemand, notamment les travaux abstraits des expressionnistes – les ennemis jurés d'Hitler qui les avait pris pour cibles. Les expressionnistes exprimaient tout ce que le IIIe Reich haïssait : des peintures qui déformaient les sujets pour obtenir un effet émotionnel et évoquer des humeurs, des sensations et des idées nouvelles. Charles était résolu à protéger coûte que coûte les peintures importantes que les nazis qualifiaient de « dégénérées », et les artistes qui étaient persécutés en tant qu'ennemis de l'État.

La livraison du jour était profondément bouleversante et le touchait personnellement. C'était la dernière œuvre connue de son ami intime, Ernst Engel, un des fondateurs de Die Brücke, le mouvement moderniste des expressionnistes. Les nazis avaient arrêté Engel un mois plus tôt environ, et Max Kruger, qui avait assisté les nazis dans cette arrestation, était revenu en secret à l'atelier d'Engel à Berlin pour sauver les œuvres de son meilleur ami. Il envoyait cette peinture à Charles pour protéger sa dernière œuvre, sa préférée, semblait-il.

Kruger lui avait écrit un message codé. *Ils viendront la chercher. Cachez-la à tout prix.*

Charles attendait assis dans son large fauteuil éventail en cuir, tapotant nerveusement son stylo contre son bureau Biedermeier. Il avait fermé la galerie pour la journée, prévoyant une arrivée matinale ; la toile était très grande, disait-on, et difficile à passer clandestinement. Le signal résonna enfin à 16 h 30 : trois coups, une pause, puis deux, une pause, puis trois – conformément aux instructions. Charles sentit une montée d'adrénaline comme il bondissait hors de son fauteuil et allait ouvrir à l'homme fruste, vêtu des pieds à la tête d'habits noirs froissés, qui se tenait là les mains vides.

— Monsieur de Laurent.

Ses yeux bleu délavé étaient sans vie.

— On dirait bien qu'il va pleuvoir.

— Oui, oui. La pluie.

Charles prit acte du mot de passe cryptique tout en parcourant la rue La Boétie du regard. Circulation pédestre de fin d'après-midi. Rien qui sorte de l'ordinaire.

— Par l'allée, directement derrière, chuchota-t-il. Je vous y retrouve.

Vingt-cinq minutes plus tard, après la livraison, Charles s'enferma avec l'immense caisse – Kruger lui avait envoyé deux autres peintures en sus de celle d'Engel – dans le placard à fournitures artistiques au sous-sol de sa galerie. Le sang lui battait les tempes pendant qu'il défaisait l'épais emballage. Jamais Ernst Engel ne sortirait vivant des mains des nazis. En tant que chef de file du mouvement artistique « ennemi », il était probablement déjà mort.

Charles avait l'estomac retourné. La vie de tant de brillants artistes avait été détruite ces quelques dernières années depuis que les nazis procédaient à une épuration de l'art moderne. Interdit de peindre. Interdit d'acheter des fournitures. Interdit de vendre leurs œuvres. Interdit de rencontrer d'autres artistes. Interdit de quitter le pays. Charles de Laurent, le plus grand marchand d'art de Paris, savait qu'un artiste aux mains liées était pour ainsi dire mort. En vérité, ces salauds avaient tué Ernst Engel bien avant de l'avoir capturé.

Le souffle court, en sueur, Charles déboutonna sa chemise et jeta sa veste par terre, la poussant du pied pendant qu'il déroulait soigneusement la précieuse toile, puis reculait d'un pas pour l'observer. Il prit une profonde inspiration et s'imprégna lentement de la magnifique composition. Il n'avait pas de simples couleurs devant les yeux, mais de remarquables teintes lumineuses qui le bombardaient de toutes parts : les rehauts dorés éblouissants dans la superbe chevelure de la femme, le glacis abricot rougissant sa peau, l'azur de ses yeux pénétrants, le prune passionné entremêlé de cobalt attisant les flammes qui l'engloutissaient. Il avait presque sur les lèvres le goût de ce généreux compotier de pigments. Mais il ne connaissait rien des origines de la peinture. *Qui était le modèle ? Où Engel l'avait-il trouvée ?*

En général, Charles rencontrait son artiste, l'invitait à dîner, jusqu'à ce qu'il ou elle révèle ce qui avait inspiré son œuvre. Parce qu'il avait *besoin* de savoir, de sentir exactement ce que l'artiste ressentait. Mais là, il ne connaîtrait jamais l'histoire que cachait cette femme, la déesse du feu. Il lui toucha délicatement le visage du bout des doigts, sentant la dichotomie complexe de sa texture à la fois lisse et rugueuse. *C'est là une femme qu'on ne laisse pas partir, jamais*, chuchota-t-il à voix haute entre les murs de béton.

*

— Tu vois, Margaux, cette peinture m'a coupé le souffle, avait expliqué Charles à sa petite-fille. Le jour même de son arrivée à la galerie, j'ai décidé de ne pas la vendre, mais de la garder pour moi. Je l'ai emportée à la maison, j'ai enlevé mon Cézanne préféré qui était accroché au-dessus de la cheminée de la chambre…

— *Les Baigneuses* ? l'avait-elle interrompu.

— Oui, *mon cœur**.

Il avait souri à cette fillette précoce dont l'esprit était si vif qu'il avait du mal à le suivre.

— *Les Baigneuses*. Et j'ai mis *La Femme en feu* à sa place.

— Et grand-maman… raconte encore, s'il te plaît.

Margaux en avait redemandé, comme toujours. Elle n'était jamais satisfaite.

Les pensées de Charles étaient allées à sa belle et jeune épouse, Sylvie. La seule femme qu'il avait vraiment aimée. Il n'était pas comme son vaurien de fils, qui trompait sa femme à la moindre occasion. Il avait lui aussi commis quelques imprudences au tout début de sa carrière de marchand d'art gérant la galerie la plus réputée de Paris. Des modèles nubiles et des artistes opportunistes franchissaient ces portes magiques, se jetaient à ses pieds. Tant de ferveur. Mais l'amour, *le véritable amour* ? Une seule femme existait à ses yeux.

— Ta grand-mère était très malade. Elle est morte à trente-trois ans à peine. Mais quand j'ai rapporté cette peinture à la maison, je te jure qu'elle l'a fait revivre, lui a redonné de la force et un but dans la vie. Et quand elle m'a finalement quitté, Margaux, elle a terminé ses jours en souriant. C'était cette peinture. Un véritable don du ciel. Je crois que ta grand-maman a vécu plus longtemps juste pour la contempler chaque matin.

Ses paupières s'étaient fermées. Il avait serré la main de Margaux.

— Puis…, l'avait-elle poussé.

C'était parfois exaspérant, s'était-il dit. Cette fille ne savait jamais s'arrêter.

— Il n'y a pas de puis.

Il l'avait brusquement interrompue.

— *Fini**. *La Femme en feu* m'a été enlevée, volée, par une crapule appelée Helmuth Geisler, qui s'était donné pour mission de faire souffrir l'art et les artistes.

Il s'était prestement détourné d'elle ; la lumière dans ses yeux s'était éteinte.

Margaux avait de nombreuses autres questions à lui poser, mais la peine qu'elle avait lue sur son visage lui avait ordonné pour une fois de se taire. Elle avait su alors, sans vraiment le comprendre, que l'histoire de la peinture n'était pas *finie**, mais au contraire, qu'elle ne faisait que commencer.

Redressant l'oreiller derrière sa tête, Margaux prend une longue bouffée de sa cigarette et sent monter en elle une tristesse, un vide familier en pensant à son grand-père. Elle chasse la mélancolie qui la gagne.

Regarde-toi, dit-elle avec les yeux à *La Femme en feu, si puissante et rebelle. Et pourtant. Des hommes t'ont adorée, convoitée, mais ils ne t'ont pas protégée, hein ? Pas même mon grand-père. D'une manière ou d'une autre, il t'a laissée partir, laissant son tableau préféré tomber entre les mains serviles d'Helmuth Geisler, puis, au bout du compte, dans celle de son bon à rien de fils. Ils n'ont pas pu te protéger. Mais je le ferai, moi.*

Elle insère ses AirPod et met Coldplay à fond. La musique commence quand elle entend un faible tapotement et se redresse, fâchée d'être à nouveau dérangée.

— Laissez-moi tranquille, hurle-t-elle en direction de la porte.

Elle a besoin de temps pour réfléchir, pour rester seule avec la peinture avant de la redescendre dans la chambre forte.

— C'est moi, dit Wyatt Ross. Il faut qu'on parle.

— Une seconde.

Margaux aime dormir nue. Peu importe qu'ils aient fait l'amour toute la semaine dans la Maison. Ici, c'est son sanctuaire, son domaine privé. Elle ramasse par terre sa robe de chambre, l'enfile et laisse entrer Wyatt. Il a, comme toujours, un T-shirt et un jean noirs et une cigarette à moitié fumée pendue au bec.

Il regarde *La Femme en feu* sur le mur.

— Ah ! La voici.

Margaux s'assied bras croisés au bord de son lit.

— Et ?

Wyatt se place devant elle puis tend la main vers le cendrier derrière elle sur son bureau.

— J'ai passé la nuit à élaborer un plan. Je crée un faux compte ciblant deux groupes précis sur le dark web pour nos œuvres : le premier, la mafia italienne, une ramification de la Camorra, et l'autre, une branche néonazie basée à Chemnitz.

— Pourquoi eux ? demande Margaux, s'agaçant quand il se met à fureter, à inspecter ses affaires personnelles.

C'est la première et dernière fois qu'il entre dans sa chambre.

— Il y a quelques années, la police italienne a découvert que la Camorra avait une planque de peintures volées, où figuraient deux Van Gogh dérobés au musée Van Gogh d'Amsterdam en 2002, tu te souviens de ce casse ?

— Bien sûr. Tout le monde s'en souvient.

Il agite sa cigarette.

— À ce que j'ai compris, la Camorra ne se contente pas de voler des œuvres d'art inestimables. En fait, elle les *acquiert* quand quelqu'un lui doit de l'argent ou quand elle pense pouvoir les « enlever » et obtenir en retour une coquette rançon du particulier ou du musée qui en est propriétaire. Ce groupe correspond parfaitement à nos besoins. Ils connaissent l'art, ils ont recours au dark web pour revendre les biens volés, et ils sont muets et loyaux envers la cause. Et les néo… eh bien, leur choix est évident. Ils veulent que les œuvres dérobées par les nazis restent chez les nazis. Un coup facile. Je veux leur faire porter le chapeau en faisant croire qu'ils détiennent des peintures de la collection Geisler. Je peaufine encore les détails.

Il s'assied sur le lit près de Margaux, et elle devine à ses cheveux encore humides aux pointes qu'il sort de sa douche.

— Je suis venu te demander de choisir quatre peintures à leur proposer. Mon plan est double : placer ces toiles auprès de la mafia et des néonazis en ne prenant qu'un petit pourcentage au début, et quand ils verront qu'on est réglo et qu'ils peuvent se faire de gros bénefs en se présentant comme les vendeurs des œuvres, nous leur en enverrons d'autres et empocherons une commission plus substantielle. Quand un tableau est déclaré volé, je le répète, sa valeur plonge aussitôt. On doit agir vite et prudemment, et ne pas nous faire prendre.

— Quatre toiles ? Qu'est-ce qui me garantit que je ne jette pas aux orties des œuvres de plusieurs milliers de dollars ? Tu fais confiance à ces voleurs ?

Elle quitte le lit et tourne autour de lui.

— Je me fais confiance. Il n'y a qu'une seule raison d'agir exactement ainsi. Faire *diversion*.

Il se fend d'un sourire asymétrique et sexy, manifestement content de lui. Margaux a envie de le lui effacer vite fait. Sans compter qu'elle sent aussi son regard sur son décolleté. Elle resserre sa ceinture. *Pas ici. Oh non.*

— La diversion, explique-t-il comme à une étudiante, est nécessaire pour que les gens regardent à gauche pendant qu'on déplace les peintures à droite. Laissons-les croire que le meurtre et le vol de Geisler étaient crapuleux. L'irruption de quatre œuvres majeures sur le dark web nous permettra de gagner un temps précieux. Personne ne s'occupera de nous pendant que j'opérerai ma magie.

— Et si ton plan se retourne contre nous ? S'il met justement les autorités sur notre piste ?

— Contre nous ? répète-t-il, offensé. Impossible. Le monde des arts n'a pas connu d'affaire comme celle-ci depuis des décennies. Ces toiles intéressent personnellement des tas de gens, qui aimeraient tous savoir quelles œuvres figuraient dans la collection Geisler et cherchent à assembler des preuves.

Wyatt désigne *La Femme en feu*.

— Mais nous ne disposons que d'une fenêtre très étroite, Margaux. Notre atout, c'est que *nous*, nous savons exactement ce que contenait la collection, et que nous pouvons écouler les toiles et nous faire un paquet de fric avant que les autorités bougent leur gros cul et reconstituent le puzzle. La balle est dans ton camp.

— Ton beau plan infaillible consiste à apporter mes peintures sur un plateau d'argent à des gens aussi fiables que la mafia et les nazis ? raille-t-elle. Et comment comptes-tu t'y prendre exactement ? Tu vas déposer les peintures enveloppées d'une couverture sur le seuil d'une église ? Les lâcher à une convention de skinheads ? Ces groupes sont surveillés, leurs moindres mouvements épiés. Je trouve que ton plan est foireux et que tu es complètement barje.

— Je vais te le présenter autrement. Nous avons au moins 1,5 milliard de dollars d'œuvres volées dans nos coffres. Le vol de la collection Geisler est sur tous les écrans radar. Sans parler que pas mal de gens ont le vertige au Bundestag. Les journalistes exigent de savoir depuis quand exactement le gouvernement était au courant. Et puis, tout le monde s'active comme une taupe à fouiller les documents d'Helmuth Geisler datant de la guerre. La mafia et les néo nous permettent de gagner du *temps* pour faire nos affaires et disparaître. C'est notre meilleur plan. Crois-moi.

Il tend le bras et presse sa main sur la cuisse nue de Margaux.

— Pour info, je *suis* barje, mais par ailleurs, je définis les règles d'engagement à notre avantage. Oui, on va commencer par perdre des millions. Mais c'est le prix à payer pour les centaines de millions qu'on va gagner. Je te laisse faire le calcul.

Elle ôte sa main chaude de sa jambe et le fusille du regard. Elle se lève, resserre sa robe de chambre, s'approche de la fenêtre et contemple les terres parfaitement entretenues un étage plus bas.

— Très bien, dit-elle en se retournant lentement. Je passerai tout à l'heure à la Maison.

— Voilà ce que je voulais entendre.

Wyatt se lève et se gratte le crâne, s'attardant.

— En attendant, trouve des informations sur cette toile, dit Margaux en désignant *La Femme en feu*. Qui était le modèle ? Quelle histoire cache-t-elle ? Quel est l'historique de cette peinture, notamment pendant la guerre ? Il y a forcément eu des contrats à un moment ou à un autre, une piste. Je veux *tout* connaître sur elle.

— En quoi est-ce important maintenant ? Elle est à nous. Son histoire s'arrête là.

— « À nous » ? À *moi*, tu veux dire. C'est important, aboie-t-elle. Parce que je veux définir les règles d'engagement *moi-même*. Je veux savoir précisément qui d'autre va la rechercher afin de l'écarter de mon chemin.

Elle regarde la porte, indiquant à Wyatt qu'il est temps pour lui de débarrasser le plancher. Il traîne des pieds sur la moquette, accorde quelques secondes supplémentaires à Margaux pour qu'elle change d'avis et l'invite à rester. L'invitation ne venant pas, il part sans un au revoir en tapant des pieds. Elle rit sous cape. Si prévisible.

Elle déambule lentement dans sa chambre au décor d'adolescente. Rien n'a changé et c'est parfait. Le même bureau au liseré crème avec son armoire assortie, les étagères bourrées de premières éditions écornées couvrant l'intégralité du mur, la myriade de récompenses équestres, des pierres ramassées dans le canyon, une pipe à eau en verre sur l'étagère de son bureau posée à côté d'une photo encadrée de son grand-père et elle dans les vignes. Aucun cliché avec des amis – *quels amis ?* – ou d'autres membres de la famille. Pour quoi faire ? Rien n'a changé dans sa chambre et personne n'y a touché. *Sauf une fois.* Son antre a été brutalement violé une fois. Sa poitrine se serre à ce souvenir. Mais plus jamais.

Parvenue de l'autre côté de la pièce, Margaux lève les yeux vers *La Femme en feu* et la jauge. Elle défie le regard peint omnipotent. Avec ses 170 centimètres, la déesse blonde fait presque sa taille. Son visage à l'ovale parfait accueille des yeux aigue-marine immenses et pénétrants en forme d'amande. Ses pommettes de grande prêtresse semblent aussi affûtées que des lames, et ce corps – des seins plantureux à croquer, des courbes sensuelles tourbillonnant dans un flamboiement de couleurs. *Oui, bien sûr qu'elle sait ce qui s'est passé.*

La trahison. Margaux a soudain l'impression d'être elle-même prise dans les flammes. *Ils ont cru qu'ils pourraient s'en tirer. Mais ils se sont trompés.*

Elle s'approche doucement de la toile. *Qui es-tu ? Étais-tu quelqu'un de bien ? Ou plutôt comme moi ? Étais-tu réelle ? Ou juste sortie de l'imagination de l'artiste ?*

Elle ôte délicatement *La Femme en feu* du mur et la raccroche au niveau de ses yeux. Debout devant elle – de femme à femme, droit dans les yeux –, Margaux absorbe toute cette beauté, cette couleur. *Personne hormis moi ne pourra t'atteindre désormais*, promet-elle.

12

Missoula, Montana

La cabane nichée dans ce trou paumé est camouflée par de hauts pins montant la garde tels de fidèles soldats. June est convaincue que cet Adam Chase, qui qu'il soit, ne veut pas être retrouvé. Elle aspire l'air frais aux senteurs citronnées par la vitre arrière tandis que le chauffeur s'arrête près d'une boîte aux lettres bricolée dépassant d'un épais tronc d'arbre.

– Ouais. Numéro 18. C'est là. Ça doit être au bout du chemin, dit Dan au chauffeur pendant que June cherche à apercevoir la mystérieuse cabane à travers le petit jour entre les arbres.

Ils se garent au bout du chemin et elle prend dans le coffre son sac cabas et son bagage cabine pendant que Dan paie le chauffeur. Son cœur s'emballe. Enfin, après trois semaines de recherches ininterrompues, on y est. Ellis Baum, le titan de la mode et son petit-fils, l'artiste, sont en passe de bondir hors de sa pile de documents et de prendre vie.

Elle serre contre elle son sac à main bourré et sent monter le trac. Bizarrement, elle est plus nerveuse à l'idée de rencontrer Adam qu'Ellis. Surtout après tout ce qu'elle a lu sur lui. La célébrité instantanée, les drogues dures, la réputation de mauvais garçon, les arrestations, l'overdose, la désintox puis, bien sûr, la mystérieuse disparition de quatre années. Elle a même dû signer un accord de non-divulgation préparé par Ellis avant de venir ici.

— June, vous êtes avec moi ? lui demande Dan de l'autre côté du taxi.

— J'arrive.

Elle lève ses lunettes de soleil, sent sur son visage la chaleur du soleil de ce début d'après-midi et avance vers la cabane, étonnamment petite et ordinaire, dépourvue de la moindre touche personnelle. Aucun joli pot de fleurs, arbuste ou plante, aucun paillasson ou fauteuil à bascule coloré sur la véranda, rien de privé – le lieu dit juste « j'existe ». De sa position, June voit la chaîne de montagnes qui transperce le ciel et la rivière étincelante qui ceint la partie arrière de la cabane.

La porte s'ouvre et trois golden retrievers particulièrement amicaux se ruent dehors. June s'agenouille et les caresse en riant tandis qu'ils lui bavent dessus. Elle entend Dan se présenter à Adam. Quand elle se relève lentement, elle croise le regard émeraude perçant d'Adam, et l'impact est si soudain et inattendu qu'elle a l'impression d'avoir reçu un coup de poing.

Google ne lui a pas rendu justice. Tant s'en faut. June essaie de calmer sa respiration tandis qu'elle le dévore du regard. Encadré dans l'embrasure de la porte et vêtu d'un jean déchiré et d'un T-shirt délavé d'un concert de Guns N' Roses, Adam ressemble à un mannequin pour une revue d'activités de plein air. Ses cheveux sont en bataille, ses lèvres charnues sont gercées et son visage aux traits ciselés est recouvert d'un soupçon de barbe, parfaitement dessinée cependant, comme s'il l'avait lui-même noircie au fusain. Et ces yeux, qui lui avaient d'abord paru d'un vert vif, ont maintenant la couleur d'un jade profond bordé de jaune. *Sont-ils seulement humains ?* June ne s'aperçoit même pas que Dan est déjà entré, ou qu'elle n'a pas bougé d'un centimètre. Ses pieds sont cloués aux lattes de la véranda, comme s'ils y puisaient leurs racines.

— Salut, je suis Adam, dit-il, les mains enfoncées dans son jean.

Reprends-toi.

— Salut... June Roth.

Elle tend la main et essaie de prendre un ton professionnel. Quand Adam la lui saisit avec un léger sourire, elle remarque une petite cicatrice en relief fendant sa lèvre supérieure, une unique imperfection qui rajoute dix points à sa beauté, et elle se demande comment il se l'est faite.

Adam la fait entrer et lui propose de prendre son bagage cabine. Quand il tend le bras, elle sent une agréable odeur de résine, comme s'il venait de se rouler dans l'herbe. Elle sait par Dan qu'il vit seul ici, loin de tout et isolé du monde tel un fugitif. Il a certainement une petite amie. Une rougeur inattendue se répand sur ses joues alors qu'il retire gentiment la valise de son poing serré et referme la porte derrière eux.

June s'attarde près de la porte, ne sachant trop quoi faire d'elle. Dan a déjà traversé la pièce et est en pleine conversation avec Ellis, qui lui a passé un bras autour de l'épaule. Elle n'arrive pas à se les imaginer ensemble. Ils ne vont tout simplement pas l'un avec l'autre. Elle parcourt la vaste pièce du regard et tombe des nues. Ce n'est pas une pièce d'habitation, mais une galerie d'art avec des peintures partout. Elle avance lentement, se sentant soudain étourdie par l'afflux de couleurs et d'informations. Quel contraste avec l'extérieur dépouillé de la cabane ! Elle se tourne vers Adam, qui étudie sa réaction.

— C'est incroyable. Hypnotisant. J'ai l'impression de me trouver à l'intérieur d'un kaléidoscope.

À l'intérieur d'un kaléidoscope. A-t-elle vraiment dit ça à voix haute ? Elle voit bien qu'Adam la déstabilise.

Il est incroyablement attirant – et alors ? Qu'est-ce qui ne tourne pas rond chez elle ?

Adam hausse les épaules et désigne les murs.

— Je sais que ça fait un peu beaucoup. Ma mère est venue une fois, et elle s'est sentie tellement oppressée qu'elle a eu aussitôt une migraine. Maintenant, quand elle me rend visite, je la retrouve à l'hôtel en ville. Elle a baptisé cet endroit le musée de la migraine, dit-il en riant.

June en fait autant, mais elle l'entend à peine. Elle est trop fascinée par les murs, mourant d'envie d'examiner de près chacune de ces représentations si réalistes. Elle se secoue pour sortir de sa torpeur et se dirige vers Ellis et Dan, qui attend de la présenter. Elle tend la main et maintient le contact visuel.

— Monsieur Baum, c'est un honneur de vous rencontrer. June Roth. Je travaille avec Dan, chargée des recherches.

Bien, du concret.

— Enchanté.

Il s'incline légèrement et effleure sa main de ses lèvres, comme s'il accueillait un membre de la famille royale. Sa chevalerie et sa tenue élégante lui arrachent un sourire. Ellis Baum est en costume cravate alors même qu'ils sont en pleine cambrousse, et elle se reproche soudain sa tenue de travail, un jean ample et un pull noir tout simple. Ses longs cheveux indisciplinés sont enroulés en un chignon haut serré, et elle a préféré les lunettes aux lentilles. Comme toujours, elle ne se met pas en valeur. Mais il s'agit d'Ellis Baum… elle aurait dû s'apprêter un peu.

— Dan m'a beaucoup parlé de vous, mademoiselle Roth. Vous êtes jeune, fait-il remarquer.

— Appelez-moi June. Jeune, oui… mais vieille dans l'âme, riposte-t-elle d'un ton léger.

Ses yeux bleus brillent et June se félicite intérieurement.

— Je vous en prie, asseyez-vous.

Il désigne le canapé et s'assied dans l'un des deux fauteuils en bois qui ne semblent guère confortables de l'autre côté de la table basse. Dan prend l'autre. June se demande encore une fois comment ils se sont rencontrés. Elle l'apprendra bien assez vite.

Ellis consulte sa montre de luxe.

— Mon petit-fils a préparé le déjeuner, et j'aimerais passer aux affaires le plus vite possible. Nous avons beaucoup de choses à voir. Mon avion est à 18 heures. J'avais prévu de passer la nuit ici, mais j'ai malheureusement une autre obligation demain matin. Je suis désolé.

Adam se rend dans la cuisine et revient avec un plateau garni de sandwiches, de fruits et de légumes coupés, qu'il pose sur la table basse. June remarque que, hormis celle-ci, il n'y a ni grande table ni salle à manger. La pièce principale occupe la majeure partie de la cabane. Il y a une cuisine flanquée d'une porte fermée, probablement sa chambre.

Dan prend sans surprise le relais et rompt la glace avec quelques blagues de journaliste, puis il change de registre et raconte des anecdotes datant de l'époque où, jeune reporter, il couvrait la guerre au Moyen-Orient. June rit aux moments opportuns et lâche un ou deux commentaires spirituels, mais elle perçoit parfaitement les contacts accidentels du genou droit d'Adam avec le sien à différents moments de la conversation. Elle tente d'ignorer ces frôlements et de se concentrer sur Dan et Ellis, qui mange son sandwich avec une fourchette et un couteau.

Quand ils ont fini de manger, Adam chasse les miettes de son pantalon, se lève et commence à débarrasser.

— Je vais vous aider.

June le suit dans la cuisine, laissant Dan et Ellis discuter de la situation politique actuelle. Elle examine la pièce, petite mais propre. Ni lave-vaisselle ni équipement moderne, à l'exception d'une machine à cappuccino de luxe. *Même un reclus a besoin d'un bon café*, se dit-elle en regardant Adam.

— Je fais la vaisselle, vous essuyez ?

Il sourit et acquiesce. Pendant qu'elle nettoie les assiettes, elle regarde les montagnes au loin par la fenêtre qui surplombe l'évier, l'immense jardin empli d'arbres et de fleurs sauvages, et tout au fond, la superbe rivière qui scintille aussi loin que porte le regard. Toutes ces terres lui appartiennent-elles ? Elle remarque une autre cabane complètement à droite.

— C'est votre voisin ?

— Non. Mon atelier. Je n'ai pas de voisins. Enfin, pas que je sache.

Aucun contact avec des voisins. Sa mère le retrouve en ville. *Qui est ce type ?*

— Depuis combien de temps vivez-vous ici ? demande-t-elle alors qu'elle connaît déjà la réponse.

— Bientôt quatre ans.

— Et vous ne connaissez pas vos voisins ? demande-t-elle, tentant d'en savoir plus.

C'est un drogué en voie de rétablissement qui a fui la célébrité et la fortune, bien sûr qu'il s'isole. Arrête l'interrogatoire.

— Je préfère qu'il en soit ainsi. J'aime la tranquillité.

— C'est sûr, on est loin du tohu-bohu de New York.

Mon Dieu. Le tohu-bohu ? Adam la rend nerveuse. Il la regarde, étonné. Il sait qu'elle sait tout ce que tout le monde sait : la célébrité, les drogues, les fêtes, l'overdose, l'isolement.

— Ouais.

Sa réponse monosyllabique lui indique qu'il ne veut pas parler de lui. Pas à elle, en tout cas. June lave rapidement les couverts et essaie de trouver un autre sujet, mais rien ne lui vient à l'esprit. Et de son côté, il ne cherche pas à mettre fin au silence inconfortable, qu'il préfère de toute évidence.

— Et vous, que faites-vous là ? demande-t-il soudain en se tournant vers elle tout en séchant une assiette.

Ce que je fais là ? Son visage s'empourpre.

— Je travaille sur cette enquête avec Dan. Je croyais que ce fait était clairement établi.

Elle referme le robinet et regarde droit dans ses yeux inquisiteurs.

— Vous me dévisagez. Ce sont mes cheveux, ou le fait que mes lunettes sont couvertes de buée ?

C'est au tour d'Adam de rougir.

— Touché. Je m'excuse, c'était vraiment grossier. Ça fait longtemps que je n'ai pas eu de la compagnie. Je me sens un peu claustrophobe, je suppose. Et si nous arrêtions les banalités. Vous savez exactement qui je suis, où j'étais et depuis quand je suis ici. Vous me semblez du genre à vous documenter.

— On m'a dit que je ressemblais à une bibliothécaire.

Elle sourit légèrement, espérant alléger cette tension étrange.

— Je suis sûr que vous vous êtes renseignée sur moi, la taquine-t-il avec un effort manifeste pour faire la conversation.

Tu veux jouer à ça, d'accord, se dit-elle. Elle incline la tête et lui renvoie la balle.

— Je plaide coupable. Non seulement je me suis renseignée sur vous, mais j'ai aussi imprimé des articles sur vos tableaux, votre carrière, votre magasin de vidéo préféré quand vous étiez petit…

Tout est vrai, mais elle le dit sur le ton de la plaisanterie. Elle saisit un torchon sec sur le plan de travail et s'essuie les mains.

— Et apparemment, les preuves tendent à montrer que vous êtes très lent à essuyer la vaisselle.

Elle désigne la pile mouillée près de l'évier pour étayer ses dires. Le soleil qui entre par la fenêtre de la cuisine fait briller les yeux d'Adam.

— Vraiment ? Et d'où tenez-vous cette information top secret ?

— Je ne révèle jamais mes sources.

De nouveau maîtresse d'elle-même, June pivote sur le talon usé de sa chaussure. Mieux vaut arrêter sur une note positive.

— Ne faisons pas attendre votre grand-père.

Il la bloque légèrement au moment où elle passe devant lui, puis se penche pour lui chuchoter avec désinvolture :

— Vous avez vu le couteau et la fourchette avec le sandwich ?

— C'est la première chose que j'ai remarquée.

Elle glousse, et ils reviennent ensemble dans l'autre pièce. Voilà qui est mieux. L'attaché-case de Dan est grand ouvert et des papiers sont déjà empilés sur la table basse en gros tas typiques de Dan, prêts à l'emploi.

Dan lève les yeux à leur arrivée.

— Parfait. Asseyez-vous tous et commençons…

Il désigne le tas le plus proche de lui.

— Il y a encore pas mal de questions en suspens là, et pour l'instant on tâtonne, ce qui est normal. À chaque fois que je commence une enquête, j'attribue un rôle à chacun. Ça permet de rester organisés et de ne pas s'éparpiller.

— Comme des acteurs dans une pièce, intervient Adam.

— Exactement, approuve Dan. Sauf que je ne joue pas et qu'il y a des règles. Des règles à chaque investigation. Des règles pour le travail d'équipe. Des règles pour qu'on réussisse. Primo, il n'y a qu'un chef qui prend les décisions, et c'est moi, sinon on s'y perd et on ne contrôle plus rien.

Il jette un regard sévère à June.

— Deuzio : on ne joue pas les cow-boys. On ne s'écarte pas du chemin parce qu'on croit savoir quelque chose que j'ignore. Il y a de l'ordre là-dedans. Pas de risque inutile sans mon approbation. Les règles, compris ? Si on respecte les règles, elles nous mèneront à la peinture.

Il s'interrompt pour boire une gorgée d'eau.

— Et si vous ne respectez pas les règles, si vous prenez les choses en main vous-même, si vous gardez des secrets, ou pensez qu'il y a là matière à faire quelques entorses, eh bien…

Pourquoi me regarde-t-il tout le temps ? se demande June quand ils se tournent tous vers elle. Quelles règles ai-je enfreintes ? Filer à Englewood de mon propre chef et décrocher l'article de première page ? On aurait pu croire qu'il aurait applaudi cette initiative. *Pourquoi est-ce moi l'électron libre ?*

*

Près d'une heure s'écoule à écouter la leçon d'histoire soporifique de Dan sur les œuvres d'art volées, les enquêtes bien menées, celles qui tournaient mal parce que des règles avaient été enfreintes, et ainsi de suite. June dut faire appel à toute sa volonté pour se retenir de crier. *On a compris : suivez les putains de règles ! Allez, on avance !*

Une fois le sermon enfin terminé, Dan sort trois petits blocs-notes de son attaché-case, puis trois Bic identiques de sa poche de poitrine et les distribue.

— Prenez des notes. Toi aussi, Ellis. Mais surtout, personne ne doit savoir quoi que ce soit de cette réunion en dehors de cette pièce, sauf avec mon aval. C'est clair ?

Dan les regarde lentement les uns après les autres. June remarque les lèvres serrées d'Ellis et ses clignements d'yeux successifs, signes qu'il ment. En a-t-il déjà parlé à quelqu'un ? Devrait-elle le dire à Dan, ou est-ce le fruit de son imagination ? Même si Ellis fait vingt bonnes années de moins que son âge, c'est un vieil homme. Les clignements pourraient être dus à la vieillesse. Mais bon, les lèvres pincées…

Dan poursuit en mode sergent d'instruction.

— Ellis, il y a une personne que nous devons rencontrer au plus tôt pour mettre la machine en route. L'inconvénient, c'est que ce serait à Amsterdam. C'est faisable ?

— Amsterdam ?

Ellis se penche, desserre sa cravate, s'éclaircit la gorge.

— Pourquoi là-bas ?

— Parce que c'est *là* qu'habite Bram Bakker. Tu sais de qui il s'agit ?

Ellis acquiesce. Ils savent tous qui il est.

— Bien sûr. C'est ce célèbre détective qui enquête sur l'art, répond Ellis. Ne l'appelle-t-on pas le Sherlock Holmes du vol international d'œuvres d'art ? C'est lui qui a retrouvé un Rembrandt volé au Louvre dans une cave de Slovénie, non ?

— C'est bien lui, dit Dan en se frottant le sourcil du capuchon de son stylo. La spécialité de Bakker est de révéler les contrefaçons. Il traque par ailleurs discrètement les œuvres spoliées par les nazis, et connaît un franc succès. Je lui ai brièvement parlé il y a quelques jours, me suis présenté, lui ai fourni quelques détails mineurs sur la peinture. Il m'a donné une information utile : ne poster nulle part que la toile a disparu et ne pas alerter les autorités, car cela pourrait informer quiconque la détient que nous la recherchons officiellement. Compris ?

— Quand vous dites « poster », vous parlez de l'ALR, le registre des œuvres perdues ? demande June qui était récemment tombée au cours de ses recherches sur la plus grande base de données mondiale d'œuvres d'art et d'antiquités volées.

— L'ALR, oui, ainsi que des sites moins connus recensant les œuvres perdues, explique Dan. Pour le moment, on se fait discrets pendant qu'on met tout sur pied. Apparemment, Bakker a aussi des liens étroits avec la police et la pègre, les deux bords lui faisant confiance. Ça vaut vraiment le coup de le rencontrer.

Il pousse légèrement Ellis du coude.

— Donc... Amsterdam ?

Ellis regarde June et désigne la cuisine.

— Pourriez-vous prendre mon sac là-bas dans le coin ? Je dois vérifier un truc sur mon agenda.

June bondit du canapé, récupère l'élégant sac en cuir, notant au passage le styliste, Brunello Cucinelli – le meilleur, bien sûr –, et le tend à Ellis, qui en tire un portefeuille en vachette assorti gravé des lettres dorées EB.

— C'est bien ce que je pensais, dit Ellis en désignant son agenda. C'est la Fashion Week d'Amsterdam le mois prochain. Le salon a lieu tous les ans en février et en septembre. Ça fait des années que je ne m'y suis pas rendu. Je ne vais qu'à ceux de Paris, Milan et Tokyo. Les préparatifs seront beaucoup plus simples. Le plus beau, c'est que je n'aurai pas besoin de donner d'explications à ta grand-mère, dit-il avec un clin d'œil à Adam. Et on s'y rendra en jet privé, bien sûr.

— Excellent.

Dan coche le premier point sur sa liste.

— De là, tu reviendras à New York. De mon côté, j'espère rencontrer une source en Allemagne, et je passerai quelques jours à Munich à fouiner.

Il fait un signe de tête en direction de June.

— Peut-être que vous vous joindrez à nous. Je ne l'ai pas encore décidé.

Amsterdam *et* Munich, va-t-elle vraiment l'accompagner ? *Mais que vais-je dire à ma mère ?* La semaine d'avant, June avait éludé ses questions inquisitrices quant à son déplacement à Missoula. Elle ne pouvait pas révéler que c'était pour Ellis Baum, parce que le déluge de questions ne s'arrêterait jamais.

Sa mère avait commencé par demander pourquoi elle devait se rendre dans le Montana, sur quel genre d'article elle travaillait et avec qui. *Je sais que tu as vingt-quatre ans. Mais c'est une question de sécurité, il ne s'agit pas de fourrer mon nez là où ça ne le regarde pas.* Sa mère était sans pitié. *Bien sûr qu'il s'agit de fouiner*, avait riposté June. *Tu sais que je ne peux pas en parler. Et puis, je ne t'interroge pas sur tes affaires ou tes clients.* Il lui faudrait vite trouver son propre appartement, mais c'était si pratique de vivre avec sa mère, sans parler des économies qu'elle faisait. Elle regarde Dan avec un mélange de surprise et de curiosité. C'est la première fois qu'il évoque l'escale munichoise de ce voyage.

— Vous comptez aller voir *Spotlight* ? demande-t-elle en tâtant le terrain.

Il lui intime de se taire du regard, puis hausse les épaules comme pour se rappeler qu'il ne travaille plus en solitaire et qu'il doit faire confiance à tous les membres de ce groupe.

— Oui. J'espère rencontrer le rédacteur en chef là-bas pour mieux comprendre les révélations entourant le fiasco Geisler. Ça vaut le coup d'essayer.

Et *oui*, lui communique son bon œil, il cherchera à savoir pourquoi ce gigantesque scoop n'est pas signé, mais personne ici n'a besoin de le savoir.

— Si j'ai bien compris, dit Dan en s'adressant à Adam, vous prévoyez de renouer avec le monde de l'art, de faire votre retour. Vous jouerez, bien sûr, votre propre rôle dans cette enquête, celui d'un artiste. Rien de bien difficile. Vous êtes parti au sommet de votre carrière. J'ai le sentiment que vous serez reçu à New York les bras ouverts.

Sa mâchoire se contracte légèrement.

— Mais êtes-vous certain de vouloir le faire ? Si je peux être franc, c'est sacrément dur de revenir sur la « scène de crime » une fois qu'on est guéri. Ça présente pas mal de défis.

June se demande si Dan parle de lui.

— Je suis conscient des défis. Je ne considère pas ce prétendu retour comme un engagement à long terme. C'est temporaire, explique Adam en frottant délicatement le chaume sur sa mâchoire.

June ressent une envie inexplicable de tendre le bras et de la toucher. Elle remarque aussi qu'il a quelques gouttes de sueur aux tempes. La nervosité. Dan l'a-t-il vu ?

— Quand on aura retrouvé la peinture, je reviendrai ici et reprendrai ma vie là où je l'ai laissée, dit-il en regardant son grand-père. J'ai déjà fait le nécessaire pour servir nos objectifs, poursuit-il en s'adressant à Dan, et contacté Margaux de Laurent. Je suis sûr qu'elle est le deuxième point à votre ordre du jour.

— Et comment ! Vous avez bien fait de la contacter, j'allais le suggérer. Bon, commençons par là. Que savons-nous de Margaux de Laurent ? D'après mes recherches préliminaires, elle a la réputation d'être impitoyable et fourbe et ne recule devant rien pour dégotter les meilleurs artistes. Mais aujourd'hui, absolument rien ne nous permet de prouver des agissements illicites en lien avec cette toile, on a juste… des intuitions.

Il regarde Ellis, qui semble sur le point d'éclater.

— Pourtant, il y a un point crucial à considérer : Margaux est peut-être la *seule* personne en dehors d'Ellis à avoir un lien étroit avec cette peinture. Le document d'Ellis nous apprend en effet que la toile a fait un arrêt à Paris, précisément à la galerie de Laurent en 1939, et que l'autorisation écrite de son grand-père était nécessaire puis qu'il a signé le document.

Dan fouille dans ses dossiers et en extrait la pièce A, une copie du document d'Ellis confirmant que la peinture avait été envoyée par coursier de la galerie parisienne de Laurent à Lucerne.

— Ça vaut le coup d'y regarder de plus près. Reste à savoir si de Laurent était le *propriétaire* de la peinture.

— Et puis, il faut parler des questions financières, intervient June.

— J'y arrivais.

Dan range le document dans la chemise et en sort un autre.

— D'après ce que June a découvert au cours de ses recherches initiales, DLG – comme sont appelées les vingt-deux galeries de Margaux de par le monde – a connu un revers financier majeur ces quelques dernières années, frôlant peut-être la faillite. D'ailleurs un ordre de suspension des travaux de construction a été émis pour ce qui devait être leur plus grande galerie, à Chelsea, dit-il en agitant une copie du document. C'est un projet à 50 millions de dollars, lancé par le défunt père de Margaux, Sébastien de Laurent, avant sa mort.

June voit Adam blêmir. *Intéressant.*

— D'après mes informations, dit Dan en consultant ses papiers, les chèques sans provision abondent. Quoi qu'il en soit, selon les estimations – et je donne une estimation basse là –, *La Femme en feu* pourrait valoir au bas mot plus de 100 millions de dollars, puisque c'est la dernière œuvre connue de l'artiste. Et vu le genre de personne que semble être Mlle de Laurent, elle pourrait avoir bien du mal à résister à la tentation de mettre la main sur cette peinture. En fait, ce serait *optimal*, du fait de sa situation financière catastrophique. Mais là encore, il ne s'agit que d'une hypothèse de travail, qui n'est étayée par aucun fait tangible.

Il presse ses mains l'une contre l'autre.

— Adam, je vous suis reconnaissant d'accepter de vous rapprocher d'elle pour essayer de découvrir des choses, mais je vous le répète, il est risqué de revenir et…

— C'est bon, je peux gérer, l'interrompt Adam, légèrement gêné, et June a de la peine pour lui. Poursuivons.

Dan remplit à nouveau tous les verres d'eau et se tourne vers June.

— Ce qui m'amène à vous… Commençons par revenir à ce que nous savons de la toile même et de ses déplacements. Ne sautons pas d'étape. June, à vous.

Elle sort quelques dossiers de son sac avec un hochement de la tête.

— Très bien… donc, après que *La Femme en feu* a quitté la galerie de Laurent à Paris, on la retrouve à Lucerne en 1939 lors d'une vente aux enchères spéciale d'œuvres d'art dérobées par les nazis, vente dirigée, on le sait tous, par le commissaire-priseur suisse Theodor Fischer, dont la salle des ventes dominait le marché suisse à l'époque. J'ai vu votre document concernant cette vente, dit-elle en regardant Ellis, et j'ai aussi trouvé une copie de la brochure annonçant la vente de 126 toiles et 17 sculptures, toutes des œuvres volées de la plus haute facture. On parle d'artistes comme Gauguin, Chagall, Matisse, Kokoschka, Kirchner et Picasso. L'important est que nous pouvons confirmer d'après ces deux documents que *La Femme en feu* figurait sur cette liste. Regardez ici.

Elle désigne la brochure décolorée.

— Répertoriée et vendue. Mais à qui, ça reste un mystère. Après ça, il y a un grand vide, soixante-dix-neuf ans pour être exacte. Nous pensons que la toile a atterri on ne sait comment entre les mains de Carl Geisler. Ce sont des rumeurs, je le répète, et non des faits.

Elle remarque les mains serrées d'Ellis sous son menton, comme en prière.

— Je ne négligerai aucun détail, monsieur Baum. Les nazis, bien mal leur en a pris, ont créé une trace écrite impeccable, documenté tout ce qu'ils faisaient. Notre travail commence, dit-elle avec un regard vers Dan.

— Revenons une minute à Margaux, intervient Adam, qui écoutait jusque-là en silence. Il faut ajouter certains détails pertinents ici. Ce n'est pas juste une personne impitoyable ou téméraire, comme vous le dites, Dan. C'est bien trop simpliste. C'est un personnage complexe, brillant, qui parle couramment quatre langues, et il ne faut à aucun moment la sous-estimer. C'est une experte en manipulation. Elle espionne ses clients et ses concurrents. Elle emploie un ancien inspecteur du FBI pour faire son sale boulot et un ancien cadre de la Silicon Valley pour tout le reste. Je ne les connais pas personnellement, je sais juste qu'ils existent. Ce qu'il faut retenir, c'est que Margaux ne s'intéresse pas tant au résultat final qu'au *jeu*... Il y a une différence. Je l'ai déjà vue à l'œuvre des centaines de fois. Elle finit toujours par obtenir ce qu'elle veut, mais ce qui la fait vibrer, c'est la *manière* dont ça se déroule. Si Margaux est notre cible et qu'elle est impliquée dans cette affaire Geisler – et mon instinct me dit que c'est le cas – vous devez comprendre que les règles – il s'attarde sur Dan – ne peuvent pas s'appliquer.

Dan hoche la tête et prend quelques notes. Adam baisse un instant les yeux avant de les relever.

— Il y a autre chose, et mon grand-père est déjà au courant. Un jour que nous étions dans son château dans le sud de la France, Margaux a évoqué cette toile. Je me rappelle vaguement qu'elle m'a parlé de l'œuvre préférée de son grand-père – une femme entourée par les flammes – qui lui avait été volée par les nazis.

Il se laisse retomber contre le dossier du canapé.

— En toute honnêteté, le souvenir est flou. J'étais complètement défoncé, mais j'ai pensé qu'il était important que vous le sachiez.

Le stylo de Dan reste suspendu un long moment, puis il note autre chose.

— C'est bon, ça. Que savons-nous d'autre sur elle ? Toutes les informations sont importantes, même les petites. Alors ?

Ellis se lance.

— Voyons, elle est au conseil d'administration du Met et fait partie du comité d'organisation du gala, tout comme moi, bien sûr. Elle est aussi aux conseils du Guggenheim et du MoMA, là aussi comme moi. Nous fréquentons les mêmes cercles, les événements de mode et les soirées mondaines, mais je l'évite. Et je l'ai toujours fait.

Il jette un regard à Adam.

— Et pas simplement à cause de ce qu'elle t'a fait. Je ne l'ai jamais appréciée. Elle a de nombreuses connaissances, mais à ce que j'en sais, aucun véritable ami. Mes clients parlent. Comme on dit dans l'industrie de la mode : « Montrez-nous où vous êtes placé et nous vous dirons qui vous êtes. » Et Margaux veille toujours à être photographiée au centre de la scène entre des célébrités de premier plan, notamment pendant la Fashion Week. J'ai entendu dire qu'elle faisait tous azimuts la promotion de ses toutes dernières acquisitions.

Il passe lentement une main dans son épaisse chevelure argentée.

— Pour moi, ce qui s'est passé entre Adam et elle résume tout. Ce qu'elle lui a fait…

Il jette un œil à son petit-fils, comme inquiet d'en dire trop. June se demande ce qui s'est réellement passé entre eux. Dan est manifestement au courant, vu sa manière de regarder Ellis. Elle retient la question qui lui brûle les lèvres. Elle trouvera le bon moment.

Dan tape ses mains l'une contre l'autre, annonçant un changement de direction. Il se tourne vers June.

— Revenons-en à vous… J'ai pensé à un rôle pour vous. Journaliste culturelle. Vous allez écrire pour le *Chronicle* un reportage circonstancié sur les œuvres d'art volées. Ce sera votre couverture. Comme ça, vous pourrez interviewer les conservateurs, collectionneurs, membres du gouvernement, marchands d'art – tous les acteurs – et au besoin, approcher directement Margaux. En gros, cela vous permettra de faire vos recherches au vu et au su de tous et cela nous donnera un peu de flexibilité. Peut-être aurons-nous d'autres pistes à explorer sans aucun rapport avec Mlle de Laurent. Qui sait, votre rôle pourrait être le plus important. Je ne peux pas le faire puisque je dirige la rédaction du journal et que j'ai les mains liées. Mais on en a déjà parlé, j'œuvrerai en coulisses.

La Source anonyme, se dit June. *Personne ne me connaît. Tout le monde vous connaît. Je suis libre, vous ne l'êtes pas.* Dan hoche la tête, comme s'il lisait ses pensées.

— Soyez prudente, dit Adam à June. Margaux est plus intelligente que nous tous. Et… vous êtes son genre.

— Son genre ? répète June, le visage empourpré.

— Oui. Elle aime les femmes prudes, sérieuses, de préférence hétérosexuelles. Elle aime les défis. Sa sexualité n'est pas une affaire de sexe ; mais de contrôle. Elle a séduit bon nombre de ses *gallerinas*. C'est comme ça qu'on appelle les jeunes femmes qui travaillent dans des galeries d'art, explique-t-il en regardant Dan. Enfin, Margaux les monte les unes contre les autres. C'est un sport.

— Je peux prendre soin de moi, riposte June.

Elle sait qu'elle paraît sur la défensive.

— C'est justement ça le problème, répond Adam. Si vous comptez assumer ce rôle et obtenir de vraies informations, alors vous ne pouvez pas faire semblant. Vous ne pouvez pas juste *endosser* un rôle. Le monde de l'art est une créature impitoyable. Vous devez connaître votre sujet. Parler le jargon, que vous ayez Margaux en face de vous ou n'importe qui d'autre. Sinon, votre couverture s'effondrera.

— C'est pas faux, convient Dan.

— J'apprends très vite, mais je suis loin d'être une experte en art. Et je ne tiens pas à être le maillon faible.

— Vous êtes là jusqu'à mercredi, non ? lui dit Adam avec un petit coup du genou. Ça me laisse quarante-huit heures pour vous donner une formation rapide. Vous devrez comprendre la scène artistique new-yorkaise, les acteurs, comment « parler le Margaux ». Comment parler d'art. Je peux vous aider à vous préparer. Si vous êtes d'accord.

Il la dévisage.

Si je suis d'accord ? June ordonne à chacun de ses muscles faciaux de ne pas bouger.

— Et je parie qu'avec un petit effort, vous pourrez avoir aussi le physique de l'emploi, intervient Ellis, évaluant June comme il le ferait d'une de ses mannequins, lui donnant l'envie de ramper sous la table basse. Quelques changements mineurs et un bon coiffeur. Vous êtes jolie. Ce ne sera pas trop difficile.

Le dos, puis les joues de June la picotent alors qu'elle sent tous les regards braqués sur elle, qui la dissèquent. Elle prie pour que sa gêne ne se lise pas sur son visage. Elle déteste être l'objet de l'attention générale. Elle préfère faire des recherches, le nez plongé dans un livre ou devant un écran d'ordinateur.

— Ça me semble un bon plan, réussit-elle à dire.

— Mon chauffeur va bientôt venir me chercher, dit Ellis en consultant sa montre. J'aimerais faire quelques pas avec Dan avant de partir.

Il regarde Adam et June, puis se lève.

— C'est un excellent début.

Il pose une main amicale sur l'épaule de Dan, le même geste que June avait surpris en entrant dans la pièce. Elle remarque l'expression nostalgique de Dan, un adolescent attendant l'approbation de son père.

— On y va, Danny ?

Danny. June ne peut retenir un sourire. Ellis est probablement le seul être humain au monde à pouvoir dire ça sans le payer très cher.

Dan détourne les yeux, au prétexte de chercher un truc dans son attaché-case, mais June l'a vue, cette humidité au coin de l'œil qui perce à peine, brille comme une minuscule perle libérée de sa carapace protectrice. Puis, tout aussi vite, *Danny* le vulnérable redevient Dan l'endurci. *Que d'histoires inachevées dans cette pièce !* se dit-elle. Le regard d'Adam accroche le sien. Cela ne lui a pas non plus échappé.

13

— Elle est intelligente, cette jeune demoiselle. Elle me plaît, dit Ellis à Dan tandis qu'ils se promènent le long de la rive densément boisée de la Blackfoot River derrière la cabane d'Adam.

Ellis a ôté sa veste et sa cravate, déboutonné sa chemise et retroussé ses manches.

— June a l'esprit vif et un sacré cran. C'est mon plus beau compliment, mais aussi ma plus grande inquiétude. Elle est du genre à prendre n'importe quel risque pour un article. Il faudra que je surveille ça.

Dan ramasse un caillou et l'envoie rebondir trois fois sur l'eau. Il devine au loin deux pêcheurs à la mouche.

— Et ne te laisse pas abuser par sa jeunesse, elle est coriace. La première fois que je l'ai vue, elle s'est invitée de force dans mon bureau et a refusé d'en partir tant que je ne l'engageais pas. Une vraie chieuse, s'esclaffe-t-il. Et le même soir, elle s'est rendue de sa propre initiative dans le quartier le plus dangereux de Chicago où avait lieu une fusillade, a trouvé la mère du tireur, et décroché la première page pour son interview exclusive, tout ça en moins de six heures.

— On dirait toi, rit Ellis.

— C'est ce qui m'inquiète.

Dan montre le cache sur son œil. Ellis s'éclaircit la gorge et s'attarde près d'un bosquet de sapins.

— Il y a autre chose… Je n'ai pas été totalement franc tout à l'heure. J'ai parlé de la toile et de l'enquête à quelqu'un, mais j'ai une confiance totale en lui.

— D'accord…

Dan croise les bras, plante ses pieds au sol et attend la suite.

— Il s'appelle Henri Lamonte, un photographe. C'est un ami proche et…

La voix Ellis s'amenuise.

— Non, ce n'est pas exactement un ami. Henri est mon amant depuis plus de vingt ans. Je n'ai pas honte de lui ou de nous. Ce n'est pas ainsi que j'ai choisi de vivre ma vie, c'est tout. Par respect pour Vivienne, et notre famille, je suis resté très discret sur ce pan de ma vie. Vivienne est au courant, mais pas Adam. Je suis désolé de ne jamais t'en avoir parlé, dit-il, le cœur battant la chamade.

— Il semblerait que tu aies omis pas mal de faits importants.

Dan l'observe de ce regard méfiant qu'il avait la première fois en désintox. Ellis se rappelle parfaitement leur rencontre, quand Dan était arrivé en retard à la première séance avec un air de déterré.

C'était par une soirée venteuse et neigeuse. Ils se trouvaient dans une grande cabane au milieu de nulle part à Galena, dans l'Illinois, et Dan avait déboulé, couvert de neige, les cheveux hirsutes, et manifestement ivre. Il avait un mal fou à se maîtriser tandis qu'il jaugeait ces hommes – les dignes de confiance, les connards. Un sentiment qu'Ellis ne connaissait que trop bien. Ils étaient déjà six dans de vieux canapés en cuir. Deux acteurs vedettes, deux musiciens, un PDG de la Silicon Valley créateur d'un jeu vidéo détestable devenu une obsession quasi religieuse parmi les jeunes garçons, et lui. Ellis avait su qu'il avait passé le test quand Dan s'était assis à côté de lui.

Mais là, Ellis sait qu'il a perdu sa place et que Dan l'a rangé avec les types peu fiables, les connards. Et ce regard fait très mal.

— Y'a un truc que je ne comprends pas, dit Dan en le fusillant de son œil valide, c'est pourquoi tu ne m'as rien dit de tout ça quand on était en désintox ? Toutes ces balades en pleine nature, des heures et des heures à parler. Je vidais mon sac et te racontais mon père, ce connard d'ivrogne qui se servait de ma tête comme d'un punching-ball, et toi, tu ne parlais que de tes satanées pressions professionnelles. Alors que ta mère a été assassinée devant tes yeux par les nazis et tu es gay, putain, Ellis…

— Danny, écoute-moi… Tu as raison d'accord ?

La poitrine d'Ellis se contracte.

— Oui, je suis un homo qui a choisi de vivre sa vie comme un hétérosexuel, jusqu'à ce que ce ne soit plus possible. Je n'ai pas été franc avec toi parce que je ne m'acceptais pas tel que j'étais. J'avais enterré mon passé, mais, soyons francs, mon passé m'avait d'abord enterré. Quand je suis arrivé dans ce pays, je n'étais qu'un garçon en fuite. J'ai inventé un faux passé pour survivre. Tu pouvais être qui tu voulais en Amérique. La Belgique et les diamants, j'ai créé un personnage de conte de fées qui me semblait correspondre, qui m'a permis de grimper jusqu'au sommet de mon art comme styliste. J'ai rejeté mon vrai passé, et voilà que je n'arrive plus à penser à autre chose. Ça me tue littéralement.

Leurs regards ne se lâchent pas, la tension est palpable entre eux. Puis ils lèvent ensemble les yeux pour regarder une nuée d'oiseaux filer au-dessus de l'eau.

— D'accord, finit par céder Dan. Dis-moi pourquoi tu en as parlé à Henri. Il doit bien y avoir une raison ?

Ellis pousse un gros soupir de soulagement, écarte un caillou pointu du pied et érafle le bout de sa chaussure en cuir couleur tabac.

— Il y a plusieurs années de cela quand nous étions ensemble, Henri a eu un amant et cela nous a éloignés un temps. Cela a été très dur pour moi. Cet homme, Griffin Freund, était à l'époque un des principaux conservateurs au MoMA. Il a été viré de son poste pour agissements illicites, car il aurait négocié des tableaux au marché noir. C'est sans surprise l'un des plus proches associés de Margaux et une des ordures qui a contribué à l'effondrement de mon petit-fils. Henri a finalement rompu avec Freund, et nous avons réussi à surmonter nos problèmes.

Ellis s'interrompt et son regard parcourt les collines au-delà de la rivière. *Dieu que c'est beau ici.*

— J'ai parlé de la toile à Henri parce que je te garantis que si *La Femme en feu* ou toute autre œuvre volée de la collection Geisler refait surface, Freund dégainera aussitôt les chéquiers de ses clients. Il travaille toujours en étroite collaboration avec Margaux. À ce que j'en sais, il conseille les clients, elle fournit les œuvres. J'ai donc demandé à Henri de renouer avec Freund pour voir ce qu'il pouvait découvrir à ce sujet.

Dan étudie le visage affligé d'Ellis.

— Juste pour être précis, par « renouer », tu entends…

Ellis regarde l'eau vive qui frappe un gros rocher près d'eux.

— Oui, par « renouer », j'entends coucher avec lui s'il le faut. Et oui, pour retrouver cette peinture, j'ai offert sur un plateau d'argent le seul homme que j'aie jamais aimé à l'un des êtres les plus méprisables au monde. Henri est furieux, mais il a quand même accepté, pour moi. On fait des trucs qu'on ne ferait jamais quand on se sait proche de la mort.

Il regarde ses mocassins éraflés et les enfonce davantage dans le sol en punition.

— Tu vois que j'ai touché le fond.

Dan passe son bras autour de l'épaule affaissée d'Ellis.

— Non, je vois que cette peinture représente tout pour toi.

— Absolument tout.

Le regard d'Ellis s'embue et sa gorge se serre. Trop de larmes – des larmes retenues depuis huit décennies.

— Je suis désolé de t'avoir menti, Danny.

14

June suit quelques pas derrière Adam chargé d'un oreiller, de draps et de couvertures pour son lit. La température a chuté très nettement, et son pull est trop fin. Les bras serrés contre son corps, elle inspire l'air frais de la montagne et l'accueille avec joie dans ses poumons. *Ce lieu est incroyable*, se dit-elle en regardant la large chaîne montagneuse devant elle, silhouette accidentée qui ressort contre le ciel d'encre. Et les étoiles sont si grandes et lumineuses, comme si quelqu'un avait trébuché et que des milliers de diamants s'étaient déversés d'une pochette en velours.

— Je n'ai jamais vu autant d'étoiles de ma vie.

Adam s'arrête et se retourne.

— C'est ce qu'il y a de mieux quand on vit ici. Tenez. Mettez cette couverture sur vos épaules. On dirait que vous avez froid. J'ai un télescope dans l'atelier. Je peux le sortir si ces choses-là vous intéressent.

— Je veux bien. Merci.

Ils passent devant une table de bistrot et une chaise. *Une seule.* Il est si solitaire ici, si différent du portrait qu'en faisait la presse. En fait, il est tout le contraire. Timide, gentil, poli, peu causant. Et tellement attirant, mais modeste pourtant, comme s'il n'en avait absolument pas conscience. June tente de chasser ces pensées. *Les règles.* Les règles « tacites » qu'elle avait apprises à ses dépens – celles que Dan n'avait pas citées dans son sermon un peu plus tôt : ne jamais coucher avec son rédacteur, un collègue ou quiconque est mêlé de près ou de loin à votre sujet ; ça mène droit à la catastrophe. Et ne jamais coucher avec une source. Elle se dit tout ça en regardant les larges épaules d'Adam et son torse en V. Et ses mains, qu'elle avait déjà remarquées quand il essuyait la vaisselle. Élégantes, raffinées, les veines saillantes, comme des branches. Les mêmes qu'Ellis. Et ses yeux qui brillent comme un gamin dès qu'il sourit. *Arrête*, se gourmande-t-elle. *Tu es déjà passée par là, et tu avais juré de ne jamais recommencer.*

Ils pénètrent dans l'atelier et Adam allume la lampe.

— Dites-moi si l'odeur vous gêne. J'y suis habitué, mais elle peut être envahissante. Si c'est le cas, je dormirai ici et vous prendrez ma chambre. Dan aura un mal de chien au dos demain sur ce canapé, dit-il avec un petit rire en désignant la cabane. Il s'est endormi avant que je puisse le lui ouvrir.

— Avec ses chaussures, en plus. Merci, mais c'est très bien, vraiment. En fait, j'ai l'impression qu'on a envahi votre espace.

Une lueur brille dans les yeux d'Adam, comme s'il s'amusait d'une blague que seul lui pouvait comprendre.

— Je suppose que je suis officiellement devenu un ermite, dixit ma mère. C'est moi le fautif, pas vous. Ne vous inquiétez pas d'envahir mon espace.

Il lâche les draps sur le matelas dans l'angle de l'atelier et se retourne vers elle.

— Dan est un brin excessif.

— Vous croyez ? dit-elle en haussant les sourcils. Je sais qu'il est d'un abord agressif et autoritaire, mais j'en ai plus appris au cours du dernier mois auprès de lui que pendant toutes mes années de fac et d'école de journalisme combinées. Et il semble vraiment attaché à votre grand-père. Quel est leur lien ?

— Danny, disent-ils en même temps et en riant, et June sent un courant passer entre eux. Adam traîne ses pieds contre le plancher de bois poussiéreux.

— Ils se sont rencontrés en désintox. Selon mon grand-père, Dan était le seul là-bas sur qui il pouvait compter.

En désintox ? June écarquille les yeux. Ellis aussi ? On y ajoute Adam, et voilà qu'elle travaille avec une équipe d'anciens toxicos. Ses pensées passent vite de la désintox à la présence si proche d'Adam. *Trop proche.* Elle recule d'un pas prudent et tourne son attention vers le mur d'en face où pendent des douzaines de toiles.

— Ouah ! Ça vous dérange si je jette un œil ?

Il lui fait signe d'y aller. Tout comme le véritable Adam est à l'opposé du portrait qu'en font les médias, ces peintures forment un contraste saisissant avec celles de la cabane. Abstraites et menaçantes, elles donnent une impression de mouvement sauvage et sarcastique. Les coups de pinceau explosifs, emplissant les toiles d'un chaos de balafres grises, brun vaseux, vert jungle et noires, et les textures tourmentées dépeignent l'obscurité, la violence, la mort et la destruction. June est prise d'un vertige. Elle se met à transpirer du dos. C'est un musée des horreurs. Jamais elle n'arrivera à dormir ici ! Mais même si elle meurt d'envie de filer se mettre à l'abri, elle se rapproche du danger qu'elle pressent imminent, comme si elle s'apprêtait à toucher délibérément un poêle brûlant.

Adam reste en retrait, adossé à une mince colonne de bois, jaugeant sa réaction. Elle ne le voit plus. Il se fond petit à petit dans le décor, une pâle silhouette face à la force brute de son œuvre. Elle comprend à présent tous ces articles qu'on a écrits sur lui. C'est là Adam Chase sous héroïne. Adam, le vilain garçon. Adam le fêtard, une femme ivre chichement vêtue sous chaque bras. Adam accroché à une falaise au-dessus de l'enfer.

Soudain glacée, elle le voit d'un œil neuf. Ce qu'elle a devant elle, *c'est* de l'art… sa manière d'exprimer la douleur et la souffrance. Les images heureuses et insouciantes de la cabane font maintenant figure d'imposteurs, de médiocres prétendants, et ne témoignent pas de la personne qu'est réellement Adam au fond de lui. Elle se tourne vers lui avec une extrême lenteur, cherchant les mots justes.

— Tourmenté. Si différent de…

— Oui, la coupe-t-il en venant près d'elle. Ce sont ces œuvres qui ont fait parler de moi… et m'ont presque détruit. J'étais dans une très mauvaise passe quand je les ai peintes. Margaux l'a compris mieux que personne et l'a exploité. Je souffre de dépression depuis mon enfance. Je sais la gérer aujourd'hui. J'ai les bons traitements. Mais à l'époque…

Sa voix se voile.

— Elle a capitalisé sur ma santé mentale, mais je l'ai laissée faire. Elle savait que je donnais le meilleur de moi-même et étais le plus rentable quand je touchais le fond, et elle a tout fait pour que j'y reste. L'addiction à l'héroïne était son assurance. La destruction fait vendre, June, et l'autodestruction, il suffit de demander à Van Gogh. Comme ça, tout le monde se sent mieux avec ses propres démons.

À le regarder, à entendre ses paroles sinistres, June a la chair de poule. Peut-être que Dan a raison. Ce n'est pas une très bonne idée de renvoyer Adam sur la « scène de crime », vers le côté obscur appelé Margaux de Laurent. Allait-il à nouveau s'enfoncer ? Le jeu en valait-il la chandelle ? Devait-il se mettre en danger pour retrouver la toile de son grand-père ? Adam se détourne, comme s'il avait révélé trop de choses.

— C'est peut-être déplacé de ma part, commence-t-elle, mais est-ce une bonne idée que vous retourniez…

Le regard dur d'Adam l'interrompt aussi sec.

— Je dois le faire. Au début, c'était juste pour mon grand-père. Mais pour être tout à fait franc, après les quatre années d'hibernation que je me suis imposées, il est temps d'affronter la peur, de découvrir que je peux *aller* bien dans le monde réel, le monde artistique. Mon ancien monde. Donc ouais… je vais le faire. Venez par ici, ajoute-t-il en se tournant vers ses peintures.

Il la mène vers une grande toile dans un coin au fond de l'atelier. Elle se rapproche. Un gigantesque gratte-ciel penche sur le côté. Le long de l'arête, comme s'il s'agissait d'une allée, un groupe de femmes bien mises, enveloppées de fourrures et de capes et parées de bijoux, promènent des caniches. Elles sont entourées de mendiants, de sans-abri et de prostituées dont les visages sont gangrenés par l'angoisse et le désespoir. Passants, voitures, taxis et vélos s'entassent comme des sardines autour de l'édifice. Mais les femmes poursuivent leur chemin, le nez en l'air. La misère rencontre l'indifférence. La toile traduit avec force l'enfer urbain claustrophobe.

— Parlez-moi de cette peinture, chuchote-t-elle.

Mais ai-je vraiment envie de savoir ?

— Chaque peinture a son histoire. Celle-ci, je l'ai intitulée *Cauchemar sur Fifth Avenue*, dit Adam avec un rire bref. Mais je n'explique jamais pourquoi j'ai peint quelque chose parce que ça n'a aucune importance. Regardez la toile. Ne me dites pas ce que vous voyez, mais ce que vous *ressentez*.

Je sens votre bras effleurer mon épaule, et je ne peux pas me concentrer. La térébenthine me brûle l'intérieur du nez, mais plutôt mourir que de me plaindre.

— Avant de venir ici, commence doucement June, j'ai passé des semaines à étudier l'art de l'époque de la Shoah. Les expressionnistes allemands, notamment Ernst Engel – ses tableaux avant *La Femme en feu*. Votre technique me rappelle la sienne, turbulente, furieuse, passionnée et magnétique. Lui aussi a capturé l'angoisse existentielle urbaine dans un Berlin en mutation.

Elle pose ses mains sur ses hanches.

— Je ne comprends pas vraiment ce que je vois ici. Mais j'ai l'impression qu'un volcan est entré en éruption en moi et que de la lave brûlante coule sous ma peau et que je suis impuissante à l'arrêter. Et je n'en ai pas envie, lui dit-elle en plongeant son regard dans ses yeux attentifs. C'est provocateur et sinistre, mais extraordinaire.

Le visage sévère d'Adam s'éclaire, comme quand le soleil perce des nuages chargés de pluie. L'air semble s'épaissir autour d'eux sous son regard. *Les règles. N'oublie pas les règles.*

— On m'a trop souvent léché le cul parce que j'étais le petit-fils d'Ellis Baum, dit-il d'un ton amer. Je ne sais pas pourquoi, mais vos paroles me semblent venir du cœur. Vous ne racontez pas de conneries. C'est ce qui me plaît en vous.

Adam enfonce profondément les mains dans ses poches, puis détourne le regard.

— Il y a de l'eau dans le frigo et une petite salle de bains dans le coin là-bas. Je me lève tôt avec les chiens, donc ne vous inquiétez pas si vous entendez des pas devant la cabane le matin. Ce ne sera que moi.

Il s'écarte des peintures, d'elle. June a la gorge nouée tandis qu'il rejoint la porte.

— Dormez bien, dit-il. On se mettra à bosser sur l'art après le petit-déjeuner.

Puis, sans rien ajouter, il prend le télescope pour le lui sortir. Elle n'a pas le temps de répondre *Merci* ou *Bonne nuit*, qu'il a déjà disparu.

Le regard rivé sur la porte fermée, June attend quelques secondes, puis tourne la clé. Le silence est si profond dans l'atelier qu'elle l'entend repartir vers la cabane, le martèlement de ses bottes amplifié au loin. Le seul autre bruit reconnaissable vient des battements puissants de son cœur. Elle s'adosse au mur et se laisse lentement glisser à terre.

Il s'est passé quelque chose d'inexplicable, se dit-elle. Elle reste là un long moment, se contentant de respirer, de regarder les peintures complexes et dérangeantes qui l'entourent et incarnent Adam Chase.

Ses yeux croisent en face d'elle une toile moyenne sans cadre appuyée contre le mur, parmi d'autres œuvres non encadrées et non achevées. Elle se lève et s'approche, prend la toile et la place directement sous la lampe. C'est une peinture à l'huile, abstraite, une femme. Cheveux d'ébène, yeux de braise, nue hormis les talons aiguilles à brides enveloppantes qui montent sur ses longues jambes comme chez un gladiateur romain – *des Anika Baum ?* Ses seins sont des globes ronds haut perchés, ses mamelons roses sont durs et imposants. Elle se tient sur une planète semble-t-il – une boule ardente de tourbillons vert citron et cobalt –, *la Terre, peut-être ?* Ses stilettos s'enfoncent dans la planète comme deux marteaux-piqueurs déterminés à la disloquer. June sent le duvet de ses bras se hérisser. *C'est elle. Margaux de Laurent.*

15

Manhattan

La dernière fois que Margaux a vu Adam Chase, qu'elle a respiré le même air que lui, c'était il y a quatre ans. Quand il avait fait une overdose avec l'héroïne fournie par ses soins. Personne n'a jamais su que ce n'était pas sa première, mais elle avait marqué leurs derniers instants ensemble. Margaux regrette profondément cette nuit-là, tout en ne regrettant rien.

Adam était le seul homme, hormis son grand-père, pour qui elle avait ressenti un semblant d'émotion. Son talent, son corps, son goût, son attitude face à la toile – si appliqué et radieux. Elle n'oubliera jamais le moment où elle avait découvert son coup de pinceau dans cet atelier minable de Hell's Kitchen neuf ans plus tôt. Elle avait senti le sang pulser sous sa peau. Elle avait tout de suite su qu'elle ne partirait pas tant qu'il ne serait pas son artiste, son amant – *sien*.

Adam, alors âgé de vingt et un ans à peine, était inexpérimenté et innocent. Mais il avait cette qualité rare que seule une poignée d'artistes possédait d'après son grand-père : la *longévité* – le don de transcender le temps et la mode. C'était un expressionniste de la vieille école avec des idées New Age, une alliance d'enfer. Quelques années plus tard, quand il s'était mis à peindre nu et défoncé, il avait offert à Margaux un spectacle inédit. Celui d'une tempête humaine. Il jetait des objets – peintures, toiles, pinceaux, chaises. Ah, ces colères ! Elles étaient magnifiques. Quand il se calmait enfin, les enfantillages cessaient et le véritable artiste apparaissait. Il s'asseyait sur son minuscule tabouret en bois – Mozart à son piano, Einstein à son tableau noir, Curie dans son labo –, et le génie ruisselait du bout de ses doigts. Adam l'époustouflait, et la baise – *ils passaient leur temps à baiser* – était inimaginable, dévorante. Il était dans une catégorie à part et il lui appartenait. Elle le contrôlait par son esprit et son corps, et plus tard, quand elle avait senti qu'il lui échappait, les seringues avaient œuvré pour elle, jusqu'à ce que cela aille trop loin.

Margaux chasse ce souvenir et étudie dans le miroir de la salle de bains son visage dépourvu de maquillage. Tous ses amants lui ont dit qu'ils la trouvaient particulièrement belle le matin, à l'état naturel. Raison pour laquelle elle préfère les nuits. Dès qu'elle sort, elle applique son éternel rouge à lèvres rouge vif qui l'endurcit, oblige les autres à se demander si elle est la Belle ou la Bête, une incertitude dont elle se repaît.

Mais pas ce soir. Ce soir, elle va y aller mollo. Juste pour lui.

Ils ont prévu de se retrouver à 21 heures au Buddakan dans le Meatpacking District, l'ancien quartier des abattoirs. Adam a toujours adoré la nourriture asiatique. Il est le premier à arriver, même si Margaux attend déjà depuis vingt minutes et l'observe à travers la vitre teintée d'une voiture discrètement garée de l'autre côté de la rue. Elle reconnaîtrait n'importe où cette démarche fière, mains enfoncées dans les poches du jean, sans compter qu'il porte son blouson d'aviateur préféré en cuir marron patiné. Ses cheveux, autrefois coupés ras, ont poussé. Ils retombent à présent en un dégradé souple avec effet décoiffé, et il a la barbe. Il paraît plus costaud, plus fort que dans son souvenir. Elle le voit s'arrêter à l'entrée, comme s'il hésitait entre rester ou fuir. Son cœur s'emballe. *Reste*, lui ordonne-t-elle en silence. *Reste, putain.*

Alors qu'elle l'observe, Margaux ressent une émotion presque maternelle dans un coin de son cœur. *Il est vivant. Debout.* Cette fois-ci, elle ne peut s'empêcher de revivre cette nuit où elle avait failli le perdre. Il était couché à plat ventre dans son appartement de Tribeca, du sang, tellement de sang, s'écoulant de sa bouche et de son nez. Il l'avait suppliée de lui en redonner alors qu'il était déjà bien chargé et elle l'avait piqué dans le cou, et soudain, la chute. Elle entend encore le craquement de sa nuque, ce bruit sourd contre le plancher et sa lèvre supérieure qui se fend, son magnifique corps maigre comme un clou qui convulse et se contorsionne avant de devenir totalement rigide. *Vis*, avait-elle supplié. *Vis.* Mais il n'avait pas bougé.

Elle devait se tirer. Elle avait attrapé son sac et son manteau, effacé ses empreintes après avoir placé le sachet d'héroïne et la seringue dans la main molle d'Adam. Elle était sortie en trombe de l'immeuble et s'était mise à courir. À bout de souffle et toujours tremblante, mais suffisamment loin, elle avait appelé Wyatt Ross pour qu'il gère la situation. Elle était revenue vers l'immeuble d'Adam quand elle avait entendu les sirènes et était restée sur le trottoir avec les autres curieux, regardant les secours l'emporter sur une civière. L'ambulance était arrivée juste à temps. Les médias l'avaient appris, bien sûr – le petit-fils d'Ellis Baum –, et tournaient comme des requins flairant le sang. « C'est l'artiste Adam Chase… brillant mais drogué… Overdose… Mort… Non, je crois qu'il respire encore. » Personne n'avait su que la coupable était Margaux. Ses drogues, son dealer, son œuvre.

La police l'avait interrogée quelques jours plus tard. Elle avait menti, prétendant être à un dîner d'affaires avec son technicien, un homme appelé Wyatt Ross. Son alibi avait été confirmé (évidemment). Après son appel, Wyatt avait réussi à vite pirater puis détruire l'enregistrement vidéo des caméras de sécurité du bâtiment avant que les autorités ne puissent l'étudier. Mais surtout, Adam avait été tellement dans les vapes qu'il ne s'était même pas rappelé que Margaux avait été avec lui ce soir-là. Comme pour tout dans sa vie, elle s'en était tirée à bon compte.

Mais elle avait perdu Adam. Il l'avait quittée, avait abandonné sa galerie, la scène artistique, leurs amis, les drogues, son lit. Il avait refusé ses appels, l'avait rayée de sa vie, et jamais elle n'avait ressenti abandon aussi profond. Elle s'était répété maintes et maintes fois que ce n'était qu'une question de temps. Un junkie revient toujours vers son dealer, tout comme un artiste. Et aujourd'hui, se dit-elle en le regardant pénétrer dans le restaurant… les revoici tous les deux.

Elle dit à son chauffeur d'attendre encore dix minutes. Une attente insupportable, mais nécessaire. Margaux n'est jamais en avance. Jamais à l'heure. Il faut réussir son entrée. C'est la seule et unique chose qu'elle a apprise de sa mère, une putain mondaine, dont la vie était focalisée autour des entrées parfaites. *N'arrive jamais en avance quelque part. Être en avance, c'est être impatiente, Margaux. Qui dit impatiente dit désespérée. Tu signes ton arrêt de mort. En retard signifie que tu avais des choses plus importantes à faire. C'est ça le pouvoir. C'est ça la présence.* Margaux regarde sa montre, attend encore trois minutes, puis sort de la voiture.

Elle s'approche d'Adam, assis dos à elle dans un box privé de ce grand restaurant branché au décor alliant de manière flamboyante l'Extrême-Orient et Versailles.

Il lève les yeux quand elle se tient devant lui. Il ne cherche ni à l'enlacer ni à avoir le moindre contact physique.

— Margaux.

— Ça fait un bail.

— Oui.

Il désigne le siège en face de lui et elle s'assied lentement. Ils s'observent en silence pendant quelques minutes embarrassantes.

— Pas de noir ? demande Adam.

— J'ai choisi le blanc… pour te montrer combien j'ai changé.

Elle est contente qu'il l'ait remarqué.

— Le changement, c'est bon pour les amateurs – n'est-ce pas ce que tu disais ? s'esclaffe Adam.

Souriant d'un air pincé, Margaux l'étudie attentivement, face à face après si longtemps. Elle conserve un visage neutre. Son plus grand atout dans les affaires comme dans la vie est sa capacité à ne rien laisser transparaître alors qu'elle bout intérieurement. *Regarde-le. Clean. Sobre. Vivant.* Ses yeux sont clairs et brillants, débarrassés de ce voile, de ces vaisseaux rouges éclatés, de ces paupières presque closes par le manque de sommeil, les drogues et la dépression. Et la barbe lui va bien – ce n'est plus un adolescent mais un homme. Elle croise les jambes et presse ses cuisses l'une contre l'autre. Elle a toujours envie de lui. Ici, maintenant. Avant, ils n'auraient pas perdu une minute. Un regard d'elle et ils l'auraient fait dans les toilettes. Ou elle l'aurait fait jouir sous la table. Plus c'était risqué, mieux c'était. *Voilà la différence*, se dit-elle en l'étudiant. Elle le voit dans ses yeux : il joue la sécurité à présent.

Ce silence les met tous deux mal à l'aise. Adam croise les bras, regarde le Bouddha doré kitsch de trois mètres de haut de l'autre côté de la pièce. Margaux suit son regard. Une horreur comme on n'en fait pas. Heureusement, la serveuse arrive et demande s'ils veulent un apéritif. *On y est.* C'est là que Margaux le voit vraiment. Cette pause, cette respiration hésitante, suivie d'une phrase bien apprise, *Non merci. Eau pétillante, s'il vous plaît.* Il est sérieux, mais pas complètement serein. *Noté.*

— Deux, s'il vous plaît, dit-elle.

Tu vois, moi aussi je peux faire semblant. Alors qu'elle l'observe, Adam se penche et dit :

— Je me suis remis à peindre.

Elle le dévisage. Un million de questions lui traversent l'esprit. Et, en tout premier lieu, la plus troublante : il peut aller voir n'importe quel marchand d'art pour faire son retour. Tous sauteraient sur l'occasion. Avec leur passé turbulent, pourquoi elle, et pourquoi maintenant ?

— Je vois..., dit-elle d'un ton cassant, elle veut qu'il le dise, qu'il supplie.

Il s'éclaircit la gorge.

— Je suis parti alors que j'allais très mal... Nous savons tous deux à quel point. Je veux faire amende honorable. Je t'ai quittée, je nous ai quittés. J'ai pris toutes les toiles, les ai arrachées au mur de ta galerie. J'ai gâché l'exposition qu'on avait prévue au Guggenheim. Je sais ce que je nous ai fait, à nous, à ta réputation... Margaux, je suis désolé.

Je suis désolé. Personne ne fait d'excuses à Margaux parce qu'elle n'en accepte aucune. Si tu l'entubes ne serait-ce qu'une fois, si tu te plantes, tu n'auras pas de deuxième chance. Tout le monde le sait. Mais il s'agit d'Adam. Un Adam brillant, brisé, qui s'est prétendument repris en main. Son ancien amant qui la faisait jouir rien qu'en la regardant. Elle ne peut nier l'alchimie entre eux. *Adam peint.*

— Parle-moi des œuvres, dit-elle fraîchement, masquant l'excitation qui bout en elle.

— C'est une série de femmes. Abstraites, bien sûr. Je l'appelle *Vision tunnellaire*, parce que les images vont de l'obscurité à la lumière.

— Je m'ennuie déjà, dit-elle en feignant un bâillement.

— Oui, je m'en doutais.

Il repousse les petites assiettes devant lui et se penche. Ses yeux brillent comme des bijoux dans un coffre au trésor, et elle a du mal à se retenir.

— Ça ne ressemble en rien à ce que je faisais avant. Les femmes ne sont pas peintes comme des objets sexuels, mais comme des *humeurs*. C'est d'abord sombre, morose – comme tu aimes. Mais ça devient léger et inspirant, une génération de femmes plus moderne, fluide, évoluée.

Un large sourire se répand sur son beau visage.

— Très génération Y.

— Ne me fais pas vomir.

Mais il est enthousiaste, et c'est plus fort qu'elle, elle a besoin de savoir, de voir les œuvres, de sentir les toiles. Et ce, avant que quiconque la coiffe au poteau.

Elle lui lance un regard faussement modeste.

— Qu'est-ce qui fait de toi un expert en femmes ?

— Toi, répond-il, sa voix plus profonde que dans son souvenir. La série commence par toi. C'est la toute première toile…

— La plus sombre, je suppose.

— Oui, fait-il simplement.

Elle ne dit rien, de crainte que ses mots ne rompent le charme.

— Je veux revenir.

Il tend le bras et touche la main de Margaux, celle qui est agrippée au bord de la table.

— Personne ne comprend aussi bien mon travail que toi. On sait tous deux que je pourrais aller voir Pace, Zwirner, Gagosian. Ils me proposeraient aussitôt un contrat. Mais c'est toi que je veux. Enfin, si tu veux toujours de moi.

Si je veux de toi… je pourrais te dévorer. Son regard pénétrant explose en elle comme une grenade dégoupillée.

— Laisse-moi d'abord voir les toiles, puis je déciderai.

Elle se lève.

— Bon appétit. Je te recontacte.

Elle rejoint lentement la porte, tête haute, épaules droites – la démarche qu'elle réserve aux podiums. Elle sent le poids de son regard dans son dos, qui apprécie son corps, la pureté de sa robe trapèze courte mais élégante. Elle sort, ignore son chauffeur qui l'attend devant. Elle continue à marcher, ne voyant ni les gens ni les choses qui l'entourent. L'adrénaline afflue en elle et elle sent presque l'écho des percussions dans sa poitrine comme un appel tribal à la guerre. Elle serre les dents pour retenir ses émotions. Adam Chase est rentré au bercail.

16

Amsterdam

Un mois après la réunion de Missoula, Ellis et Dan sont à un coin de rue près du canal Prinsengracht quand il se met à pleuvoir. Ellis resserre la ceinture de son trench alors qu'ils se réfugient sous le premier auvent venu, celui d'un petit café. Dan revérifie le GPS.

— Bram Bakker a dit que l'appartement était très proche du Rijksmuseum. Ça doit être par là.

Il désigne la ruelle pavée droit devant, puis s'imprègne de l'odeur environnante.

— Pas de doute, on est à Amsterdam. Ça sent l'humidité. Les saucisses. La marijuana. Le poisson de la veille. Ou mieux encore, comme mon sac de sport quand j'oublie de sortir mon maillot trempé.

Ellis rit.

— Je me rappelle ma première visite ici, il y a des années de cela. J'étais invité par le ministère de la culture pour lancer la Fashion Week. C'était en février et il faisait un froid de canard. On nous avait préparé un beau gala à La Haye. Mais il tombait des cordes à notre arrivée, et Vivienne sortait de chez le coiffeur. On a eu une de nos pires disputes ce soir-là. Elle a pris un taxi pour rentrer sans moi.

Ellis soupire. Il omet de dire qu'Henri était également à Amsterdam à ce moment-là pour une séance photo pour *Vanity Fair* – l'unique fois où les chemins de sa femme et de son amant s'étaient croisés. Une situation plutôt délicate.

— Cherche pas. En tout cas, les musées, la jeunesse, l'énergie compensent la météo hivernale pourrie.

Dan lui jette un regard en coin.

— Comment te sens-tu ? Cette casquette est stylée, au fait.

Ellis incline sa casquette Gavroche. À dire vrai, il a mal à la poitrine. Les nerfs, probablement. Et le long vol l'a certainement épuisé.

— Ça va. Je savais bien que tu aimerais la casquette. Je cherchais à ressembler à Sean Connery dans *Les Intouchables*.

— Ta casquette et mon cache-œil, on fait la paire !

Dan glousse en remontant la rue avec Ellis jusqu'à l'appartement de Bakker, troisième étage sans ascenseur, grandes baies vitrées et vue imprenable sur le canal. C'est apparemment là, et non à son bureau, que Bakker rencontre les clients importants.

— J'espère ne pas avoir blessé June en lui disant de ne pas venir, dit Ellis alors qu'ils parviennent au deuxième étage. J'ai jugé préférable qu'il n'y ait que nous à la première entrevue.

— Elle comprend. June n'est pas du genre à se vexer facilement. Comment le pourrait-elle en travaillant avec moi ? Elle passe la matinée à la maison d'Anne Frank. On la retrouvera après.

Bakker ouvre la porte, vêtu d'une veste de sport marine sur un pantalon beige et une chemise boutonnée bleu pâle. La quarantaine, cheveux foncés gominés, lunettes élégantes, séduisant dans le genre « banquier sympa », un abord courtois. Ellis a appris par Dan qu'il était l'enquêteur le plus craint et respecté au monde, ayant récupéré plus de deux cents œuvres d'art volées

– des Rembrandt, Picasso, Van Gogh, Klimt, et bien d'autres encore.

Bakker prend leurs manteaux, les conduit jusqu'à la table de la salle à manger, et pose le petit-déjeuner devant eux. C'est un festin de roi, un assortiment de pains frais avec des spécialités locales : fromages, viandes froides, confitures, miel et une copieuse pâte à tartiner au chocolat.

— Vous devez mourir de faim.

Ellis admire la présentation.

— C'est très gentil, merci.

— Faites attention, on risque de s'installer, plaisante Dan.

Bakker s'assied, leur indique d'un geste de manger.

— Au fait, monsieur Baum, ma femme adore vos chaussures.

Ellis le remercie d'un sourire, puis remarque un dessin de Van Gogh accroché au mur derrière son épaule. Bakker suit son regard et se tourne légèrement.

— Van Gogh l'a dessiné quand il était enfermé dans un asile en Provence à la fin du XIXe siècle. Ce dessin est la raison pour laquelle je fais ce que je fais.

— Racontez-nous, dit Dan, toujours prêt à entendre une bonne histoire en buvant un bon café.

Bakker se retourne vers le dessin.

— Mes grands-parents ont caché chez eux une famille juive quand les nazis ont envahi Amsterdam. Les Wertheim étaient des amis proches. Malheureusement, quelqu'un – on pense que c'est un voisin – les a dénoncés pendant l'été 1943, et les nazis ont envoyé toute la famille à Auschwitz. Tous sont morts, sauf une fille.

Il regarde ses invités.

— Ce Van Gogh appartenait à la famille, et c'est la toute première pièce que j'ai retrouvée, *pour elle*. Cela m'a pris trois ans, mais je l'ai retrouvée accrochée dans un petit musée tout près de Florence.

— L'Italie, siffle Dan. Surprenant.

— À dire vrai, pas du tout, répond Bakker avec un sourire en coin. Les cinq pays comptant le plus grand nombre d'œuvres volées et les moins prompts à redresser les torts de l'histoire sont l'Italie, l'Espagne, la Russie, la Hongrie et la Pologne. Quatre-vingts pour cent de mon activité consistent à conseiller les collectionneurs sur la provenance des œuvres d'art et des antiquités pour leur éviter d'acheter des faux. Mais retrouver les œuvres spoliées par les nazis – les vingt pour cent restants –, c'est ce qui me permet de dormir la nuit. Je travaille beaucoup en Italie. Je vous ressers du thé, du café ? demande-t-il avec un geste vers la table.

Ellis s'appuie fermement contre sa chaise et sent toute couleur quitter son visage. Il descend un verre d'eau d'une traite.

— Tu te sens bien ? demande Dan.

— Oui, oui. Ce doit être le décalage horaire, réussit-il à dire.

Non, je ne me sens pas bien du tout.

Bakker accroche le regard de Dan.

— C'est très dur, je le sais… Commençons, si vous le voulez bien, monsieur Baum ? Racontez-moi votre histoire. Tout ce que vous savez sur cette peinture. Puis, peut-être, pourrais-je aider à établir un plan.

Ellis raconte ce qu'il sait de *La Femme en feu*, et Dan complète quand c'est trop difficile. Anika Baum. Ernst Engel. Helmuth Geisler. Le meurtre de sa mère. La vente aux enchères à Lucerne. Charles de Laurent. Ellis et Dan disent tout à Bakker à l'exception de leurs soupçons envers Margaux de Laurent. Ils avaient décidé plus tôt qu'il valait mieux taire ces doutes tant qu'ils ne savaient pas s'ils pouvaient lui faire confiance.

Bakker prend notes sur notes, et Ellis se demande si son histoire lui parle vraiment. Qui connaît-il, que sait-il, qu'écrit-il ? Tout ce gribouillage est si déconcertant qu'Ellis finit par détourner le regard, s'intéressant plutôt au décor minimaliste de l'appartement, les murs ivoire, les appareils électroménagers dernier cri, le bois lisse et les lignes épurées. Dépouillé mais coûteux, sans touche personnelle à l'exception du Van Gogh.

Bakker regarde ses notes en silence, feuillette les pages, et parle enfin.

— Si mes calculs sont bons, *La Femme en feu* a été vendue aux enchères de Lucerne en 1939, l'année de la mort – de l'assassinat plutôt – d'Ernst Engel. La peinture était très certainement sa dernière toile, ce qui en fait son œuvre la plus précieuse, la plus recherchée, d'une valeur de plusieurs millions, je pense.

— Ce n'est pas une question d'argent, dit Ellis plus fort.

— Pas pour vous, non, riposte Bakker. Mais pour d'autres, ce n'est *qu'une* question d'argent. On considère que le marché illégal de l'art vient au troisième rang des plus lucratifs au monde après la drogue et les armes, avec une valeur annuelle avoisinant les neuf milliards. C'est mon estimation personnelle, car il est pratiquement impossible de donner un chiffre exact sur ce qui se négocie sur le dark web.

Il s'adosse, allume une cigarette, qu'il éteint aussitôt en voyant la grimace d'Ellis.

— On commence par les choses évidentes. On reprend au tout début et on remonte la piste. Je vais enquêter pour savoir qui a acheté la toile aux enchères de Lucerne sous couvert d'anonymat. J'ai un contact proche en Suisse qui vient d'une longue lignée de commissaires-priseurs. Peut-être pourra-t-il nous aider.

— Nous pensons que le trésor de Geisler est la clé pour trouver *La Femme en feu*, souligne Dan. Selon les rumeurs, un chef-d'œuvre d'Engel figurerait dans cette collection – nous pensons qu'il s'agit de cette toile.

— Ça vaut vraiment le coup de chercher de ce côté-là, convient Bakker. Mais s'il est une chose que j'ai apprise dans ce métier, c'est que les apparences sont trompeuses. Je vais aussi me renseigner tout de suite auprès de mes sources pour savoir si une œuvre majeure, quelle qu'elle soit, est récemment arrivée sur le marché noir, parce qu'une chose est sûre, les peintures réapparaîtront. D'après mon expérience, les criminels en possession d'œuvres volées veulent s'en débarrasser le plus vite possible. L'art ne leur sert que de paiement et de garantie. Mais c'est comme le jeu de la patate chaude – qui passe d'une main à l'autre –, personne ne veut se faire prendre avec l'œuvre volée. Comme vous le savez probablement, dès qu'une peinture est présumée volée ou répertoriée sur un site d'art majeur, elle perd instantanément de sa valeur.

Il boit une grande gorgée de son café.

— Sachant cela, ces gens passent à l'action à la vitesse de l'éclair, empochent leur fric et disparaissent. Tout est dans le timing. Dans le fait d'avoir un temps d'avance.

— Arrivons-nous trop tard ? demande Dan.

— Le casse remonte à près de deux mois. Donc, oui et non. J'ai des contacts qui devraient être au courant… qui ouvrent l'œil pour moi. Par ailleurs, je demanderai discrètement à certains conservateurs notoirement corrompus s'ils ont vu ou entendu quelque chose. Le monde de l'art est vaste, mais son *élite* est très réduite.

Son regard va d'Ellis à Dan.

— Il est possible d'acheter des informations.

— Allez-y. L'argent n'est pas un problème, dit doucement Ellis.

— Il paraît que les plus réticents à restituer les œuvres volées seraient de très grands musées, c'est vrai ? demande Dan.

— Malheureusement, oui.

Bakker tapote ses notes de son stylo.

— Ils ont tendance à regarder ailleurs ou à feindre l'innocence. Mais tout le monde – je dis bien *tout le monde* dans ce métier – sait que quand une œuvre majeure datant de 1933 à 1945 est proposée sans sa provenance, il y a fort à parier qu'elle a été volée ou que son historique est douteux.

Ellis pense à Griffin Freund et Henri. Peut-être qu'avec Bakker sur l'affaire, il n'a après tout pas besoin d'impliquer son amant. Dan avait raison. Cette rencontre en valait largement la peine. Peut-être *devraient*-ils lui faire part de leurs soupçons sur Margaux de Laurent. Ils n'ont pas le temps de tourner autour du pot ici, et Bakker semble honorable.

— Certains pays et musées, poursuit Bakker, s'accrochent à leurs œuvres volées en usant des mêmes tactiques que les nazis pour se les approprier. Dans l'Allemagne nazie par exemple, quand des familles étaient envoyées dans des camps de concentration, leurs archives et registres de provenance étaient détruits et remplacés par de faux documents et des actes de vente sous la contrainte. Les nazis inventaient aussi des dettes fiscales « réglées » par l'acquisition des œuvres de la famille juive. Ils veillaient soigneusement à créer de fausses traces écrites « légales » pour soutenir leurs activités illégales. Un grand nombre de musées qui cherchent à conserver les pièces en question brandissent ces vieux documents nazis pour prouver que les familles juives les avaient bel et bien *vendues* aux nazis, et paf, la provenance est soudain légitime, et ils ne sont donc pas tenus de restituer une toile à laquelle ils tiennent. Le portrait d'Adele Bloch-Bauer de Klimt en est un parfait exemple. Voilà, mes amis, ce à quoi nous sommes confrontés. Les prétendus bons utilisent les munitions des méchants pour servir leurs propres intérêts.

— Un merdier, dit Dan.

— Oui.

Bakker désigne le Van Gogh derrière lui.

— Lotte Wertheim, l'unique membre survivante de la famille, décédée il y a deux ans, m'a légué ce dessin en remerciement. Vous ne pouvez imaginer ma surprise quand il est arrivé chez moi. Nous nous étions tous deux rendus en Italie pour récupérer le dessin et le rapporter à Amsterdam. C'était tout ce qui lui restait de sa famille, de sa vie avant la guerre. Et je n'oublierai jamais ceci… quand le conservateur du musée lui a tendu le dessin à contrecœur, ses dernières paroles ont été : « Ça ne vous suffit pas d'avoir survécu ? En plus, vous voulez le dessin ? »

Ellis a le visage en feu. Dan remue la tête.

— Monsieur Bakker, cette peinture représente tout pour moi, dit enfin Ellis.

Les traits de Bakker s'adoucissent.

— Je sais, et ce serait un honneur pour moi de vous rendre *La Femme en feu*. Mais ce que vous devez comprendre, c'est que même si nous réussissons, cela n'effacera pas le passé. J'aimerais que ce soit le cas. Ces peintures sont ce que maints de mes confrères appellent « les derniers prisonniers de guerre ». Récupérer la peinture aura un goût amer. Vous éprouverez d'abord un grand sentiment de triomphe, mais le traumatisme demeurera. Monsieur Baum, finit-il avec sérieux, cela ne ramènera pas votre mère.

Ellis sent l'émotion croître, lui serrer la gorge.

— Mais si, justement. Il ne s'agit pas seulement d'un héritage de famille. Ce n'est pas une coupe de fruits célèbre, des danseuses ou un jardin onirique à Giverny. Il s'agit de ma mère. Elle *est* la peinture. Et elle est la toute dernière œuvre d'Ernst Engel avant que ces salauds les assassinent tous les deux. Cette peinture est à la fois mon histoire, et l'histoire de l'histoire. C'est la seule image que j'aurais jamais d'elle, le seul lien avec mon passé que je peux offrir à ma famille pour lui faire comprendre qui je suis réellement, par où je suis passé.

Ellis se lève car il ne peut plus rester assis, se maîtriser. Ses jambes tremblent, ses articulations, sa poitrine le font souffrir. Il fait les cent pas autour de la table. Personne n'ose piper mot. Puis, il s'arrête, le regard ferme.

— Parlez à vos contacts véreux – votre mafia, vos conservateurs corrompus, vos banquiers suisses avec leurs chambres fortes pleines de secrets et de mensonges. Je suis un homme très riche. Je suis prêt à payer pour obtenir des informations – toute chose ou personne en lien avec cette peinture. Seul le temps reste une denrée précieuse ici.

Il se tient sous le Van Gogh, un autoportrait d'un homme seul près d'une fenêtre à barreaux, auquel il peut s'identifier.

— Je n'ai pas le temps de ruminer les souvenirs doux-amers ou de suivre une thérapie pour mon deuil. J'ai raté le coche depuis longtemps. Je suis en train de mourir, monsieur Bakker. Je vous demande juste de me la ramener.

17

June n'entre pas dans la maison d'Anne Frank. Elle la dépasse et délaisse la longue file de visiteurs qui en fait le tour. *Ils auraient dû m'emmener à cette rencontre.* Elle a le visage en feu. C'est elle qui s'est farci toutes les recherches, tout le travail de terrain autour de *La Femme en feu*, qui a dressé tout l'historique. Elle a tout – *enfin, presque tout, du moins* – remis à Dan. Et comment la remercie-t-il ? Il la congédie comme une stagiaire à qui on demande d'aller chercher du café pendant que les grands font le vrai boulot. *Et merde !*

Elle décide sur un coup de tête de sauter dans un taxi et, oui, d'enfreindre une des règles de Dan. Enfin, pas exactement de l'enfreindre, juste de la contourner un peu. Une petite reconnaissance de rien du tout… Elle est ici. Elle a toute la matinée devant elle, et elle ne va pas la perdre à visiter la ville, ça non.

Huit minutes plus tard, June se trouve sur la Bloemstraat dans le quartier des galeries d'art, le Jordaan. Elle regarde ses notes sur son téléphone et le bâtiment devant elle. *C'est ça ?* La galerie Van der Pol ? Elle secoue la tête. Impossible. On dirait un atelier de réparation automobile avec sa façade en tôle ondulée vert avocat dépourvue de fenêtre et sa porte banale. Aucune plaque nominative ou pancarte suggérant la présence de la galerie d'art contemporain la plus moderne d'Amsterdam.

Elle cherche en vain un indice. Elle ne voit qu'un simple numéro 91 à la peinture dorée au milieu de la porte et un vélo jaune avec un panier, sans antivol, garé à côté.

Elle remarque un petit interphone, appuie sur le bouton et attend. La rue fourmille de jeunes gens, du genre artiste ; tous sur leurs téléphones. Soudain, une voix de femme dit quelque chose en hollandais. June ne comprend rien, mais répond avec un faux nom et *journaliste*. La porte s'ouvre dans un bourdonnement. June entre, la bouche sèche et l'estomac noué. *Dan va la tuer.*

Ses jambes la propulsent de l'avant alors que son bon sens l'incite à rebrousser chemin. Elle remonte le long couloir étroit bordé de peintures abstraites, puis se tourne brièvement vers la sortie. Elle devrait être à la maison d'Anne Frank, pas ici… Le couloir donne sur une galerie tentaculaire remplie de sculptures géantes et d'au moins une douzaine d'installations artistiques. June attend au centre de la pièce, le cœur battant la chamade. Une bouffée de chaleur l'oblige à défaire les deux premiers boutons de son chemisier. Il n'y a personne. Où est cette voix dans l'interphone ?

— Bonjour, crie June. Il y a quelqu'un ?

Une porte grince au loin et une femme bien habillée vient vers elle. June ravale un hoquet. C'est *elle*. Elle ne s'attendait pas à ce que cette femme soit présente. Elle prévoyait de laisser un message à une assistante et de fureter un peu, comme au bon vieux temps. Il allait donc falloir qu'elle agisse.

Carice van der Pol est élégante dans une jupe crayon noire moulante, un col roulé crème et des bottes en daim noir. Ses cheveux blond miel sont remontés en un chignon strict. Ni bijou ni maquillage, à l'exception d'un gloss brillant sur ses lèvres nues. Ses yeux sont d'un bleu de Chine étonnamment brillant. Pendant qu'elle s'avance vers elle, June se repasse ce qu'elle sait : Carice van der Pol, trente et un ans, née à Maarheeze, une ville du sud des Pays-Bas. Parents musiciens. A étudié l'histoire de l'art à la Sorbonne. Mais la seule information marquante tirée de la biographie de Wikipedia est que Carice a travaillé trois ans à la galerie de Laurent de Paris.

Sans oublier cette autre chose qu'elle n'a pas dite à Dan.

— En quoi puis-je vous aider ?

Elle a la voix grave, le ton cassant, et parle anglais avec un fort accent.

— Je suis Mia Clark, une journaliste art et culture de Chicago, répond June, se présentant sous le même faux nom que quand elle était la Source anonyme. Je fais un reportage détaillé sur les grandes galeries d'art internationales et les voyages. Et…

— Je vois, interrompt la femme, les sourcils levés. Et quelles autres galeries d'Amsterdam comptez-vous interviewer pour cet article ?

Fais attention, se dit June. Elle élude la question.

— Vous êtes ma première, en tête de liste. Je reste ici quelques jours avant de partir à Berlin, Paris… et Barcelone est le dernier arrêt.

— Sacré voyage.

Carice croise les bras d'un air méfiant. Il y a deux chaises près d'elle, mais elle ne propose pas à June de s'asseoir. June sait qu'elle ne s'est pas bien préparée. En fait, elle n'a aucun plan à proprement parler, et c'est inexcusable.

— Oui, dit-elle. Ça fait beaucoup de déplacements.

— Que puis-je faire pour vous, mademoiselle Clark ? demande Carice d'une voix glaciale et réservée. Je suis très occupée.

June regarde la galerie vide. *Pas occupée du tout, si j'en crois ce que je vois.* Elle désigne son sac.

— Ce sera rapide. Puis-je vous enregistrer ?

— Je ne préférerais pas.

Carice regarde sa montre en poussant un soupir exagéré, comme si elle était en retard à une réunion.

— Je vous accorde cinq minutes.

Avec un hochement de tête reconnaissant, June sort son calepin et son stylo de son sac. Carice lui fait signe de s'asseoir avant d'en faire autant. C'est bon signe. Si elle s'assied, cinq minutes peuvent aisément en devenir dix.

— Comment vous êtes-vous lancée dans le marché de l'art ?

Dan va me tuer.

Carice croise lentement ses longues jambes minces.

— Cette galerie appartenait à ma tante. Elle est restée en activité pendant plus de cinquante ans. J'ai repris le flambeau récemment.

Elle désigne d'un geste la pièce emplie d'œuvres d'art.

— Nous représentons les artistes émergents et établis. Exclusivement des talents néerlandais.

— Et comment avez-vous fait vos débuts ?

— Ma tante, bien sûr.

— Je veux dire, avez-vous travaillé dans d'autres galeries ?

Comme la galerie de Laurent ?

— Pourquoi est-ce important ?

Parce que vous étiez sur le yacht la nuit où le père de Margaux de Laurent est mort, voilà pourquoi.

Trouve vite quelque chose ou cette femme mettra un terme à l'entretien.

— Nos lecteurs adorent savoir comment une personne a démarré. Le parcours, ce genre de choses.

Carice serre ses lèvres brillantes l'une contre l'autre.

— Oui, bon… j'ai étudié à Paris, à la Sorbonne, puis j'ai travaillé à la galerie de Laurent pendant un temps comme…

Elle s'interrompt comme si elle cherchait le bon terme anglais.

— D'abord dans les ventes, puis comme commissaire. Après, je suis revenue à Amsterdam pour reprendre la galerie de ma tante.

— Je vois… De Laurent. Margaux de Laurent est un personnage fascinant à part entière.

June fonce.

Les joues de porcelaine de Carice se teintent légèrement de rose.

— Oui, fascinant.

Attends. Elle va parler. Ils le font tous. Mais elle se trompe. Carice lisse sa jupe et se lève.

— Le délai est écoulé. Bonne chance pour votre article.

June reste assise. Leurs regards se croisent. *Allez, Carice.*

— Je ne sais pas qui vous êtes, dit la femme en la fusillant du regard. Mais je vous conseille de rester loin de Margaux de Laurent.

Parce que je suis son genre. June le devine, le sent.

— Mais pourquoi ? insiste-t-elle légèrement.

Carice se penche sur elle.

— J'ai l'impression, Mia… si c'est là votre vrai nom, que visiter les plus grandes galeries d'Europe n'est pas le véritable objectif de votre article, je me trompe ?

Elle pose ses mains sur ses hanches minces.

— J'aimerais que vous me donniez tout de suite le nom et le numéro de votre rédacteur en chef, puis que vous partiez.

Oh merde. Donne-lui une version de la vérité.

— D'accord, dit June en se levant. Vous avez raison, mademoiselle van der Pol. Ce n'est pas tout à fait ça.

Elle s'arrête et déglutit. *Réfléchis, bon sang.* Dan ne lui a même pas donné le feu vert pour commencer l'article sur les œuvres d'art volées. Et si en parler nuisait à la piste Bram Bakker ? *Protège la vérité.* Elle se creuse les méninges comme si elle parcourait un Rolodex à toute vitesse. *Un truc tendance. C'est ça qu'il te faut.*

— Je fais un reportage d'investigation sur les agressions sexuelles. Les employées des galeries d'art utilisées comme appâts pour attirer les clients et les amener à acheter des pièces onéreuses. Un #MeToo dans le monde de l'art.

Le visage de Carice se fige, mais ses yeux cobalt sont aussi perçants que des faisceaux laser.

— Alors pourquoi exactement êtes-vous venue ici ?

June fait un pari audacieux.

— Certains des plus grands marchands d'art sont accusés d'exploitation sexuelle.

Carice pousse un soupir profond, douloureux.

— Margaux de Laurent.

C'est elle qui l'a dit, pas moi. Regarde cette femme. Elle a peur. Il y a quelque chose. Peut-être pas l'histoire qu'elle cherche – mais une histoire. Ne pense pas à Dan maintenant. Tu t'occuperas de ce problème plus tard. Elle se redresse.

— Margaux fait partie de la douzaine de grands marchands d'art sur ma liste.

— Est-ce la vérité, Mia ? Ou y a-t-il autre chose ? dit Carice en la dévisageant.

Elle me dit qu'il y a autre chose. Reste dans le vague.

— C'est possible…

Carice hoche la tête.

— Vais-je rester anonyme ?

Dieu merci. On y est.

— Tout à fait. Cette rencontre n'a jamais eu lieu.

Le teint de porcelaine de Carice se fait encore plus pâle, son attitude froide s'envole. Elle s'apprête à tout révéler mais fait soudain machine arrière.

— Comment en être sûre ? Vous vouliez m'enregistrer. Montrez-moi votre enregistreur.

— J'utilise mon téléphone, dit June en le lui tendant. Tenez, regardez, rien, il est éteint.

— Vous *devez* partir.

Mais June tient bon. Elle sent qu'il y a autre chose. *Une version cachée de l'histoire. Donne-lui de quoi l'apaiser.*

— Je vais tout vous dire.

Presque tout.

— Il y a plusieurs années, j'ai démantelé un réseau de trafic sexuel. J'ai servi d'appât et les méchants ont été arrêtés. Mon travail a sauvé des vies. Mais l'histoire n'est pas terminée pour moi. C'est la raison de ma présence ici. J'ai pensé que vous pourriez peut-être m'aider.

De vraies larmes lui montent aux yeux, qu'elle ne cherche pas à essuyer. Carice les voit aussi. Des gouttes de sueur apparaissent sur son front lisse.

— Et vous êtes venue parce que…

— Vous savez pourquoi je suis là, chuchote June.

Le regard de Carice s'éteint. Son ton se fait hostile.

— Margaux de Laurent devrait figurer tout en haut de votre liste. Elle se sert de ses employées, couche avec elles, les contrôle, les maltraite, les drogue… C'est un jeu pour elle, détruire la vie des autres. Elle m'a blacklistée dans le monde de l'art. Elle a ce genre de pouvoir et d'influence.

— Pourquoi ? Que s'est-il passé entre vous ? Était-ce cette nuit sur le yacht ?

— Je ne sais pas de quoi vous parlez.

Ce que dément catégoriquement le rouge qui lui monte aux joues.

— Je vous suggère, pour votre propre sécurité, de trouver un autre sujet d'article, mademoiselle Clark. Si mon nom ou ma galerie est utilisé de quelque manière que ce soit dans cette enquête, vous nous exposerez, moi et ma famille, à un grand danger. Il ne s'agit pas simplement d'un article ou d'un gros titre, il y va de ma vie. J'ai une petite fille. Nous nous sommes comprises ? Ne revenez pas. Partez, dit-elle en désignant la porte. Nous en avons terminé.

La peur se lit dans ses yeux écarquillés. *Non, ce n'est pas fini*, se dit June en se préparant à partir. *Ça ne fait que commencer.* Son analyse de Margaux de Laurent s'écrit toute seule. Une chose est sûre, les enjeux dépassent *La Femme en feu*.

18

Deux heures plus tard, June retrouve Dan au Cobra Café sur Hobbemastraat, à deux minutes à pied du Rijksmuseum. Ils sont seuls. Ellis est allé directement de l'appartement de Bram Bakker à la présentation Anika Baum de la Fashion Week. Ils le retrouveront plus tard dans la soirée. La pluie intermittente ayant cessé, ils décident de s'asseoir en terrasse avec une belle vue sur la Museumplein, la place des musées.

Mais June a la tête ailleurs. Paniquée par l'affaire avec Carice van der Pol, elle commande aussitôt des *patatje oorlog*, des frites hollandaises, parce qu'elle meurt de faim, et une bière blonde locale, parce qu'elle en a besoin. Elle cherche à fuir le regard inquisiteur de Dan qu'elle sent peser sur elle.

— De l'alcool en journée ?

Son œil valide semble s'obscurcir.

— Ha.

Elle lui sourit, puis réorganise les condiments pour gagner du temps. On dirait qu'il sait tout. Bien sûr qu'il sait. Dan et son sixième sens de dingue. Il devait s'en douter avant même qu'elle aille voir cette femme.

— Comment était la maison d'Anne Frank ? demande-t-il en sirotant un Coca-Cola sans quitter sa bière des yeux.

Elle n'aurait pas dû la commander. Première erreur. Elle aurait dû être plus attentionnée. Mais son regard la rend nerveuse. *Oui, Dan. Je plaide coupable.*

— Comment c'était avec Bram Bakker ? riposte-t-elle.

— Répondre à une question par une question.

— Très bien, d'accord, dit-elle en levant les mains. Vous avez gagné. Je n'y suis pas allée.

Il secoue la tête tant c'était évident.

— C'est bien ce que je pensais. Où étiez-vous alors ?

Aucune échappatoire.

— Pourquoi ne m'avez-vous pas demandé de vous accompagner chez Bram Bakker ? Je croyais qu'on formait une équipe. Je croyais que vous appréciiez mon travail.

— C'est vrai dans les deux cas. Ellis en a décidé ainsi. Cette matinée a été très éprouvante pour lui. Mais pour être honnête, ça me convenait aussi. Il vaut mieux que Bakker ne sache pas tout ce sur quoi nous travaillons, la partie Margaux de Laurent.

Il s'interrompt.

— Je l'ai dit à la cabane, chacun à un rôle à jouer ici. J'ai le mien, vous avez le vôtre. Les contacts dont Bakker dispose dans le milieu interlope de l'art nous seront utiles dans nos recherches. Le principal, c'est qu'une personne, *moi*, chapeaute tout et fasse tourner la machine. Il y a des règles…

Oh mon Dieu, les règles.

— Des règles, June, insiste-t-il, et elle voit la lueur accusatrice dans son regard.

Son téléphone sonne comme à point nommé. Elle y jette un œil. *Sa mère.* Ben tient ! Comme si elle savait précisément quand elle était en difficulté. Elle refuse l'appel et pousse un profond soupir.

— Ça ne va pas du tout vous plaire.

— Bon sang, n'en faites pas une émission de téléréalité. Où diable étiez-vous ?

Carice van der Pol. La galerie. L'avertissement de ne pas m'approcher de Margaux. La peur dans le regard de la femme... Elle déballe tout et lutte contre les larmes qui affluent tant elle craint que Dan la vire.

— Et d'un, on ne part pas de son côté mener sa propre enquête. Point barre. Vous vous trompez si vous vous croyez plus intelligente. Quand j'étais jeune et intrépide, sans oublier foutrement stupide, je voulais être le détenteur de la vérité et aucun champ de mines ne m'arrêtait. Je ne voulais pas de vous à la réunion, non parce que vous ne faites pas partie du groupe, mais parce que je dois protéger l'objet de *notre* action.

Il semble prêt à exploser.

— Et de deux, vous pourriez avoir mis en péril toute cette enquête en étant allée voir cette femme sans m'en avoir parlé. Comment savez-vous que cette Carice n'a pas déjà contacté Margaux de Laurent ? Vous ne savez rien de leurs relations. Un manque total de discernement !

La voix de Dan s'élève de façon gênante, et les gens se retournent.

— Si je n'avais pas besoin de vous, je vous virerais sur-le-champ. Vous rendez-vous compte de la gravité de vos actes ?

June se sent paralysée par l'intensité du regard de Dan et sa colère. Pourtant... elle sait qu'elle le referait si nécessaire. Il y a cette force irrépressible en elle. Ce magnétisme inexplicable qui l'a poussée à délaisser la maison d'Anne Frank pour prendre ce taxi et aller jeter un œil à la galerie. À se rendre, seule, à Englewood, le quartier le plus dangereux de Chicago pour trouver la mère du tireur. À servir d'appât quand elle était la Source anonyme. Et, si elle est vraiment honnête avec elle-même, qui la contraint à dépasser les limites à chaque sujet qu'on lui confie. Sans exception.

— J'ai vu son visage, lâche June pour se défendre. La peur, Dan. Cette femme a peur de Margaux de Laurent. Elle est terrifiée. Elle m'a conseillé de ne pas m'approcher d'elle. Je pense que cet avertissement prouve…

— Vous n'avez rien écouté de ce que j'ai dit ? explose-t-il. Je vais vous dire ce qui se passe quand on ne suit pas les règles…

Elle est parcourue d'un frisson. *Il se passe El Paso.*

— Des gens meurent. Des gens se font exploser parce qu'ils se croient plus intelligents. Jouent les cow-boys. Je dois pouvoir vous faire une confiance absolue. Sinon, vous n'êtes plus sur l'affaire, dit-il d'un ton qui se fait menaçant. Compris ?

— Compris.

— Espérons.

Dan s'essuie le front et sa colère semble refluer. Soulagée, June sait qu'elle n'aura pas de deuxième chance. Il sort son calepin de son attaché-case et prend un stylo dans sa poche de poitrine.

— Maintenant que nous nous sommes compris, je veux tout savoir de cette galerie, de cette Van der Pol. Lentement, pour que je puisse y réfléchir posément. Mais surtout, qu'est-ce qui vous a poussée à y aller ? Il y a manifestement autre chose. Que cachez-vous ?

Ce que j'ai découvert à Missoula ; ce que j'aimerais vous dire, mais ne peux pas.

*

Dan était allé faire des recherches au cybercafé de Missoula pendant que June retrouvait Adam à la cabane pour son tuto sur l'art.

— Vous avez bien dormi ? avait-il demandé en lui faisant signe d'entrer. Café ?

— Oui, et oui, s'il vous plaît. Je vais vous aider.

— Mais non, allez vous asseoir dehors, avait-il dit en désignant la table pour un par la fenêtre. Je nous apporte à manger et ensuite, on pourra commencer.

Il avait jeté un regard attendri aux chiens qui réclamaient autour de lui.

— Vous pourriez emmener ces montres dehors ?

Elle avait frappé des mains et les chiens l'avaient suivie par la porte de derrière comme si elle était le Joueur de flûte de Hamelin. Elle s'était assise à la table, les chiens lovés à ses pieds, se demandant si Adam l'observait par la fenêtre de la cuisine. Il était arrivé quelques minutes plus tard avec un plateau dans une main et une chaise pliante dans l'autre. Il s'était assis, tout sourire. June avait saisi avidement une tasse de café. Elle n'avait pas vraiment fermé l'œil de la nuit, l'avait passée à fixer le mur recouvert de ses toiles.

— C'est vous la journaliste, avait-il dit en attrapant une tartine grillée. Faites-moi plaisir. C'est quoi votre première question ?

— Oh, on joue à un jeu ? avait-elle dit en riant.

— Je suis sérieux et, je l'avoue, curieux.

Il l'avait étudiée tout en sirotant son café et elle s'était sentie à nouveau gênée.

— Parce qu'ensuite, je vais vous poser certaines questions. Si on doit jouer à « comment duper Margaux de Laurent », vous devez comprendre exactement comment ça fonctionne, comment *elle* fonctionne. Tout ça n'est qu'un jeu.

Il avait essuyé les gouttes de café accrochées à sa lèvre supérieure.

— Le premier point important est que c'est une psychopathe. Elle trompe tout le monde avec sa beauté, son intelligence et son charme. Mais c'est une experte dans l'art de la manipulation mentale. C'est comme ça qu'elle prend son pied. Elle vous attire et vous fait croire que vous agissez de votre propre chef alors que c'est elle qui en a eu l'idée.

Il s'était arrêté pour manger ses œufs brouillés, les avalant en trois bouchées.

— Quand elle rencontre un client par exemple, la toile qu'elle veut vendre est toujours accrochée au-dessus de son bureau. Neuf fois sur dix, elle est vendue sur-le-champ. Je l'ai vu de mes propres yeux. Elle associe également clients et employés de la galerie comme elle le ferait d'un vin et d'un plat. Elle prostitue ses employées à de riches hommes pour s'assurer une vente. Plus l'homme est vieux, plus la femme chargée de la vente est jeune. Et ça ne s'arrête pas là. « Les filles de Margaux », comme elle les nomme, savent qu'elles doivent aller jusqu'au bout si elles ne veulent pas perdre leur boulot… Où se situe le bout, je vous laisse l'imaginer.

Adam, dégoûté, avait remué la tête.

— Si le collectionneur est homo, alors Margaux lui attribue un de ses employés homme, jeune et beau. Elle se sert du sexe et de la manipulation pour vendre ses œuvres. Elle sait tout ce qu'il y a à savoir d'important sur le style de vie de son client, ses préférences sexuelles, ses obsessions, etc. Comme je l'ai dit pendant la réunion, un ancien agent du FBI vérifie pour elle les antécédents des clients, prend des photos. Elle ne considère pas ses clients comme des êtres humains, mais comme un composé de besoins, d'envies et de désirs. Donc, June, quelle est votre première question ?

Elle avait levé les genoux, les avait serrés tout contre son buste et l'avait regardé avec une certaine inquiétude.

— Pourquoi l'héroïne ?

La question surprise. Pas de tour de chauffe.

Il avait semblé foudroyé.

— Bien joué. Je savais que vous cachiez un couteau acéré. La question est justifiée. J'y viendrai, mais laissez-moi d'abord vous demander ce que ça fait de trouver le sujet idéal. Décrivez cette sensation.

— C'est donnant-donnant ? avait-elle dit avec un sourire.

— Il y a une raison à cela.

Elle avait senti l'intensité de son regard. Elle avait envie de lui dire qu'elle aimait être une journaliste parce que c'était *elle* qui posait les questions et n'avait pas à répondre ou révéler quoi que ce soit de personnel. L'intérêt était justement qu'il n'y avait pas de contrepartie. *Je pose les questions, tu racontes.* Mais sa manière de la regarder…

— Très bien, avait-elle dit en se sentant à la fois rougir et s'enflammer. Ce qu'on ressent est assez indescriptible – comme si vous alliez mourir si vous n'écriviez pas cet article. Il y avait cette histoire, comme si elle me cherchait. C'était la première fois, et…

— Une fille n'oublie jamais sa première fois.

Elle avait ri puis s'était arrêtée brusquement quand le visage de Rick Janus était apparu devant ses yeux. *Ne va pas par là.* Elle avait siroté son café pour gagner du temps et retrouver ses esprits.

— Donc… J'étais la rédactrice du journal de mon école et à une fête. Tout le monde buvait et glandait, mais il y avait cette fille, seule, qui pleurait dans la salle de bains du sous-sol. Je suis tombée sur elle par hasard. Nous n'avions pas le même groupe d'amis, mais on se saluait quand on se croisait dans les couloirs. Quand je lui ai demandé pourquoi elle pleurait, elle m'a jeté un regard désespéré et s'est mise à sangloter sans pouvoir s'arrêter. Je me suis assise par terre près d'elle et j'ai attendu qu'elle se calme. Elle était pompette et a fini par admettre qu'elle s'était fait piéger sur internet par un type plus vieux qui prétendait chercher des mannequins et voulait la photographier. Ensuite, il y a eu les photos de nu et le sexe puis il l'a vendue à d'autres hommes, l'a fait chanter en la menaçant de poster ces photos en ligne et de le dire à ses parents. Il rôdait autour de chez elle la nuit pour la terrifier. J'ai vu des marques de coupure sur les bras de la fille. Elle a aussi admis que d'autres filles étaient concernées. Elle envisageait de se tuer parce que c'était sa seule issue. J'ai fini par passer un accord avec elle. Si elle promettait de ne pas se faire de mal, je promettais de faire tout mon possible pour dénoncer l'homme qui lui gâchait la vie. On s'est retrouvées tous les soirs de cette semaine-là et elle m'a donné toutes les informations qu'il me fallait.

June s'était interrompue pour reprendre son souffle et avait vu qu'Adam était captivé par son histoire. Il ne remuait pas d'un cil, et avait posé son café.

— Je savais que la seule façon d'arrêter ce type était de le prendre moi-même au piège. Mais je n'étais pas stupide. Je savais que je ne pouvais y parvenir seule et qu'il me fallait de l'aide, alors j'ai contacté l'équipe d'investigation d'un des grands journaux de Chicago et leur ai apporté le sujet.

June avait été parcourue de frissons, comme si elle revivait l'instant.

— Vous décrire cette sensation ? J'ai su à la seconde où j'ai rencontré cette fille dans les toilettes que cette histoire était faite pour *moi*. Je me rappelle avoir senti tout mon corps s'embraser, comme si j'allais exploser – comme si je pouvais changer le cours des choses.

— Vous ne vous contentiez pas de raconter l'histoire, vous la *viviez*.

— C'est ça, oui, avait-elle dit les yeux écarquillés. C'est ce qui me plaît le plus dans le reportage d'investigation – on creuse le plus loin possible et, quand on croit avoir atteint le fond, on se rend compte qu'on peut aller encore plus loin. C'était grisant, se savoir en zone rouge et avoir pourtant la situation en main.

June ne l'avait encore jamais exprimé à voix haute.

Adam était resté silencieux, la mine indéchiffrable. Alors qu'elle attendait, elle avait tout à coup pris conscience de tout ce qui l'entourait : le soleil matinal, l'air de la montagne, les chiens à ses pieds, l'arôme de café torréfié, les restes d'œufs brouillés et même l'odeur du savon d'Adam en face d'elle.

— À votre tour, avait-elle dit, comme étourdie. Parlez-moi de l'héroïne.

— C'était pareil. L'héroïne, c'était un flash indescriptible, comme si un barrage se rompait en moi et l'eau se répandait dans toutes les cavités de mon corps. Je me sentais à la fois euphorique et calme. L'héroïne chassait l'anxiété, la dépression, le stress, toutes ces demandes incessantes. La montée était fulgurante, suivie d'une lente chute libre. Quand je me droguais, j'avais l'impression de pouvoir tout faire. J'étais à fond. Mais la vraie magie se produisait à la descente.

Il s'était arrêté et tourné vers elle.

— Margaux était là. Ce n'était pas moi aux commandes, mais elle. Elle savait précisément à quel moment elle devait me fourrer une toile sous le nez et un pinceau dans la main droite.

— Margaux…, avait commencé June avec précaution. Elle vous a donné l'héroïne cette première fois ?

— Oui… et la dernière fois, et pratiquement à chaque fois entre les deux.

Il avait serré les poings, les avait desserrés.

— C'était mon pourvoyeur et mon infirmière. Elle a bien failli me tuer – mais je l'ai laissée faire.

— Et pourtant, vous peigniez avant la drogue, l'avait encouragé June. Votre talent était déjà présent.

— C'est vrai, mais avec les drogues, j'étais en feu. J'ai pris de très mauvaises décisions.

Il n'était pas tendre avec lui-même.

— Mais revenons à vous. Vous vous êtes attaquée à un réseau de trafic sexuel national et vous étiez encore au lycée. Vous êtes le bras droit de Dan Mansfield. Et ce gars est coriace. Je dirais que vous déchirez grave, June. Un bon parti pour Margaux.

Il avait joué avec sa tasse de café, l'avait fait tournoyer. Elle avait regardé les ongles tachés de peinture, les doigts longs et fins, les veines saillantes. Elle n'avait pu empêcher son cœur de battre à tout rompre.

— Margaux n'a qu'une seule faiblesse, et c'est *Margaux*, avait-il repris. Son moteur, c'est la peur de perdre, de tomber de son piédestal où elle est intouchable. Et ça l'amène à faire des choses terribles. Si jamais vous la rencontrez, ne vous prosternez pas devant elle. N'ayez pas l'air impressionnée. Ne regardez pas vos pieds. Regardez-la droit dans les yeux. Elle adore les défis, l'idée qu'elle peut vous briser, vous rabaisser, vous faire sentir comme une moins que rien, et gagner. En gros : si vous allez voir Margaux en vous comportant comme *Margaux*, c'est *vous* qui gagnerez.

June avait rangé cette information dans un coin de sa tête.

— Vous croyez vraiment qu'elle a la peinture ?

— Ça ne fait aucun doute pour moi. Je n'ai pas beaucoup de souvenirs de nos conversations plus sérieuses, mais je sais que Margaux n'a jamais éprouvé d'amour, ou tout du moins d'affection, que pour son grand-père. Récupérer ce tableau équivaudrait à le venger et à s'assurer la victoire dont elle rêve. Quant à voler le trésor de Geisler, c'est tout elle, ça. C'est ce qui la branche. Elle est impliquée là-dedans, avait-il dit, le regard perçant. À quel degré et à quel titre, je l'ignore.

— Est-ce que… vous l'aimiez ?

June n'avait pu s'empêcher de dire tout bas la pensée qui lui trottait dans la tête, se rappelant ce nu de Margaux dans son atelier.

— Si je l'aimais ? avait-il dit dans un éclat de rire. Ce n'est certainement pas ainsi que je décrirais notre relation. J'étais son bien, son propre chef-d'œuvre – un phénomène artistique défoncé. Elle était mon Dr Frankenstein. Je dépendais d'elle pour exister et elle dépendait de moi pour rester au top… à la page.

June avait remarqué que la main d'Adam, celle qui serrait la tasse de café, tremblait légèrement.

— Je sais que vous avez dit hier que vous deviez le faire. Mais comment allez-vous rester clean si vous retournez auprès d'elle ? Ça paraît…

— Impossible.

Il avait achevé la phrase à sa place, puis s'était frotté les mains l'une contre l'autre comme pour les réchauffer et les avait appuyées contre ses lèvres.

— Je ne suis plus la même personne. Je suis plus fort. En paix. Ou presque, en tout cas. J'ai travaillé. J'ai passé quatre ans seul ici dans les montagnes à travailler. Si j'y retourne, je sais, non, je peux *garantir* que Margaux essaiera à nouveau de me briser, de me contrôler. C'est plus fort qu'elle. Elle est comme ça. Tout ce que j'ai à faire, c'est lui présenter le défi, lui laisser penser qu'elle me tient… Et je récupérerai la peinture de mon grand-père, avait-il dit sans lâcher June du regard. Et cette fois-ci, c'est moi qui sortirai vainqueur.

Vainqueur de quoi, exactement ?

— Adam, avait dit prudemment June en suivant son instinct, y a-t-il autre chose à propos de Margaux que j'ai besoin de savoir, que vous n'avez pas mentionné lors de la réunion dans la cabane ?

Il avait descendu le reste de son jus d'orange et reposé doucement le verre.

— Ça reste entre nous ?

Entre nous. Si elle acceptait, alors elle devrait le cacher à Dan. Elle avait accroché son regard et aucun des deux n'avait détourné les yeux.

— Puis-je vous faire confiance, June ? l'avait-il pressée.

Elle avait poussé un profond soupir et accepté le marché.

— Oui.

*

Dan vient de terminer son deuxième verre de Coca quand son téléphone sonne. C'est Bram Bakker.

— Non, dit-il au détective. Impossible ce soir. Ellis est pris toute la soirée. Mais oui, on peut se retrouver demain matin. 9 heures. Parfait. Alors à demain.

Il reporte son attention sur June.

— Bon, dit-il d'un ton sévère, si vous me disiez ce que vous *vouliez* me dire.

Des gouttes de sueur perlent sur la lèvre supérieure de June.

— Carice van der Pol se trouvait sur le yacht la nuit où le père de Margaux est mort…

Elle s'interrompt.

— J'ai trouvé un rapport de la police française. Elle était avec Margaux. C'est pour ça que je m'y suis rendue.

C'est justement cette pause qui attire l'attention de Dan. Comme si cet œil unique avait le pouvoir de dix pupilles. Elle sent son ventre se nouer tandis qu'elle s'efforce de garder un visage neutre et de respecter la promesse faite à Adam.

Puis-je vous faire confiance, June ?

— Et qui d'autre était présent sur ce yacht ? demande Dan en se penchant sur la table.

L'unique personne qu'elle aurait largement préféré savoir ailleurs : Adam Chase.

19

Ellis ne peut plus garder son sang-froid. La possessivité dont Bram Bakker fait preuve à l'égard de ses dernières informations, son regard sautant de son ordinateur portable à la pile de papiers à ses côtés, est exaspérante.

— Je vous en prie. Parlez-nous. Je n'ai pas réussi à fermer l'œil de la nuit depuis que Dan m'a annoncé que vous aviez découvert un truc important à propos de la peinture.

Bakker lève les yeux, ôte ses lunettes de lecture et les pose.

— Oui, je vérifiais juste quelques faits. Je vous ai parlé hier d'un ami en Suisse, un éminent commissaire-priseur de Zurich. Son père était lui-même commissaire-priseur, tout comme son grand-père. Enfin, dans les années 1930, le proche collaborateur du grand-père n'était autre que Theodor Fischer, le commissaire de la fameuse vente aux enchères de Lucerne.

Bakker boit une gorgée de café et grignote un biscuit, et cette interruption brutale tue littéralement Ellis. Mais crache donc le morceau !

— Après notre réunion d'hier, mon ami a passé plusieurs coups de fil discrets pour me rendre service. Il m'a rappelé en fin d'après-midi et donné le nom de l'acheteur anonyme de la toile à Lucerne, dit-il le regard brillant. Nous avons le nom.

— Qui, bon sang ? s'exclame Ellis.
— Ellis, je t'en prie, lui dit Dan.
— Dan, c'est bon, vraiment. Je comprends.
Bakker repousse les papiers et ferme son portable.
— L'acheteur s'appelle – *s'appelait* – Otto Dassel. Il est mort. C'était un des cadres supérieurs d'Hugo Boss, la filiale de Berlin. Nous avons donc à présent une nouvelle étape dans le parcours de la peinture : elle a fait Berlin, Paris, la Suisse, et retour à Berlin. J'ai fait quelques recherches et le petit-fils d'Otto, Stefan Dassel, est bien vivant. C'est un réalisateur basé à Berlin. C'est une piste mais ce n'est, comme nous le savons, qu'une partie de l'histoire de la toile. Une escale peut-être. Car nous pensons qu'elle a fini par tomber entre les mains d'Helmuth Geisler.
Il s'arrête et prend une note.
— Je vérifierai également ce point. Il semblerait qu'il y ait eu une audience privée au tribunal après la guerre pour contester les collections temporaires d'éminents nazis – dont, bien sûr, celle d'Helmuth Geisler. Geisler, comme vous le savez déjà certainement, était l'un des quatre marchands d'art désignés par la Commission pour l'exploitation des arts dégénérés pour vendre sur le marché étranger des œuvres d'art confisquées, au profit d'Hitler. Et, si j'ai bien compris, les Alliés ont d'abord saisi l'intégralité de la collection de Geisler, avant de la lui rendre. Pourquoi ? Je l'ignore. Mais je vais certainement le découvrir. Pour le moment, nous disposons d'un nom.
Il regarde les deux hommes droit dans les yeux.
— C'est une excellente nouvelle.
Otto Dassel. Hugo Boss. L'unique raison pour laquelle Ellis ne porte pas cette marque, ne possède pas le moindre article d'Hugo Boss est une question de principe : Boss a dessiné l'uniforme des nazis. Hugo Boss n'aura jamais sa

place dans son armoire. Ellis se sent écœuré. *Et maintenant, ça !*

— Je peux peut-être organiser un rendez-vous avec Stefan Dassel tant que vous êtes en Europe ? demande Bakker.

— Oui, répond aussitôt Ellis.

— Idem pour moi. Mais Ellis doit rentrer aux États-Unis pour des raisons de santé, dit Dan en remuant la tête pour faire comprendre à Ellis que venir en Allemagne n'est pas une bonne idée. Ma collaboratrice m'accompagnera.

— Je viens, insiste Ellis, menton dressé, du même ton autoritaire qu'il utilise avec son styliste pour lui dire qu'il n'aime pas un modèle et doit retourner illico à la planche à dessin.

— Vous trouverez bien une solution, dit Bakker en cherchant l'apaisement. Mais qui est votre collaboratrice, et pourquoi n'est-elle pas là ?

Dan et Ellis échangent un regard rapide. Bakker capte ces regards, puis fixe les deux hommes.

— Y a-t-il autre chose que j'aie besoin de savoir avant de plonger dans cette affaire ? Je n'aime pas les surprises. C'est une perte de temps, pour moi comme pour vous.

Dan se tourne vers Ellis, qui donne son consentement d'un signe de tête. Dan s'éclaircit la gorge.

— Nous soupçonnons Margaux de Laurent, je suis sûr que vous la connaissez, de savoir où se cache *La Femme en feu*, voire la collection dérobée à Geisler. Son grand-père, on l'a vu, a eu la peinture en sa possession. Elle pourrait avoir un intérêt dans cette affaire, voire une prétention juridique.

— Margaux de Laurent ? s'exclame Bakker, incapable de masquer sa surprise. Je la connais très bien.

— Ça ne me surprend pas. C'est pour ça que j'hésitais à parler. Je me rends compte que le monde de l'art est extrêmement petit.

— Et vous n'étiez pas sûr que je sois digne de confiance. Margaux fait partie des marchands d'art les plus respectés – surtout depuis la mort de son père, quand elle a repris l'intégralité des galeries alors qu'elle était encore si jeune. Je l'ai même contactée il y a quelques années à propos d'une peinture que je cherchais à Buenos Aires. Elle m'a aussitôt mis en rapport avec les bonnes personnes. Allons nous asseoir là-bas, dit-il en désignant le salon avec ses canapés confortables et sa cheminée. J'en déduis que vous avez une autre vision d'elle. J'ai besoin d'en connaître la raison.

— Disons qu'elle n'est pas celle qu'elle prétend être, répond Dan avec une moue.

— C'est vague. Ce que je comprends, c'est que vous m'avez remis une enquête partielle. Vous m'avez donné une piste à explorer, tandis que vous comptiez en examiner une autre.

Dan opine, mal à l'aise.

— Vous devez comprendre qu'il était risqué pour certaines personnes de tout vous dire.

— Vous ne me connaissez pas. Je ne travaille pas à la va-comme-je-te-pousse.

— Je ne vous connais pas, convient Dan. Mais j'ai entendu parler de vous. Vos succès, votre détermination. Votre…

— Je n'ai pas besoin de compliments, l'interrompt Bakker. Je connais ma valeur. Mais si Margaux de Laurent est vraiment impliquée, ça va bien au-delà d'un seul tableau. Si je veux pouvoir achever le puzzle, je ne peux pas me lancer alors qu'il manque des pièces. Ce serait comme…

— Travailler avec un seul œil, intervient Dan.

Il y a un silence incertain dans la pièce.

— Exactement, répond Bakker d'un ton glacial. Et c'est vraiment dommage, quand on peut avoir *tous* les yeux sur l'objectif. Vous devez faire un choix. Voulez-vous que cette enquête ralentisse ou accélère ? demande-t-il en transperçant Ellis du regard. Plus j'en sais, plus nous avançons vite. *Het komt allemaal in één maag.*

— Qu'est-ce que ça signifie ? demande Dan.

— C'est une expression néerlandaise : Tout va dans un même estomac. Je vous conseille vivement de tout me dire. Optimisons notre temps, nos ressources et notre matière grise. Ayez confiance et racontez-moi toute l'histoire, messieurs, et nous verrons si votre intuition est fondée, si l'un de ces carrefours mène à Margaux de Laurent.

20

Manhattan

Griffin Freund accepta de la rencontrer pour un brunch dans leur restaurant habituel de SoHo. Il ne dit jamais non à Margaux, ou à Balthazar à l'accueil. Et vu le regard aguicheur qu'il lance à ce beau jeune homme, Margaux est sûre qu'il a déjà couché avec lui ou en a l'intention. Griffin a couché avec tout le monde. Même avec elle il y a des années de ça quand il était une étoile montante du MoMA et qu'ils avaient mis sur pied une exposition d'artistes graffeurs émergents qui avait connu un énorme succès. « Et pourquoi deux bisexuels victorieux se priveraient-ils de célébrer leur premier grand triomphe ? », lui avait-il dit plus tard cette nuit-là alors qu'ils étaient au lit. C'était juste un coup d'un soir. Ils étaient ivres, ils avaient ri de bout en bout, ça ne voulait rien dire. Pas comme leurs collaborations ultérieures au fil des ans, si essentielles pour eux.

Margaux est assise à une table d'angle, face à la salle. Elle aime voir qui entre, et être vue en compagnie de Griffin. Figure incontournable du monde de l'art, il ne s'est jamais départi de sa réputation d'enfant terrible, et cela sert leurs intérêts communs. Seul l'argent compte pour Griffin, et ce depuis toujours. Un choix qu'elle respecte.

— Alors dis-moi, demande-t-il en se penchant. C'est vrai ?

Elle sourit d'un air entendu.

— Oui… il est de retour. Clean, ennuyeux à mourir, mais même la sobriété ne peut anéantir ce genre de talent.

— Je t'ai toujours enviée. Qu'est-ce que j'aurais donné pour une nuit au pieu avec Adam Chase !

— Adam a une nouvelle série en cours sur les femmes, abstraite, différente de sa technique passée, mais infiniment pertinente. J'ai hâte que tu la voies, dit-elle en surjouant l'enthousiasme, *mais j'ai surtout hâte de la voir*. C'est génial.

— Mais ce que je veux surtout savoir, c'est si tu recouches avec lui ?

— Bientôt, dit-elle en inclinant la tête avec un sourire espiègle. Très bientôt.

— Je n'en doute pas… Et tu es là pourquoi ? Viens-en au fait, Margaux. J'ai un rendez-vous à midi.

— Toi qui as toujours préféré les préliminaires, se moque-t-elle.

— Non, je préfère l'argent, rétorque-t-il avec un clin d'œil.

C'est pour cela que Griffin et elle s'accordent si bien. L'important n'est pas l'art, le sexe, les plaisanteries, mais ce qui se cache en coulisses. *La récompense.* L'argent, le pouvoir, le contrôle sur autrui.

— Tu vas adorer ça… vraiment, *adorer*. Maintenant qu'Adam a eu son illumination, je veux que *tu* te charges de sa résurrection officielle pour moi. Il doit être en tête d'affiche au Basel. Imagine : l'ancien drogué se relève de ses cendres. Art Basel ne pouvait rêver mieux. Et tu vas te servir de ta grande gueule et de ton réseau pour en faire un événement grandiose.

— Impossible. Le Basel est dans moins de deux mois. Tout est déjà réglé. Les meilleures salles sont réservées, les DJ, les drogues, tout est prêt. Je n'ai pas besoin de te dire que tu te pointes avec au moins six mois de retard, ma jolie. Tout le gratin a reçu une invitation – y compris deux de tes propres artistes.

Elle roule des yeux.

— Combien ça va me coûter ?

— C'est largement au-dessus de tes moyens. Voyons voir, dit-il en se mettant à compter. Un, si je veux que ça se fasse, il va falloir que je couche avec au moins trois acteurs essentiels, et deux…

— Laisse-moi te rafraîchir la mémoire, l'interrompt Margaux. Il y a cinq ans, on se bousculait au portillon pour entrapercevoir les peintures d'Adam. Comme à un foutu concert de rock. Son retour est infiniment plus important que tout ce sur quoi tu bosses. Fais ce que tu as à faire.

— Tes cinq ans en valent cinq *cents* au Basel. Ça va te coûter bonbon.

Griffin se redresse sur sa chaise, bras croisés sur la poitrine. Sa beauté particulière le rend instantanément reconnaissable. Un œil vert, l'autre marron ; des pommettes saillantes et marquées ; une peau brune et lisse ; ses longues dreadlocks caractéristiques cascadent dans son dos maigre. Mais son apparence frappante, photographiée dans d'innombrables magazines artistiques et culturels, est trompeuse. Véritable encyclopédie humaine en matière d'art, Griffin Freund est le conseiller artistique le plus doué de la région, mais aussi le plus impitoyable, un requin impénitent vêtu en Gucci de la tête aux pieds. Et en cet instant, Margaux devine à son regard impassible qu'il a déjà calculé son prochain coup. Il jette un coup d'œil à la ronde, puis chuchote :

— Et quand j'ai dit que tu n'avais pas les moyens de m'avoir, je ne plaisantais pas.

Margaux se fige.

— De quoi parles-tu ?

— Je te parle en ami. Nous savons tous deux que les rumeurs valent de l'or, surtout dans notre monde. On ne les aime que cruelles. On dit que tu es endettée jusqu'au cou. J'ai appris de trois sources fiables que tu parcourais le monde pour vendre en secret les plus belles propriétés de ta famille juste pour ne pas couler. Que la construction de la galerie de Chelsea a reçu un ordre de suspension de travaux et que les chèques de DLG sont rejetés partout en ville. Est-ce vrai ?

Margaux ne peut masquer l'amertume qui transparaît dans son regard.

— Où diable as-tu entendu ça ?

— Ça ne te ressemble pas d'être aussi nerveuse, dit-il en la regardant avec méfiance. Et c'est plutôt révélateur. La reine de glace fond. Pas ton meilleur look.

S'ils n'étaient pas au restaurant, si elle n'avait pas besoin de lui, elle l'étranglerait avec sa propre écharpe.

— Ouais, et c'est la reine des travelos qui dit ça.

— Ouh, ça c'est pas gentil.

Il attend. Il veut une réponse. Margaux le voit à son expression féroce et implacable.

— Écoute, tout le monde sait que mon père vivait largement au-dessus de ses moyens. Mais mon grand-père avait bien planifié. Beaucoup de réserves. Ne t'inquiète pas, tout va bien dans la Maison de Laurent. Et les choses avancent avec la galerie de Chelsea. Il y a eu quelques pépins, je l'admets. Il ne s'agissait pas d'un problème d'argent, mais de conception. Ces bruits de couloir sont des conneries.

Elle se promet de tout faire pour ouvrir rapidement la galerie de Chelsea, peu importent les coûts, et d'étouffer ces rumeurs dans l'œuf.

— Revérifie tes infos. Et puis, s'il y avait des problèmes, tu serais la première personne à qui j'en parlerais.

Ben tiens. Jamais elle ne fournirait à Griffin Freund des munitions sur ses problèmes financiers. Mais il n'en a pas fini. Elle le devine à la lueur croissante dans son regard. Il ne fait que commencer.

— Ton père ne vivait pas seulement au-dessus de ses moyens, achetant des biens immobiliers à droite et à gauche, couchant avec tout le monde, dilapidant dans la boisson son héritage de rêve – il mettait tes galeries rentables sur la paille avec ses dépenses outrancières. Un nouveau yacht. Une fête de plus. Toutes ces prostituées pour ses clients. Le jeu. Tout le monde sait ça. Et…

Margaux lève la main, maîtrise sa voix alors qu'elle est sur le point d'exploser intérieurement.

— Ça suffit. C'est indigne, même de toi. Je n'ai pas de temps à perdre avec les ragots et les jalousies.

— Laisse-moi terminer… Tu auras Adam Chase au Basel. C'est comme si c'était fait. Mais il va te falloir bien plus que ça. Il te faut un truc qui marque les esprits. Qui fasse les nouvelles internationales – qui soit plus important que Chase. Un truc colossal pour redorer ton blason et écrabouiller les connards qui salissent ton nom. Si je te dis ça, c'est parce que…

Parce que mes affaires affectent les tiennes.

Leurs regards s'accrochent au-dessus de la table, et c'est cinétique. Ils ont pris soin l'un de l'autre au fil des ans. C'est leur version de l'amitié avec privilèges. Elle hoche la tête, note son avertissement, mais ne lui donne rien de plus et change rapidement de sujet.

— En parlant de marquer les esprits, j'ai autre chose pour toi. Deux peintures…

La fourchette pleine de baies mélangées se fige à mi-chemin de la bouche de Griffin.

— Là, tu m'intéresses ! Importantes ?

— D'une importance à te faire bander.

Il sourit.

— Et l'artiste ?

— *Les artistes.* Quand tu auras placé ces toiles, tu recevras dix pour cent d'une somme indécente. Commençons par ça.

— Vingt-cinq, tu veux dire, puisqu'elles n'ont pas l'air réglo.

— Vingt-cinq ? s'étouffe Margaux. Tu es tombé sur la tête !

— Peut-être, ronronne-t-il. Mais tu sais ce que disait Andy : « Gagner de l'argent est un art, travailler est un art, et faire des bonnes affaires est *le plus bel* art qui soit. »

— Oui. Et Andy Warhol a l'insigne honneur d'être le seul gars à New York à ne pas avoir été dans ton lit. Quinze pour cent, contre-t-elle.

— Andy est mort, sinon il l'aurait été. Dix-huit, et je paie le petit-déjeuner.

— Adjugé.

Ils trinquent avec leurs cappuccinos.

— Si tu réussis à les placer… Margaux s'interrompt. J'en ai d'autres en réserve. Vois ça comme un test.

Griffin est un voleur, un très talentueux malandrin. Mais Margaux a découvert que quand un voleur vous donne sa parole, il n'y a pas plus fiable. Griffin regarde son téléphone, envoie un message et demande l'addition.

— Que dois-je savoir sur ces peintures ?

— Rien, sauf que l'une se trouve être un Gauguin et l'autre un Cézanne. Et aucune des deux n'a vu la lumière du jour depuis huit décennies.

Ses yeux s'écarquillent. Ils savent tous deux ce que cela signifie.

— Et leurs provenances douteuses ?

— Un historique « révisé » accompagne les toiles, ne t'inquiète pas, le rassure-t-elle. Ton boulot consiste à les placer auprès du bon collectionneur, une personne étrangère aux sentiments de culpabilité ou aux regrets et qui accrochera l'œuvre d'une manière très privée.

— En gros, tous ceux qui figurent sur ma liste de contacts, dit-il en riant. Très bien. Quoi d'autre ?

— Laisse-moi complètement en dehors de la transaction. Je ne suis qu'un bailleur de fonds. Mon nom n'existe pas.

— Hum... la responsabilité me revient. Si quelque chose se passe mal, c'est *ma* réputation. On reprend à zéro. Mon tarif vient de grimper à vingt pour cent.

— Tu es un salaud.

— Je suis *ton* salaud. Je prends ça pour un OUI.

— Très bien, tu as obtenu le prix demandé, mais tu vas rajouter une chose gratis. Je veux que tu me mettes en relation avec Milo Wolff.

— Milo Wolff, répète Griffin en poussant discrètement un long sifflement. Oh, je vois qu'on se la joue *très* méchant.

— Je croyais que c'était notre truc.

Elle plaisante, mais à moitié. Margaux a tout un dossier sur Griffin Freund et ses transactions tortueuses. Il n'y a pas plus vicieux que lui. Elle sait aussi qu'il dispose d'informations compromettantes sur elle – mais si peu – et qu'il aime le lui rappeler à la moindre occasion.

— Wolff vient de sortir de prison après avoir tiré cinq ans. Je suis sûr qu'il a une liste d'attente pour ses services longue comme le bras.

— Il paraît. Débrouille-toi pour que je passe en tête de liste. Je veux le rencontrer la semaine prochaine.

— Que de mystères ! Tu pourrais m'en dire plus ?

Un sourire dur se dessine sur le visage de Margaux.

— Je devrais te tuer ensuite.

— Sois prudente, d'accord ?

Griffin semble se faire du souci pour elle. Margaux ne se laisse pas abuser, elle le connaît mieux que ça. Ce type vendrait sa mère pour dix mille de plus.

— Je viens de remonter ta part aux vingt-cinq pour cent initiaux.

Elle veut en finir avec les bavardages, conclure, et il vaudrait mieux que cela en vaille le coup.

— Entendons-nous bien, ça inclut le retour d'Adam au Basel, la vente des peintures et l'organisation d'une rencontre avec Wolff la semaine prochaine.

— Un package ? J'en suis.

Ils se lèvent, et il l'embrasse en plein sur la bouche. Ses lèvres sont étonnamment douces vu toutes les saloperies qui en sortent. Le baiser, comme tout ce qui se passe entre eux, est intentionnel, sous les yeux de cette chroniqueuse mondaine qui feint de regarder son téléphone alors qu'elle les mitraille. *Tellement évident.* Ils l'ont l'un comme l'autre vue entrer et s'asseoir deux tables plus loin dix minutes plus tôt.

Inutile d'en dire plus, de se serrer la main, d'échanger des signatures, des ADN. *Ce baiser suffit.* Un accord forgé par la rencontre de deux bouches, scellé par deux voleurs d'art particulièrement talentueux. Ou, comme Margaux aime à les décrire, les êtres les plus honnêtes au monde. Pas de faux-semblant, pas de tromperie. Ils se voient l'un l'autre tels qu'ils sont réellement.

21

Berlin

L'avion privé d'Ellis atterrit en douceur à l'aéroport de Berlin-Brandenbourg. Tandis qu'ils ramassent tous leurs affaires, Ellis reste collé à son siège et regarde par le hublot. Son profil régalien semble pétrifié, comme ces visages de granit du mont Rushmore. June lui touche le bras.

— C'est l'heure, chuchote-t-elle. Nous sommes arrivés.

Il se tourne lentement vers elle. Son regard habituellement vif semble éteint et perdu.

— Je… je ne crois pas pouvoir le faire.

— Je serai là, Ellis. Nous serons tous là.

June désigne Dan et Bram Bakker de l'autre côté de l'allée, qui écoutent mais la laissent parler.

— Je ne peux même pas imaginer à quel point c'est dur pour vous. Je ne vous lâcherai pas d'une semelle.

— C'est gentil. Je croyais pouvoir le faire, mais…

Ses lèvres tremblent. L'Ellis octogénaire se transforme soudain sous ses yeux. Il fait si jeune maintenant, si effrayé, un homme enfant qui, à la fin de sa vie, se sent revenu à ses débuts.

— Peut-être devriez-vous rester dans l'avion avec le pilote, lui suggère-t-elle d'une voix douce. Et si vous changez d'avis, nous reviendrons vous chercher. Prenez votre temps.

— Ne reste pas là seul, intervient Dan. J'avais tort avant et tu avais raison, Ellis. Tu en as *besoin*. Si ce Dassel a des informations sur la peinture, je veux que tu sois le premier à les entendre. Tu le mérites. Allez, viens... On ne te lâchera pas d'une semelle comme June l'a dit.

Dan tend sa main par-dessus l'allée, et June est une fois encore sidérée par sa tendresse envers Ellis. Alors qu'il peut se montrer si insensible et difficile par ailleurs, toutes ses qualités ressortent en sa présence.

Ils attendent plusieurs minutes en silence qu'Ellis se reprenne. Alors que le soleil de début d'après-midi perce le hublot, June voit la lumière revenir lentement dans les yeux du vieil homme, la raideur de sa mâchoire se détendre, ses épaules se relâcher. Il rajuste sa cravate. *Oui*, se dit-elle, *cet homme porte un costume et une cravate pour aller rencontrer le fils du nazi.* Quand il se lève enfin, elle regarde Dan, qui lui répond d'un signe de tête. *Prêt ou pas, on y va.*

Stefan Dassel est nerveux, se dit June, comme il les fait entrer dans son immense bureau situé au-dessus d'un café branché bondé dans le quartier de Kreuzberg à Berlin. La quarantaine bien sonnée, le corps sec et la peau burinée, des yeux gris tourterelle aux paupières tombantes et des cheveux filiformes poivre et sel, Dassel a tout du documentariste. June, qui ferme la marche, s'arrête brièvement pour regarder le décor tape-à-l'œil. Les murs du bureau sont placardés d'œuvres de street art fluo comme si on était dans le métro. Ça fait mal aux yeux. Elle entend Dassel ordonner à son assistante d'apporter du café et de l'eau dans la salle de conférences voisine.

— Vous venez de loin pour me rencontrer, dites-moi, dit Dassel en s'asseyant en tête de table.

Il passe de l'allemand à un anglais quasi parfait.

— En quoi puis-je vous aider ?

Bram Bakker prend les choses en main et présente officiellement tout le monde.

— Merci de nous recevoir. Nous savons combien vous êtes occupé. Comme je vous l'ai dit au téléphone, nous sommes à la recherche d'une peinture d'Ernst Engel. J'ai appris par un collègue en Suisse que votre grand-père avait acheté cette œuvre en 1939. Nous sommes impatients d'en apprendre plus sur l'histoire de la peinture, dans l'espoir de la retrouver.

Il jette un œil à Ellis, qui regarde fixement Dassel de ses yeux écarquillés. June, assise près d'Ellis, aimerait pouvoir le prendre dans ses bras et le protéger. C'en est manifestement trop pour lui. Peut-être aurait-il dû rester dans l'avion.

— Impatients d'en *apprendre plus* sur mon grand-père nazi, vous voulez dire.

Dassel tripote son stylo, le fait passer d'une main à l'autre.

— Écoutez, vous n'êtes pas les premiers à poser des questions sur son passé, et vous ne serez pas les derniers. Ce n'est un secret pour personne que mon grand-père a amassé sa fortune quand il était cadre dirigeant chez Hugo Boss à l'époque où ils dessinaient et fournissaient les uniformes des nazis. Il a travaillé en étroite collaboration avec Hugo Boss en personne, un antisémite et loyaliste nazi acharné. Je sais exactement où vous voulez en venir ici, monsieur Bakker, en vous servant de la peinture avant d'enchaîner sur ce qui vous intéresse vraiment. Je suis déjà passé par là un nombre incalculable de fois.

Il lâche le stylo sur la table et se lève. Il est fébrile. June se demande s'il est drogué.

— Ce n'est pas un héritage familial dont on peut être fier, croyez-moi.

— Il ne s'agit pas de votre grand-père, lui assure Dan. Nous ne sommes pas ici pour faire un grand papier sur les nazis. Il ne s'agit *que* de la peinture, monsieur Dassel. *La Femme en feu*. C'est la seule chose qui nous intéresse.

Dassel se rassied. Les paroles de Dan semblent le rasséréner.

— Très bien. Désolé. J'en ai tellement assez de tout ça… Comme je l'ai dit à M. Bakker au téléphone, j'ai entendu parler de cette peinture. Je n'ai pas beaucoup de détails. Je ne l'ai jamais vue. D'après ce que j'en sais, mon grand-père ne l'a eue en sa possession que très peu de temps.

Il marque une pause maladroite, comme s'il cherchait à filtrer ses pensées. June regarde sa jambe qui tressaute nerveusement.

— Mon grand-père avait une immense collection d'œuvres d'art. Mais cette peinture-là…

Il détourne brièvement les yeux.

— Le truc, c'est qu'une histoire y était associée… C'est pour ça que j'ai accepté de vous rencontrer.

June tend le bras et prend la main d'Ellis dans la sienne sous la table.

— Mon grand-père, alors même qu'il soutenait la cause nazie, a caché une famille juive dans son sous-sol pendant la guerre. Oui, c'est vrai. Il a caché son meilleur ami, un grand banquier juif, qui venait d'une longue lignée de banquiers juifs et qui, ironiquement, avait aidé à financer le lancement d'Hugo Boss. Il s'appelait…

— Arno Baum, chuchote Ellis d'une voix à peine audible tout en se levant. Arno Baum.

Il ferme les yeux, s'agrippe la poitrine et retombe sur la chaise comme si on lui avait coupé les jambes. Dan se redresse d'un bond et s'affaire autour de lui pendant que Dassel confirme l'identité de l'homme.

— Qu'on lui apporte de l'eau, vite ! hurle-t-il. Ellis, ça va ?

Ellis lève la main, tousse, ignore Dan alors que l'assistante se précipite avec un verre.

— Ce banquier était mon père. Arno Baum était mon père.

Sa voix retentissante résonne dans la pièce.

— S'il te plaît, Danny, cesse de te tracasser pour moi, dit-il en repoussant la main de Dan et en prenant l'eau. J'ai été séparé de lui alors que je n'étais qu'un enfant, ajoute-t-il, le souffle alourdi par l'émotion.

Dassel dévisage Ellis sans rien dire.

— Le nom, bien sûr… *Baum* – un nom de famille courant ici. Comme Smith. Votre père, je vois… Il y a une histoire derrière ce tableau, comme je vous le disais. Il y a quelques années, juste avant de mourir, mon père, Franz, a réuni ses enfants et nous a raconté l'histoire de la famille Baum. Nous ne l'avions jamais entendue auparavant. Il était en maison de retraite à l'époque. Il délirait, était fiévreux, et nous n'avions aucun moyen de discerner le vrai du faux. J'ai dû lui jurer sur son lit de mort que je ne ferais jamais de film sur ce qu'il allait me dire et que sa confession resterait entre les membres de la famille présents dans la pièce.

Dassel, manifestement partagé, se passe brutalement la main dans les cheveux.

— Vous devez comprendre que ma famille a mis longtemps à se remettre de son passé nazi. Nous en avons beaucoup souffert, mes frères et moi.

— Monsieur Dassel, intervient prudemment Bakker, nous ne cherchons pas à exploiter votre famille. Nous comprenons la situation. Il s'agit de la peinture, d'un homme – il désigne Ellis – qui cherche à reconstituer son passé et à récupérer son œuvre. Si vous savez quelque chose, tout nous sera utile.

— Ellis Baum n'est pas *n'importe* quel homme, rétorque Dassel. Le monde entier sait qui il est et c'est là tout mon problème. Je n'avais pas fait jusque-là le rapprochement entre cette toile et lui. Écoutez, je n'essaie pas de cacher des informations pertinentes ; mais je ne veux pas que ma famille traverse un nouvel enfer en ouvrant la boîte de Pandore. Sans compter que j'ai fait cette promesse à mon père. Et croyez-moi, j'ai moi-même bataillé avec cette question. Je cherche à faire des films provocateurs qui expriment des dilemmes moraux. Des films qui vous font réfléchir. Je pensais qu'en révélant l'histoire secrète de mon grand-père, un nazi qui *sauve* une famille juive, ça pourrait blanchir notre nom. Mais, voyez-vous, plus j'en apprenais et plus c'était compliqué.

Il agite un doigt en l'air.

— Sauver une famille suffit-il à effacer le reste de votre horrible passé nazi ? La réponse est non. Et notamment parce que j'ai bien peur qu'au bout du compte, monsieur Baum…

Il remue la tête, s'arrête.

— Dites-moi ce que vous savez, supplie Ellis. La guerre est finie depuis longtemps. Toutes les personnes concernées sont mortes. Je vais bientôt mourir. Je suis torturé par trop de questions sans réponses. S'il vous plaît, je vous le demande…

Dassel avale un plein verre d'eau comme s'il avait eu soif toute sa vie. Ellis se redresse, se prépare pour la bataille. Toutes les personnes présentes dans la pièce savent que c'est l'histoire d'un tableau, oui, mais aussi des vies qui l'entourent. Dassel semble au bord de la rupture. C'est la vérité, se dit June, soudain glacée, l'histoire d'Ellis, d'une vie qui, pour lui, s'est arrêtée à huit ans.

22

Berlin, 1938

Arno Baum savait qu'Anika ne l'attendait pas à l'appartement cette nuit-là. Il était censé passer la soirée avec sa famille, sa femme et leurs deux filles. Et non sa maîtresse et leur fils. Mais il n'arrivait pas à dormir. La pression, les soucis, la peur constante. La situation politique désastreuse empirait de jour en jour. Les Juifs étaient partout pris pour cibles, et la filiale berlinoise de sa banque familiale avait été saisie par les nazis la semaine précédente. Il avait entendu dire que celle de Munich allait suivre. Il avait tout essayé pour protéger ses banques et sa famille. Mais les dessous-de-table et les pots-de-vin ne suffisaient plus à apaiser ces monstres. Il devait faire sortir sa famille du pays sans tarder. Mais qu'en était-il d'Anika et du garçon ?

Fatigué de se retourner entre les draps, en sueur, Arno se leva, s'habilla et se faufila hors de la chambre pendant que sa femme dormait. Il avait besoin de voir Anika, de sentir une dernière fois son corps magnifique lové contre lui. Il aspirait à oublier ses problèmes pendant quelques instants volés. Ensuite, il lui dirait qu'il partait.

Tandis qu'il se dirigeait vers l'appartement situé dans le quartier de Prenzlauer Berg, son cœur souffrait d'une douleur si profonde qu'il pouvait à peine conduire. Son meilleur ami, Otto Dassel, cherchait secrètement un moyen de le faire passer en Suisse avec Evelyn et ses filles. *Otto… je ne comprendrai jamais comment il s'est retrouvé embarqué dans ce bourbier nazi.* Il s'agissait de payer l'« impôt sur la fuite du Reich » imposé par les nazis – 25 % de tous ses revenus –, puis de quitter Berlin avant la fin de la semaine si tout allait bien. Ce soir, il encouragerait Anika à quitter immédiatement l'Allemagne avec le garçon. Peu importe qu'elle ne soit pas juive. Rien de tout cela ne comptait. Elle était sa maîtresse ; le garçon était le sien. Quiconque vivait dans son immeuble était au courant de leur relation – le banquier juif, sa célèbre maîtresse et leur bâtard. Anika était en danger. Dans tout le pays, les gens avaient perdu l'esprit et les cœurs s'étaient endurcis. Il était sûr que quelqu'un les dénoncerait. Ils devaient agir vite. Arno tapota la poche de son manteau, remplie de billets. Elle aurait largement de quoi se mettre à l'abri.

Quand il arriva à l'appartement, Anika ne répondit pas à ses coups insistants à la porte. Il n'aimait pas s'immiscer chez elle, même s'il avait une clé. Il respectait son espace. C'était ce genre de femme. Mais il était tard, peut-être était-elle déjà couchée. Changeant d'avis, il ouvrit discrètement la porte avec sa clé, entra et s'arrêta net en entendant des rires et du Beethoven provenir de la chambre d'amis située à l'autre bout du grand appartement. Son estomac se tordit quand il perçut une voix d'homme par-dessus la musique. Anika n'était pas sa femme. Il n'avait aucun droit sur elle. Mais ils s'aimaient, et il prévoyait de quitter Evelyn avant qu'Hitler se mette en travers de leur chemin. Il n'avait pas prévu de tomber amoureux d'Anika, de poursuivre leur relation depuis bientôt sept ans. Il n'était pas ce genre d'homme. Il était loyal. Il était intègre. Il essayait toujours de faire ce qu'il convenait. Sauf ça… c'était mal. Un péché. Mais il ne pouvait, ne voulait pas y mettre un terme. Et maintenant, il n'avait plus le choix.

Arno ne comptait plus les fois où, au fil des ans, il avait regretté d'avoir posé les yeux sur Anika Lang ce soir-là aux dix ans de mariage d'Otto et Klara Dassel. Mais il l'avait fait. Leurs regards s'étaient croisés à travers la pièce et trouvés comme s'ils n'avaient jamais été séparés. Il avait voulu détourner le regard, ignorer la décharge qu'il avait ressentie en la voyant. Elle était célèbre et plus jeune de deux ans. Miss Allemagne 1927. Elle était dans les magazines, un mannequin. Et qui était-il ? Un banquier conservateur issu d'une famille éminente, marié à une femme pour laquelle il avait beaucoup d'affection, père de famille. Marié, s'était-il rappelé quand Anika s'était approchée de lui de sa démarche fluide, vêtue de cette robe blanche en dentelle moulante, *marié*. Evelyn était à la maison ce soir-là car leur aînée était malade. Il était venu sans elle uniquement parce qu'Otto l'avait supplié de venir, de passer au moins. Mais à cet instant, Arno avait su avant même d'avoir échangé un mot avec Anika que cette femme allait bouleverser sa vie à jamais.

Arno n'avait avoué cette liaison qu'à Otto. Chaque jour, sa conscience le tourmentait. Pourtant, il en redemandait. Puis, huit mois après leur première nuit, Anika était tombée enceinte, un accident, et lui avait donné un fils. Arno avait donné son nom de famille au garçon, mais c'était resté un secret. Celui-ci se faisait appeler Ellis Lang, un bel enfant sensible qui ressemblait beaucoup à sa mère. Anika, qui aimait farouchement Arno, acceptait leur mode de vie peu banal, alors qu'Arno avait un mal fou à supporter cette situation.

Arno souffrait tandis qu'il passait d'un pas rageur devant la chambre de son fils endormi pour s'approcher des voix. Avait-il seulement des droits ? Il devrait faire demi-tour, *s'en aller tout de suite*, il le savait.

Mais il ne le pouvait pas. Il devait savoir ce qui se cachait derrière cette porte. Il reprit son souffle devant la porte, l'entrouvrit, et ce qu'il vit le sidéra. Anika, nue, posant au centre de la pièce telle Aphrodite. Face à elle, non pas un homme serré dans ses bras comme il se l'était imaginé, mais un homme concentré qui peignait. Arno se sentit profondément soulagé, en partie trahi et quelque peu intrigué. Il se trouvait face à l'immense toile, une splendeur. Peut-être plus éblouissante que la véritable Anika. Avec de grandes touches fluides, l'artiste avait capturé sa rivière dorée de cheveux ondulés, les étincelles céruléennes dans ses yeux, l'attrait humide de ses lèvres pleines, la confiance exsudant de son visage fort, les courbes voluptueuses de son corps – tant de mouvement sur cette toile qu'elle en était pratiquement vivante. Et soudain, l'artiste se tourna vers Arno. *Ernst Engel.*

Arno le connaissait. Pas personnellement. Mais tout le monde avait entendu parler de lui. Comme Anika, Engel était autrefois considéré comme la fierté de la nation, l'un des fondateurs du mouvement artistique le plus progressiste d'Allemagne, l'expressionnisme. D'ailleurs, Arno avait acheté deux œuvres de grands expressionnistes pour son bureau à la banque, un de Paul Klee, l'autre d'Emil Nolde. Les deux peintures avaient disparu à présent, confisquées quand les nazis avaient saisi la banque. Mais Engel était le chef du groupe expressionniste, le premier qualifié d'« artiste dégénéré », d'ennemi de l'État. L'admiration qu'avait d'abord sentie Arno se transforma vite en peur. *Que fait Anika avec lui ? Pourquoi ne m'en a-t-elle pas parlé ?* Elle leur faisait courir un grand danger, à son fils et à elle, en recevant chez elle cet homme qui la peignait. Sa poitrine se serra. Il devait tout de suite virer Engel et cette toile.

Le regard noir et les poings serrés, Arno entra en trombe dans la pièce.

— Anika ! cria-t-il par-dessus la musique, la rejoignant comme elle l'avait fait ce tout premier soir, regards verrouillés, clé jetée. Tu arrêtes ça tout de suite.

*

Stefan Dassel s'interrompt, mais sa voix continue à résonner dans l'air. Ellis, bouche ouverte, se tait. June sent sa main trembler entre les siennes.

— Qu'est-il arrivé à Arno Baum et sa famille ?

Elle dit tout fort ce que tous les autres pensent.

Dassel pousse un profond soupir.

— Tout ce que je sais, c'est que la famille Baum s'est cachée pendant une courte période dans le sous-sol du pavillon de chasse que mon grand-père possédait dans la forêt de Grunewald. Et que mon grand-père a acheté cette peinture d'Ernst Engel. Peut-être pour votre père.

Il regarde Ellis.

— Mais la peinture n'y est restée que peu de temps. Avant…

Il s'interrompt.

— Avant quoi, bon sang ! s'écrie Ellis.

Sa façade élégante s'écroule. June comprend qu'il est en train de perdre les pédales.

— C'est insupportable. Il est clair pour tout le monde que vous ne nous dites pas tout ce que vous savez. Vous nous jetez des os à ronger. Vous en savez plus !

— Ellis, je t'en prie, dit Dan en essayant de le calmer. Je sais que c'est difficile.

La sueur se met à couler sur le front de Dassel.

— Pardon, monsieur Baum. Vous n'avez pas tort. Il y a plus. Mais c'est déroutant. Je ne suis pas sûr que mon père ait même été cohérent quand il nous a raconté la suite de l'histoire. Quelques minutes avant de mourir, il nous a à nouveau réunis. Il nous a avoué que c'était *lui* qui avait trahi la famille Baum. C'était un adolescent de quatorze ans, jaloux et stupide, qui avait été rejeté. Vous voyez, une des filles… la plus jeune, Lilian… elle lui plaisait, mais ce n'était pas réciproque. Il s'était vengé en racontant au directeur de son école que des Juifs se cachaient dans sa maison de famille.

Dassel a le regard vitreux à présent.

— La famille Baum a fui la maison de mon grand-père ce soir-là… mais ils ne s'en sont pas sortis. Je suis désolé, monsieur Baum. Ils ont été arrêtés et emmenés.

Personne ne parle. Que pourrait-on dire ? Il est évident que Dassel, en tant que fils de l'homme qui a trahi le père d'Ellis Baum et qui doit aujourd'hui regarder celui-ci en face, est rongé par la culpabilité.

— Et la toile ? intervient Bakker après être resté assis en silence à prendre des notes. Vous avez dit qu'elle n'était restée que peu de temps. Qu'est-il advenu de la peinture ?

Personne dans cette pièce, hormis Bakker, ne pensait à la toile. *Bakker a l'habitude*, se dit June. *Il a déjà été confronté maintes fois à des situations similaires, la plus cruelle des combinaisons… des peintures disparues et la douleur incommensurable qui l'accompagne*.

Dassel déglutit, et June sent le poids de sa culpabilité. Il va leur jeter d'autres os. Il leur suffit d'attendre et ce gars finira probablement par révéler que la peinture est ici, cachée dans son bureau.

— Ils sont venus la chercher, murmure-t-il. En fait, *il* est venu la chercher. Peu après que la famille Baum s'est enfuie de la maison de mon grand-père, Helmuth Geisler – oui, je suis sûr que vous savez qui il est – est arrivé. Mon père nous a dit que Geisler était venu chez lui seul, ce qui était étrange. Les nazis n'arrivaient jamais quelque part sans leur meute, leurs gardes, leur clique destinée à intimider. Mais ce soir-là, Geisler était seul. Mon père nous a dit qu'il avait écouté les paroles échangées entre les deux hommes derrière la porte fermée de la bibliothèque.

*

— Cette visite surprise concerne-t-elle la peinture ou mon fils ? demanda Otto Dassel à Geisler.

— Les deux. Maintenant que ton fils a raconté à son directeur que tu hébergeais des Juifs, je vois ce que je peux faire pour protéger tes arrières.

— Ce ne sont que des mensonges, rugit Otto. Des mensonges.

— Peut-être que oui, peut-être que non. Tu es important pour le parti, Otto. Et pour moi particulièrement. Tu as été le premier à soutenir mon projet de construction du complexe de *Führermuseum*. D'autres avaient des doutes, mais pas toi. Je n'oublie pas ce genre de choses.

— Est-ce la vraie raison de ta présence ? Tu ne comptes quand même pas accrocher une toile d'Ernst Engel dans le précieux musée d'Hitler !

— Non, il s'agit d'une affaire personnelle. Je veux la toile. Je la voulais avant que Goebbels ne *m'oblige* à la proposer à la vente aux enchères de Lucerne.

— Et si je ne te la donne pas ?

— Alors, je te ferai arrêter pour avoir caché des Juifs. Il suffit d'un mot de ma part pour que ça change, que je dise que ton fils a menti pour impressionner ses amis et entrer dans les Jeunesses hitlériennes. Que choisis-tu ?

— Pourquoi cette peinture en particulier ?

Il y eut un long blanc.

— Ernst Engel était mon… Donne-moi cette foutue toile et surveille ta famille.

— Puis-je la garder encore une semaine ? Ensuite, tu pourras la prendre.

— Pourquoi ?

— Pour la même raison que toi. Je n'ai jamais admiré une telle beauté. En des temps pareils…

Sa voix s'amenuisa.

— Sept jours, c'est tout, Helmuth. Puis elle est à toi pour le restant de tes jours. Je te céderai la peinture et j'en profiterai également pour mettre tous les papiers en ordre.

— Une semaine, concéda Geisler. Personne ne doit savoir. C'est le marché.

— Personne ne saura.

*

— Et voilà.

Stefan Dassel se lève, leur indiquant que la réunion est terminée.

— Geisler est venu et a emporté la toile pile une semaine plus tard. Il a respecté son engagement envers mon grand-père. Je n'ai jamais su pourquoi la peinture avait une telle importance à ses yeux. Mais on a laissé notre famille tranquille, et mon grand-père a continué à soutenir le Reich, et mon père a fini par devenir chef dans les Jeunesses hitlériennes. Sacrée leçon d'histoire, hein ?

Il essuie son front en sueur de sa manche, plonge la main dans sa poche puis avale un comprimé. Un parmi tant d'autres, se dit June en le regardant.

— Je crois que nous avons tous eu notre content pour la journée. En tout cas, moi oui.

— Vous nous avez tout dit ? insiste Dan en jetant un petit regard inquiet à Ellis.

Dassel hausse les épaules.

— Tout.

Une unique larme coule sur la joue d'Ellis, une vision qui leur fend le cœur. *Il craque*, dit June à Dan avec les yeux. Il lui répond d'un signe de tête. *Oui, ça suffit.* Elle se lève, aide délicatement Ellis à en faire autant. Dan le soutient de l'autre côté, pendant que Bakker s'affaire à rassembler ses papiers. Ils en ont terminé ici. Ils ont appris une nouvelle pièce cruciale sur le parcours de la peinture. Ils peuvent à présent confirmer qu'elle a bien atterri entre les mains de Geisler. L'intuition, la rumeur, est à présent avérée. Mais Dassel semble si soulagé de les voir partir qu'il est évident qu'il en sait plus. June compte bien découvrir ce qu'il cache.

Une fois arrivés à la voiture qui les attend devant l'immeuble, Dan prend June à part.

— Ça faisait beaucoup à digérer. Même pour moi. Je suis écœuré. Pour Ellis… c'était affreusement traumatisant. On le voyait tous. Donc… changement de plans. Au lieu de venir avec moi à Munich, vous allez repartir avec lui à New York et veiller à ce qu'il rentre chez lui sans problème. J'irai seul à Munich. Je reparlerai d'abord de tout ça avec Bakker ce soir, puis je prendrai un train pour Munich demain afin de rencontrer le rédacteur en chef de *Spotlight* après-demain comme prévu.

Il jette un regard à la voiture qui patiente.

— Je suis désolé, June, mais Ellis a besoin de vous.

— Mais… commence-t-elle avant de s'interrompre.

Dan met la main dans son portefeuille et lui tend une carte de crédit.

— Vous semblez être la seule à pouvoir l'apaiser. Il n'a pas l'air bien du tout. Je ne veux pas qu'il lui arrive quoi que ce soit. Ramenez-le. Adam est à Manhattan. Racontez-lui pour son grand-père, Bakker et Dassel, et qu'il vous dise où il en est avec Margaux de Laurent. Ensuite, retournez à Chicago. Trouvez tout ce que vous pouvez sur l'adorable clan Dassel, et aussi sur la famille Baum. De toute évidence, on ne sait pas tout. On se réunira tous à mon retour en fin de semaine. Compris ?

Le regard de Dan se fait plus dur.

— On ne joue pas aux francs-tireurs. Les règles, June, n'oubliez pas. Et conservez vos reçus.

23

Manhattan

Margaux donne quelques petits coups sur la porte d'Adam. Il loge dans un appartement sans ascenseur de Greenwich Village. Elle veut le voir avant de repartir en France le lendemain matin. Il ne l'attend pas, mais elle sait qu'il est chez lui. Elle l'a fait suivre ces quelques dernières semaines, depuis qu'il est revenu à New York. Elle sait qu'il est allé chercher son café du matin et qu'il s'est promené une heure autour de Washington Square Park avant de rentrer. À en croire les rapports, il mène une vie étonnamment sobre : longues balades, pauses café, lèche-vitrines autour de SoHo, visites de musées – le Guggenheim, le Met, le MoMA. Mais la plupart du temps, il reste enfermé dans cet appartement, probablement à peindre. Aucune vie nocturne. Ni alcool ni fêtes. Pas de rencontre entre amis, si jamais il lui en reste. Elle n'est pas habituée à cette version introvertie, elle ne le reconnaît plus.

Adam finit par répondre, et quand elle le voit ainsi, en jogging, chemise de flanelle ouverte et bonnet noir, elle ressent un frisson chaud dans les reins. *J'ai toujours envie de toi.*

— Que fais-tu ici ? s'étonne Adam, la mine sombre.

Il n'est manifestement pas content de la voir et ne l'invite pas à entrer.

— Mais avant tout, comment m'as-tu trouvé ?

Tu me connais mieux que ça. Elle s'oblige à sourire.

— Et bonjour à toi également. Je me promenais dans Washington Square tout à l'heure quand je t'ai aperçu de loin et, je l'avoue, je t'ai suivi jusqu'ici.

Deux mensonges en un. Elle change rapidement de sujet.

— Je suis venue t'annoncer la bonne nouvelle en personne avant de repartir demain en France. Et, bien sûr, je veux voir les peintures.

— Tu n'as jamais entendu parler d'appeler avant ? s'énerve-t-il en croisant les bras. Et tu veux me faire croire que *tu* t'es promenée dans Washington Square. Avec ces bottes ?

Il désigne les talons de dix centimètres.

— Oui, j'ai marché.

Elle montre l'intérieur de l'appartement d'un geste.

— Sérieux ? Tu ne vas pas me proposer d'entrer ?

Il s'écarte et elle passe devant lui.

— J'aurais pu appeler, mais ce n'est pas mon style.

Elle essaie de le prendre à la rigolade. Mais Adam ne rit plus. Quand il était défoncé, il passait son temps à se marrer. Il était drôle, jusqu'à ce qu'il redescende de son nuage. Mais cet Adam, loin des montagnes russes, est sérieux et manque d'humour.

Elle déambule dans le deux-pièces chichement meublé et se désole. Quel taudis. Cet endroit convient à un étudiant de l'université de New York qui tire le diable par la queue, pas au plus grand artiste de Chelsea qui habitait autrefois un duplex décoré avec goût. Alors qu'elle balaie du regard la pièce chaotique, elle remarque jetés çà et là des vêtements, des fournitures de peinture, des toiles vierges et d'autres à moitié commencées, des tasses à café. Un vrai bordel, mais aussi une vision familière et, il est vrai, réconfortante d'un Adam qui travaille comme un forcené.

De l'autre côté de la pièce, dans l'angle, Margaux s'arrête devant un grand panneau de portraits de femmes en noir et blanc, uniquement des visages en gros plans. Il a photographié des femmes de tous âges et ethnicités. La lumière de la fenêtre illumine leurs expressions naturelles. Elle sent monter l'excitation. Clean ou torché, on reconnaît là la technique d'Adam, ses préliminaires. D'abord des photographies. Noir et blanc – des sujets chargés de l'inspirer, de l'inciter à réfléchir, et quand il est prêt, quand il ne peut plus se retenir, il laisse la couleur se répandre sur la toile.

— Je vois que tu prends des photos.

Elle retourne vers le canapé où il lui fait une place en ôtant du coussin une pile de linge propre plié avant de s'asseoir sur la chaise en face d'elle. Alors, c'est comme ça qu'il veut la jouer. Elle croise langoureusement les jambes et l'observe. Elle remarque une résilience en lui maintenant, une armure qu'il ne possédait pas auparavant. Et il est plus musclé que dans son souvenir. À l'époque, il mangeait à peine.

— Oui, répond-il en désignant les photos. Et puis j'attends plusieurs pièces terminées qui doivent arriver du Montana. J'ai passé mes journées à me balader dans les parcs, à me préparer. Alors, que vas-tu faire en France ? Tu te rends à la galerie de Paris ou dans le Sud ?

Elle lâche son sac près d'un tas de journaux.

— Les deux, en fait. Je fais ma tournée. Je prévois de commencer par la galerie. Certaines nouvelles toiles viennent d'arriver et ils veulent mon approbation pour une prochaine exposition, puis je file à Correns inspecter le vignoble. Raisins et chefs-d'œuvre, que demander de plus ?

Il répond à son rire forcé par un sourire pincé, comme s'il lui faisait une faveur.

— Quel genre de toiles ?

— En quoi ça t'intéresse ? demande-t-elle en haussant un sourcil. Tu ne t'en es jamais soucié.

— Et c'est toujours le cas, répond-il avec flegme. Je fais juste la conversation. Enfin. Pourquoi es-tu *ici* ? Ça ne te ressemble pas de taper la discute.

La cure de désintox avait vraiment fait de lui un rabat-joie.

— Non, faut croire que non. Bon… tu connais Griffin Freund.

— J'aurais mieux fait de me casser une jambe.

Adam fait craquer ses doigts, puis remonte ses manches. Elle se rappelle cette habitude. Ça l'énervait alors et ça n'a pas changé. Elle étouffe un petit cri en voyant sur ses bras les discrètes marques rosâtres laissées par les aiguilles – son œuvre à *elle*. Et la cicatrice en relief sur sa lèvre supérieure qu'elle n'oubliera jamais. Un souvenir de la nuit de l'overdose, quand il était tombé tête la première sur le sol. Elle déglutit et détourne les yeux.

— Pourquoi me parles-tu de Freund ? demande-t-il.

Elle attrape son paquet de cigarettes dans son sac et voit Adam tressaillir. Il a vraiment *tout* arrêté ? Elle en allume quand même une. Elle en a besoin.

— Griffin t'a décroché une superbe exposition au Basel. Et pas n'importe laquelle. Elle se tiendra à la Versace Mansion, et ça va être énorme. Tout le monde vient. Et je prévois d'ajouter quelques touches personnelles pour que ce soit encore *plus* énorme.

Elle n'aime pas sa manière de la regarder. Comme si elle était coupable de tout. Il semble bien plus en colère que lors de leur dernier dîner. Adam a toujours été quelqu'un de lunatique. Elle se lève, cigarette en main, fait le tour de la pièce, observe le tableau photo de près, puis pivote lentement.

— Je suis aussi venue te dire que tu as six semaines à compter d'aujourd'hui pour me donner la série que tu m'as vendue avec tant de ferveur l'autre soir. Le délai est serré, je le sais. Mais je t'ai vu réussir des expos dans un temps encore plus court. Nous voulons et *devons* être présents au Basel. C'est *le* lieu idéal pour te relancer. Peu importent tes sentiments envers Griffin, j'ai tiré pas mal de ficelles pour que cet événement voie le jour. L'équipe chargée de la publicité en parlera la semaine prochaine.

Elle ouvre grand les bras, comme si elle attendait des applaudissements.

— Ne me déçois pas.

— Qu'est-ce que tu y gagnes ?

Il se recule sur sa chaise, la regarde comme si elle avait des comptes à lui rendre, comme si elle avait intérêt à ne pas le décevoir, *lui*.

— C'est ça ta réponse ? rétorque-t-elle avec l'envie de le gifler. C'est évident, abruti. Publicité et ventes, quoi d'autre ?

— Ce que je veux dire c'est : qu'as-tu promis à Freund en échange de tout ce tralala ?

Adam n'a jamais apprécié Griffin, mais il y a autre chose. Elle le lit sur son visage - il est en colère, mais essaie trop fort de ne pas laisser libre cours à ses émotions.

— Je croyais que tu serais emballé, soupire-t-elle.

— C'est le cas, mais je n'aime pas qu'on me contrôle, dit-il en se penchant en avant. Plus maintenant. Tu sais exactement ce que je pense de Freund et de sa joyeuse bande de trafiquants de drogue. Je ne veux pas que ces ordures m'approchent.

— Griffin est bon pour les affaires. C'est tout ce qui m'importe.

— Ouais, qu'a-t-il fait de si génial pour toi ? Ses clients sont de sales types - cartel, mafia, gestionnaires de fonds spéculatifs bourrés de cocaïne, de la racaille. Ça ne peut pas être bon pour ta réputation.

Ces mêmes personnes qu'Adam encensait autrefois et qu'il voulait à tout prix rencontrer.

— Oui, mais ces sales types avec un tas de fric à dépenser dopent mon compte en banque. Ils achètent tous des œuvres très chères pour se faire mousser devant leurs amis corrompus et accroître leur prestige. Et alors ? C'est tout bénef pour moi.

— Quelles toiles vends-tu aux trafiquants de Freund ?

Je lui vends plus de 100 millions de dollars d'œuvres volées. Où veut-il en venir ?

— Tu sais que c'est confidentiel, répond-elle en écrasant son mégot dans un couvercle de peinture. Dis-moi, si tu es si critique à l'égard de mes méthodes et des gens à qui je vends mes toiles, pourquoi es-tu revenu vers moi ?

Elle sait qu'elle se montre susceptible, mais elle veut savoir.

— Parce que je suis prêt, et qu'il vaut mieux frayer avec un ennemi qu'on connaît, répond Adam après un instant de réflexion.

Son regard et sa bouche ne parlent pas le même langage. Comme si l'un mentait et l'autre disait la vérité – lequel devait-elle croire ?

— Voilà que je suis l'ennemie maintenant ? Bon sang, tu sais bien que personne d'autre que moi ne pouvait te gérer, que je connais ton travail mieux que mon propre corps. La bonne réponse, celle que tu m'as donnée au dîner, est que tu es revenu parce que nous sommes dans la même équipe. Peu importe ce qui s'est passé entre nous. Rien ne pouvait nous arrêter. Admets-le.

Adam serre les dents.

— Rien, en effet. Sacrée équipe dans le sud de la France. Je me demande ce que ton père en dirait.

Margaux blêmit.

— Il s'est noyé, Adam. Noyé.

— Noyé avec un petit coup de pouce, insiste Adam. J'étais peut-être dans le coaltar, mais quand j'ai émergé, les souvenirs me sont revenus.

— Où veux-tu en venir ? demande-t-elle en lui jetant un regard féroce. Le passé, c'est le passé.

Adam ne dit rien pendant un long moment. Il règne un silence pesant pendant qu'ils se regardent en chiens de faïence. Le passé, tout le passé, est toujours présent.

— Je suis revenu vers toi, Margaux… parce que tu as raison, personne ne connaît aussi bien l'art que toi. Et personne d'autre que toi ne connaît aussi bien *mon* art.

— C'est mieux, dit-elle avec un petit sourire, à moitié soulagée.

— Écoute, tu es venue m'annoncer de bonnes nouvelles, et j'apprécie. Mais je me passerais bien de traiter à nouveau avec des connards comme Freund. Et puis… demande à la personne qui me file de me lâcher la grappe, ou on arrête ça tout de suite. Tu crois que je n'ai pas remarqué le type qui traînassait derrière moi au parc ? J'étais peut-être ton fidèle camé autrefois, mais je te connais. J'ai été le témoin direct de toutes tes combines. J'en suis, Margaux, à fond, dit-il en se levant, bras serrés contre sa poitrine. Mais je refuse catégoriquement que tout reprenne comme avant.

— Tu ne veux pas faire le Basel ? dit-elle en se levant. Tu n'as qu'à le dire.

— Si, je veux le faire, mais sans avoir une laisse autour du cou.

Il désigne le tableau de photos derrière lui.

— Je me répète, on peut travailler ensemble là-dessus, et ce sera génial. Mais ne t'amène plus ici comme si je t'appartenais. On s'est compris ? demande-t-il d'un ton radouci.

— Cinq sur cinq.

Ils s'affrontent dans un nouveau round muet. Les yeux d'Adam filent de son cou à sa poitrine. Elle sait ce qu'il voit maintenant qu'il la regarde enfin. Elle s'est habillée avec soin pour cette rencontre. Une simple minirobe tailleur gris clair à rayures avec des cuissardes noires. Elle connaît ses goûts, sait qu'il apprécie le mélange féminin-masculin. Même ce nouvel Adam donneur de leçons n'est pas insensible.

— À mon tour de te demander quelque chose, dit-il en surveillant ses propos. Je connais des milliers d'artistes novateurs qui se damneraient pour que tu les représentes. Pourquoi est-ce moi que tu exposes au Basel ? Tu n'as pas besoin de moi.

Oh que si, c'est ça le problème.

— Ne me dis pas que tu es devenu un de ces artistes en manque d'affection qui a besoin qu'on lui caresse l'ego ? s'exclame-t-elle en levant les yeux au ciel. J'en ai déjà par-dessus la tête.

Elle risque un pas vers lui.

— Je ne me répéterai pas, alors écoute bien. Aucun des artistes que j'ai rencontrés au cours des dix dernières années ne t'arrive ne serait-ce qu'à la cheville. C'est la vérité, et c'est pour ça que je suis encore ici.

Elle veut le toucher, sentir sa peau contre la sienne. Elle tend la main et effleure lentement sa mâchoire rêche du bout des doigts.

— Je ne vais pas te mentir. Je suis aussi venue pour ça. Dis-moi que ça ne te manque pas. Que notre relation ne te manque pas.

Adam ferme les yeux un instant et inspire un grand coup, concentré. Puis il la regarde et pose sa main sur la sienne.

— Tu es belle. Sexy. Mais je refuse de revivre le passé.

Il ôte sa main de sa joue.

— Je ne te demande pas de revivre le passé. Mais de me rejoindre dans le présent.

Elle regarde son jogging, la tension évidente sur le tissu en coton. Son visage se fend d'un sourire espiègle.

— Tu ne peux pas le cacher.

Il ne peut pas non plus cacher qu'il rougit.

— Ce n'est qu'une réaction pavlovienne face à toi. Mais la personne que je suis réellement – il se tape le cœur puis la tête – sait exactement par où nous sommes passés, et c'était un véritable enfer. Alors, qu'est-ce que tu veux ? Que je peigne, ou que je baise – que choisis-tu, Margaux ?

— Les deux.

Il la désire encore. C'est si évident.

— Alors tu dois partir, dit-il d'une voix si glaciale qu'elle est surprise. Sinon c'est moi qui le ferai.

Margaux sent une douleur inhabituelle dans sa poitrine. Une perte de contrôle. Elle redresse les épaules. *D'accord, joue-le ainsi pour le moment.* Parce qu'il est hors de question qu'elle renonce au come-back d'Adam au Basel. Elle doit frapper un grand coup cette année et faire taire toutes les rumeurs pour prouver que non seulement elle est toujours dans la partie, mais qu'il n'y a *pas* de partie sans elle. C'est le sevrage qui parle, pas le vrai Adam. Laisse-lui du temps. Il reviendra bien assez tôt dans ton lit.

Elle pivote, rejoins le canapé et attrape son sac.

— Je reviendrai dans une semaine voir où tu en es. Même heure, alors attends-moi. Mais j'aimerais savoir un truc… et je suis sérieuse. Es-tu toujours capable de peindre sans la drogue ?

— Pour tout te dire, oui, répond Adam en serrant les dents.

Elle se dirige vers la porte, met la main sur la poignée, avant de faire volte-face. Si elle ne peut pas coucher avec lui, alors elle va lui montrer ce qu'il rate. Elle défait l'unique bouton fermant sa veste, révélant sa nudité. Elle laisse le vêtement tomber par terre, puis l'écarte du pied.

— J'ai changé d'avis. Je veux voir de mes propres yeux ce que tu peux faire. Prends ça comme un test. Peins-moi maintenant… comme ça. Tu as dit que tu te concentrais sur les femmes, non pas comme des objets, mais comme des humeurs.

Elle avance vers lui d'un pas fier et s'arrête au milieu de la pièce, mains sur les hanches.

— Voici la mienne. Furieuse, rejetée. Appelons ça la *Femme pas baisée.* Qu'est-ce que t'en dis ?

— Bon sang.

Il la dévore des yeux, ne peut s'en empêcher, et elle sourit. Elle le connaît si bien. Elle s'imagine son esprit qui s'agite, opère sa magie, se met à la peindre. Les courbes sensuelles de son corps, les contours définis de son visage. Elle le regarde plier les doigts, se mordre la langue, clairement tiraillé. *Voilà* une chose à laquelle il ne peut résister.

24

Ellis indique à son chauffeur d'arrêter la voiture sur la 52e Rue Ouest. Il descend et s'attarde devant la boutique. Ses trente sites lui sont chers, mais celui-ci est son tout premier magasin indépendant Anika Baum, ouvert cinquante-trois ans plus tôt. Il a grandi avec lui. Il a convolé et inauguré son premier magasin la même année. Il sourit tendrement à son reflet dans la vitrine où la nouvelle collection d'automne est exposée. Tant de précieux souvenirs.

Il entre et jette un regard alentour. La présentation des chaussures est parfaite ; chacune est exactement placée à quarante-cinq degrés, conformément aux instructions. Ellis connaît intimement chacun de ces stilettos étincelants. Ils font partie de lui. Le talon, l'élégante déclivité du corps, les pierres incrustées, la semelle dorée, le cuir doux. Mais la boutique, se dit-il avec un regard panoramique, est malheureusement vide. Juste une cliente et sa fille, et les deux vendeuses. Cela fait cinq ans que son comptable lui dit de fermer ce magasin. Il perd de l'argent. Mais Ellis ne peut se résoudre à laisser tomber le couperet.

— Bonjour, dit-il gaiement. Quelle belle journée, mesdames. Je passais dans le quartier, et…

Il n'a pas besoin de s'expliquer. Il est Ellis Baum après tout.

— Je descends un moment dans l'atelier.

L'atelier en sous-sol était autrefois son premier laboratoire, où il dessinait ses modèles prestigieux et uniques. Aujourd'hui, ils conçoivent tous leurs projets au siège de la société en plein cœur de Manhattan. Mais créer dans le sous-sol de son premier magasin est un rituel pour Ellis depuis des décennies. Deux fois par an, pour les collections printemps-été et automne-hiver, il s'enferme plusieurs jours d'affilée dans cet immense atelier ultramoderne dépourvu de vitres. Vivienne savait que quand Ellis était en mode création, il ne fallait pas le déranger sauf en cas d'urgence avec les enfants. Quand il était plongé dans sa « cave à chaussures », comme elle l'appelait, le monde extérieur cessait d'exister. Muni de pinceaux en poils de martre et d'aquarelles, il s'asseyait et dessinait à main levée pendant des heures sans s'arrêter.

Ellis déverrouille la porte et la tranquillité l'envahit. Il s'est toujours senti si bien dans cet espace simple et sacré. Et après l'expérience berlinoise, il a besoin de se recentrer. S'est-il vraiment écoulé plus d'un an depuis sa dernière visite ? Quand on lui avait diagnostiqué son cancer du poumon, il avait passé à contrecœur les rênes du design à son directeur de la création. Il déambule dans cet atelier sobre, regarde autour de lui. Des murs blancs immaculés et, au centre, un lustre en cristal Art déco élégant mais discret. Des bacs personnalisés à code couleur contenant babioles colorées et accessoires pour chaussures. Des centaines de photos de ses chaussures. Et une unique toile encadrée. Il s'en approche, la touche. *La peinture d'Adam.* Celle qu'il a peinte quand il n'avait que dix ans. Une tornade, une colonne gris anthracite et noir qui tourne violemment sur elle-même avec un visage de femme en son sein et un nuage tourbillonnant de débris colorés à sa base. Il y a une telle ressemblance avec *La Femme en feu. Comment le garçonnet aurait-il pu savoir ?* Et pourtant…

S'éloignant de la toile hypnotique, Ellis s'assied à sa longue table à dessin. Il repère sa dernière spéciale perchée sur l'étagère la plus proche où il l'avait laissée. Puis la forme en bois qu'il avait nommée *Helga*, un nom laid mais approprié, aussi vieille que la boutique, robuste, éraflée par un usage intense. Mais Helga est son porte-bonheur. Elle lui a servi pour tous ses plus grands stilettos. Chaque Anika Baum reçoit un nom spécial : la *Vivienne*, bien sûr ; la *Hannah*, d'après sa fille aînée, et ainsi de suite. Chaque nom revêt un sens profond pour lui. Et aujourd'hui, sa toute nouvelle création s'appellera la *June*.

Oui, se dit-il avec un sourire, *j'ai le béguin*. Il revoit le visage bienveillant de June à Berlin quelques jours plus tôt à peine, June qui l'avait protégé, qui avait quitté Dan à contrecœur pour veiller à ce qu'il rentre sain et sauf à New York. Elle lui avait tenu la main pendant tout le trajet de retour, avait repris pas à pas ce qui s'était passé au rendez-vous avec Dassel, et Ellis avait pensé en la regardant : *Vous serez inoubliable un jour, jeune demoiselle*. June est intelligente, vive d'esprit, volontaire, modeste, assurée et insubordonnée. Sans parler de la façon qu'avait son petit-fils de la regarder dans le Montana. Il sourit à nouveau. Cette fille a tellement d'énergie et d'idées qu'elle surpassera sûrement Dan un jour,

Ellis a envie de créer une chaussure d'un type différent, totalement originale, que sa mère aurait appréciée – une chaussure raffinée mais *fonctionnelle* pour une femme active de caractère – une première pour lui.

Le temps passe. Combien ? Ellis l'ignore. Une heure, peut-être ? Deux ? Trois ? Son téléphone est saturé de messages et d'appels manqués, mais il les ignore tous. Quand il a enfin terminé, il prend le croquis et le lève à la lumière. *Oui*… se dit-il. Une chenille devenue papillon. *Parfait*.

Mais au moment de prendre Helga pour reproduire son croquis sur la chaussure, il ressent une douleur vive, précise, implacable à la poitrine et lâche le dessin sur la table. Il tente de faire disparaître cette douleur insoutenable par sa volonté, mais elle se fait plus profonde, plus intense, plus méchante. S'agrippant la poitrine, suffoquant, privé de l'usage de la parole, il s'écroule par terre, incapable d'appeler à l'aide. Il saigne abondamment du front. Sa vision se trouble, les objets de la pièce s'effacent. Et il se retrouve dans un autre lieu… les images familières mais lointaines tourbillonnent violemment autour de lui, comme la tornade du tableau de son petit-fils.

C'est la nuit, bien après son heure de coucher, la toute dernière fois qu'il voit son père… Il entend les cris, les hurlements de sa mère, voit ses longs cheveux blonds voleter derrière elle, les manches cloche de sa robe en soie florale orange brûlé battre à chaque pas. Il est caché derrière la porte de sa chambre à peine entrouverte et regarde les images déformées défiler comme depuis un train en marche. Ernst Engel franchissant la porte avec cette énorme toile, sa mère lui criant de rester, son père, derrière elle, lui hurlant de laisser Engel partir, que la présence de l'artiste est trop dangereuse. Et, quand la porte claque derrière ce grand artiste, ses parents se disputent jusqu'à l'épuisement puis tombent dans les bras l'un de l'autre, la robe soyeuse chutant gracieusement jusqu'au sol comme un feuillage d'automne. Il se rappelle le visage de son père, entre souffrance et extase, les yeux fermés, serrant sa mère si fort que leurs corps ne font plus qu'un.

Écrasé par la douleur croissante dans sa poitrine, le souvenir s'efface, rapetisse jusqu'à n'être plus perceptible. Tout cela a-t-il bien eu lieu ? Le visage pressé contre le carrelage froid, Ellis s'accroche désespérément à la vie. Il n'en a pas encore fini ici… *Sa mère… la peinture… il doit la voir.*

Quelque part au loin, Ellis entend le hurlement d'une sirène, puis son esprit disjoncte, la blancheur de son premier magasin l'aveugle, remplacée par les ténèbres, une éclipse totale, puis le néant.

25

Correns, France

Margaux arpente l'immense rez-de-chaussée du château. Milo Wolff, le faussaire d'art, devrait être là depuis plus d'une heure. Elle méprise les retardataires, surtout quand ils lui font perdre son temps. Mais elle a besoin de lui. Elle entre dans le petit salon, regarde *La Femme en feu* adossée au mur, puis passe dans le séjour cathédrale où se trouve Wyatt Ross, prenant ses aises dans le fauteuil préféré de son grand-père, une cigarette au bec.

— Dégage de ce fauteuil, aboie-t-elle.

— Bon sang, Margaux, détends-toi.

Il se lève et va s'asseoir en face dans le fauteuil inconfortable en tapisserie à l'aiguille.

— Je te promets que Wolff sera bientôt là. Le chauffeur a envoyé un message pour dire qu'il l'avait récupéré à l'aéroport d'Aix il y a une demi-heure.

Margaux lui lance un regard noir.

— J'ai changé d'avis. Je veux le rencontrer seule. Sans toi. On se retrouvera après son départ, d'accord ?

Wyatt opine, se lève et désigne la cuisine.

— Très bien. Tu sais où me trouver. N'oublie pas, laisse-le parler. Laisse-le se vanter. Nourris son ego. C'est un type qui a berné son monde pendant cinquante ans avant de se faire arrêter. Il est brillant. Il a fait de la prison parce qu'il avait vendu un faux Renoir au chancelier allemand, s'esclaffe-t-il. Difficile d'avoir plus de couilles ! Mais ne prends pas un air supérieur ou tu le perdras.

Sur ce, il quitte la pièce et elle entend le claquement rageur de la porte de la cuisine.

Supérieur. Margaux serre les dents et continue à faire les cent pas jusqu'à ce qu'on sonne enfin à la porte vingt minutes plus tard. Elle découvre un homme grand et baraqué habillé comme l'as de pique. Il lui fait penser à un vieux Viking avec ses longues mèches blondes et grises, son visage plissé comme une vieille pomme et son regard fou.

— Entrez. Vous devez être fatigué après ce long voyage, dit-elle en le faisant passer au séjour.

— On croirait Versailles, dit-il en sifflant. Vous vous êtes bien débrouillée, mademoiselle de Laurent.

— Je crois savoir que vous aussi.

Elle lui offre un scotch, il ne semble pas du genre à boire du vin. En effet. Il engloutit le Macallan millésimé en une grande gorgée, comme un Russe avalant sa vodka. Elle pense à Wyatt.

— Je suis une grande admiratrice de votre travail, monsieur Wolff.

— J'ai du mal à le croire, vu que vous êtes marchande d'art. Je serais plutôt votre cauchemar.

Son visage se fend d'un large sourire auquel manquent quelques dents.

— Je signale au passage que je suis le meilleur.

— C'est ce qu'on dit. Simple curiosité, qu'est-ce qui vous rend si doué ? demande-t-elle, caressant un ego apparemment démesuré.

Wyatt avait raison.

— J'applique certaines règles qui me différencient de tous les autres faussaires. C'est grâce à ces règles que j'ai échappé à la police pendant plus de cinquante ans. Et si on a découvert que le Renoir était un faux, c'est seulement parce qu'un de mes employés voulait se venger d'avoir été viré. Mais il y a des règles…

— Voilà qui semble passionnant. Dites-m'en plus, l'incite Margaux avec un sourire forcé.

Le langage corporel du faussaire change aussitôt et Margaux sent qu'il se détend. Pas de doute, il aime avoir un public. *Continue à lui passer de la pommade.* Wyatt lui a dit que Milo Wolff refusait de s'occuper d'une peinture à moins de ressentir une sorte d'affinité. Apparemment, on ne peut pas l'acheter. Mais c'est faux, personne ne résiste à l'argent.

— Dites-moi vos cinq premières règles, monsieur Wolff.

— Tout d'abord, il vous faut un historique convaincant. Tout est dans la mise en scène. Quand j'ai peint le Monet, vous savez, celui de la série des *Meules* qui s'est vendu 80 millions ? Ma femme a revêtu une tenue élégante, comme si elle vivait à la fin des années 1880, quand le vrai tableau a été peint. On a ensuite pris une photo d'elle posant devant la reproduction dans un beau château très similaire à celui-ci. Notre photographe a utilisé un vieil appareil et développé l'image sur du papier datant d'avant-guerre.

Il claque son poing sur sa cuisse.

— L'authenticité est la clé. Il faut utiliser les bons matériaux, les toiles notamment. Et le cadre doit dater de la même période que l'artiste original. Nous tachons nos toiles avec des sachets de thé pour leur donner un aspect vieillot. La plupart des faux sont trahis par le type de peinture utilisée. Il *faut* prendre des pigments datant de l'époque où l'artiste vivait encore. Des tests chimiques peuvent le vérifier. Le processus de vieillissement est essentiel.

Il s'interrompt pour enfourner un macaron au citron vert prélevé dans le copieux plateau de desserts que

Margaux avait posé sur la table basse. Ses grandes mains – qui ressemblent davantage à celles d'un soudeur que d'un peintre – s'agitent dans l'air.

— Ma femme sèche la peinture au sèche-cheveux, puis la cuit dans un four spécial que nous avons nous-mêmes conçu afin de lui donner une certaine patine. Nous ne sommes pas des faussaires, nous nous voyons comme des historiens. Dites-moi, pour quelle raison suis-je ici, mademoiselle de Laurent ? demande-t-il en la fixant d'un regard intense.

Margaux pose son verre.

— Venez. Je veux que vous la rencontriez.

Il suit Margaux dans le petit salon et reste sur le seuil, admiratif.

— Ernst Engel, chuchote-t-il d'une voix à peine audible.

— Oui, sa toute dernière œuvre.

— Des rumeurs ont couru sur cette toile… mais personne ne l'a vue depuis qu'elle a été vendue aux enchères de Lucerne.

Il s'approche lentement de la toile avec une impatience non dissimulée, comme un jeune marié allant vers son épouse rougissante, s'arrête et l'observe.

— Sortez de la pièce. Allez. J'ai besoin d'être seul. Je dois la voir, la sentir, la comprendre.

Margaux hésite. *Doit-il aussi la voler ?*

Elle garde une arme dans la pièce voisine, dans le tiroir du bureau de son grand-père.

— Je reviens dans quelques minutes.

— Trente, lui ordonne-t-il sans la regarder.

— Très bien.

Elle l'observe un instant tandis qu'il déshabille *La Femme en feu* du regard.

— Trente minutes.

Vingt-neuf minutes plus tard, Margaux revient dans la pièce. Fini de jouer.

— Alors, dit-elle, pouvez-vous la peindre ?

Wolff est assis dans un fauteuil qu'il est allé chercher de l'autre côté de la pièce pour le placer face à la toile. Il est immobile et répond d'un ton monocorde.

— Vous m'insultez. Je ne travaille pas à partir de copies. Uniquement à partir d'originaux.

Il se tourne vers elle, les poings serrés.

— J'ai interrompu mon travail important pour cette camelote ?

Seul un silence de mort plane pendant un long moment. Margaux appuie sa main contre l'arme cachée le long de son corps.

— De quoi parlez-vous ?

Wolff se lève et s'essuie les mains contre son pantalon poussiéreux.

— Ce que vous avez *là* est une copie. Ce n'est pas l'original.

— Qu'est-ce que vous racontez ?

Margaux va tuer ce Néanderthalien de ses propres mains.

Il s'approche du tableau et le touche.

— Regardez ici. Tout est dans le coup de pinceau, ma chère. Il nous dit tout. La seule règle que j'ai omise est : *connais ton putain de coup de pinceau.*

Il fait signe à Margaux d'approcher.

— Cette toile a été peinte par un faussaire droitier. Ernst Engel était gaucher. Il y a une différence. Je vois au pigment, à la texture, et même à la légère odeur vinaigrée – des relents de vieux vernis –, qu'elle a bien été peinte pendant les années 1930. Cette partie-là est authentique. Mais le coup de pinceau ?

Il explose d'un rire sardonique.

— Contrefait ! hurle-t-il. Regardez la signature, la boucle du L et l'inclinaison du T – un droitier, c'est évident. Vous possédez, mademoiselle de Laurent, une copie de grande qualité. Pas la vraie peinture.

Il se lève et rejoint la porte.

— Je retrouverai seul le chemin de la sortie.

Margaux ne bouge pas, ne respire pas et ce qui se déroule après le départ de l'homme ne lui laissera qu'un vague souvenir. Juste ce sentiment de fureur qui s'insinue dans son corps, croît, se métamorphose et finit par la submerger, par la transformer en un brasier humain. Exactement comme la peinture contrefaite.

Toujours sans nouvelles de Margaux, Wyatt Ross revient au château quelques heures plus tard et contemple les conséquences du désastre, comme après une explosion. *Qu'a-t-elle fait ?* L'immense miroir doré antique est en miettes et des éclats de verre jonchent le sol. Des vases ont été projetés et des fleurs gisent dans des flaques, des tiroirs ont été renversés, le fauteuil préféré de son grand-père est sur le flanc, la table basse a été retournée et les murs sont couverts d'un assortiment de pâtisseries et de petits-fours. Wyatt ne sait où donner des yeux. Il trouve Margaux dans le petit salon – pareillement sens dessus dessous, parsemé de débris –, le regard rivé à la peinture. Elle ne porte plus ses chaussures et ses pieds sont en sang, comme si elle avait marché sur les éclats de verre. Elle ne se retourne même pas quand il l'appelle.

— Margaux, répète-t-il.

Il s'approche et la retourne face à lui. Son mascara a coulé sur son visage, tout comme son rouge à lèvres, et ses mains sont ensanglantées.

— Mon Dieu, que t'es-tu donc fait ?

— Comment as-*tu* pu rater ça ? gronde-t-elle avec mépris.

— Qu'est-ce que j'ai raté ? riposte-t-il sur la défensive, cachant derrière son dos les papiers qu'il était venu lui montrer.

— Tu aurais dû le savoir, bon sang. C'est un faux ! crie Margaux en désignant *La Femme en feu*, le visage déformé par une grimace. Tous mes projets… anéantis.

Comment aurais-je pu savoir que c'était un faux ?

— On peut arranger ça.

Wyatt marche sur des œufs, sait pertinemment qu'il ne doit pas détourner le regard, qu'il doit affronter directement sa colère. Mais il se méfie de ce qu'elle compte faire ensuite, d'autant plus qu'il a remarqué la crosse qui dépasse de sa ceinture.

Les yeux de Margaux jettent des étincelles.

— Arranger ça !

Elle le pousse brutalement.

— Ce n'est qu'un contretemps, dit-il en reprenant son équilibre. Il faut juste en discuter. On va trouver le vrai tableau.

— Il n'y a pas de discussion qui tienne, hurle-t-elle. Tu ne vois pas… c'est foutu.

— Ce n'est pas foutu. On a des centaines d'autres chefs-d'œuvre en notre possession.

— Il n'y a que cette peinture qui compte.

Elle se fraie un chemin dans la pièce à travers les débris, ne bronchant même pas quand elle marche sur des éclats de verre. Wyatt ne sait pas quoi faire.

Les cheveux de Margaux, généralement brillants et bien coiffés, rebiquent étrangement, comme si elle avait voulu se les arracher. Les traits de son visage semblent déformés par la colère qui la consume. Cette transformation le fascine. Sa beauté est soudain monstrueuse. L'arc marqué de ses sourcils la rend grotesque ; son nez, long et droit, est celui d'une sorcière. Elle a complètement déraillé, ne pouvant admettre qu'un vulgaire faussaire inconnu du passé lui ait damé le pion. Wyatt n'y est pour rien, mais peu importe.

— Tire-toi d'ici ! siffle-t-elle. J'ai besoin de dépatouiller ça toute seule.

Cette fois-ci, Wyatt ne part pas. Il reste planté sur place.
— Décidons de ce qu'on va faire ensuite.
— *Tu* ne vas rien faire ! hurle-t-elle tout en regardant les papiers qu'il tient. Qu'est-ce que tu as dans la main ?
Il jette un regard aux documents d'un air penaud.
— Ça peut attendre.
— Dis-le-moi ou je te vire sur-le-champ.
Wyatt se met à transpirer.
— Carice van der Pol. Comme tu le sais, j'ai mis sa galerie d'Amsterdam sur écoute depuis… l'accident. Pendant presque cinq ans, elle n'a pas dit un mot. Mais je viens de recevoir un enregistrement qui ne va pas te plaire. Une jeune journaliste est venue à sa galerie. Elle écrit un article et a posé des questions sur toi.
Le visage de Margaux est rouge cramoisi.
— Une journaliste ? Qui ? Que lui a dit Carice ?
Elle repousse à nouveau violemment Wyatt, qui perd l'équilibre cette fois et tombe par terre. Elle le toise.
— Tu aurais dû te débarrasser de cette femme il y a longtemps quand on en avait l'occasion.
Wyatt se relève, stupéfait par son geste.
— Ça suffit. On est dans la même équipe ici. Carice n'a pas dit un seul mot sur cette nuit-là ; parce qu'elle ne veut pas s'impliquer. Elle a essayé de virer la nana de sa galerie.
Wyatt se retient de dire à Margaux qu'il n'a obtenu qu'un enregistrement partiel de l'interaction avant que ça coupe.
— Qui est cette foutue reporter ?
— Elle est de Chicago. Le nom et le journal qu'elle a donnés à Carice sont bidon. Mais la jeune femme a été filmée par des caméras du voisinage quand elle attendait devant la galerie. J'ai pu l'identifier grâce à la reconnaissance faciale. Elle s'appelle June Roth. Elle travaille au *Chicago Chronicle*.

Mais Margaux ne fait plus attention. Elle n'a d'yeux que pour la toile.

— Tu as entendu ce que je t'ai dit ?

— Si je t'ai entendu ? aboie Margaux, qui prend alors un vase chinois perché sur le manteau de cheminée près de la peinture – une pièce de la dynastie Qing – et l'envoie de toutes ses forces contre le mur du fond.

Ils regardent tous deux le vase inestimable se briser en un millier de petits morceaux. Elle fusille Wyatt du regard.

— Et ça, tu l'as entendu ? Et maintenant, barre-toi d'ici. J'ai besoin de réfléchir.

— Tu veux que je rapporte la peinture dans la chambre forte ? chuchote-t-il en désignant la toile.

Margaux réfléchit, ses yeux d'ébène retrouvant leur acuité, et répond d'une voix faussement calme.

— Garde le faux mais débarrasse-toi du faussaire.

26

Plus tard, une fois calmée, Margaux retrouve Wyatt dans son bureau. Il lui tend des papiers et, s'il évite soigneusement de la mentionner, la catastrophe survenue plus tôt dans la journée pèse entre eux.

— Un complément d'info..., commence-t-il prudemment. La journaliste qui a rencontré Carice à Amsterdam travaille pour Dan Mansfield au *Chicago Chronicle*.

Elle reste bouche bée.

— Le reporter d'investigation ?

— Ouais, c'est bien lui. Sauf que son équipe d'investigation a été démantelée il y a quelques années, après un incident apparemment. Mansfield occupe un poste de bureau maintenant. À ce qu'on m'a dit, il la joue en solitaire et mène des enquêtes clandestines de son côté. J'ai parcouru des centaines d'e-mails, mais Mansfield est très prudent sur ce qu'il met par écrit...

À la pause mélodramatique de Wyatt, Margaux sait que le pire est à venir.

— Crache le morceau.

— Assieds-toi, lui ordonne-t-il, ce qu'elle fait, à leur grande surprise mutuelle.

— Il semblerait que Mansfield ait monté une équipe – June Roth, une femme appelée Louise Archer, qui travaille avec lui au journal... Mais il y en a d'autres...

Wyatt agrippe le bord du bureau, comme pour prendre des forces.

— Et… Adam.

Margaux écarquille les yeux, le nom lui retournant les tripes.

— Mon Adam ?

— Oui… Et son grand-père, Ellis Baum, semble aussi impliqué. Ils auraient uni leurs forces pour trouver *La Femme en feu*. Pourquoi, je n'en ai aucune idée. Mais c'est la réalité. Et d'après ce que j'ai découvert dans un récent échange d'e-mails, Mansfield se trouve en ce moment même à Munich. Je dirais que…

— Attends… *Adam* ?

L'esprit de Margaux s'éparpille dans mille directions. Elle repense à son appartement plusieurs jours plus tôt quand il l'avait peinte nue. Quand il n'avait pas voulu la toucher – comme si elle avait la lèpre. Elle se couvre la bouche de sa paume, les yeux ronds comme des billes. Adam ne l'a pas recontactée pour faire son come-back artistique. *Il cherche la peinture.*

— Je crois que…

— Ta gueule. Là c'est moi qui ai besoin de réfléchir.

Elle se lève et se met à arpenter la pièce. Wyatt s'approche du bar, attrape le scotch et les sert.

— Reviens en arrière, dit-elle en avalant une grosse gorgée. Que fait Mansfield à Munich ?

— Je crois qu'il rencontre le rédacteur en chef de *Spotlight*.

— *Spotlight* ? s'écrie Margaux en claquant son verre sur le bureau de Wyatt, ignorant le scotch qui asperge ses papiers. C'est comme ça qu'on a eu l'info sur le trésor de Geisler…

— Oui, exactement. De Munich, il devrait repartir à Chicago dans deux jours et…

Adam, putain d'Adam.

Wyatt se tait, nettoie les dégâts de Margaux et toussote.

— Il n'y a pas là de quoi se réjouir, mais on peut s'en occuper, prendre les décisions difficiles.

Margaux allume une cigarette, sans lui en proposer. Elle s'appuie contre son bureau en silence, le regard fixé sur le mur du fond.

— Je ne vais pas te mentir, poursuit-il. Il y a plus… Mansfield, Roth et Ellis Baum se sont récemment rendus à Amsterdam pour rencontrer Bram Bakker – le détective spécialiste de l'art. Lui aussi pourrait faire partie de la bande.

— Bram Bakker ! crie-t-elle en se retournant brusquement. C'est quoi ce bordel ! Tu connais Bakker, dès qu'il s'intéresse à un truc, ça fait les gros titres. C'est quoi ton plan maintenant ? On se tape la discute ?

Wyatt, muet, frotte ses bottes contre le sol.

— Dis quelque chose, putain !

— J'y travaille, lui répond-il en hurlant, agacé. La piste s'est arrêtée là. J'ai également appelé ton type du FBI, celui qui tient Adam à l'œil, pour qu'il nous envoie tout ce qu'il a découvert ces quelques derniers jours, et…

— Attends, tais-toi, l'interrompt-elle en claquant des doigts. On peut ajouter une autre pièce. Griffin Freund m'a parlé l'autre jour d'un type qu'il revoyait. Un ancien amant. Il s'était marré en disant qu'il l'avait soufflé à Ellis Baum. Putain, on essaie de nous piéger.

— D'accord… ça sent vraiment pas bon. Mais réfléchis. Ça nous donne une occasion de tourner ça à notre avantage. On peut se débrouiller pour qu'*ils* fassent le boulot à notre place et retrouvent la peinture *originale*, tout en torpillant ce qu'ils *croient* savoir de la collection Geisler, surtout s'ils ignorent qu'on les a démasqués.

Il contourne son bureau et s'approche de Margaux, lui prend la main.

— Je gère.

Elle arrache sa main.

— Tu ne gères rien du tout. Je ne vais certainement pas attendre là comme une cible en carton. On va se montrer proactifs et éliminer les problèmes un par un, à ma manière. C'est *nous* qui allons faire le travail, pas eux. Compris ?

Il hoche la tête.

— Primo… le faussaire ?

— C'est réglé, dit Wyatt en se frottant les mains. Milo Wolff n'est jamais rentré de l'aéroport… J'ai fait monter la Tesla de sa femme à cent soixante et débranché les freins.

— N'oublie pas d'envoyer des fleurs, dit Margaux avec un signe de tête approbateur. Deuzio… Bram Bakker ?

Wyatt remue la tête.

— Intouchable. Il a trop de relations – avec la police, les autorités internationales et les criminels. Et ses comptes sont protégés par un pare-feu en titane, j'ai déjà vérifié. Le contourner ne sera pas facile, mais j'y arriverai. D'ici là, Bakker aura largement de quoi s'occuper avec mon plan de diversion. Il apprendra bientôt que plusieurs œuvres volées de la collection Geisler se trouvent à présent entre les mains de la mafia et des néonazis. Il va suivre cette piste, et je serai aux commandes.

— Et je m'occupe du tertio.

Margaux saisit son manteau sur la chaise.

— Trouve-moi dans quel hôtel de Munich Mansfield est descendu et demande à mon avion et à l'équipage de se tenir prêts. Il ne rentrera pas à Chicago.

27

Munich, Allemagne

Dan crève tellement d'envie de boire un verre qu'il a repris un antalgique une demi-heure plus tôt. Le comprimé crayeux a explosé dans son organisme et il espère qu'il engourdira à nouveau ses sombres pulsions. Il ajuste l'intensité de la lampe du bureau de sa chambre d'hôtel. En temps normal, il la laisserait en veilleuse, pour éviter les migraines, mais là, il la pousse au maximum. Il ne veut rien rater de la perle qui a atterri entre ses mains. Le rédacteur en chef de *Spotlight* lui avait remis la photo le matin, et il ne lui avait pas fallu deux secondes pour comprendre.

Je la tiens.

Dan examine l'agrandissement de haut en bas. *C'est ça, la magie du métier. C'est pour ça que je ne dors pas ou ne vois pas ma fille.* Un sujet prend soudain forme, servi sur un plateau d'argent. Margaux de Laurent, portant perruque blonde et lunettes de soleil, se tient juste en face de l'immeuble de Geisler, visiblement en train de repérer les lieux, deux jours avant la mort du vieil homme. La photo a été prise depuis une voiture qui tournait autour du bâtiment, louée par l'équipe d'investigation de *Spotlight* dès qu'ils avaient su qu'ils tenaient quelque chose. Ce scoop qu'on avait alors étouffé, tué dans l'œuf.

Le rédacteur en chef lui avait confié que des membres haut placés du gouvernement allemand connaissaient l'existence de Carl Geisler et savaient qu'il cachait un nombre important d'œuvres volées et léguées par son père nazi, Helmuth Geisler, à sa mort dans les années 1970. Ils le savaient tous et n'avaient rien fait. Probablement parce qu'ils voulaient éviter le tollé que cela susciterait. C'était un pur hasard si le magazine avait eu vent de cette histoire. Une de leurs jeunes journalistes rentrait à Munich par le même train que Carl Geisler – qui aurait été se recueillir à Salzbourg sur la tombe de sa mère pour l'anniversaire de sa mort. Le vieil homme était si nerveux que les autorités l'avaient interrogé et fouillé à sa descente du train. Ils avaient trouvé 9000 euros dans son vieil attaché-case. Il leur avait expliqué qu'il venait de vendre un croquis, mais il semblait si déboussolé qu'ils avaient décidé d'approfondir l'enquête. Ils avaient découvert qu'il ne payait pas d'impôts depuis vingt ans et qu'il était le fils d'Helmuth Geisler. Depuis lors, ils savaient ce que Geisler cachait dans son appartement, sans agir pour autant. *Spotlight* était sur le point de publier son reportage quand plusieurs fonctionnaires s'étaient pointés et il avait suffi d'une heure pour que l'éditeur mette un terme à leur plus grosse affaire. Cependant, Carl Geisler ayant été assassiné quelques jours plus tard, son équipe éditoriale avait fait fi des exigences gouvernementales et publié son dossier – dans son intégralité mais sans signature pour protéger les reporters du retour de bâton. Le rédacteur avait laissé entendre que la jeune journaliste qui avait vu Geisler dans le train avait soudain quitté le journal et disparu. Il était convaincu, sans pouvoir le confirmer, qu'on l'avait menacée.

Dan fixe la précieuse photographie et se sent emporté par cette poussée d'adrénaline qu'il connaît si bien, l'euphorie indescriptible associée à l'afflux de sang dans son organisme dès qu'il découvre une piste capitale, un changement colossal qui le sort de l'impasse et le met sur la bonne voie. C'est ce que son ex-femme, Pam, n'a jamais pu comprendre, son besoin insatiable de découvrir la vérité, quel qu'en soit le prix. Approcher du but est une expérience sans pareille pour lui.

Il pose délicatement la photo sur le bureau et regarde son téléphone, il y a cinq appels manqués et une demi-douzaine de SMS désespérés de June. Il la verra dans deux jours et lui racontera tout. Pour l'instant, il a besoin d'une pause pour réfléchir posément à tout cela et décider d'une stratégie. Il sort son ordinateur portable de son attaché-case et envoie à June un e-mail rapide et soigneusement rédigé, juste pour lui faire savoir qu'il va bien.

J, Désolé d'avoir mis si longtemps à répondre. Serai au bureau dans 2 jours. Un truc important à vous montrer. D

Quelle belle journée, pense Dan avec un sentiment de triomphe, cherchant à détourner les yeux du minibar qui l'attire comme un aimant. Il meurt de faim. Peut-être y trouvera-t-il des trucs à grignoter ? Il ouvre le frigo le cœur battant, sachant qu'il se berce d'illusions face à l'ennemi. Un bombardement de mignonnettes le défie de franchir la ligne. Il attrape la vodka derrière la Jägermeister et presse le verre froid et familier contre ses lèvres. Un petit verre de rien du tout pour fêter ça ne peut pas faire de mal. Il voit alors le visage d'Ellis surgir devant ses yeux, lâche la bouteille sur ses genoux et la fixe. Sa vision s'embue. *À d'autres ! Un petit verre de rien du tout me tuera. Les règles. N'enfreins pas les foutues règles.*

Il jette la vodka dans le frigo, entend les bouteilles s'entrechoquer et tomber les unes après les autres comme des quilles de bowling, claque la porte. Il attrape ensuite le fauteuil dans le coin de la chambre et le pousse contre le frigo dans une maigre tentative pour lui en bloquer l'accès. Il rit – *comme si ça pouvait m'arrêter.* Il change alors d'avis et va pour l'ôter quand il entend un fracas dans la salle de bains.

Il va voir ce qui a provoqué ce bruit. Ce n'est rien, juste sa trousse de toilette qui est tombée du lavabo. Il la ramasse, puis se déshabille, laisse ses vêtements en tas sur le carrelage et regarde alentour. Où sont ses antalgiques ? Il est sûr de les avoir laissés sur la tablette. Il aimerait en prendre un petit dernier pour tomber comme une mouche et ne pas rouvrir ce frigo. Sont-ils sur la table de chevet ? Il s'approche du lit et ne remarque pas la mince ombre sortant du placard jouxtant la salle de bains. Épuisé, il laisse tomber et se couche, ferme les yeux, et croit rêver quand il entend l'écho d'une voix de velours surgir de l'obscurité.

— Dure nuit ?

L'accent semble britannique. Dan se fige, et la forme souple apparaît devant lui comme si elle s'était échappée de la photographie. Vêtue de noir, un foulard bleu pâle autour du cou, les cheveux noirs tirés en un chignon strict, Margaux de Laurent tient une arme et son flacon d'oxycodone – d'où le fracas. Il tend le bras pour allumer.

— Non.

Dan comprend lentement et laisse son bras retomber mollement sur le lit.

— C'est donc ainsi qu'on se rencontre ? demande-t-il d'une voix posée qui masque sa peur. Pas de perruque blonde cette fois ?

— Je me suis dit qu'on pouvait commencer par discuter un peu.

Margaux s'assied au bord du lit, l'arme pointée sur Dan.

— Commencer ? rétorque Dan, appliquant le mantra de ses jours sur le terrain : *quoi qu'il se passe, ne montre jamais de faiblesse.* Je préfère connaître la fin.

Elle rit, mais le son délicat et puéril ne lui va pas.

— Oh, mais je crois que c'est évident, se contente-t-elle de répondre.

En fait, ce n'est pas tant la mort que Dan craint, mais que sa vie s'achève sans avoir obtenu de réponses.

— Que faites-vous à Munich ? se hâte-t-il de demander pour gagner du temps. Et comment saviez-vous que j'étais là ?

— Nous vivons dans un monde nouveau, Dan. Les hackers font la loi, vous l'ignoriez ? Mais je vais vous dire la vérité, parce que vous êtes ce genre d'homme, et je suis ce genre de femme. J'ai appris ce que vous fabriquiez grâce aux agissements d'une jeune journaliste fouineuse qui se renseignait sur moi à Amsterdam. Elle prépare un reportage dont je suis apparemment le sujet central. Et vous êtes derrière tout ça, j'imagine ?

Elle rit derechef. Mais un rire plus fort cette fois, condescendant. Le cœur de Dan se serre. *June. Cette unique erreur va me coûter la vie.*

— Je suis en ville pour protéger mes intérêts, ajoute-t-elle.

— Vos intérêts ? répète Dan pour l'appâter. Dites-moi, quel besoin avez-*vous* de voler des œuvres d'art ? Vous êtes une des plus grandes négociantes en art du monde, issue d'une dynastie dans le domaine. Soit vous êtes une psychopathe, soit vous traversez de graves difficultés financières et ne voulez pas que ça se sache.

— Ou les deux, propose Margaux. Ce pourrait être les deux. Si j'étais vous, je préférerais l'option difficultés financières, non ? Car enfin, qui voudrait d'une psychopathe dans sa chambre d'hôtel avec une arme pointée sur sa tête ? Pas moi, en tout cas.

— Pourquoi maintenant ?

— Je suis très occupée. Je n'ai pas de temps à consacrer à votre petite enquête agaçante, pas plus qu'à votre jeune reporter négligente qui traîne mon nom dans la boue. Je peux accéder comme je veux à vos téléphones, vos ordinateurs – en gros à tous vos comptes et *tous vos contacts*.

Elle laisse à Dan le temps de digérer ses paroles, le fait que June, Ellis et Adam ont tous été compromis. Elle s'approche, appuie son corps contre les pieds recouverts de Dan, l'arme toujours pointée sur son visage, mais bien plus près.

— À quoi vous attendiez-vous ? demande Dan, qui maintient le contact visuel alors qu'il la voit à peine dans le noir, ne sent que le courant tiède de son souffle. Vous pensiez pouvoir assassiner le fils d'un nazi et le dépouiller de la flopée d'œuvres volées qu'il possédait sans que personne le remarque ou comprenne de quoi il retourne ?

— Vos contacts de *Spotlight* l'ont bien remarqué, ricane Margaux. Des membres du gouvernement allemand savaient depuis longtemps que Geisler stockait des œuvres spoliées et ils n'ont rien fait. Il fallait bien que quelqu'un agisse. Et bravo ! Vous avez compris le fin mot de l'histoire, et nous voici.

Elle lui pointe le canon entre les yeux et Dan sent l'odeur de lubrifiant. Elle a récemment nettoyé l'arme.

— Quel est précisément votre lien avec l'affaire Geisler ? demande-t-elle. En quoi cela concerne-t-il Ellis Baum, Adam Chase et Bram Bakker ? Je veux des détails. Racontez-moi et peut-être, oui peut-être que si je suis satisfaite, je vous laisserai tranquille.

Peut-être. Dan reste silencieux. Cette psychopathe ne sera jamais satisfaite, et elle n'a certainement aucune intention de le libérer, quoi qu'il advienne. Geisler en est la preuve.

Margaux penche la tête et l'évalue.

— J'admire votre loyauté, mais elle ne vous aidera pas, ni vous ni vos amis. Regardez-vous, nu et impuissant.

Elle jette un œil au flacon de comprimés dans sa main.

— Vous vous enfilez des antalgiques, hein ? Encore une addiction à ajouter à votre répertoire. Ouais, mon hacker m'en a aussi parlé. J'ai des documents de votre centre de désintox pour le prouver. Vous êtes un alcoolique. Je suppose que je ne suis pas la seule à avoir des secrets.

Elle désigne la chaise poussée contre le minibar.

— Vous comptiez fêter quelque chose ? Que voulez-vous réellement ? Allez, dites-le. C'est la peinture, c'est ça ? *Ma* peinture. Je veux savoir pourquoi.

Mais Dan conserve un silence religieux.

— C'est comme ça que vous voulez la jouer ? Tel que je vois les choses, il ne vous reste guère d'options.

— Vous êtes une honte pour le milieu de l'art, dit Dan, essayant une tactique différente. Vous, une Juive blanchissant des œuvres volées par les nazis. Alors que votre grand-père a sauvé des tas d'œuvres pendant la guerre. C'était un héros. Vous n'avez pas honte ? la provoque-t-il.

— À moitié juive et sans éducation religieuse, ricane Margaux. Ni moralité, d'ailleurs. Et vous avez raison, je n'ai pas honte. Je ne suis farouchement fidèle qu'à deux choses : moi et mes galeries. Je ferai ce qu'il faut pour que toutes deux soient en bonne posture. Voilà ce qui m'importe.

Si Dan pouvait voir clairement le visage de Margaux, il saurait au léger pâlissement de sa peau mate qu'il venait d'amorcer la bombe. Qu'en mentionnant son grand-père, il avait écourté sa vie de dix bonnes minutes.

— Mais il y a une autre possibilité, intervient Dan prudemment. Laissez-moi vivre et *je* réunirai toutes les informations nécessaires pour écrire un article tendancieux qui vous donnera ce que vous désirez réellement, la reconnaissance, une stature légendaire qui rétablira la réputation de votre famille, une réputation que votre père a pratiquement détruite. Je sais que vous avez des difficultés financières. J'ai vu les documents. Je sais aussi que vous avez eu mauvaise presse ces dernières années, plusieurs artistes ayant fait chou blanc. Mais vous pouvez changer tout ça facilement. Vous pouvez avoir un statut d'héroïne. Imaginez, la femme qui a *trouvé* toutes ces œuvres volées, et non celle qui en tire profit. Pensez aux gros titres mondiaux, à la publicité positive, insiste-t-il. Je peux vous l'offrir, personne ne sait écrire aussi bien que moi.

— Vous ? braille-t-elle. Vraiment ? Le grand Dan Mansfield se propose de devenir mon larbin, mon attaché de presse ? C'est comme ça qu'on vous apprend à plaider pour avoir la vie sauve dans votre école de journalisme ? Et ça marche ?

Elle feint la surprise en portant à sa poitrine la main qui tient les comprimés.

— Franchement, je suis déçue. Je vous croyais bien plus intelligent. C'est là tout l'intérêt de la chose. Je n'ai plus besoin de vous. Votre loyale assistante m'obéira bientôt au doigt et à l'œil, pourra écrire n'importe quel article tendancieux en ma faveur, comme vous dites. Il semblerait que vous lui ayez accordé une grande confiance, si j'en crois les e-mails et les SMS que j'ai lus. Elle n'est pas vous, mais j'ai décidé qu'elle sera bien plus facile à manipuler à long terme.

Dan imagine ce monstre s'en prendre à June. Peut-être ne lui reste-t-il aucune chance ici… mais June.

— Pour ce que ça vaut…, dit-il en s'efforçant de parler posément. Elle est jeune, inexpérimentée. Ça ne fait que deux mois qu'elle travaille avec moi. Elle commet des erreurs stupides. Il y a beaucoup de choses qu'elle ignore et il est évident que je ne lui dis pas tout. C'est *mon* reportage, pas le sien. C'est entre vous et moi, dit-il en désignant l'arme.

— Oh vraiment ? s'étonne-t-elle. Eh bien, votre précieuse June semblait penser qu'elle savait ce qu'elle faisait à Amsterdam. Et puis il y a cet e-mail qu'elle a reçu de vous il y a dix-neuf minutes exactement – Margaux regarde l'Apple Watch à son poignet, comme si les e-mails de Dan arrivaient en continu, et le lit à voix haute : « J, Désolé d'avoir mis si longtemps à répondre. Serai au bureau dans 2 jours. Un truc important à vous montrer, D. » Vous m'avez tout l'air d'être partenaires. Votre problème, Dan, est que vous me sous-estimez. On en a terminé.

Debout au-dessus de lui, elle lui enfonce l'arme dans la gorge et se délecte quand elle l'entend suffoquer. L'extrémité de son foulard de soie chatouille la poitrine nue de Dan, qui saute sur l'occasion. Il l'attrape et le tire violemment, étouffant Margaux et renversant vite la situation. Margaux lâche l'arme et les comprimés s'éparpillent sur le lit. Dan la plaque en lui enfonçant les genoux dans la poitrine. Elle est sous lui à présent, un coup sec et c'est fini. Il plonge son regard dans ses yeux embrasés. Elle est dangereusement belle, même quand elle se débat sous lui, s'agite et le supplie d'arrêter.

C'est alors qu'il hésite. S'il la tue maintenant, il ne connaîtra jamais ce qu'elle projette ou a déjà mis en branle. Il relâche sa prise l'espace de cette petite seconde d'indécision, oubliant LA règle la plus importante apprise lors de ses reportages sur les champs de bataille : *ne jamais s'arrêter*. Cela peut vous sauver la vie.

S'étouffant toujours mais peu disposée à mourir, Margaux saisit l'occasion et donne un violent coup de genou dans le sexe exposé de Dan. Il tombe à la renverse sur le lit en se tenant l'entrejambe, terrassé par la douleur. Elle attrape prestement l'arme tombée sur les draps froissés et entoure d'une main experte le foulard autour de la gorge de Dan. Elle tire de toutes ses forces, jusqu'à ce que

Dan suffoque. Elle se penche et lui chuchote, comme en confidence :

— Oh, un petit truc avant que vous partiez, j'ai un excellent back-up en route. Ce sera un cocktail pendaison et comprimés. Pensez aux gros titres…

Son sourire découvre ses dents blanches étincelantes.

— « Suicide d'un célèbre journaliste d'investigation. » Et si vous aviez besoin d'une confirmation, j'ai bien les peintures de Geisler. *Toutes* les peintures. Mais pas celle que je veux. Mais votre petite assistante va m'aider à la retrouver.

Les lèvres de Margaux sont brûlantes contre sa peau. Elle relâche la pression et, alors qu'il inspire une dernière fois, elle attrape une poignée de comprimés d'oxycodone éparpillés sur les draps et les lui enfonce dans la bouche et la gorge.

28

Manhattan

Adam regarde par la fenêtre de son appartement. La lumière du soleil qui pénètre à flots illumine son profil, et June voit sa mâchoire crispée par la tension. *Il est coincé*, se dit-elle. *Nous le sommes tous les deux*. Ellis est dans un coma artificiel, Dan est aux abonnés absents à Munich, et elle est chez Adam, ne sachant quoi faire. Elle avait raccompagné Ellis à New York dans son jet privé trois jours plus tôt sur ordre de Dan, puis s'était envolée pour Chicago le soir même. Ellis lui avait dit de rentrer chez elle, qu'il se chargerait d'informer Adam sur ce qui s'était passé à Amsterdam et Berlin. Puis il avait eu cet accident improbable. Et la revoici à New York. Et Dan qui n'est même pas au courant. Ce n'est pas faute d'avoir essayé. Elle n'a reçu de lui que cet étrange e-mail, et rien d'autre.

— Toujours pas de réponse. J'ai essayé de l'avoir au moins dix fois. Ça ne lui ressemble pas. Je commence à vraiment m'inquiéter. Je sais que quand il s'implique, il ne le fait pas à moitié. Mais je ne veux pas lui laisser de message ou de SMS à propos de l'état d'Ellis.

Adam n'écoute pas.

— Hé, vous êtes là ?

Adam hoche la tête, s'approche et s'assied sur une chaise en face d'elle.

— J'ignore ce qui se passe avec Dan, mais je vous ai demandé de revenir à New York parce que, vu la situation de mon grand-père, le temps nous est compté… Je pense qu'on doit passer la vitesse supérieure.

Le vernis stoïque se brise et des larmes lui montent aux yeux, et June souffre de le voir ainsi.

— Il va s'en sortir. Il le faut, chuchote Adam, comme pour se rassurer.

— Oui, j'en suis sûre, dit-elle doucement. Votre grand-père est si fort et obstiné. Je suis d'accord, il voudrait que nous gardions le cap.

Quoi qu'il advienne. Son cœur se serre. Il y a peu de chances qu'Ellis s'en tire indemne. La progression de son cancer du poumon, la défaillance de ses organes, son insuffisance rénale, plus le traumatisme de cette chute… un cauchemar. Et elle ne peut même pas lui rendre visite à l'hôpital car elle n'existe pas pour sa famille. *Les règles.* Elle aimerait que Dan décroche son téléphone.

Adam se frappe le front de sa paume.

— Je viens de me rappeler qu'avec tout ce qui se passe, j'ai oublié de vous dire que Margaux s'était pointée ici sans prévenir la semaine dernière. Alors que je ne lui avais pas donné mon adresse. Mais je crois qu'elle me fait suivre. C'est dans son style d'espionner ses clients et ses artistes. Quel idiot de vous avoir donné rendez-vous ici. J'aurais dû me montrer plus prudent. On pourrait vous avoir photographiée. Je suis désolé. Je n'ai pas réfléchi. Ce sera ma faute si ça foire.

June ouvre la bouche. Elle aurait dû y penser aussi. Ça pourrait faire exploser sa couverture. Déjà que Dan sera furieux qu'elle ait sauté dans un avion pour revenir à New York sans l'avoir préalablement consulté. Et maintenant, ça.

— Il nous faut juste trouver un plan B, et vite, dit-elle d'une voix qu'elle veut calme et assurée, voyant combien Adam est bouleversé.

Un silence gêné s'installe entre eux. Il faut penser à tant de choses. Tout au fond de la pièce, dans l'angle, June aperçoit par-dessus l'épaule d'Adam un grand panneau rempli de photos noir et blanc, des visages en gros plan de dizaines de femmes. C'est flippant.

— Qui sont ces femmes, au fait, d'anciennes petites amies ? demande-t-elle en se forçant à sourire pour rompre la tension. Votre palmarès ?

Il se retourne et rit malgré lui.

— Je sais, c'est bizarre, hein ? C'est le genre de choses que je fais. J'aime presque autant la photographie que la peinture, alors j'associe les deux quand je travaille. Pour cette série, j'ai photographié des femmes traversant le parc en me plaçant au même endroit et à la même heure de la journée pendant une semaine. C'est une formidable étude de la nature humaine. Je trouve des schémas, un fil conducteur, et ça inspire mon travail. C'est compliqué.

— C'est votre manière de procéder. Ça vous gêne si on ferme les rideaux ? dit June en prenant conscience qu'on voit tout par les fenêtres grandes ouvertes. Si d'aventure quelqu'un prenait *effectivement* des photos.

Adam se lève, traverse la pièce et tire les rideaux des trois fenêtres. Il se retourne.

— Je viens d'avoir une idée folle. Et si, au lieu de votre reportage bidon sur les œuvres volées imaginé par Dan, vous posiez pour cette série ? Comme ça, si Margaux passe encore sans prévenir ou si votre photo atterrit sur son bureau, on aurait une raison valable à votre présence.

Il attend.

— Ce n'est pas parfait…

Mais pas mal, se dit June. Toutefois, Dan tient au reportage parce qu'elle peut ainsi se renseigner librement et ouvertement sur le sujet, et que c'est une couverture naturelle. Et elle est loin d'être un modèle. *On ne joue pas les cow-boys*, s'admoneste-t-elle. Et il ne faut pas oublier la petite question de son attirance pour Adam. Ce serait trop intime s'il la peignait, et elle doit absolument faire attention. Son cœur s'affole.

— Je ne sais pas… mais si Margaux obtient une photo de moi dans votre appartement, c'est certain que ma couverture sera compromise.

— Je crois qu'on doit accepter l'idée que nous *sommes* compromis.

Il revient s'asseoir sur le canapé, plus près d'elle cette fois. Il a raison.

— Tant que je n'ai pas parlé à Dan, si jamais il me rappelle, je ne laisse pas tomber l'article. Mais faisons le truc avec la peinture puisque je suis déjà là, juste au cas où il serait d'accord avec votre idée. Je n'ai jamais posé pour quoi que ce soit, reprend-elle après un silence embarrassé… que dois-je faire ? Puis-je garder ces vêtements ?

— Oui, vous êtes très bien, convient-il avec un sourire. Et vous n'avez rien à faire, sauf rester immobile. À mon avis, c'est ce qui vous demandera le plus d'efforts. Au passage, les modèles qui posent pour les artistes ne sont pas des mannequins de défilés. Les vraies femmes sont plus intéressantes.

Il désigne le pan de mur.

— Cette série traite des humeurs. Regardez leur visage. Ils sont réels.

Il rougit légèrement.

— Vous êtes réelle, June. Je comprends pourquoi mon grand-père s'est entiché de vous.

Vlan. C'est parti. Elle sent ses joues s'empourprer. Comment parvient-il à obtenir une telle réaction de sa part ?

— Eh bien, c'est réciproque, dit-elle avant de se hâter d'ajouter : Je parle de votre grand-père.

Adam rayonne et June sent la chaleur se propager à tout son corps.

— Quand il est rentré de Berlin, il m'a raconté tout ce que vous aviez fait pour le ramener sain et sauf. Dan est un homme brillant, tout le monde le sait, mais vous aussi, à ce que j'en ai vu. Je veux capturer cette intensité sur la toile. Cette émotion. Vous voulez bien ?

Sa façon de la regarder… June espère qu'il ne voit pas *cette* émotion.

La jambe d'Adam effleure la sienne comme dans la cabane. Elle sent la chaleur entre eux quand il tend doucement la main et lui ôte délicatement le chouchou noir des cheveux, libérant son chignon et laissant tomber une cascade de boucles indisciplinées. Elle ne l'arrête pas. Elle ferme brièvement les yeux.

— Laissez-moi vous peindre telle que je vous vois, murmure-t-il avec une étincelle dans le regard. Je *dois* vous peindre.

Adam commence par un pigment marron, puis vient le rouge. Il renifle le flacon de peinture comme il le ferait d'un vin ou d'un parfum. Auburn, se dit June. Il enrichit le marron. *Mes cheveux.* Une heure plus tard, il mélange à parts égales rouge, jaune et bleu, puis y ajoute du blanc avec des mouchetures de jaune. *Ma peau.* Elle lui sourit légèrement, sent sur son corps la brise fraîche venant de la fenêtre entrouverte. Les rideaux gonflent à côté d'elle, lui caressant les bras. Elle ne se souvient pas de la dernière fois où elle est restée immobile aussi longtemps sans avoir un ordinateur devant elle ou un téléphone dans la main. Sans faire ou accomplir quoi que ce soit, *se contentant d'être.* Et pourtant, dans cet état d'immobilité stérile, elle se sent étrangement vivante. Et elle peut observer librement Adam qui, avec une concentration extrême, pose son pinceau, le reprend, en mordille l'extrémité, applique de petites touches sur sa toile avant d'augmenter la pression, comme s'il peignait avec un couteau. Il ferme un œil et la jauge. Ce schéma se poursuit pendant un temps qui lui paraît infini avant de cesser en début de soirée.

Adam pose son pinceau, étire ses bras au-dessus de sa tête et se lève. Son regard accroche celui de June comme il la rejoint. Elle ne bouge pas, respire à peine.

— Vous étiez parfaite. J'ai eu ce qu'il me fallait pour aujourd'hui, dit-il d'une voix rauque. Faisons une pause.

Il lui prend la main.

— C'est faux. J'ai arrêté parce que je ne pouvais plus peindre sans te toucher. Je sais que c'est mal à tous points de vue et que Dan aura ma peau, mais…

June sent les martèlements persistants dans sa poitrine alors qu'elle tente de répondre.

— Il n'y a eu personne d'autre, bafouille-t-il. Je ne pouvais pas… après l'overdose. Je n'étais pas prêt. J'avais beaucoup de dégâts à réparer. Mais maintenant…

— Adam.

La douce chaleur de sa main lui donne un sentiment de sécurité. Elle se fait violence alors que la mémoire musculaire s'éveille et qu'une sonnette d'alarme retentit – cette nuit avec Rick Janus. *Les règles.* Pas de relation intime avec une personne impliquée dans ton reportage. Elle écoute la voix et retire sa main à contrecœur.

— Je ne peux pas. Nous travaillons ensemble. Ça pourrait tout foutre en l'air.

— Je sais. Crois-moi, je comprends. Mais si ce n'était pas le cas… ? Si nous étions l'exception ?

Il appuie sa jambe contre les siennes, et cette fois, elle ne bouge pas.

— J'ai senti un courant entre nous dans ma cuisine ce tout premier jour, quand nous faisions la vaisselle ensemble. J'ai connu des moments plus romantiques, et pourtant…

Son air mélancolique commence à faire fondre sa détermination.

— As-tu senti quelque chose toi aussi ? Je ne suis pas fou, dis ?

June sent que son esprit se met au diapason de son corps.

— Pas fou, non… mais il ne s'agit pas seulement de Dan et de ses règles. J'ai vécu une très mauvaise expérience et me suis promis de toujours faire passer mon sujet en premier, quoi qu'il advienne.

Le cœur d'Adam bat tellement fort qu'elle peut l'entendre – *à moins que ce ne soit le sien ?*

— Je veux juste être près de toi.

Adam reprend sa main et, cette fois-ci, elle le laisse faire. Il scrute son visage.

— C'est un oui ?

— Ce n'est pas un non.

Elle rit nerveusement quand il l'enlace. Elle ferme les yeux, s'autorise à se laisser aller contre lui, sachant qu'elle devrait mettre le holà tout de suite. Mais le désir d'être contre lui est trop fort. Elle respire plus vite. Elle n'a connu que deux ou trois hommes depuis cette nuit affreuse avec Rick Janus. Mais elle ne tenait pas à eux. *Mais ça…* Si ça ne fonctionne pas, le risque est énorme. Ellis. Dan. Le reportage. *C'est important.*

Puis, les lèvres d'Adam frôlent son cou et chassent vite ses doutes. Elle inspire profondément et sent l'odeur résineuse du Montana incrustée dans sa peau, enivrante. Il recule et ôte lentement son T-shirt sans la lâcher des yeux. Elle tend la main et touche les quelques poils fins châtain doré sur sa poitrine musclée. Elle pose ses doigts en éventail sur ses biceps puis descend lentement le long de ses bras, mais s'arrête quand elle voit de vieilles marques de piqûres. Elle revient à ses yeux et y lit de la douleur à présent. Elle se penche, presse ses lèvres sur la peau abîmée et embrasse les cicatrices rose pâle. Il se crispe, puis se détend et lui retire lentement son pull à col roulé.

Alors qu'ils partent à la découverte de leurs corps, elle remarque que ses mains sont toujours maculées de peinture sèche. Sa nudité lui fait penser à une sculpture de Rodin, pommettes et torse ciselés, attributs masculins crûment définis. Elle sent contre elle le renflement de son désir et lui caresse les cheveux.

— *Oui, c'est bon*, chuchote-t-il. *Comme ça.*

Il la soulève et l'emporte dans la chambre où tout recommence doucement, gentiment. Ils s'embrassent, se picorent le cou, se caressent la poitrine, puis la langue d'Adam poursuit sa route. Il lève les yeux quand il arrive au bord. Elle croise son regard sensuel et lui donne le feu vert. Il commence par des baisers légers entre ses cuisses, puis la fouille comme un affamé. La moindre parcelle de June est incendiée, tout le reste – le reportage, Dan, Ellis, les règles – s'efface jusqu'à devenir un point de fuite.

June écarte davantage les jambes et Adam la pénètre lentement.

— Regarde-moi, ordonne-t-il, et ses yeux lumineux la brûlent. Tu es si belle, je veux me souvenir de cet instant.

Il me peint, se dit-elle, l'attirant plus loin en elle, leurs corps bougeant en rythme. Soudain, il s'arrête, attend qu'elle le rattrape, et ce n'est que quand elle est prête – quand elle dit : *Je suis avec toi* – qu'il se laisse complètement aller et emporte June avec lui.

Il a raison. Et si nous étions l'exception ? se dit-elle après, contemplant le visage repu d'Adam, à quelques centimètres du sien. Il est profondément endormi, les lèvres entrouvertes, le bras posé paresseusement en travers de ses seins. Elle regarde par la fenêtre de la chambre et s'intéresse aux sons extérieurs. Des voitures qui passent, des voix indistinctes, des radios qui hurlent, des klaxons, une ambulance. Alors que la nuit s'installe, elle écoute le doux ronflement d'Adam et regarde sa poitrine se soulever et redescendre comme une symphonie.

June s'extrait de ses bras pour se rendre à la salle de bains. Elle remarque alors le dos d'une toile de taille moyenne appuyée contre le mur, les couleurs dépassant sur les côtés. Curieuse, elle s'arrête et la retourne. Elle colle encore, pas tout à fait sèche. Elle la lève à la lumière et étudie la composition abstraite. Une femme, bien sûr, des cheveux noirs peints à coups de pinceau furieux, des yeux d'ébène pénétrants, une peau mate immaculée, des seins ronds crémeux surmontés de rose, un sourire omnipotent et de longues jambes nues habillées de cuissardes noires. Nue et séductrice ; une femme fatale. June se rappelle avoir vu une toile similaire dans la cabane. *C'est elle.* Il a peint Margaux de Laurent nue. *Ici.*

Elle a l'impression d'avoir reçu une balle en plein cœur. Margaux n'est pas juste passée chez lui sans prévenir la semaine passée. Adam a couché avec elle dans ce même lit. Son esprit est aussitôt envahi par des images d'Adam et de Margaux en train de faire l'amour. Elle s'appuie contre le mur le plus proche pour ne pas tomber. Ce truc d'avoir craqué pour elle dans la cuisine. *Quel putain de mensonge*, a-t-elle envie de hurler. *Je ne suis qu'une imbécile, il faut toujours que j'enfreigne les règles.*

Abandonnant la toile sur le sol de la salle de bains, June ne ressent plus rien, ne pense plus. Elle rassemble à la hâte ses vêtements dans la chambre, prend son bagage cabine et son sac près de la porte et se faufile hors de l'appartement. Toujours nue, elle se rhabille dans le couloir, se moquant d'être vue. Elle ne ressent rien et tout à la fois tandis qu'elle dévale les deux étages sans avoir lacé ses chaussures, puis hèle un taxi pour qu'il l'emmène directement à l'aéroport.

29

Chicago

Cela fait deux jours que June a fui Manhattan et elle ne parvient pas à quitter son lit. Tout s'est écroulé. *Dan est mort. Dan est mort*, ne cesse-t-elle de répéter en pleurant dans sa chambre, mais personne ne l'écoute. Sa mère est déjà partie. June avait senti plus tôt ses légers baisers sur son front alors qu'elle dormait à moitié, puis elle l'avait entendue murmurer qu'elle partait travailler mais repasserait à l'heure du déjeuner pour prendre de ses nouvelles.

Elle se redresse contre sa tête de lit en essuyant le sel de ses larmes et fixe son mur, se sentant perdue et abandonnée. Dan n'aurait jamais tout quitté comme ça – en se suicidant – sans connaître la fin et en pleine enquête. C'était un être trop passionné, que rien ne pouvait arrêter. Il se sentait trop concerné. Elle ne le connaissait pas depuis très longtemps, mais pendant ces quelques mois de collaboration étroite, ils s'étaient montrés acharnés, sensibles et complètement dépendants l'un de l'autre.

Elle savait pour l'alcool et même les analgésiques. Elle l'avait vu avaler ces comprimés quand il croyait qu'elle regardait ailleurs. Il avait remplacé une addiction par une autre, et June était impuissante à l'arrêter. Elle savait aussi que les relations avec sa fille et son ex-femme étaient tendues, elle avait surpris des appels fielleux entre eux, et que c'était dur pour lui. Mais un suicide ? Impossible. Il était trop emballé par cette histoire, trop résolu à rapporter la peinture à Ellis, un véritable père de substitution pour lui. Dan faisait justement ce qu'il aimait le plus, impossible qu'il se soit donné la mort.

On l'a fait pour lui – comme le prouvait le seul e-mail qu'il lui avait envoyé disant qu'il prévoyait de revenir. Elle se repasse le message en boucle, essayant désespérément de lire un indice entre les lignes.

J, Désolé d'avoir mis si longtemps à répondre. Serai au bureau dans 2 jours. Un truc important à vous montrer, D

Il avait découvert une information importante, et ça avait fortement déplu à quelqu'un. Quoi qu'en disent les autorités ou les journaux, Dan n'aurait jamais laissé tomber cette histoire. *Jamais.*

Un inspecteur de la police de Chicago travaillant en étroite collaboration avec la police de Munich l'avait longuement interrogée chez elle la veille dans l'après-midi. Elle avait intentionnellement répondu par des phrases courtes, contenant juste assez de détails pour satisfaire l'enquêteur. Oui, Dan prenait des analgésiques pour ses douleurs. Et oui, il travaillait sur un sujet sans rapport avec ses responsabilités directoriales. Mais non, ce n'était pas un article pour le *Chronicle*. C'était une enquête privée sur des œuvres d'art volées qu'il menait de manière indépendante, mais elle n'en savait pas plus. Elle avait volontairement omis de parler de leur équipe clandestine. N'avait mentionné ni Ellis, ni Bram Bakker, ni Adam. Pas simplement pour les protéger, mais aussi parce qu'elle comptait achever ce que Dan avait commencé.

C'est ce qu'il voudrait plus que tout. Elle entendait sa voix résonner dans son esprit : *faites ce qu'il faut. Trouvez la peinture et révélez la putain de vérité.*

Elle s'habille sans cesser de pleurer et se rend au journal. L'inspecteur lui a annoncé qu'ils passeraient plus tard dans l'après-midi et elle veut les devancer. Quoi que Dan ait voulu lui montrer, elle est résolue à le découvrir avant la police, si tant est que la preuve existe.

Quand elle arrive au *Chronicle*, Louise est déjà là, bien sûr. Elle vit au bureau. Comme Dan autrefois.

— Louise, chuchote June en entrant dans le bureau.

Sa gorge se serre en voyant la porte de Dan et son vieux blouson Members Only encore pendu au dossier de sa chaise. Louise lève des yeux rouges et gonflés.

— Ça n'a aucun sens, que Dan meure ainsi.

June ravale ses larmes. Dan était l'âme du *Chronicle*, la salle de rédaction, son royaume.

— Je le voyais prendre ces comprimés contre la douleur, vous savez, dit Louise d'une voix cassée. Mais il ne se serait jamais ôté la vie. J'ai travaillé à ses côtés pendant plus de vingt ans, et je n'ai jamais connu de personne aussi vivante, combative et passionnée que lui.

Des larmes s'amoncellent aux coins de ses yeux.

— Vous non plus, vous ne pensez pas qu'il l'a fait, hein ?

— Je sais qu'il ne l'a pas fait.

Il est insupportable de voir Louise aussi effondrée.

— J'ai essayé de vous appeler et n'ai pas voulu laisser de message vocal, mais un inspecteur est venu m'interroger chez moi hier, et la police viendra ici plus tard aujourd'hui.

— Je sais, on m'a prévenue par téléphone ce matin.

June se passe la main dans les cheveux.

— L'inspecteur m'a dit que Dan avait été retrouvé pendu dans la salle de bains de l'hôtel, bourré de comprimés, et qu'il était entouré de bouteilles d'alcool vides, mais je n'en crois pas un mot.

— Tout ça a un rapport avec ce foutu reportage sur l'art, non ? Cette femme.

— Oui, répond June en se demandant ce qu'elle sait exactement.

Louise se frotte les tempes, puis se mouche en faisant un bruit de trompette.

— J'ai parlé à Dan le jour de sa mort. Il a appelé de l'hôtel après son entretien avec le rédacteur de *Spotlight*. Tout le monde sait qu'il n'y connaît rien en informatique, ou à quoi que ce soit de technique, d'ailleurs… enfin, bref, il m'a contactée.

— Que voulait-il ?

— Il a dit : « Louise, c'est une journée à marquer d'une pierre blanche. » Pas les paroles d'un homme sur le point de se tuer, hein ? Pour être honnête, il avait l'air un peu éméché. Pas ivre, mais euphorique. Il est comme ça quand une histoire va dans son sens. Quand je lui ai demandé s'il avait sauvegardé ce sur quoi il travaillait, il a ri et répondu : « Ne vous en faites pas, je l'ai prise en photo. Je vous l'envoie tout de suite. Mettez-la dans le dossier. »

Louise s'interrompt et désigne son ordinateur.

— Elle est là. J'ai créé un dossier secret pour lui il y a longtemps. Nos documents les plus importants. Il est appelé « Emily », le nom de sa fille.

Impatiente, les mains moites, June se place derrière Louise qui ouvre le dossier et agrandit la photo.

— Cette photo vous dit-elle quelque chose ?

Une blonde avec des lunettes de soleil est devant un immeuble blanc, et on discerne des caractères allemands dans l'angle gauche de la photo. June a des frissons. *C'est elle. Faux cheveux, mais mêmes nez, bouche, morphologie.* Mais où est-elle ? De quel bâtiment s'agit-il ? Ce doit être ce que Dan voulait lui montrer – sauf qu'il avait prévu d'accompagner cette photo d'une explication.

— Oui, tout.

Elle se penche tout contre l'oreille de Louise et chuchote :

— Retrouvez-moi tout de suite dehors, devant l'immeuble. Laissez tout appareil connecté ici et éteignez votre téléphone.

Cinq minutes plus tard, les deux femmes traversent le lobby, sortent et descendent Michigan Avenue.

— Je crois comprendre que vous avez vu toutes les notes de Dan, ses recherches, ses e-mails, et sa sauvegarde – pas juste cette photo –, est-ce exact ?

— Bien sûr. Je m'occupe de toute sa paperasse. J'ai copié tous ses fichiers sur des disques. Je me suis même assurée qu'il se servait d'un vieux Polaroïd pour sauvegarder les photos et les documents les plus importants, et je les cache dans un coffre-fort. Quand on fait des enquêtes qui ne font pas partie de votre description de poste, on la joue à l'ancienne, souligne-t-elle. Donc oui, j'ai tout vu.

June regarde sa montre. La police ne devrait pas tarder à arriver au journal.

— J'ai besoin que vous fassiez quelque chose pour moi le plus vite possible. Pouvez-vous supprimer de son PC et du vôtre tout ce qui concerne cette histoire ? Jusqu'à ce que je puisse décider de ce que je vais faire. Faites des copies sur des disques externes, cachez-les puis, plus tard, quand vous le pourrez, rangez-les à l'abri dans votre coffre.

Elle étudie attentivement Louise.

— Puis-je vous faire confiance pour garder tout ça pour vous, quoi qu'il arrive ?

— Je suis une vraie tombe, mais je veux savoir pourquoi.

— Je suis sûre que la police posera d'autres questions sur les habitudes de travail de Dan, ses sujets les plus récents, notamment celui sur l'art. Nos versions doivent concorder. Dites juste que vous saviez qu'il travaillait à un reportage sur des œuvres d'art volées, mais qu'il ne vous avait pas mise dans la boucle.

June parcourt la rue du regard.

— J'ai besoin de temps pour enquêter sur ce qui se passe vraiment. C'est ce que Dan aurait voulu, nous le savons toutes les deux. La femme de la photo est Margaux de Laurent, comme vous le savez probablement. Je dois comprendre ce qu'elle faisait en Allemagne et où et quand exactement cette photo a été prise. Et surtout, si elle a un rapport direct quelconque avec les toiles volées ou le meurtre de Dan – voire les deux ou aucun. Si c'est le cas, comme je le pense, elle se croit certainement tirée d'affaire. Elle pense que Dan est aux yeux de tous un alcoolo et un drogué qui s'est suicidé. Et elle *doit* pouvoir continuer à penser ça si je veux avoir les coudées franches.

Louise fait la grimace, et c'est normal.

— Je sais que ce que je vous demande est mal, Louise, surtout de mentir à la police, se défend-elle. Mais…

— Le foutu sujet avant tout, toujours, dit Louise en levant les yeux au ciel comme pour admonester Dan.

Elle pivote et rentre dans le bâtiment. June prend ça pour un oui.

Elle continue à avancer au hasard dans les rues, essayant d'organiser ses pensées, les pièces du puzzle, son plan d'action. Elle quitte Michigan Avenue et s'arrête dans une petite rue relativement déserte. Elle rallume son téléphone et sait qu'elle doit appeler Adam, dont elle a ignoré les appels ces derniers jours. Il répond à la première sonnerie.

— J'ai appris, dit-il d'une voix inquiète. Je suis si bouleversé. J'ai essayé de te joindre. Je t'appelle sans discontinuer depuis que tu es partie… Tu vas bien ? Tu…

— Pas bien, l'interrompt-elle. Écoute-moi cinq minutes. On manque de temps. Ne parle pas de Dan à Ellis. Si, *quand* il sortira du coma. Ne lui dis pas. Même si tu dois mentir. Et si on t'interroge sur Dan pour une raison X ou Y – le reportage sur l'art, n'importe quoi – tu ignores *tout* d'un article sur des œuvres volées ou Margaux de Laurent. Tu as compris ? Tu *dois* mentir, ce qui ne devrait pas être un problème pour toi, ajoute-t-elle sans pouvoir se retenir.

— June… allez. C'est de ça que je voulais te parler. Ce n'est pas ce que tu crois.

— Si tu le dis. Peu importe. C'est ça ma priorité maintenant. Fais-le pour Dan, d'accord ?

— Oui, mais…

— Je te rappelle.

June raccroche avant qu'il lui débite d'autres mensonges. Elle s'arme de courage en voyant au loin deux voitures de police approcher du *Chronicle*. Elle se dépêche de rejoindre le bâtiment, redresse les épaules, se cuirasse. Son mentor est mort alors qu'il cherchait à découvrir la vérité. Elle ne mène plus cette enquête pour la peinture. Elle la fait pour Dan.

30

Manhattan

L'espace de Chelsea a repris du service. Margaux s'était empressée de relancer la construction après que Griffin Freund avait vendu quatre toiles de Geisler. Elle avait payé double les entrepreneurs pour qu'ils fassent des heures supplémentaires et finissent le boulot au plus vite. Même s'il reste des détails mineurs à régler, le gigantesque espace de quatre mille cinq cents mètres carrés sur la 25ᵉ Rue Ouest, également appelé Tour DLG, est maintenant opérationnel. Sur les vingt-deux galeries DLG, c'est de loin le préféré de Margaux.

Le bâtiment de six étages richement décoré est surmonté d'une vaste terrasse en plein air pour accueillir expositions et fêtes. Les clients fortunés, disait son grand-père, aiment voir des signes de prospérité et d'extravagance chez leurs marchands d'art, cela les rassure. Les plus gros négociants ne se contentent pas de vendre leur art, ils vendent leur style et leurs goûts personnels. Dans les années 1970 et 1980, pendant son âge d'or, l'établissement phare de DLG à SoHo avait quantité de sommités à son catalogue : De Kooning, Rothko, Warhol, Schnabel, Ruscha, Pollock, Mitchell, Krasner, Johns, Smith, Hockney, tous les grands noms de l'art contemporain. Mais son père avait tout dilapidé, les bénéfices de la galerie comme sa réputation. Il s'était servi des galeries pour rembourser ses dettes de jeu faramineuses. Cela avait été une chute lente et pénible, et les artistes avaient lâché DLG les uns après les autres. Pis encore : les concurrents avaient fondu sur la carcasse tels des vautours, arrachant les plus gros clients de-ci de-là. DLG n'était plus que l'ombre de sa gloire passée. Jusqu'à ce qu'Adam Chase arrive : la chance de Margaux avait alors tourné et elle avait entamé sa remontée.

Le travail d'Adam était si original, si stupéfiant et socialement pertinent qu'il l'avait vite renvoyée vers les sommets. On se les arrachait. Mais ce n'était que de la poudre aux yeux. Margaux savait qu'en dépit du succès phénoménal de son artiste, les problèmes financiers de DLG demeuraient.

Mais la situation s'arrange à présent. L'argent s'est mis à couler à flots du jour au lendemain grâce au trésor corrompu de Geisler. Factures et créanciers sont payés, et ses comptables, surpris, crient au miracle puisque DLG serait bientôt créditeur. *Un miracle – ben tiens !* De plus, l'exposition d'Adam au Basel est sur toutes les lèvres. Le téléphone de Margaux n'arrête pas de sonner. Elle reçoit des appels des plus grands journalistes culturels qui planchent sur le sujet brûlant de l'année, et c'est d'elle qu'il s'agit. *Je suis de retour, oh que oui !*

Margaux vérifie son apparence dans le miroir de son bureau pour la troisième fois de la matinée. Adam devrait arriver d'une minute à l'autre pour lui montrer de nouvelles toiles, et elle bout d'impatience. Cela fait une semaine qu'elle est rentrée de Munich. Elle ne l'a pas embêté mais a suivi de près toutes ses activités. Son détective privé a confirmé qu'il avait à peine quitté l'appartement, certainement parce qu'il peignait compulsivement. C'est tout ce qui l'intéressait. Bien sûr, il y a l'autre truc. Le truc qu'elle préférerait presque ignorer. *Mensonges et jeux*. Elle se remet une couche de rouge sur les lèvres. *Que le combat commence !*

Elle entend la voix d'Adam quand il arrive à la galerie. Il est accueilli par sa dernière *gallerina* en date, une fille interchangeable de plus, maigre comme un clou et détentrice d'un diplôme d'histoire de l'art d'une grande université. Une caméra cachée nouvellement installée dans la zone de réception du rez-de-chaussée lui permet de suivre les allées et venues depuis son bureau. La jeune femme lui parle avec un ton aguicheur qui irrite Margaux. Personne n'est immunisé contre le charme d'Adam.

— Margaux, Adam Chase est arrivé, annonce la fille dans l'interphone.

— Faites-le monter.

Quelques minutes plus tard, Adam entre dans son bureau avec un grand carton à dessins. Il est habillé d'un jean délavé, d'un T-shirt blanc à col en V impeccable et de ce même blouson d'aviateur en cuir. Son uniforme.

— Hé.

— Hé toi-même.

Elle lui renvoie son sourire, jette un regard affamé au carton, puis lève les yeux vers lui.

— Tu t'es rasé. C'est bon signe.

Leurs regards s'accrochent. Elle connaît ses habitudes, ses manies. Ils étaient autrefois unis, esprit, corps, âme, drogues, art. Plus maintenant. Maintenant, Adam trempe dans autre chose, une enquête secrète visant à la faire tomber. Laissons-le croire qu'il la berne. Qu'elle est stupide. Elle récupérera son dû au Basel puis le pulvérisera. *Mais bon sang, regarde-le*. Son cœur s'accélère. Malgré tous ses efforts, elle ne peut faire comme si elle n'éprouvait rien. Ce sont justement ces sentiments *persistants* qu'elle doit détruire.

— Tu as l'air en forme, remarque-t-il. Comment s'est passé ton voyage ?

— C'était productif.

— Des choses intéressantes ? insiste-t-il.

Oui, un petit détour pour me débarrasser de votre courageux chef à Munich.

— Oui, tout, mais ce n'est pas ce qui m'intéresse là. Montre-moi les toiles.

Margaux contourne son bureau et vient se poster juste devant lui. Elle porte sa nouvelle minirobe Stella McCartney à col en tulle transparent bordé d'une chaîne dorée qui lui va comme un gant. Elle l'observe pendant qu'il la fixe, l'entend déglutir. Elle sourit en son for intérieur. *Voyons pendant combien de temps tu peux tenir. Tu vas te briser les dents. Sur bien des plans.*

— J'ai choisi une autre approche, explique Adam en sortant les cinq toiles qu'il aligne sur le rebord de fenêtre, où la lumière est absolument parfaite à cette heure-ci, celle qu'on appelle l'heure dorée.

Margaux s'approche des toiles sans dire un mot, faisant comme toujours confiance à sa première émotion. Celle qui compte, qui reste, fait vendre. Elle ne se trompe jamais. Si on oublie les quelques derniers artistes qu'elle a pris sous son aile. C'est le passé.

Elle s'attarde devant chacune. Les coups de pinceau d'Adam sont comme toujours impeccables et d'une audace saisissante. La texture de la peinture, couleur après couleur, la quantité exacte de couches, stimulent les sens. Elle goûte presque sur sa langue le mélange d'huiles. Le modèle, même s'il s'agit d'une peinture abstraite, a la fraîcheur de la jeunesse. La peinture est lisse et crémeuse autour de l'ovale du visage. Le regard n'est ni innocent ni blasé – mais profondément intelligent et inquisiteur. La bouche sensuelle semble affamée, comme si elle en réclamait plus. *Plus de quoi ?* se demande-t-elle. Et la cascade de boucles châtains emplit la toile, s'entortille le long de son corps tout en courbes et en lignes charnelles.

Margaux, le souffle court, absorbe chaque toile figurant la même jeune femme dans diverses poses abstraites. Les détails sont incroyablement intimes, comme si on la surprenait sous la douche, en train de se changer ou de se masturber. On devine dans l'œuvre une attirance séductrice et envoûtante, comme quand Rodin avait sculpté Camille Claudel cette toute première fois juste *avant* qu'ils deviennent amants. Ces peintures regorgent d'une telle passion pour son sujet que Margaux comprend que sa nouvelle minirobe, ses talons et sa lingerie La Perla ne servent à rien.

Et ces photos en noir et blanc de femmes au parc accrochées à son tableau d'inspiration – il les a toutes ignorées. Tout son argumentaire sur les humeurs en *vision tunnellaire* – rien à voir avec *ça*. Non, ces toiles racontent une tout autre histoire. Ce n'est pas n'importe quel visage, c'est celui de cette jeune journaliste qui furetait à Amsterdam. Qui était chez Adam pendant qu'elle-même se trouvait en Europe. Margaux s'étouffe en voyant cette relation étalée de manière aussi éhontée. *Comme si je l'ignorais.*

Mieux que des mots, cette œuvre montre la vérité, à savoir que la protégée soi-disant inexpérimentée de Dan Mansfield agit contre elle, et qu'elle lui ravit le cœur d'Adam. Margaux ne peut détourner son regard de sa beauté et de la virtuosité d'Adam.

— Je sais que ce n'est pas ce dont on avait parlé, dit Adam tout penaud, évaluant sa réaction. Mais ces images sont tellement plus fortes. Juste les cinq premières de la série, et…

— Elles sont parfaites, l'interrompt Margaux d'un murmure.

Elle se détourne aussitôt, lui masquant sa véritable réaction. S'il sondait son regard, il y verrait le pourrissement irréversible qui prenait racine en elle.

— Ces toiles sont absolument parfaites.

31

Chicago

Telle une femme-orchestre, June travaille simultanément sur tous les postes. Son ordinateur personnel, son portable, son téléphone et son iPad. Elle a décidé de tout reprendre à zéro. C'est ce que Dan aurait fait. Quand tu es coincée, reviens en arrière. Reviens sur tes pas et cherche ce que tu as raté.

Jour un… June regarde avec une pointe de tristesse les quelque quatre cents pages que Dan lui a remises ce tout premier jour. Elle s'oblige à marcher autour de son lit et à se concentrer. Elle a réparti ses recherches en catégories et sous-catégories : IIe GM/œuvres volées, peintres « dégénérés », Ernst Engel, Galeries de Laurent, Charles de Laurent, vente aux enchères de Lucerne, Ellis enfant/Anika Baum/Arno Baum et Ellis âgé/Anika Baum Inc., famille Dassel, Helmuth Geisler avant et après la montée au pouvoir des nazis, Carl Geisler, Margaux de Laurent Art/Social/Culture/Finances/Personnel, Adam Chase avant/après l'overdose, Bram Bakker. Il y a aussi les catégories mineures, dont Carice van der Pol, Sébastien de Laurent et l'investigation de *Spotlight*. Elle s'écrit un mémo.

Contacter Bakker et rédacteur de *Spotlight*.

— Voilà, dit-elle à voix haute.

Elle se frotte les mains, satisfaite, devant les centaines de Post-it de couleur soigneusement organisés, le grand tableau blanc poussé contre sa fenêtre, les marqueurs et stylos de toutes les couleurs cinétiquement alignés sur son bureau à la manière d'une impression d'Agam.

— June, il faut qu'on parle… c'est quoi ce délire ?

June, profondément concentrée, se retourne. Elle n'a pas entendu sa mère entrer. Celle-ci reste sur le seuil et examine la salle de crise de sa fille, bouche bée, mains sur les hanches.

— Tu travailles pour la CIA ? Qu'est-ce qui se passe ici ?

— Tu ne devrais pas être là, maman. Tu n'as jamais entendu parler de frapper avant d'entrer ?

— « Ne devrais pas être là » ? répète sa mère incrédule. Je veux savoir ce qui se passe sous mon toit, et dans quoi *exactement* tu es impliquée.

Elle fait lentement le tour de la pièce, observant attentivement chaque poste.

— Voyons, nous avons la Seconde Guerre mondiale, des nazis, l'art et Ellis Baum ? Je veux comprendre. Et je vais me montrer très claire : je ne quitterai pas cette pièce avant d'avoir obtenu une explication.

Son regard bleu gris s'assombrit.

— J'écoute.

June reste obstinément muette.

— Tu le prends comme ça ? Je vais te dire ce que je sais…, dit-elle comme si elle s'adressait à un jury. Voyons, ton patron, avec qui tu as voyagé, est retrouvé mort à Munich quelques jours à peine après ton retour. Et pas n'importe quel patron, non, l'un des journalistes les plus célèbres au monde. Tu ne m'as encore jamais menti, mais depuis que tu as commencé à travailler pour Dan Mansfield, tu ne fais que ça, mentir et éluder les questions. Au cas où tu ne le saurais pas, je suis avocate.

June lève les yeux au ciel.

— Oui, chérie, mon métier consiste à décrypter les visages. Mais je suis surtout ta mère, et je pourrais déchiffrer le tien les yeux fermés. Je ne quitterai pas cet étalage de Post-it sans connaître la vérité.

Sa mère se pose d'autorité au pied du lit. Inutile de chercher à discuter quand elle est dans cet état.

— Tu as raison, admet June. J'ai menti, enfin, pas exactement menti, mais filtré les informations.

— Je t'en prie, s'offusque sa mère. C'est du pareil au même !

— D'accord, très bien, cède June en baissant la voix. La mort de Dan n'était pas un suicide, et…

Sa mère écarquille les yeux.

— Tu penses qu'il a été assassiné. Tu as des preuves ?

— Oui… et non. J'ai des hypothèses pointant dans cette direction.

Sa mère se lève d'un bond.

— Alors, je ne veux plus que tu bosses sur cette histoire. Je sais que tu crois tout savoir. Mais si on a *assassiné* un homme du calibre de Dan à cause d'une enquête que tu *poursuis*, il est évident que tu es en danger.

June ne peut le nier.

— Je comprends que tu aies peur, mais pas moi. Tu vois, c'est ça le truc…

C'est au tour de June d'avancer ses arguments.

— Laisse-moi te demander une chose, maman. As-tu déjà eu peur quand tu poursuivais un assassin, un violeur ou tout autre criminel ? Non, je me trompe ? dit-elle après une pause théâtrale. Parce que c'est *justement* là que tu assures. C'est le *seul* moment où tu engages toutes tes forces dans le combat. Tu ne vois donc pas que je suis comme toi ?

Elle prend la main tremblante de sa mère.

— Je ne vais pas arrêter, et toi mieux que quiconque sais pourquoi. Obtenir la vérité, faire ce qui est juste, c'est non négociable pour moi. Comme ça l'a toujours été pour toi. J'essaie d'organiser toutes mes infos, tu ne comprends pas ? dit-elle en montrant les différentes catégories sur son lit.

— Oh, si, je comprends parfaitement, répond sa mère d'un ton glacial. Mais quand je me bats dans une affaire difficile, je ne suis jamais seule. J'ai une équipe. Dan est mort. Tu n'as que vingt-quatre ans et toute la vie devant toi. C'est ton premier vrai boulot. Où est ton équipe, June ? J'ai comme l'impression que tu navigues en solo ici.

Ici, hurle intérieurement June. *Je suis ma propre équipe*. Mais elle doit lui parler d'un effort collectif, sinon elle ne gagnera jamais cette bataille.

— J'ai une équipe. Il y a Louise Archer, le bras droit de Dan depuis vingt ans, et un enquêteur expert à Amsterdam, sans oublier les deux personnes qui planchent là-dessus à New York, riposte-t-elle en pensant, *même si l'une est dans le coma et l'autre couche avec la suspecte potentielle.* Je ne suis pas seule. Et je refuse d'arrêter.

Elle se mord la lèvre inférieure et croise les bras avec défi. Sa mère cligne rapidement des yeux, se lève et vient pratiquement se coller sous son nez. Elles se ressemblent tellement. *Aussi têtues l'une que l'autre.*

— Dans ce cas, il est hors de question que tu travailles à cette enquête depuis ta chambre. Comment sais-tu que tu n'es pas suivie ? Que nous ne sommes pas sur écoute ? Que ton téléphone n'a pas été cloné ? Que ta tête n'est pas déjà mise à prix ? Je t'ai entendue parler à ce détective. Eh oui. Tu crois que je n'ai pas écouté ? J'ai passé ces deniers mois à chercher des indices.

Elle lève les sourcils.

— Accouche.

— J'essaie de localiser une peinture volée datant de l'époque des nazis.

— Une peinture ? Tout ça pour une peinture ?

June hoche la tête.

— Un chef-d'œuvre, plutôt. Je suis désolée, maman. Je ne peux pas t'en dire plus. Je sais que ce n'est pas facile, mais je ne laisse pas tomber cette histoire.

Sa mère, qui ne pleure jamais, a les larmes aux yeux.

— S'il te plaît, ne me fais pas ça, ne nous fais pas ça.

Le cœur de June se serre.

— Je ne te fais rien…

Mais sa mère a raison sur un point : elle doit prendre plus de précautions. Que Louise ait caché des copies des fichiers de Dan ne suffit pas. Ces fichiers, ainsi que les siens d'ailleurs, sont probablement déjà passés à la partie adverse. L'inspecteur lui avait dit qu'aucun ordinateur portable ou attaché-case n'avait été retrouvé dans la chambre, alors que Dan ne se déplaçait jamais sans son « placard de voyage », comme il l'appelait. Son assassin l'avait certainement pris, tout comme son portable. Dan est mort, et sa vie est vraisemblablement menacée. Elle lève les mains en signe de capitulation.

— Je ne suis pas contre des mesures de sécurité supplémentaires. Que proposes-tu ?

— Je propose que tu rassembles toutes tes affaires et travailles à mon bureau, pas dans mon propre bureau, mais dans un département spécial qu'on utilise pour les informations ultrasensibles. Il dispose de pare-feu, d'une sécurité, de ressources pour les recherches et de la totale en matière de protection. J'en discuterai d'abord avec Steve. Il connaissait personnellement Dan et ne refusera pas. Puisque je ne peux pas t'arrêter June, crois-moi, je vais te protéger et tu vas me laisser faire, assène sa mère avec son expression « fais ton lit ou crève ».

— D'accord.

— Et pourquoi y a-t-il des photos d'Ellis Baum partout ? demande-t-elle en désignant les photocopies des stilettos Anika Baum dans la pile réservée à Ellis Baum. Qu'est-ce que ses chaussures ont à voir avec le meurtre de Dan Mansfield ou une peinture volée ?

Tout, pense June. *Tout*.

Bram Bakker coiffe June au poteau. Son téléphone sonne deux heures plus tard alors qu'elle paie son cappuccino. Elle voit « numéro inconnu », jette ses pièces sur le comptoir et se hâte de sortir du Starbucks.

— June, c'est Bram.

Il semble à des milliers de kilomètres.

— J'ai appris pour Dan. Je suis vraiment désolé. Vous devez être anéantie.

Elle serre le gobelet de café et voit la mousse s'échapper du couvercle.

— Oui.

— Je suis sur une ligne sécurisée, dit Bakker à toute vitesse, mais pas vous. Vous allez tout de suite télécharger une appli, puis faire exactement ce que je vous dis. On doit parler. C'est important. Notez ça, et pas dans votre téléphone, ailleurs.

June note les informations sur une serviette Starbucks et décide d'appeler Bakker en rentrant chez elle par les rives du lac au lieu de suivre son itinéraire habituel à travers la ville. Elle remonte la fermeture de son manteau et met sa capuche sur sa tête. Il fait plus froid près du lac, et il y a du vent, mais c'est tout de même plus calme. Et à ce qu'elle en voit, la zone de la plage est pratiquement déserte, à l'exception de quelques vieillards jouant aux échecs.

— Bram, me voici, dit-elle quand elle l'a au bout du fil cinq minutes plus tard.

— Bien, oui. Ce n'était pas un suicide.

Elle a un peu de mal à comprendre son anglais à cause de son fort accent hollandais.

— Pas un suicide, approuve-t-elle. Parlez plus fort et lentement.

— Dan s'est entretenu avec le rédacteur en chef de *Spotlight* quelques heures à peine avant de mourir. Vous devriez l'appeler, lui dire qui vous êtes, et essayer d'obtenir qu'il vous dise ce qui s'est passé lors de cet entretien. Si ça vous gêne, je le ferai.

— Ça ne me gêne pas, et c'était déjà prévu.

Elle regarde sa montre.

— Mais on est samedi et il est presque minuit, heure de Munich. Je n'ai pas ses coordonnées. Je devrai attendre lundi matin pour pouvoir appeler *Spotlight*.

— Ce n'est pas un problème. Je vous obtiendrai le numéro personnel du rédacteur en moins de dix minutes. N'attendez pas lundi. Appelez-le demain à la première heure, en passant par cette appli. Je propose que tout ce qui est important ne transite pas par le réseau.

— Compris.

— Et June… je sais que c'est une question difficile, mais comptez-vous continuer à travailler quand même à votre enquête, ou…

— Bien sûr que je continue.

— Bien, parce qu'une source m'a appris que quatre toiles prétendument issues de la collection Geisler sont sur le marché noir. Je vous ferai savoir ce que je découvre.

— Merci.

Elle reste silencieuse un moment.

— Il y a un truc que vous devriez savoir… Ellis est à l'hôpital, plongé dans un coma artificiel. La famille a réussi à le cacher à la presse. Il a fait une mauvaise chute, et son cancer s'est aggravé.

Elle reprend son souffle.

— Je ne sais pas s'il va en sortir. Mais si c'est le cas, je compte faire tout mon possible pour lui rapporter cette peinture. Il le mérite. C'est ce que Dan voudrait.

— Il n'y a que vous, alors, dit Bakker après un instant de réflexion.

Elle pense à Adam et chasse cette pensée.

— Que moi.

— Faites attention à vous. Je suis là pour vous aider. Demandez-moi ce que vous voulez.

Il s'éclaircit la gorge.

— Il y a un autre point à aborder, peut-être le plus important… Après avoir quitté Dan, j'ai mené ma propre petite enquête sur le clan Dassel. Il y a pas mal d'autres infos à assimiler. L'histoire de Stefan Dassel n'est qu'à *moitié* vraie…

La voix de Bakker s'affaiblit.

— Et l'autre moitié ? Plus fort, s'il vous plaît.

— L'autre moitié pourrait être la pièce majeure. Stefan a négligé de dire dans sa confession que son père, Franz, était non seulement devenu un chef des Jeunesses hitlériennes, mais qu'il avait ensuite *rejoint* le *Reichskulturkammer* – la Chambre de la culture du Reich –, un poste en or réservé à l'élite nazie. Helmuth Geisler appartenait aussi à ce service.

June réfléchit à la catégorie œuvres volées encore étalée sur son lit, avec les Post-it violets.

— Je connais, oui.

— Mais ce que vous ignorez, c'est que Franz Dassel était en fait l'assistant de Joseph Goebbels.

— L'assistant de Goebbels ?

— Oui. Franz a tout vu… mais il y a plus. Franz, si vous vous rappelez ce que Stefan a dit, a été rejeté par l'une des filles d'Arno Baum, raison pour laquelle il a dénoncé la famille Baum. Il n'a pourtant pas baissé les bras, puisqu'il a par la suite usé de son influence pour faire sortir d'Auschwitz cette même fille, Lilian Baum. Il l'a sauvée. C'est le seul membre de la famille Baum ayant survécu aux camps.

June s'arrête net.

— Vous plaisantez ?

— Je sais, c'est incroyable. Lilian Baum devait avoir seize ou dix-sept ans, et il semblerait qu'elle soit devenue la bonne de la famille Dassel, puis… C'est ça le truc, June…

Elle entend Bakker souffler et agrippe plus fort le combiné.

— Lilian n'était pas juste la bonne. Enfin, peut-être que si, mais elle a épousé Franz Dassel et en a divorcé quelques années après la guerre. Pas d'enfants. La mère de Stefan est en fait la deuxième épouse.

June regarde les deux vieux près d'elle, concentrés sur leur partie d'échecs malgré le froid glacial.

— Comment est-ce possible ?

— Je ne sais pas, mais c'est un fait. Pour être honnête, après avoir passé tant d'années à rechercher des œuvres volées, rien ne me surprend plus. De plus, Lilian vit encore. Elle a dans les quatre-vingt-dix ans. J'ai ses coordonnées. Une adresse et un numéro de téléphone. Je ne sais pas où ça mènera, mais on ne sait jamais. Tenez, notez-les.

Il s'arrête et elle entend une forte expiration. Il fume.

— J'aimais beaucoup Dan.

— C'était réciproque, répond June. Et il n'aimait pas grand monde.

— Merci… J'apprécie vraiment, dit Bakker avant de raccrocher.

June regarde le nom et l'adresse qu'elle a notés au dos de la même serviette Starbucks. Elle descend jusqu'au lac et se laisse tomber sur le sable froid et humide au bord de l'eau, laissant la pointe de ses bottes s'humecter. Les yeux perdus dans l'abîme brumeux, elle cherche la lumière. Mais tout ce qui l'entoure est gris, terne et flou. Même les gratte-ciel au loin ont été éclipsés par le brouillard, comme décapités. Trop de variables. *Sur quoi est-ce que j'enquête, là ?* Une peinture volée ? Le meurtre de Dan ? Une marchande d'art doublée d'une meurtrière ? Plus d'un milliard de dollars d'œuvres volées ? L'étrange famille perdue d'Ellis Baum ?

Pour la dixième fois de la journée au moins, elle se demande ce que ferait Dan. Mais Dan est mort. Tout repose sur elle. Elle ramasse un galet et l'envoie le plus loin possible dans le lac vitreux, mais ne le voit pas toucher l'eau. *Choisis une piste*, se dit-elle en se levant pour partir. *Avec un peu de bol, elle te permettra de débrouiller les autres. Et dans le cas contraire…* Mais elle renvoie cette voix discordante à sa juste place, le plus loin d'elle possible.

32

June se réveille d'un sommeil profond, désorientée. Elle se frotte les yeux, croyant que sa mère était dans son rêve. Mais non. Elle est bien là, dans sa chambre, au-dessus d'elle. Elle dit un truc à propos d'un jeune homme appelé Adam Chase dans le lobby.

— Maman, attends, quoi ?

June se redresse si vite qu'elle renverse le verre d'eau posé sur sa table de chevet. Sa mère le ramasse.

— Oui, Owen vient d'appeler. Il dit qu'il y a un certain Adam Chase qui veut te voir. Si tôt ? demande-t-elle avec une moue. Qui est-ce ? Une autre catégorie de Post-it ?

— Ici ? Tu veux dire dans l'immeuble ? C'est… un artiste. Le petit-fils d'Ellis Baum. Dis-lui que j'arrive.

Adam est ici. Mais comment peut-il savoir où elle habite ? Elle jette un coup d'œil rapide à son téléphone sur l'oreiller près d'elle. Trois appels manqués – un hier soir tard, deux tôt ce matin. Elle évitait ses appels ces derniers temps ; tout comme le déferlement de SMS. Et voilà qu'il est là en chair et en os, refusant d'être ignoré. June repousse ses couvertures et se lève d'un bond, aperçoit son reflet dans le miroir du placard et gémit. *Bon sang, quelle épave.* Elle a des yeux gonflés de raton laveur, qu'elle doit à la nuit passée dans le bureau de sa mère à faire des recherches sur Lilian Baum et la famille Dassel, avec leur passé nazi aussi épais qu'un annuaire, et sur cette photo de Margaux de Laurent déguisée. Une nuit longue et fastidieuse à fixer l'ordinateur, enfoncée dans les sables mouvants de la recherche, qui n'en a pas moins été très fructueuse.

Elle avait aussi suivi le conseil de Bram Bakker et brièvement parlé au rédacteur de *Spotlight* la veille dans la matinée, lequel était profondément désolé pour Dan. Elle avait dû insister un peu et il avait fini par lui révéler la date et le lieu où la photo avait été prise, Munich. Sachant cela, elle avait pu localiser précisément le lieu de la prise de vue. À 1 h 30 du matin, elle avait retrouvé le petit marché qui apparaissait dans l'angle gauche du cliché, près de l'immeuble où se trouvait Margaux déguisée. Il s'agissait du Müller's Markt situé dans la rue du quartier de Schwabing où vivait alors Carl Geisler, prouvant que Margaux faisait du repérage puisqu'on la voyait là deux jours avant le meurtre et le vol. Voilà ce que Dan voulait probablement lui dire.

Bien sûr, cette information menait à d'autres questions : Margaux avait-elle volé le trésor de Geisler avec ou sans *La Femme en feu* ? Avait-elle tué cet homme ? Ou engagé quelqu'un pour faire le sale boulot ? Avait-elle découvert que Dan se rapprochait d'elle et l'avait-elle tué ou fait assassiner ?

Et puis il y avait cette histoire tordue entre Franz Dassel et Lilian Baum. Après une recherche intensive dans les fichiers de la bibliothèque du Congrès, à faire défiler des centaines de documents et de coupures de presse de vieux journaux allemands, des microfilms en piteux état et des archives publiques, June avait fini par trouver un acte de mariage de novembre 1945 et un acte de divorce daté de trois ans plus tard. Franz Dassel s'était remarié en 1951 – la mère de Stefan. Lilian s'était-elle remariée ? Avait-elle des enfants ? Un travail ? June n'avait trouvé aucune autre information. Et Arno Baum… Stefan Dassel avait dit qu'il venait d'une importante famille de banquiers. Après avoir examiné plus d'une centaine de photos associées au monde de la banque prises dans les années 1930 à Berlin, June avait déterré un unique cliché publié dans le *Berliner Morgenpost* lors de la célébration en 1932 du vingtième anniversaire d'une succursale de la BKommerz qui appartenait à Arno Baum. On y voyait Arno, sa jeune épouse derrière lui, flanquée de deux petites filles. En zoomant, June avait vu que Lilian, même petite, ressemblait à son père et avait les mêmes yeux perçants qu'Ellis.

June avait également suivi l'information de Bram Bakker et découvert qu'une Lilian Dassel, si elle avait conservé son nom d'épouse, vivait à Baden-Baden. Plus dans un pavillon, mais dans une maison de repos. Elle avait quatre-vingt-treize ans. Aucun parent vivant. Si seulement elle pouvait lui parler. Si elle avait toujours toute sa tête. *Tant de si.*

Après neuf heures de recherches d'affilée, June avait éteint son ordinateur, ayant choisi sa piste, le chemin qu'elle devait suivre. Il était prometteur. Elle le sentait dans ses tripes. Et voilà qu'Adam est sur le point de tout compliquer en se pointant comme ça chez elle. Son crâne allait exploser à force de réfléchir. Elle avale deux ibuprofènes, s'asperge le visage, noue ses cheveux et s'habille. Elle prend un blouson au cas où, et sort de l'appartement. Elle a beau être furieuse, une infime partie d'elle qui s'était endurcie commence à fondre. *Il est venu.*

Coudes sur les genoux, le regard baissé, Adam est assis sur le banc en face d'Owen, leur concierge depuis quinze ans. Owen est leur ange gardien, leur protecteur, qui veille toujours sur elles. Adam lève la tête, le regard empli d'espoir, quand June sort lentement de l'ascenseur et vient vers lui. Elle se rend compte qu'elle n'est plus en colère, mais profondément blessée.

— Hé, dit-elle à défaut d'autre chose.

Adam fait un pas hésitant vers elle. Les mots sortent difficilement.

— Salut… Je sais que ma présence ici est bizarre. Je suis venu parce que tu ne réponds à aucun de mes appels.

Une pause. Toutes ses pensées ne font plus qu'une.

— C'est Ellis ? demande-t-elle.

Dis non, je t'en prie.

Adam déglutit. Elle voit la saillie rocheuse de sa pomme si bien nommée.

— Il est toujours dans le coma, mais ils devraient l'en sortir dès la semaine prochaine… on verra. Personne ne sait rien avec certitude. C'est le flou total. Ma famille n'a pas quitté son chevet.

Il se dandine sur ses pieds, et elle voit qu'il fait tout pour ne pas craquer.

— Je suis désolée, dit-elle, sincère.

Et pourtant, tu es là.

Il plonge son regard dans celui de June, un peu comme s'il voulait lui parler avec les yeux. Il est si beau, mais si timide, à l'image d'un garçon maladroit qui se serait adapté trop tard à son physique avantageux. Elle l'avait remarqué lorsqu'ils s'étaient rencontrés dans le Montana. Elle se rappelle avoir pensé que son attitude introvertie et complexée ne cadrait pas avec toutes les folles histoires qu'on lisait sur lui.

— Comment m'as-tu trouvée ? demande-t-elle, souhaitant que son cœur cesse de battre aussi vite.

— Ce n'était pas difficile. Google.

Il lève six doigts.

— Sais-tu qu'il y a une demi-douzaine de June Roth dans la région de Chicago, dont deux sont en primaire ?

Il jette un œil à Owen, qui le fixe comme un pitbull énervé.

— Impressionnant, rit June malgré elle. Pour un artiste.

Il lui rend son sourire, puis les commissures de ses lèvres s'abaissent.

— Je sais ce que tu crois avoir vu dans mon appartement. Mais *ça* ne s'est pas passé.

Les coups de pinceau séducteurs, la toile qui exsudait le sexe.

— Je sais *exactement* ce que j'ai vu. Je n'ai rien imaginé.

Owen fusille toujours Adam du regard. June le remarque, lui décoche un sourire reconnaissant, et lui indique d'un signe que tout va bien.

— Ne pourrions-nous pas aller parler ailleurs ? demande Adam.

— Dis ce que tu as à dire ici.

Elle sait que son ton glacial masque tous les sentiments contradictoires qui tourbillonnent en elle.

— Très bien, soupire-t-il. Je n'ai pas couché avec Margaux. Je l'ai peinte. Elle a cherché à me séduire. Elle s'est déshabillée et a essayé, mais il ne s'est rien passé.

— Et pourtant, tu l'as peinte nue.

June ne fait qu'énumérer les faits. Elle pense à l'autre toile à la cabane. Margaux nue et en stilettos sur le globe terrestre.

— Et ce n'est pas la première fois…

— Non, en effet, chuchote-t-il d'une voix rauque. Mais il n'y en aura pas d'autres.

June ne dit rien. Il tire nerveusement sur les poils sur son menton.

— Écoute, j'étais tout retourné quand j'ai vu la toile par terre dans la salle de bains et que tu étais partie sans prévenir, lui dit-il avec un regard peiné. Comment te faire comprendre que ce n'était rien ?

— Ce n'était pas rien pour moi. Tu m'as dit un jour que « chaque peinture avait une histoire ».

Il frotte ses yeux injectés de sang comme s'il n'avait pas plus dormi qu'elle.

— Bon… Margaux allait sortir de l'appartement après m'avoir parlé de l'expo au Basel, quand elle a ôté ses vêtements et tenté, je le répète, de me séduire, c'est sa manière de faire. Elle se sert de son corps pour obtenir ce qu'elle veut. Il ne s'agit pas de sexe, mais de contrôle. Je ne te mentirai pas. Ça a toujours marché dans le passé. *Toujours*. Avant, je ne pensais qu'à la drogue. C'était notre relation malsaine faite de codépendance. Ouais, c'est ce que j'ai appris en thérapie.

Quelques gouttes de sueur parsèment son front, et June ressent une pointe de culpabilité. Elle sait qu'elle lui en demande beaucoup.

— Mais tout a changé. Margaux n'a plus aucune prise sur moi. Elle me dégoûte.

June croise les bras, elle n'en a pas encore terminé.

— À tel point que tu ne pouvais faire autrement que la peindre ?

— C'est difficile à expliquer. Mais à ce moment-là, je l'ai vue avec l'œil d'un artiste… pas d'un homme. Belle à l'extérieur, mais monstrueusement laide, à l'instar de Méduse. Je voulais saisir cette dichotomie. Pas elle au lit, mais *ça*. Ça n'a rien à voir.

June reste silencieuse, le temps de digérer ses paroles.

— C'est la vérité. Crois-moi s'il te plaît, la supplie Adam. Je suis là. Je ne suis pas indifférent. Tu comptes. Notre nuit a compté. Que puis-je dire de plus pour te convaincre que je n'éprouve que du mépris pour Margaux ?

Il tend la main et relève le menton réticent de June.

— Regarde-moi. La nuit que nous avons passée ensemble était importante.

Il lui tient plus fermement le menton mais la regarde avec beaucoup de douceur.

— C'était la première fois depuis des années que je faisais l'amour sans être sous l'emprise de la drogue.

June ne veut pas se laisser émouvoir ou lui donner l'absolution, et pourtant…

— Je suis désolé si je t'ai blessée, murmure-t-il d'une voix sincère avant de laisser retomber mollement sa main le long de son corps.

— D'accord, murmure-t-elle si doucement que son cœur est le seul à l'entendre.

Il dit la vérité. Ce n'est pas parfait, mais c'est tangible. Elle regarde Owen. Qui n'a pas cessé de fixer Adam.

— Allons au lac. Ce n'est pas loin.

Quinze minutes plus tard, ils marchent le long de la plage et s'asseyent sur une grande formation rocheuse en bordure d'eau. Il fait bien plus froid qu'elle ne l'avait imaginé. Elle ferme son blouson et enfonce ses mains dans les poches. Elle a conscience de leurs corps qui se touchent, et de sa manière de la regarder du coin de l'œil.

— J'ai des choses à te dire, dit-elle à voix basse. J'ai besoin de me fier à quelqu'un…

Il attend patiemment tandis qu'elle prend une bouffée d'air froid, jette un bref coup d'œil au ciel gris cachemire, puis déballe tout, la mort de Dan, la photo de Margaux à Munich, Lilian Baum/Dassel, ses conversations récentes avec Bram Bakker et le rédacteur de *Spotlight*, les inquiétudes de sa mère quant à sa sécurité, *tout*.

Adam écarquille les yeux à certains moments, mais ne dit rien. Quand elle en a enfin terminé, il lui prend la main.

— Je t'accompagne.

— De quoi parles-tu ? Où ?

— À Baden-Baden. La maison de repos. C'est bien ce que tu as prévu, non ?

— Oui. C'est bien ça, mais…

— Et c'est moi qui paie. Et on ne discute pas. Les vols, l'hôtel, les frais annexes, tout. J'ai de l'argent, June. Après toutes les drogues que je me suis envoyées, tout ce gâchis, tout l'argent que j'ai gaspillé… Je n'ai jamais touché à mon fonds fiduciaire, et il est conséquent.

Il parle sans quitter le lac des yeux.

— Pour tout te dire, j'ai tout fait pour mettre la main sur cet argent afin de nourrir mon addiction, mais mes parents l'ont protégé et m'ont interdit d'y accéder. Je les ai détestés. Plus maintenant. Je leur suis reconnaissant. Tout est là, à moi, et disponible.

Il se tourne vers elle.

— Et il y en a plus qu'assez pour que nous, pour que tu fasses tout ce qui est possible pour retrouver la peinture avant…

Avant qu'Ellis meure.

Il hoche la tête en silence, comme s'il avait entendu sa pensée.

— Tu n'es plus toute seule là-dessus, insiste-t-il encore. Ce temps-là est révolu. Et tu peux aussi le dire à ta mère. En fait, si j'ai l'occasion de la rencontrer, je le lui dirai moi-même.

June ouvre la bouche pour protester, mais il presse doucement le bout de ses doigts sur ses lèvres.

— C'est mon grand-père, ne l'oublie pas. *Mon grand-père.* Ça me touche de très près. Dan est mort, et je refuse qu'il t'arrive quoi que ce soit. Surtout maintenant, après tout ce qui s'est passé.

Il jette un caillou au loin et ils le regardent s'enfoncer dans l'eau.

— Je ne quitterai pas Chicago tant que tu n'auras pas accepté.

June sent une douce chaleur lui monter aux joues. *J'ai mon équipe.*

— Très bien, mais c'est moi qui décide de tout, dit-elle en redressant les épaules. Ton argent, mon plan.

— Ça me va.

Ils éclatent de rire et elle regarde les vagues boueuses se briser contre les rochers.

— Le truc, c'est que… tu ne peux pas venir à Baden-Baden. C'est impossible. Tu as pris un risque en venant ici et tu aurais pu être suivi. L'exposition approche et tu as encore des toiles à finir. Mais surtout, tu dois continuer à jouer la comédie avec Margaux, rester à New York…

— Quoi qu'il en soit, tu ne retournes pas seule en Allemagne. À moins que…

— Oh mon Dieu, tais-toi.

Elle secoue la tête. *Hors de question.*

— Eh si, dit-il avec un sourire. Emmène ta mère. Telle que tu me l'as décrite, elle me semble extrêmement compétente, mais surtout, elle veillera à ce que tu sois prudente et ne prennes pas de risques inconsidérés.

Sans lui laisser le temps de répondre, Adam se penche, l'enveloppe de son bras et la serre contre lui. Elle se laisse aller contre le moelleux de son blouson, respirant son odeur, rendue légèrement âcre par le voyage et le stress. Elle a l'impression de l'avoir toujours connue. Ils regardent tous deux le lac, où les vagues qui déferlaient quelques minutes plus tôt se sont mystérieusement calmées. *Sa mère ?* Pas question. Mais Adam n'a pas tort. En termes de couverture, c'est assez génial.

Alors que les lèvres gercées d'Adam touchent l'infime partie de son cou exposée aux intempéries, June ne peut s'empêcher de penser à la tranquillité trompeuse de l'eau en ce moment, et au fait que tout pourrait changer d'une seconde à l'autre.

33

Correns, France

Margaux est à nouveau à Correns. Un dernier tour de piste avant le Basel pour vérifier que tout roule, qu'il ne reste aucun problème à régler. Ce voyage, à la différence de tous les autres, vise uniquement à s'en assurer. Elle refuse de laisser quoi que ce soit au hasard. Après avoir vu les toiles d'Adam, elle sait qu'elle est dans leur collimateur et elle a besoin des documents légaux pour prouver qu'elle est la propriétaire légitime de *La Femme en feu*.

Ils sont forcément ici.

Elle fouille la montagne d'archives de la Maison, bien décidée à trouver la preuve d'achat originale de la peinture, l'acte de vente, attestant que Charles de Laurent était légalement propriétaire de *La Femme en feu*. Qu'il avait été *contraint* de vendre la toile pendant la guerre… ce qui, dans le monde de la restitution des œuvres spoliées par les nazis, signifie que quiconque trouve le vrai tableau dispose d'arguments solides pour en revendiquer la propriété.

Les vastes archives de son grand-père sont d'une incroyable minutie. Elles regroupent les *catalogues raisonnés** les plus achevés d'artistes modernes, de négociants, de collectionneurs et de conservateurs de premier plan compilés pendant la Seconde Guerre mondiale, après que Charles de Laurent avait été chassé de Paris. Il avait trouvé refuge à la campagne et travaillé en étroite collaboration avec les agents du Louvre pour protéger de nombreuses œuvres parmi les plus importantes de France. Il avait abrité des centaines de toiles dans la Maison avant de leur faire quitter clandestinement le pays, et le moindre de leurs déplacements secrets était documenté ici.

Son grand-père avait poursuivi ses efforts, alors même que la guerre était finie depuis longtemps. Tandis que Margaux explore les piles inépuisables de certificats, de relevés et d'actes, les papiers jusqu'alors soigneusement organisés volent derrière elle dans un désordre total. Elle entend au loin les pas lourds de Wyatt Ross qui approchent. *Pas maintenant.*

— Laisse-moi tranquille ! hurle-t-elle.

Les Doc Martens s'arrêtent net.

— Je dois te parler, riposte-t-il d'une voix qui se répercute à travers les tas de papiers.

— Plus tard, crie-t-elle. Barre-toi !

Sa voix irritante disparaît. *Bien*, pense-t-elle, *retourne dans ta grotte de hacker*. Elle veut être seule. Elle a offert à Wyatt la possibilité de trouver lui-même le document et il a fait chou blanc. Mais elle sait qu'il est là. Ça prendra le temps qu'il faudra, mais elle le trouvera. Face à cette énorme quantité d'informations, Margaux se rappelle les journées qu'elle passait à parcourir la bibliothèque Bodléienne de l'université d'Oxford, où elle avait fait ses études. Elle prenait plaisir à consulter l'impressionnante section sur l'histoire de l'art, fermait les yeux et choisissait un livre au hasard. Elle se forçait à lire le résultat de ce choix, quel que soit l'artiste ou le philosophe qui avait atterri entre ses mains. Elle adorait se confronter à quelque chose de plus grand, de plus puissant et de plus savant qu'elle, et triompher.

Essuyant de sa manche la sueur qui lui dégouline du front, Margaux fixe les rangées d'armoires et d'étagères devant elle. Il doit y avoir ici des centaines de milliers de documents. Si seulement son grand-père était encore en vie pour l'aider, les choses auraient pu être si différentes. Il aurait éjecté définitivement son don Juan de père avant qu'il puisse détruire l'entreprise, et tous deux auraient conquis le monde de l'art – l'intelligence, le sens aigu des affaires et du détail de son grand-père associés à sa capacité à elle de dénicher le prochain phénomène et de le rendre encore plus phénoménal. Au lieu de cela, elle doit ramasser les morceaux d'un homme accro aux femmes, à l'alcool et au jeu ; un *fils de* méprisable ayant dilapidé tous les bijoux de famille qui pleuvaient comme une manne dans ses mains glissantes. *Je le hais. Mon père est mort, et je le hais toujours.*

Les heures passent, le plancher semble avoir été frappé par une tornade, mais Margaux ne se décourage pas, examine toutes les classifications auxquelles elle peut penser. Les dossiers d'Ernst Engel, rien. Helmuth Geisler, nada. Artistes allemands, zéro. Catégorie après catégorie, rien de rien. Épuisée, elle s'appuie contre le mur le plus proche, à bout et déshydratée, refusant d'accepter la défaite.

— Parle-moi, chuchote-t-elle en levant les yeux vers le plafond aux poutres en bois cintrées. Fini de jouer, grand-papa, dis-moi.

Puis, comme une ampoule défaillante qui s'allume soudain, *elle sait*. Elle ne doit pas enquêter sur le sujet, mais sur l'homme lui-même. Pour son grand-père, cette peinture n'avait rien à voir avec les affaires ; c'était personnel.

L'esprit de Margaux passe aussitôt à la vitesse supérieure. Elle se lève et tend les bras au-dessus de sa tête, sentant une vague d'énergie lui traverser le corps, la tirer, la guider. Elle écarte du pied les montagnes de papiers retoqués en rejoignant le fond de la pièce. Son grand-père lui avait confié un jour qu'il était sûr que cette toile puissante avait gardé son épouse, son unique amour, en vie. Le tableau emplissait de joie ses jours où sa santé se détériorait et où elle se mourait, et semblait apaiser sa douleur constante. Non, *La Femme en feu* ne figurerait pas parmi les transactions commerciales. Mais dans une catégorie bien à elle.

Elle s'approche d'un meuble de rangement près de la dernière rangée, intitulé simplement SYLVIE DE LAURENT. Sa grand-mère. Margaux sait, avant même d'ouvrir le classeur, que le document s'y trouvera, qui l'attend. *La Femme en feu* et la Sylvie chérie de son grand-père seraient forcément réunies.

Son corps s'embrase quand elle récupère le contrat sépia, fragile, décoloré, signé de la main élégante de son grand-père et portant, bien sûr, la signature pratiquement illisible d'Helmuth Geisler – avec son H et son G caractéristiques. Le document cache une autre surprise. Elle trouve derrière un journal intime en cuir noir défraîchi. Une preuve, avec les propres mots de son grand-père. La crise cardiaque qui l'avait emporté bien trop tôt n'avait pas permis à Margaux de connaître l'autre moitié de l'histoire. Alors qu'elle ouvre le journal écorné, elle sait qu'elle s'apprête à découvrir l'autre moitié, la plus importante.

34

Paris, 1939

Les coups qui pilonnent la porte de la galerie ont tout d'un avertissement. Sonores, pressants, impérieux. Charles de Laurent secoue la tête. *Impossible. Toutes les précautions ont été prises.* Il n'est pas de ceux chez qui on frappe aux portes. Il y a un protocole, des usages, un respect pour sa position. Il a des protections, des amis très haut placés, et son avis est vénéré par toutes les grandes institutions culturelles de Paris. Si Charles de Laurent déclare qu'un artiste est doué, alors... Debout, les mains agrippées à son bureau, il écoute le martèlement ininterrompu. Il n'a pas besoin qu'on lui dise qu'il ne s'agit pas d'une visite de courtoisie. Sa respiration s'accélère et ses yeux le piquent.

— De Laurent ! entend-il aboyer. De Laurent !

Charles se tourne vers ses deux jeunes employées figées sur place, bouche bée.

— Partez maintenant, leur ordonne-t-il. Prenez vos affaires et sortez par la porte du sous-sol. Allez ! Prenez soin de vous.

Les coups continuent de pleuvoir comme si un gamin irascible refusait de baisser les bras.

— De Laurent, ouvrez cette foutue porte !

En français avec un accent allemand. Son cœur vacille. *Les peintures. Ils sont venus les chercher.* Il se met à transpirer et se sent oppressé. Heureusement, de nombreuses toiles majeures sont en sécurité. Certaines ont été cachées au château ; d'autres ont déjà été envoyées aux États-Unis ; un troisième lot a été apporté huit jours plus tôt à une collègue de Malaga, en Espagne. *Reste calme*, se dit-il en s'approchant de la porte pour l'ouvrir. *Ne leur montre pas ta peur.*

Il se retrouve face à cinq hommes de tailles et d'âges différents, une escadre de l'ombre en veste de cuir sombre.

— Oui, messieurs, en quoi puis-je vous aider ? demande Charles d'une voix égale depuis le large seuil.

Celui du milieu, le plus petit, le pousse et entre dans la galerie comme si elle lui appartenait. Charles sait très bien de qui il s'agit et s'en veut. Il aurait dû mieux se préparer. Il aurait dû le sentir venir plus tôt, comprendre que cet homme-*là* viendrait. L'homme s'arrête dans le hall, attend que les autres lui emboîtent le pas. Ils entrent tels des robots, se plaçant un par un en demi-cercle autour de leur chef dans l'attente de ses ordres. L'homme les ignore, hypnotisé par la splendide galerie, dont l'opulence est connue dans tout Paris.

— Encore plus magnifique que je me l'étais imaginée…

Il pivote lentement pour faire face à Charles, signalant à ses hommes de ne pas bouger et désignant la pièce suivante emplie de tableaux.

— Allons parler.

Charles le suit dans la galerie principale, sa plus grande fierté, un gigantesque sanctuaire avec un plafond à six mètres et, au centre, un lustre en cristal qui ruisselle et projette une teinte chaleureuse sur ses toiles, accentuant leur couleur et leur beauté. Chacune des nouvelles peintures passant par sa galerie commence son parcours dans cette pièce. Si la toile n'est pas vendue au bout d'un mois, elle monte au premier étage. Mais à cet instant précis, alors que l'homme fait le tour de la pièce en silence, mains croisées dans le dos, Charles aimerait couvrir ses toiles adorées, les soustraire à la vue de ce serpent venimeux.

— Modigliani. Léger. Picasso. Cézanne.

L'homme énumère les noms comme s'il connaissait personnellement les peintres.

— Des œuvres inestimables. Vous êtes un homme enviable, monsieur de Laurent, dit-il en regardant autour de lui. Mais un homme sans gardes, ce n'est pas malin.

Non, se dit Charles. *Pas malin du tout.* Il avait bien deux agents de sécurité, mais ils faisaient leur pause déjeuner. Ils avaient certainement été surveillés. *Ils savaient précisément quand je me trouverais seul.*

— Et vous êtes ? demande Charles en levant des sourcils faussement interrogateurs.

— D'accord, jouons donc à ce jeu. Helmuth Geisler à votre service, annonce-t-il avec une courbette exagérée. Vous avez entendu parler de moi, je vous l'assure… Tout comme j'ai entendu parler de vous, Charles *de* Laurent, se moque-t-il. Le truc avec le « de » me fait toujours rire, et je me demande comment vous, un Juif, avez réussi à obtenir cette particule tant convoitée, l'apanage de la noblesse française. Qui avez-vous soudoyé ?

Charles ne bronche pas.

— Il me semblait bien vous connaître, plaisante-t-il à la place, sachant qu'il ne faut montrer aucune faiblesse. Mais l'Helmuth Geisler que je connaissais était le directeur du musée du Roi Albert de Zwickau. L'art moderne était sa spécialité, sa passion. L'Helmuth Geisler que je connaissais apprenait l'expressionnisme auprès d'un maître qui n'était autre qu'Ernst Engel en personne.

Charles pointe un doigt tremblant en l'air.

— L'Helmuth Geisler que je connaissais *défendait* les expressionnistes… et certains de mes artistes ont été présentés lors de sa toute dernière exposition avant qu'il quitte le musée et trahisse le mouvement qu'il glorifiait autrefois. L'exposition s'appelait – Charles claque des doigts de manière théâtrale, « Die Brücke et Blau Reiter : expressionnistes, la nouvelle génération de l'art moderne ». L'homme enviable, c'était vous autrefois, Herr Geisler.

Le corps de Charles est entièrement consumé par la colère.

— Que vous est-il arrivé ?

— Je vous conseille de faire attention.

Mais Geisler ne peut cacher ses traits décomposés. C'est un nazi de la pire espèce, pense Charles. Un traître au mouvement. Pas comme Max Kruger, qui *feint* de travailler pour les nazis afin de sauver les œuvres. Geisler dirige la bande de voleurs d'Hitler, calomniant et détruisant l'art et les artistes qu'il applaudissait autrefois.

— Où est-elle ? demande Geisler, les yeux parcourant les murs de la galerie et s'arrêtant à l'escalier en colimaçon menant au premier étage, au centre de la pièce. Elle est là-haut ? demande-t-il en désignant le plafond.

— Où est qui ?

Charles joue les innocents, mais son calme extérieur masque le sentiment de panique qui le saisit à la gorge.

— Cessez cette comédie. Je sais tout de l'ultime œuvre d'Ernst Engel et de son histoire.

Son histoire. Charles retient son souffle. Il a passé trop de nuits à tenter de se l'imaginer… Qui était la femme, la muse, que l'on voyait sur cette peinture ? Ce fourbe, ce porc sait tout. Bien évidemment ! Un renégat incapable de rivaliser avec le génie et la renommée d'Ernst Engel, qui se fait enfin un nom en devenant le premier conservateur de l'art expressionniste. Charles sait que Geisler a été rejeté au début de sa carrière de jeune artiste. Il a même vu certaines de ses œuvres mineures. Geisler devait nourrir en son sein une telle jalousie pour Engel et ses amis que lorsqu'il avait été en position de pouvoir, il s'était donné pour mission de détruire l'homme qui l'avait autrefois encouragé et le mouvement artistique qui l'avait abandonné. Il n'est pire douleur que celle de l'artiste rejeté, et pire danger que la vengeance.

— Et quelle est cette histoire ?

Charles veut absolument savoir. Geisler lui décoche un sourire souverain, ignorant sciemment la question.

— Elle est ici avec vous, non ? Je le sens. Facilitons-nous la tâche. Votre bon ami Max Kruger est toujours en vie, mais il s'en faut de peu. Il a craqué sous un interrogatoire poussé. Sa maison a été brûlée. Ses peintures sont à présent entre nos mains. Sa famille a été arrêtée. Dois-je poursuivre ? Nous l'avons surpris en train d'envoyer des messages de haute trahison. Des messages qui vous parvenaient directement.

Les yeux de fouine de Geisler luisent avec la même intensité que ceux d'un personnage démoniaque sorti des *Peintures noires* de Goya, et un frisson soudain fend l'âme de Charles.

— Je veux le tableau. Et je ne partirai pas sans lui.

— J'appelle la police si vous ne partez pas immédiatement, déclare Charles, bras croisés et jambes écartées.

Geisler s'esclaffe tant qu'on ne voit plus ses yeux minuscules. C'est le rire sardonique et cruel d'un homme mesquin qui se veut plus grand qu'il ne l'est.

— Économisez votre énergie. Cette police française que vous prétendez courageuse coopère avec nous à présent. Personne n'apprécie les trafiquants. Surtout juifs. Certainement pas les Français, qui accordent plus d'importance à la culture et à la couture qu'à leur pitoyable armée. Alors, où est-elle, bon sang ? demande-t-il, rageur.

Le cœur battant la chamade, Charles se fait violence pour garder un visage inexpressif.

— Je ne l'ai plus. Elle est en sécurité aux États-Unis.

Geisler agite l'index entre les yeux de Charles.

— Vous mentez. Je fais ça vingt-quatre heures sur vingt-quatre. Tic oculaire, moue, geste nerveux du pied. Les trois, de Laurent. Les trois. Voici ce qui va se passer… Si vous ne me remettez pas la peinture, vous en supporterez les terribles conséquences.

Il désigna du pouce les hommes patientant dans la pièce voisine.

— Ces types ne sont pas foutus de faire la différence entre un Rembrandt et une bande dessinée. Ce sont des êtres frustes, des animaux. Ils aiment mettre le feu à de belles choses et les regarder brûler. Ça les amuse. Il me suffit de leur donner le feu vert et votre splendide galerie sera réduite en cendres, et ces peintures trouveront un nouveau refuge chez moi.

Il désigne le Picasso devant lui, un vieil homme jouant de la guitare baigné dans différentes nuances de bleu.

— Le Reich sera bientôt en France. C'est inévitable. Et alors, je me donnerai personnellement pour mission d'acquérir tous vos biens. Toutes vos peintures. Et pas simplement les vôtres. Je confisquerai votre précieuse liste de clients ainsi que leurs œuvres d'art.

Il s'approche encore. Charles sent son dernier repas sur son haleine, les oignons, l'ail, le fromage.

— Une seule peinture vaut-elle tout cela ? lui demande-t-il d'un ton méprisant. Donnez-moi la toile, et je vous propose comme seul marché, et je ne négocie jamais avec les Juifs, de vous laisser tranquille. De ne pas toucher à vos clients. À votre chère galerie. À votre collection personnelle, moins quelques pièces de choix bien sûr.

Il se frotte les mains comme pour les réchauffer.

— Que décidez-vous ?

— Pourquoi cette toile précisément ? insiste Charles, car il a besoin de savoir. Pourquoi venir jusqu'à Paris juste pour elle ? Et puis, n'êtes-vous pas censés vous débarrasser des œuvres de cet art prétendument dégénéré ?

Geisler médite un instant sa réponse.

— C'est à cause d'elle… le modèle.

— Le modèle ? Que représente-t-elle pour vous ?

Geisler remue la tête, ne dévoilant rien de plus à Charles.

— La vraie question est que représente-t-elle pour l'Allemagne ? Vous voyez, c'est là toute la beauté de l'affaire. Je n'ai pas à vous expliquer quoi que ce soit. Je suis autorisé à prendre ce que je veux, quand je veux, pour des raisons qui me sont propres. C'est ça, le pouvoir. C'est *ça*, l'art, clame-t-il avec un geste des bras exagérément ample.

Charles comprend alors que nul marché proposé par cet homme sans foi ni loi ne tiendra.

Geisler pivote sur sa chaussure comme une ballerine de Degas en faisant signe à ses sbires de le suivre.

— Vous avez une heure pour vous décider, de Laurent. C'est la peinture, ou tout le reste.

Il lâche un contrat prérempli sur le bureau de Charles en sortant.

— Vous le signerez et serez payé en conséquence. Je ne conclus jamais d'accord hors du cadre légal.

La porte claque. *Légal*, quel voleur. Charles regarde le contrat d'une page. Deux mille francs pour un tableau valant mille fois plus. Mais sa famille, ses clients, ses artistes… il en est responsable. Les larmes aux yeux, il attrape son précieux stylo-plume Montblanc. *Jamais encore je n'ai signé de contrat que je regretterai toute ma vie.*

35

Chicago

Il est bientôt 19 heures. Adam reste dans l'entrée de l'appartement de June, hésite à partir pour l'aéroport. Owen a appelé quelques minutes plus tôt. L'Uber attend.

— Je suis heureuse que tu sois venu, dit June, ne voulant pas qu'il parte.

— Moi aussi.

Il se penche, fronce les sourcils et dit d'une voix paternaliste :

— Promets-moi. Je veux l'entendre encore une fois. Tu pars avec ta mère. Tu ne vas pas changer d'avis.

Elle désigne sa mère derrière elle, qui fait du rangement à l'autre extrémité de l'appartement, feignant de ne pas écouter.

— Tu l'as rencontrée. Personne ne cherche des poux à Elizabeth Roth, s'esclaffe-t-elle. Pour la dixième fois, OUI.

— Le Basel est dans quelques semaines à peine, lui rappelle-t-il. Une fois encore, je fais l'expo, et ensuite…

Sa bouche est à quelques centimètres de la sienne. Ils se regardent fixement.

— Tu me contactes quand tu arrives, dit-il d'un ton sans appel.

— On en a parlé, tu te rappelles ? Si on te suit…

— On est tombés d'accord tous les deux, non ? J'ai probablement tout fait foirer avec ce voyage.

— Oui.

C'est vrai. Si Margaux avait des soupçons avant, ils étaient maintenant confirmés.

— À ce stade, je ne vois pas ce que je peux faire d'autre que continuer à avancer. Je vais peut-être reprendre le reportage sur les œuvres volées comme couverture. Je verrai ça en rentrant.

Adam la serre à nouveau contre lui.

— Vous allez me manquer, toi et tes boucles folles.

Il entoure une mèche autour de son doigt, la tire et la laisse rebondir tel un ressort. Puis il embrasse fougueusement June, la lâche à regret et se tourne vers l'ascenseur.

— Donne-moi des nouvelles d'Ellis, crie-t-elle dans le couloir alors que la cabine arrive.

Il tient les portes ouvertes avec son corps, à cheval sur le seuil. Leurs yeux se croisent une dernière fois et le cœur de June se serre. Ellis est dans le coma ; Dan est mort. Elle tremble quand l'ascenseur se referme derrière Adam. Jamais deux sans trois.

Le voyage mère-fille s'avère la meilleure solution. Aussitôt Adam parti, June appelle la directrice de la résidence médicalisée de Baden-Baden et lui demande si les visites sont autorisées, se prétendant une proche de la famille Dassel. Elle explique que sa mère et elle viennent pour la première fois en Allemagne et ont prévu de s'arrêter à Baden-Baden. Serait-il alors possible de prendre le thé avec Lilian Dassel ?

La directrice commence par rejeter la demande en s'excusant platement, au motif que seuls les membres de la famille enregistrés ont un droit de visite. June riposte aussitôt par l'unique argument qu'elle espère infaillible :

— Mon grand-père, ment-elle, était un ami très proche du père de Lilian *avant* de mourir dans les camps pendant la guerre.

Elle éprouve une certaine gêne à jouer la carte de la Shoah, mais sait que la culpabilité, notamment en Allemagne, lui permettra certainement de parvenir jusqu'à Lilian.

Le silence est pesant.

— Oui, bon, répond la directrice avec un raclement de gorge, je devrais pouvoir faire une exception cette fois-ci. Une visite d'une heure. Mme Dassel n'est pas en grande forme, je le crains, et c'est le mieux que je puisse faire. À très bientôt.

— Une heure, c'est parfait. *Danke schön*, répond June, sortant une des dix phrases d'allemand qu'elle connaît.

Une heure, quelle misère. Elle devra faire vite et se montrer maline.

Après avoir raccroché, June prépare le voyage en téléchargeant une appli de traduction pour l'allemand et en notant les numéros de l'ambassade américaine, de la police et des urgences médicales. Elle rejoint ensuite la chambre de sa mère et reste un instant sur le seuil. Sa mère lui tourne le dos. June n'arrive toujours pas à croire que c'est elle, et non Dan, qui fera ce voyage avec elle. Elle entre, s'assied en tailleur sur le lit et la regarde, debout devant son placard, tandis qu'elle réfléchit à ce qu'elle va emporter.

— Voyons si j'ai bien compris… dit sa mère en se tournant vers elle. On va parcourir six mille cinq cents kilomètres juste pour un entretien d'*une* heure. Ça en vaut vraiment le coup ?

Si ça en vaut le coup ?

— Je vais formuler la question autrement, maman. Combien de kilomètres serais-*tu* prête à parcourir pour un témoin clé qui pourrait décider de la réussite ou de l'échec de ton affaire ?

— Des milliers. Touché, admet-elle en rejoignant sa fille sur le lit, les yeux brillants. Au fait, au cas où tu te le demandais, Adam me plaît beaucoup.

— À moi aussi, se presse de répondre June, secrètement ravie mais ne voulant pas s'éterniser sur le sujet.

Pour le moment, elle doit rester en mode journaliste – coriace et concentrée – et non se repasser les moindres secondes de la visite d'Adam.

Sa mère lui passe un bras autour des épaules et l'attire contre elle.

— Tu vas bien ? J'ai vu comment vous vous regardiez juste avant qu'il parte, comme si aucun de vous deux ne voulait qu'il s'en aille.

— Ça va, mais il faut vraiment que je me concentre sur ce voyage, dit June pour la faire taire.

Désireuse de changer de sujet, elle désigne la robe noire posée sur le dessus de la pile dans la petite valise.

— Tu crois qu'on va où exactement, à l'opéra ?

Sa mère s'esclaffe.

— Baden-Baden est une ville thermale de renommée internationale. Il y a un casino et le musée Fabergé, et tu connais le *Festspielhaus* ? C'est le deuxième plus grand centre dédié aux arts du spectacle en Europe. Pourquoi ne profiterions-nous pas de notre passage pour prendre un peu de bon temps ? Donc oui, la robe noire.

June remue la tête. *Du bon temps ?*

— Il s'agit de travail. Nous partons trois jours, deux pour les trajets, et un pour la résidence médicalisée. Mais si tu veux prendre ta robe noire…

— Je prends la robe.

Liz Roth prend la robe. June regarde la valise bourrée. *Je n'arrive pas à croire que j'ai laissé Adam m'embarquer là-dedans.*

— Je suis également quelqu'un de compétent. Mets-moi au travail. Donne-moi des dossiers à lire. C'est toi le chef, mais je peux peut-être faire plus que t'accompagner. Tu sais que mes grands-parents parlaient yiddish à la maison quand j'étais petite. Je le comprends et c'est suffisamment proche de l'allemand pour que je puisse me débrouiller.

June étudie sa mère et pense aux documents de Dassel, à cette montagne de papiers. Peut-être peut-elle l'aider sur l'aspect juridique des œuvres spoliées, notamment les lois sur la restitution. Et peut-être, grâce aux ressources considérables du cabinet, pourrait-elle également enquêter sur les finances de DLG. June aurait bien besoin d'yeux et d'oreilles supplémentaires. Sa mère est non seulement très intelligente et compétente, mais elle excelle aussi pour dénicher les failles et les lacunes. *Cesse de lutter*, se dit-elle. *Liz la loi*, comme on l'a surnommée au bureau, pourrait être utile, avec ou sans cette élégante robe noire.

36

Baden-Baden, Allemagne

Le vol KLM atterrit le matin à l'aéroport de Francfort après une escale à Amsterdam. Assommées par un somnifère, June et sa mère ont passé la majeure partie de ce long trajet à dormir comme des souches. Pendant que le taxi les emmène de l'aéroport à Baden-Baden, June consulte son GPS et note qu'elles auront plus d'une heure d'avance à leur rendez-vous.

Le chauffeur leur donne le choix entre deux itinéraires, l'autoroute A5, ralentie par des travaux et des embouteillages, ou la route touristique, plus longue mais plus belle, qui sinue entre les plaines du Rhin et le nord de la Forêt-Noire, avec sa multitude de sapins et de pistes enneigés, ses petits vignobles en retrait. Sa mère attrape son dictionnaire et crie : *Szenisch ! La route touristique !* June sourit et ne dit rien. Elle entrouvre la vitre et goûte l'air froid sur son visage.

Elles sont surprises par la beauté du trajet jusqu'à la *Haus am Ufer der Oos*, la résidence des rives de l'Oos. Les paysages qu'elles traversent semblent irréels, comme tout droit sortis d'une carte postale représentant un paysage hivernal. Le ciel est couvert, mais les arbres saupoudrés de blanc illuminent l'épaisse forêt qui les entoure. *Si seulement Adam était là pour voir ça, pour le peindre.*

Comme elle pouvait s'y attendre, sa mère lit à voix haute des anecdotes tirées de son guide, et c'est irritant.

— Tu savais ce que Mark Twain disait de Baden-Baden ? « Vous y oubliez le temps après dix minutes, et le monde après vingt. »

— Je l'ignorais.

Alors qu'elles approchent de la périphérie de Baden-Baden, June aperçoit au loin le Merkur, la célèbre colline de sept cents mètres de hauteur, un monument au dieu Mercure remontant à l'époque romaine – elle avait déjà eu droit à la leçon d'histoire de sa mère dix minutes plus tôt.

— Là, tu vois cette pancarte ? *Haus am Ufer der Oos.* C'est là. Laisse-moi parler, d'accord ? dit-elle en regardant sa mère. Je n'ai qu'une heure pour en découvrir le maximum. N'oublie pas, on est là pour la peinture. N'interviens pas, s'il te plaît.

— Oui, chef, pouffe sa mère. Je sais que tu n'as absolument pas envie d'entendre ça, mais tu me fais penser à moi. Je n'ai pas l'habitude qu'on me donne des ordres. Mais ne t'inquiète pas, je vais faire comme une stagiaire, me taire, sourire et boire mon thé. Sauf…

June lui jette un regard réprobateur tandis que le taxi s'immobilise au bout de la longue allée, devant l'établissement.

— Il n'y a pas de *sauf* qui tienne, et je t'aime.

Le chauffeur accepte de venir les rechercher après l'entretien et de les ramener à leur hôtel en centre-ville – offert par le fonds fiduciaire d'Adam Chase. Elles restent un instant devant l'entrée de cette gigantesque structure médiévale couverte de neige, avec sa façade gothique, ses flèches ajourées et ses gargouilles.

— Cet endroit ressemble davantage à une maison de campagne royale qu'à une résidence médicalisée, remarque June.

Elles franchissent le seuil et se dirigent vers l'accueil à travers le vestibule richement décoré.

— Ouah, on se croirait dans un musée, chuchote sa mère. Je t'autorise à me placer là quand je ne tiendrai plus debout.

Elle désigne le sol en mosaïque, les imposants piliers de marbre, les peintures murales et les sculptures qui constellent l'espace d'accueil.

Elles donnent leur nom à la réceptionniste, et la directrice, Johanna Lutz, arrive quelques minutes plus tard. Elle leur propose une visite rapide, que June accepte aussitôt. Johanna est plus jeune que ne le laissait penser sa voix au téléphone et ressemble davantage à une hôtesse de l'air qu'à la directrice d'une maison de retraite. Ses cheveux blond clair sont attachés en une courte queue-de-cheval. Elle porte un pantalon noir et un chemisier à col lavallière d'une blancheur éclatante. Elle les guide d'un bon pas à travers la grande salle à manger, la salle de sport, le petit cinéma, la salle de bal, *oui, une salle de bal* – June et sa mère haussent toutes deux les sourcils en même temps –, et enfin, le jardin. C'est là une résidence pour les gens riches et célèbres. June se demande comment Lilian paie ces services. Avec l'argent de la famille Dassel reçu lors du divorce ? De l'argent sale pour qu'elle garde le silence sur le passé nazi de la famille ?

— D'où venez-vous ? leur demande la directrice dans un anglais avec un fort accent. Pour être tout à fait franche, Frau Dassel est avec nous depuis bientôt cinq ans, et elle reste la plupart du temps dans son coin. Elle se joint rarement aux autres patients, et elle n'a noté personne, je dis bien personne, dans son profil de visiteurs. C'est peu dire que je suis ravie qu'elle ait des connaissances.

— Nous venons de Chicago, répond June, qui se dépêche d'ajouter : Mais vous devez bien être en contact avec quelqu'un pour payer les frais ?

— Frau Dassel a réglé l'intégralité à son arrivée, dit la directrice avec un sourire pincé et poli. Autrement dit, de son arrivée à son départ.

Il y a un silence gêné et June appelle sa mère à l'aide du regard. Lisant dans ses pensées, Liz intervient promptement.

— Dites-moi, comment Lilian passe-t-elle ses journées, que préfère-t-elle par-dessus tout ? demande-t-elle comme si elle connaissait Lilian Dassel depuis des années.

La directrice perd sa froideur et semble contente de répondre à cette question. Elle presse son écritoire contre sa poitrine.

— Frau Dassel aime profondément notre programme artistique. Au tout début de son séjour, elle peignait et tricotait des pulls. Elle adore être dehors par n'importe quel temps. Elle a un endroit qu'elle affectionne particulièrement, près d'un arbre bien précis, et… Mais vous, que savez-vous d'elle ? Je suis toujours curieuse d'apprendre ce qui ne figure pas dans les notes.

June ouvre la bouche pour répondre, mais rien ne vient. Elle n'est pas préparée pour cette partie de la visite, un tête-à-tête avec la directrice. Sa mère la regarde et elle lui donne à nouveau le feu vert d'un hochement de tête.

— La famille de Lilian était dans la banque, dit-elle en collant à la vérité, ce qui est toujours la meilleure tactique. Mon mari, qu'il repose en paix, était également banquier. Sa famille a quitté l'Allemagne pour les États-Unis juste avant que la guerre éclate. Lui, bien sûr, est né en Amérique, mais il a appris ce qui était arrivé à la famille de Lilian…

Elle voit la directrice resserrer le nœud de son chemisier, et comprend à son regard qu'ils ont tous entendu des histoires similaires.

— Oui, bon, je suis sûre que vous passerez un agréable moment avec Frau Dassel, dit-elle sèchement.

Vu que c'est une journée étonnamment douce pour la saison, je vais demander qu'elle vous retrouve dans la cour, près de *son* arbre. Nous avons trois dispositifs de chauffage, ajoute-t-elle, comme si cela pouvait racheter la guerre. Vous serez tranquilles. Et, s'il vous plaît, limitez votre entrevue à une heure. Les règles… Merci de votre compréhension.

Quand la directrice part enfin, elles s'asseyent dans la cour pour attendre Lilian.

— Merci pour ta réactivité tout à l'heure, dit June en se tournant vers sa mère. Et désolée d'avoir été vache plus tôt.

— Ravie d'être utile, répond sa mère, rayonnante. La suite t'appartient.

Dix minutes plus tard, une Lilian Dassel emmitouflée franchit les portes du patio, menée jusqu'à elles dans un fauteuil roulant. June et sa mère se lèvent. Lilian chuchote quelque chose en allemand à l'aide-soignante qui l'accompagne. La femme gare le fauteuil et part brusquement.

De près, Lilian est si pâle qu'elle en est presque transparente. Ses épais cheveux sont blancs comme neige et longs pour une femme de son âge, comme deux cumulus dodus encadrant son visage. Ses pommettes sont si marquées que June croit voir les os crever la peau. Elle est spectrale, mais d'une manière adorable, éthérée. Elle rompt le silence avant même que June le fasse.

— Je n'oublie rien. Je n'ai aucun parent en Amérique.

Sa voix est légère et douce, mais son anglais est concis. Elle tend un doigt.

— Qui êtes-vous ?

June et sa mère sont prises de court. June s'attendait à la vacuité, la sénilité, le regard perdu dans le lointain, mais pas à ça. Cette vieille femme est de toute évidence lucide, et tant mieux ; cet entretien pourrait être fructueux. Elle sent l'excitation monter en elle. Une heure, se rappelle-t-elle. Une heure. *Tu peux le faire.*

— Vous avez raison, Frau Dassel. Nous ne vous connaissons pas. Je m'appelle June Roth, et je suis journaliste à Chicago. Voici ma mère, Elizabeth Roth, qui est avocate. Vous serez peut-être choquée…

— Rien ne peut me choquer, répond froidement la vieille femme.

Et June comprend de toutes les fibres de son corps que Lilian dit la vérité. Elle décide aussitôt que la meilleure stratégie est d'aller droit au but.

— Nous cherchons une peinture. Votre…

Comment diable qualifier Ellis ? Le fils de la maîtresse de votre père ?

— Connaissez-vous Ellis Baum ?

— Devrais-je ? demande Lilian avec un sourire effilé comme une lame et un regard éloquent qui lui laisse comprendre qu'elle sait parfaitement de qui elle parle.

Ça s'annonce mal.

— C'est un de nos amis et il recherche une toile..

Les yeux bleus de Lilian s'écarquillent, et l'impensable survient. Son visage se déforme et elle se met à glousser comme une des sorcières de *Macbeth*. Puis, tout aussi vite, le rire s'éteint, ses yeux s'étrécissent et elle se met à pleurer.

— June.

Fais quelque chose, lui dit sa mère du regard.

June reprend ses esprits. C'est le moment. Elle le sait, elle le sent. *Ne la prends pas en pitié. Ce n'est pas ce qu'elle veut. Cette femme veut parler. Attends.* Du rire aux larmes à la confession, c'est la voie qu'elles suivent. June est déjà passée par là et suit son instinct. Elle prend la main frêle et délicate de la femme, couverte de tant de taches de vieillesse que la peau décolorée est presque imperceptible.

— Qu'y a-t-il, Frau Dassel ? dit June en l'encourageant doucement d'une légère pression sur la main. Vous pouvez me le dire.

Les larmes de la femme lui collent au visage.

— Je connais la toile… cette toile maudite qui nous a détruits. Qui a détruit ma famille, vous me comprenez, jeune demoiselle ?

June aperçoit l'aide-soignante qui les regarde par la fenêtre, l'air inquiet. Elle la rassure d'un sourire et revient à Lilian, s'agenouille à côté d'elle.

— Je veux plus que tout comprendre.

— Le petit Ellis était le fils dont mon père avait toujours rêvé.

Le ton de Lilian est amer. Elle regarde le visage de June.

— Vous êtes jolie, dites-moi. Nous n'étions que ses filles, sans importance, son *autre* famille. Mais nous étions là d'abord. *D'abord !* Pas ce galopin. Je l'ai vu un jour, vous savez. Je me suis rendue au parc où il jouait. J'ai hurlé des horreurs au visage de ce garçon et de sa mère. Qui jouait les vedettes de cinéma. Mais j'ai appris qu'elle n'avait pas eu une fin plaisante. Franz m'a raconté ce qui lui était arrivé, exposée dans la rue comme une prostituée…

Le regard perçant de Lilian s'évade, comme si son esprit évoluait par fragments, s'accrochait à des images fugitives.

— À la fin, mon père nous a choisies. Mais alors que nous nous terrions comme des animaux dans ce sous-sol, pas un jour ne s'écoulait sans que nous ne sachions, tous autant que nous étions, à quel point il aurait préféré les choisir, *eux*. Anika et son fils.

Lilian se penche par-dessus le côté de sa chaise et crache par terre, comme si le nom Anika était une malédiction.

— C'était *elle*, cette peinture. La belle Anika Lang, Miss Allemagne, qui avait pris le nom de mon père en secret. Vous imaginez ? Il était encore marié à ma mère ! Et cette toile était plus vraie que nature. Otto Dassel en a fait cadeau à mon père. La culpabilité. La culpabilité ! hurle-t-elle. Il a apporté le portrait de cette femme dans le sous-sol où nous nous cachions pour que mon père puisse la regarder tous les jours. Et ma mère pleurait. Ma sœur et moi devions vivre chaque jour de notre captivité avec ces larmes et la maîtresse sur cette peinture.

June veut l'interrompre, poser un tas de questions, mais sait qu'il ne faut pas. Son regard croise celui de sa mère. *Laisse-la parler.*

Lilian se penche tellement en avant que June a peur qu'elle bascule.

— Et juste avant qu'ils viennent nous chercher et, croyez-moi, ils sont venus, Franz Dassel, qui n'avait alors que quatorze ans, s'est excusé de nous avoir trahis. Mais j'ai refusé de le regarder, de lui faire ce plaisir. Et plus tard, il m'a sauvée d'un four à Auschwitz, mais je ne lui ai jamais pardonné sa trahison. Jamais.

Elle pointe un doigt crochu hostile en direction de June.

— Vous croyez que j'ai épousé cet homme par amour ? Un nazi ? ricane-t-elle, mais son rire ressemble à un grognement. Il m'a sauvée des camps pour guérir sa propre culpabilité. Mais cela ne voulait rien dire. Ma famille était morte. Non, je l'ai épousé par vengeance. Ce gamin stupide est tombé amoureux de moi – une Juive cachée dans son sous-sol qui avait rejeté ses avances –, et il ne s'en est jamais remis. Mais je lui ai fait payer plus tard le fait d'avoir tué ma chère sœur, de nous avoir envoyés dans les camps, de m'avoir obligée à regarder mon père se faire abattre sous mes yeux.

Elle détourne les yeux d'une image manifestement insupportable.

— Franz a pris mon corps et je ne ressentais rien. Et cette indifférence le blessait plus que tout, plus que la haine ou les reproches. Et qu'a-t-il fini par me donner ? Quel a été son tout dernier geste avant que je le quitte pour de bon ? Cette foutue toile ! hurle-t-elle.

June frissonne, puis se reprend. *Lilian a la peinture.* Elle repense à ce que Stefan Dassel leur avait dit. Qu'Helmuth Geisler était venu chez les Dassel réclamer la toile, qu'il se l'était secrètement appropriée en échange de son silence sur le fait qu'Otto Dassel cachait des Juifs. Comment est-ce possible ? Comment se fait-il que Franz Dassel ait eu la peinture si Geisler s'en était déjà emparé des années plus tôt ?

Il faut qu'elle sache. Cette femme a l'esprit confus. June prend une grande respiration et se lance.

— Je suis vraiment désolée pour la perte que vous avez subie, pour toute votre douleur, Frau Dassel. Mais je dois vous poser cette question. Vous avez dit que Franz avait la peinture de la… maîtresse… et qu'il vous l'a donnée. Comment est-ce possible alors qu'Helmuth Geisler s'était déjà approprié l'œuvre ? Helmuth Geisler était le…

— Je sais qui était ce meurtrier ! lui crie-t-elle. Ne soyez pas condescendante, jeune demoiselle.

Ses yeux lancent des flammes.

— Otto Dassel a donné un *faux* à Helmuth Geisler. Il a dû comprendre l'importance de la toile et a fait faire cette reproduction. N'oubliez pas que nous nous cachions dans la forêt de Grunewald, où une large communauté d'artistes vivait et peignait à l'époque. Mais la vraie toile, Otto l'a donnée à mon père, son meilleur ami. Elle a vécu avec nous, dans ce sous-sol.

June s'efforce de garder une voix ferme.

— Frau Dassel, Lilian, qui a la peinture aujourd'hui ?

Le rire de hyène folle explose à nouveau. L'aide-soignante surgit par la porte et se dirige vers Lilian.

— Je vous en prie, dites-moi, supplie June.

Le gloussement se poursuit, et sa mère intervient de sa voix autoritaire.

— Lilian, vous avez là la possibilité de vous débarrasser de cette peinture une fois pour toutes. Vous êtes innocente. Vous n'étiez qu'une petite fille qui a fait ce qu'il fallait pour survivre. C'est la peinture, la coupable, pas vous.

Presque aussitôt, le rire cesse et des larmes incontrôlables se mettent à cascader, un déluge de douleur et de secrets, de choses indicibles que Lilian a faites pour survivre. Au bout du compte, ce sont toujours les agresseurs qui l'emportent, et les survivants qui se retrouvent épuisés et anéantis.

— J'ai la peinture, dit Lilian d'une petite voix, plus jeune, brisée. C'est tout ce qui me reste du passé, de mon père.

Son regard voilé les traverse sans les voir.

— Vous auriez dû voir son visage quand il la regardait, la lueur dans ses yeux. C'est ainsi qu'il parvenait à surmonter l'humiliation qu'ils nous faisaient subir. C'était autrefois un homme important, fier. Jusqu'à ce qu'ils nous volent tout, nos banques, notre mode de vie, notre humanité, et nous obligent à vivre dans cette cave sombre et froide. Je n'étais qu'une adolescente effrayée par les araignées. Qui avait peur en permanence. Mais mon père… c'était un homme amoureux. Cette peinture lui donnait la force de supporter l'insupportable, jusqu'à ce que les balles l'achèvent. Ils s'y sont mis à douze pour le tuer, j'ai compté.

La voix de Lilian s'estompe et devient un faible murmure au moment où son aide arrive pour l'emmener.

— J'aimais mon père. Et je sais qu'il m'aimait… mais il aimait encore plus cette toile.

— Où est la peinture maintenant ? insiste June, le cœur affolé.

L'heure est passée.

— Je l'ai enterrée, se contente de dire Lilian alors que l'aide-soignante l'emporte.

37

Correns, France

Margaux entre dans le bureau de Wyatt tard un soir, vêtue d'un vieux pantalon de jogging, de tennis abîmées et du même cardigan blanc qu'elle avait porté ces derniers jours.

— Je retourne à New York demain. Un jour plus tôt, puisque j'ai trouvé le document qu'il me fallait. La peinture est-elle prête ?

— Emballée et prête pour le Basel.

L'œil de Wyatt se met alors à tressauter, *un signe chez lui*. Margaux n'a pas le temps de jouer à ça.

— Accouche.

Il se penche sur son bureau.

— Tu seras heureuse de savoir que j'ai découvert pourquoi Ellis Baum cherche cette toile. Je viens de finir d'éplucher le portable de Louise Archer, l'assistante de Mansfield pendant vingt ans.

— Et ?

— Selon la biographie d'Ellis Baum, il serait né en Belgique dans une famille influente travaillant dans le commerce des diamants. C'est une invention. Les notes personnelles de Mansfield qu'Archer conservait dans un dossier secret racontent une tout autre histoire. On dirait qu'elle a essayé de le supprimer, mais si on ne vide pas la corbeille, ça reste accessible. La femme de la toile, le modèle, était sa mère. Baum vient de Berlin... Elle s'appelait Anika. Et...

Margaux blêmit ; elle entend à peine le reste de l'explication de Wyatt. *Anika Baum. Anika Baum.* L'homonyme des chaussures les plus célèbres au monde est aussi *La Femme en feu* ?

— Sa mère...

Elle jette un regard incrédule à Wyatt, ne s'aperçoit même pas que ces mots ont franchi ses lèvres.

— Quelle revendication est la plus solide, la mienne ou la sienne ?

Wyatt va pour prendre une cigarette, mais Margaux l'en empêche en plaquant sa main sur la sienne.

— Ne me mens pas.

— Ellis Baum est mourant, dit-il prudemment. J'ai plus d'informations à ce sujet également. La toile est à toi.

Elle lève la main et pointe l'index entre ses yeux.

— Ne t'avise pas de me mentir.

— Les ventes sous la contrainte ont beaucoup de poids, mais peut-être est-ce aussi le cas de la femme qui a posé pour la peinture, dit-il en détournant le regard de ses yeux inquisiteurs. C'est sa mère, Margaux. Il a un droit assez solide.

— Il y a plus, je me trompe ?

Wyatt attrape une cigarette dans le paquet et se dépêche de l'allumer.

— La photo de toi avec la perruque blonde à Munich qu'on a trouvée à l'hôtel de Mansfield... eh bien, c'est le rédacteur de *Spotlight* qui la lui a donnée. Je ne vais pas te mentir. Ce n'est pas bon. Il se pourrait que tu sois déjà suspectée dans le vol et le meurtre de Geisler.

Il retient sa respiration, sachant que ça allait barder.

— On t'a vue et suivie.

— Cette Volkswagen...

Sa voix s'amenuise.

— Ouais, cette Volkswagen.

— Va te faire foutre !

Alors qu'elle sent les murs se refermer sur elle, Margaux jette un regard noir à Wyatt pour lui reprocher son incompétence, mais devine qu'il se réjouit secrètement de la voir flancher, s'angoisser. Elle attrape le portable de Dan sur le bureau et le lui lance au visage. Il l'évite comme s'il avait prévu le coup. Il écrase sa cigarette à moitié fumée en observant les morceaux brisés par terre.

— Je n'aurais pas fait ça à ta place.

Si seulement elle pouvait prendre une batte et réduire cet endroit en charpie, là, tout de suite. Elle tourne autour de son bureau, le regarde jusqu'à ce qu'il baisse les yeux.

— Trouve-moi le numéro de téléphone et l'adresse de cette journaliste. Je veux tout connaître sur June Roth. Le nom de sa prof de CM2. Son parfum de glace préféré. Le moindre sujet sur lequel elle a travaillé. Apporte ça à la maison ce soir. Fini les bourdes.

Margaux sort en trombe de la Maison et se met à courir. Il fait noir comme dans un four, mais elle reconnaîtrait le moindre centimètre du vignoble même les yeux bandés. Se faufilant entre les interminables rangées de vignes, les bras écartés, elle accueille la sensation des branches pointues qui lui fouettent et lui lacèrent les mains. Elle accélère, inspirant l'air nocturne comme s'il s'agissait de sa dernière bouteille d'oxygène. Les effluves acides et âcres qui s'en dégagent semblent d'abord doux, puis l'âpreté familière de la pourriture entre dans ses narines et lui asphyxie le cerveau, la submerge. Elle ne peut contrôler ce démon. Et peu importe la vitesse à laquelle elle court, elle ne peut le distancer.

Cette gamine, cette gamine stupide cherche à lui enlever tout ce qui lui appartient, son art, la toile de son grand-père, sa réputation, Adam. Margaux court à en avoir mal aux jambes, continue malgré tout, jusqu'à être complètement envahie par cette douleur exquise. Elle ne s'arrête que quand elle est sur le point de rendre son dernier souffle. Penchée en avant, les mains ensanglantées sur les genoux, elle regarde la piste de terre et vomit tout, regardant avec satisfaction le puissant jet d'alcool et de nourriture qui se répand autour d'elle.

Quand elle a fini, elle recule et lève les yeux vers la lune dorée encastrée dans un ciel charbonneux. Son grand-père adorait le ciel de Provence, qu'il nommait « poésie divine ». *Tu le sens, ma petite chérie** *? Il n'y a pas plus belle toile que Correns de nuit.* Elle opinait, souriait, disait *Oui**, *grand-papa, je le sens*, tout en pensant, *Je ne crois pas en Dieu et je ne ressens rien*. Elle savait déjà à l'époque que quelque chose clochait fondamentalement chez elle, et pourtant son grand-père ne voyait que le bien. Alors elle se prêtait au jeu, jouait le rôle de la fillette qu'il voulait qu'elle soit. Mais elle était un monstre à l'intérieur. Après qu'elle avait empoisonné la nurse, ses parents l'avaient envoyée chez un psychologue, qui avait laissé entendre qu'elle avait des tendances psychopathes. Des tendances, quelle blague. Comme c'était dérisoire.

Elle se rappelle la révélation qu'elle avait eue à l'adolescence lors d'un réveillon de Noël particulièrement affreux. Ses parents étaient censés rentrer ce soir-là pour fêter Noël dans la résidence d'Oxford. Ils avaient dit au personnel d'acheter et d'empaqueter les cadeaux de Margaux, d'attendre avec elle qu'ils rentrent d'une soirée à Londres. Mais ils n'étaient pas venus. Margaux avait attendu encore et encore, assise seule dans le grand salon, entourée de cadeaux, elle avait bu du lait de poule alcoolisé avec le majordome et s'était défoncée plus tard avec la gouvernante. Elle avait regardé sans les voir les éléments festifs étincelants autour d'elle, l'argent, l'or, les paillettes, les nœuds verts et rouges géants sous un sapin somptueusement décoré. *D'autres mensonges.*

Joyeux Noël, M, disait la carte banale (tes parents font la fête ailleurs mais voici un nouveau blouson en cuir YSL), *Baisers, M & S.* Abréviation de Madeline & Sébastien, aucun des deux ne voulant qu'elle les appelle maman ou papa. *Je suis comme le papier cadeau*, s'était-elle dit. Si beau à regarder, mais ôtez la couleur, la splendeur, la brillance, il ne reste plus rien, plus rien si ce n'est une boîte emplie de noirceur.

Quand l'horloge avait sonné minuit, Margaux avait jeté les cadeaux à travers la pièce, puis, sous le regard horrifié du majordome, les avait démolis un par un avec le tisonnier en fer forgé. Elle savait que « M & S » paieraient un jour leurs crimes parentaux. Elle était déterminée à faire usage de ces « tendances ».

Margaux accueille la rafale de vent froid qui lui fouette le visage. Elle ôte tous ses vêtements hormis sa culotte pour sentir l'impact directement sur sa peau. Elle doit se calmer, faire du tri dans ses pensées. Elle reste parfaitement immobile jusqu'à ce que la lave en fusion qui coule sous sa peau devienne frémissement et que le calme s'installe enfin. Il en a toujours été ainsi. La chaleur intense, suivie du besoin insatiable de blesser quelqu'un, de casser quelque chose. Elle pense à la jeune journaliste, avec sa peau crémeuse, son regard intelligent, les cheveux d'une muse de Botticelli. Cette fille *va* souffrir. Sachant cela, Margaux expire lentement et paisiblement.

38

Chicago

Le téléphone de June sonne. Elle jette un œil plus loin sur la table de la cuisine, tend la main par-dessus son sandwich entamé et lit « numéro inconnu ». Probablement Bram Bakker à nouveau.

— Bonjour, June… c'est Margaux de Laurent.

June se fige au son de la voix de la femme, la confirmation de son nom.

— Je crois que vous me cherchez.

Instinctivement, June attrape son stylo et le dos d'une enveloppe pour prendre des notes. *Oh mon Dieu !*

— Mademoiselle de Laurent, c'est assez inattendu, réussit-elle à dire. Puis-je vous demander qui vous a adressée à moi ?

Son cœur bat la chamade. *Qui vous a donné mon numéro ?*

— Vous pouvez, répond Margaux avec un rire qui semble étonnamment fragile. Ma vieille amie Carice van der Pol m'a dit qu'elle vous avait rencontrée à Amsterdam, que vous travaillez à un article sur les œuvres d'art volées et elle m'a dit de vous contacter.

J'ai donné à Carice van der Pol de faux nom et numéro de téléphone et ne lui ai jamais dit que je travaillais sur ce genre d'article.

Ahurie, June regarde en face d'elle le frigo parsemé des nombreux magnets de sa mère frappés de citations culinaires stupides comme « Ton avis ne fait PAS partie de la recette ». Carice, une vieille amie ? Allons. Cette femme était terrifiée quand June avait cité le nom de Margaux et elle lui avait recommandé de garder ses distances. June s'efforce de prendre une voix posée tout en essayant de réfléchir vite.

— J'apprécie votre appel, et… oui… je serai heureuse de pouvoir vous interviewer. On pourrait convenir d'une date ?

Elle s'arrête. Que ferait Dan ?

Dan est mort. Et cette femme est impliquée.

— Parfait, répond Margaux. Le mieux serait de se rencontrer. Il se trouve que je suis à Chicago pour affaires. Raison pour laquelle je vous ai contactée. Je suppose que ça vous convient ?

Se rencontrer. Elle est ici. June se met à gribouiller des cercles qui se croisent sur le rabat de l'enveloppe.

— Super, oui… Je peux vous retrouver dans un café.

Cherche à obtenir des informations de base.

— Où êtes-vous descendue, et jusqu'à quand ?

— Au Four Seasons… et j'ignore encore pour combien de temps.

J'ignore. June déglutit. Quoi qu'il advienne, vois-la dans un lieu public.

— Je peux vous retrouver au bar de l'hôtel, propose-t-elle, le cœur battant si fort qu'elle a l'impression qu'il va exploser. Que pensez-vous de demain matin ? Ça vous va ?

— Je suis disponible maintenant. Cinq heures aujourd'hui. Dans deux heures. À tout à l'heure.

Elle raccroche.

Les pensées de June se bousculent dans sa tête. Cette femme est dangereuse. Elle sait pertinemment que June est sur sa piste. Pourquoi est-elle ici, à moins de deux kilomètres ? June se lève et arpente la cuisine, sentant son pied coller au jus d'orange séché qu'elle a renversé plus tôt et oublié de nettoyer. Il pourrait se passer n'importe quoi. Elle devrait demander un soutien.

Elle regarde l'horloge de la cuisine. *Deux heures...* Une pour réfléchir aux questions d'une fausse interview, l'autre pour se changer, planifier et rejoindre l'hôtel. *Réfléchis, réfléchis.* Des frissons lui parcourent le dos pendant qu'elle nettoie le jus. Elle devrait appeler immédiatement Adam et l'informer de la présence de Margaux. Elle devrait prévenir sa mère, qui est au travail, peut-être même alerter Louise, encore au journal. Toutes ses terminaisons nerveuses résonnent comme si son corps était un flipper. Non, elle fera d'abord l'interview, puis elle les contactera tous pour leur raconter. Elles se voient dans le bar d'un hôtel, un lieu public, pas dans une allée sombre, un sous-sol désert ou sous un pont pour une rencontre clandestine. Le but est si proche maintenant... Elle peut presque le toucher. Mieux vaut ne rien faire au risque de tout foutre en l'air.

Elle prend quelques notes rapides, des questions à poser, puis froisse le papier. Elle n'a pas besoin de notes. Elle connaît le sujet, la femme, sur le bout des doigts. Et à ce stade, elle est une experte en œuvres volées. Elle improvisera.

À 16 h 20, elle prend son sac et se dirige vers l'ascenseur, avant de s'arrêter net. *Ne sois pas stupide.* Elle entend la voix de sa mère dans sa tête : *Tu as besoin de ton équipe.* Elle laisse un message énigmatique sur le répondeur de Louise : « Grosse interview avec notre amie blonde aujourd'hui. Je vous appelle ensuite. » Puis elle appelle sa mère, mais là aussi, elle tombe sur le répondeur. Elle lui envoie un SMS.

Salut, importante interview pour mon reportage à 17 heures. Au Four Seasons. Thaï ce soir ? Je t'aime.

39

Assise au bar de l'hôtel, dos au mur, Margaux examine la pièce : l'ambiance club chic, le doux éclairage ambré, la douzaine de tables principalement occupées par des hommes d'affaires et des clientes des boutiques de Michigan Avenue avec leur ribambelle de sacs accrochés à leurs chaises. Aucune n'est suspecte. Elle sourit intérieurement, inspirant l'arôme corsé du jasmin. *Sauf moi.*

Du coin de l'œil, elle voit June entrer dans le bar, avec un quart d'heure d'avance, comme elle se l'était imaginé. Elle-même était arrivée encore plus tôt pour ôter toute possibilité à June de prendre ses aises. La jeune femme porte une veste en cuir noir et une écharpe crème. Elle comprend tout de suite ce qu'Adam voit en elle : elle déborde d'assurance. Son jean serré met en valeur ses longues jambes, ses cheveux châtains sont attachés sommairement en un bouquet de longues boucles. Une femme jolie au naturel, sans maquillage. Le genre à avoir des amies proches. *Des meilleures amies.* Margaux a un sourire méprisant.

Les filles ne m'ont jamais aimée. Elles étaient toujours jalouses ou intimidées. Elles s'imaginaient qu'elle possédait tout, une beauté déloyale, une famille célèbre et des ressources illimitées qui lui permettaient de faire tout ce qu'elle voulait. Elles avaient raison à ce sujet, mais personne ne savait qu'elle se sentait profondément seule ;

qu'elle devait mettre au lit deux parents destructeurs bourrés, nettoyer le vomi sur leur visage bouffi, et même leur retirer des mains les couteaux de cuisine quand ils se menaçaient l'un l'autre après leurs innombrables infidélités. À quinze ans, Margaux avait cessé de nettoyer après eux et les abandonnait ivres sur le sol. Elle ignorait le vomi, les couteaux. Elle les enjambait et finit par ne plus les voir. Ce n'étaient plus des parents mais des animaux morts sur le bitume. Puis un jour, une semaine avant son dix-septième anniversaire, sa mère avait retourné contre elle-même le couteau qu'elle destinait au père. *Le couteau que je lui avais fermement placé entre les mains après une beuverie en lui chuchotant à l'oreille : mais fais-le, putain.* Cela avait été la seule fois où sa mère l'avait écoutée. Elle s'était tailladé les poignets dans leur chambre, ne portant autour du cou que la cravate Hermès favorite de son père. Pas son meilleur look.

Margaux avait beau faire des efforts pour cacher la personne qu'elle était vraiment, ses camarades de classe sentaient son altérité à des kilomètres à la ronde et l'excluaient de leurs groupes. Parvenue à l'université, elle ne cherchait déjà plus à s'intégrer. Au contraire, elle prenait plaisir à être une paria : elle se vengeait, couchait avec les petits copains des autres filles, volait vêtements et objets personnels et faisait de vilaines farces destinées à monter les filles les unes contre les autres. Elle se délectait de sa cruauté, était fière de briser des couples prétendument heureux.

C'est alors que Carice van der Pol était arrivée, mettant fin à la course imprudente de Margaux qui était alors à l'aube de la trentaine. Elle était jeune, belle, intelligente et réservée et, comme Margaux, ne s'intéressait réellement qu'à l'art. Carice venait d'une famille influente possédant une demi-douzaine de galeries importantes aux Pays-Bas, mais elle voulait être libre et vendre des œuvres d'art comme elle l'entendait. Elle était venue s'installer à Paris, où DLG l'avait aussitôt engagée pour aider à faire tourner la galerie. Carice excellait avec les clients, avait l'œil pour repérer les nouveaux talents, et était douée pour monter des expositions provocantes. Des qualités qui n'avaient pas échappé à Margaux. Mais surtout, la jeune femme vivait une relation sérieuse avec un musicien de jazz parisien prometteur, et cela avait donné encore plus d'attrait à son futur projet de la séduire.

C'était un mardi, la galerie était officiellement fermée, et Margaux avait su que le moment qu'elle attendait était arrivé. Elles étaient seules et travaillaient à assembler la nouvelle collection d'éminents néo-expressionnistes. Elle avait regardé Carice monter l'escabeau pour accrocher la grande toile de Basquiat, ses longues jambes lisses dépassant d'une minijupe portefeuille ne laissant guère de place à l'imagination. Elle s'était placée en dessous, feignant de stabiliser l'escabeau, et avait légèrement fait courir le bout de ses doigts sur l'arrière des cuisses nues de la jeune femme. Carice s'était figée, et Margaux était passée à l'action. Elle l'avait attirée au pied de l'escabeau, lui avait enlevé la grande toile de ses mains tremblantes, et l'avait allongée sur le plancher.

Carice n'avait pas résisté quand Margaux avait déchiré son chemisier et enfoui son visage entre ses seins. Puis elle avait retroussé sa jupe, ôté son string bleu pâle et l'avait sucée, se délectant des cris de plaisir de la jeune femme sous sa langue experte. Tandis que Carice, comblée, restait étendue sur le sol, les jambes écartées comme les ailes d'un papillon, Margaux masquait son sourire. Le petit copain musicien n'avait jamais eu la moindre chance.

Margaux avait regardé derrière Carice et croisé l'expression torturée de la toile emblématique de Jean-Michel Basquiat, un coup fantastique pour la galerie. C'était un énorme crâne noir aux dents visibles portant des traces de rouge à lèvres rose. Bizarrement, quand elle droguerait son père quelques années plus tard et le regarderait se noyer à côté de son yacht, son expression tourmentée lui rappellerait précisément cette peinture.

Non, se dit Margaux alors que June est parvenue à sa table, elle n'avait jamais eu de véritable amie.

Elle ne peut que constater la force flagrante dans le regard noisette de June au moment où celle-ci s'assied face à elle. Admirable. Contrairement à la plupart de ceux qui l'ont affrontée, cette fille ne détourne pas les yeux, ne tressaille pas et ne crève pas de peur. Margaux fait signe à la serveuse en gardant un œil sur June.

— Cappuccino au lait de soja, c'est bien ça ? C'est ce que vous avez l'habitude de boire.

L'armure de June vacille aussitôt. *Oui*, se dit Margaux. Wyatt Ross est peut-être un con, mais quand il est bon, il n'a pas son pareil pour trouver ces petits détails qui changent tout.

— C'est ça, répond June, qui sort un carnet et un stylo de son sac, pose son téléphone sur la table après avoir lancé l'enregistrement – à croire qu'elles allaient vraiment faire une interview.

Margaux se retient d'éclater de rire devant cette mascarade. De près, les joues de June sont naturellement roses, et le grand air a légèrement gercé ses lèvres charnues. Elle se l'imagine au lit avec Adam et doit admettre que cette pensée l'excite.

Margaux prend son temps avant de parler, observe June par-dessus le bord en céramique blanche de sa tasse tout en sirotant tranquillement son expresso. La jeune femme peine à garder un visage impassible sous son regard insistant. Une fois prête, Margaux repose violemment la tasse pour marquer le coup.

— Allons droit au but. Ni vous ni moi ne sommes là pour un article. Vous menez une enquête qui tourne autour de moi, alors passons à la véritable affaire qui nous intéresse, vous voulez bien ?

June ouvre grand la bouche mais aucun mot ne sort, comme si tout l'air avait été chassé de ses poumons. À voir ses yeux qui s'agrandissent et ses paupières qui clignent rapidement, il est évident qu'elle réfléchit à ce qu'elle va faire ensuite. Peut-être Dan Mansfield avait-il raison, c'est une amatrice. Ça va être si facile. *Trop* facile.

— Laissez-moi apporter des précisions sur votre situation…

Margaux attrape le téléphone de June sur la table, l'éteint et le lui rend.

— Je veux toutes vos notes, vos recherches, tout ce que vous avez sur *La Femme en feu*. Tout ce que vous avez sur moi. Tout ce que vous pensez savoir sur Carl Geisler. Tout ce sur quoi vous avez travaillé avec Dan Mansfield, Ellis Baum, Bram Bakker… et Adam Chase, ajoute-t-elle en levant un sourcil. Oui, je suis au courant de tout, vous baisez avec lui et il vous peint.

June s'apprête à nier l'évidence, mais Margaux lève les mains.

— Pas la peine. La bonne nouvelle est que vous allez poursuivre votre petit reportage, mais surtout, cerise sur le gâteau, vous allez mettre vos talents à mon service. Vous allez écrire l'article que je vous dirai d'écrire.

June se penche les poings serrés, les coudes bien calés sur la table.

— C'est hors de question.

Surprise, Margaux a presque envie d'applaudir l'audace de la jeune femme. Elle attend tandis que June rassemble son matériel et se lève. Elle sourit. C'est adorable.

— Asseyez-vous, lui dit-elle froidement en tapotant la table. Et si, j'ai bien peur qu'il en soit question. Je suis sûre que vous voudrez entendre ce que j'ai à vous dire. Mieux encore, je vais vous montrer.

Elle prend son propre téléphone, le déverrouille puis tourne l'écran vers June.

June devient blanche comme un linge et s'appuie contre la table.

— Non ! hurle-t-elle en se couvrant la bouche.

Des têtes se tournent. La serveuse proche d'elles se fige.

— Mais si, c'est vrai ! Félicitations ! s'exclame Margaux, suffisamment fort pour que les curieux l'entendent. Je sais combien vous avez travaillé pour obtenir cette promotion.

Elle désigne la photo sur le téléphone, et se met à chuchoter.

— Votre mère est difficile et têtue. Je ne peux pas dire que j'apprécie sa compagnie. Mais je vous promets qu'elle restera en vie si, et *seulement si*, vous faites exactement ce qu'on vous dit.

June semble sur le point de s'évanouir.

— Où est-elle ?

Margaux ignore la question, transportée de joie par la peur de June. *Elle est en haut dans ma chambre d'hôtel, menottée à une chaise.*

— L'endroit où elle se trouve n'a aucune importance. L'important, ce sont les règles. Vous pouvez suivre des règles, dites ? Si quiconque, la police, Adam, Ellis Baum, Bram Bakker, entend parler de notre collaboration, votre mère…

Mais Margaux ne finit pas sa phrase. C'est le moment qu'elle préfère. *Agiter le bâton.* Laisser l'imagination œuvrer pour elle.

— Et ne soyez pas dupe. Je peux accéder à tout ce que je veux, votre téléphone, votre ordinateur, votre domicile, le journal, le cabinet d'avocats de votre mère, tout. En fait, je l'ai déjà fait.

Elle croise les bras et se laisse aller contre le coussin du fauteuil.

— Et nous savons toutes les deux que je ne plaisante pas. Demandez à Dan Mansfield et Carl Geisler.

Ou au faussaire, ce qu'elle omet de dire.

— Les avez-vous tués ?

— Eh bien, disons qu'ils ne se sont pas tués tout seuls.

Margaux se délecte de cette situation.

— Vous êtes un monstre, parvient à dire June.

— On me l'a déjà dit, croyez-moi.

Elle demande l'addition d'un geste.

— Dites-moi, June, une vieille toile est-elle aussi importante que votre maman chérie ?

— Pourquoi cette peinture est-elle aussi importante pour vous ? riposte June en la fusillant du regard.

Margaux sait que si la jeune femme le pouvait, elle lui planterait le petit couteau à beurre dans le cœur.

— Je ne veux que ce qui m'appartient de plein droit, et les autres toiles ne sont qu'une prime en récompense de mon dur labeur.

Margaux observe June qui cherche à retenir ses larmes.

— Je ferai tout ce que vous voulez, mais ne faites pas de mal à ma mère. Ne… lui… faites… pas… de… mal, articule-t-elle d'une voix plus forte dans laquelle on devine autant de crainte que de défi.

Une fois encore, Margaux est secrètement impressionnée par l'attitude franchement rebelle de la jeune femme. Néanmoins, elle prend son pied à la voir grincer des dents ainsi. Peut-être pas si débutante finalement. Elle pourrait continuer comme ça encore longtemps, mais pourquoi enfoncer le clou ?

— Voici ce qu'on va faire. Je veux tout. Vos notes. Vos contacts. Toutes vos informations. Le détail de vos déplacements récents, Amsterdam, l'Allemagne et New York. Vous avez été très occupée. Déposez le dossier à cet hôtel avant 21 heures. Si vous obtempérez, et si je suis satisfaite… Liz Roth vivra un jour de plus.

— Comment saurai-je qu'elle va bien ? Je veux des photos, des preuves, dit June, refusant toujours de céder.

— Vous êtes sexy quand vous exigez, on vous l'a déjà dit ? Mais c'est moi qui décide ici, pas vous. Vous n'aurez rien tant que je ne l'aurai pas décidé.

Quand Margaux voit les épaules de June s'affaisser, elle comprend que toute velléité de résister l'a quittée. Satisfaite, elle paie l'addition, se lève, lisse sa combinaison noire, une tenue trop chic pour cette heure-ci de la journée, mais parfaite pour fêter l'événement. Elle jette un regard de mépris au jeune couple qui se tient la main à une table voisine.

— Oh, une chose encore. Quand vous déposerez le paquet à la réception de l'hôtel, laissez-le au nom d'Elizabeth Roth. Et n'oubliez pas, réfléchissez-y à deux fois avant de contacter quiconque ou de faire quoi que ce soit pour me nuire. Je le saurai aussitôt.

Elle se plaque un sourire sur le visage.

— C'est très simple : si j'y reste, votre mère y reste.

40

June bondit hors de l'hôtel, tourne brusquement à gauche sur Michigan Avenue, et continue à courir, son sac lui battant la jambe. Elle arrive à son immeuble à bout de souffle, les jambes coupées, incapable de réfléchir. Elle fonce vers l'ascenseur en dépassant Owen, qui lui demande si tout va bien. Elle se fige. *Non, ça ne va pas du tout.*

Elle se retourne lentement, essaie de paraître calme.

— Owen, as-tu remarqué quelque chose d'étrange quand maman est partie ce matin ?

— Non, rien, répond-il en la dévisageant. Il y a un problème ?

June essaie de masquer le tremblement de sa voix.

— Non, oui… non. Encore une chose : a-t-on posé des questions sur moi ou cherché à monter à l'appartement en mon absence ? Des colis, autre chose ?

L'inquiétude agrandit les yeux sombres d'Owen.

— Je n'ai pas bougé de la journée, non, rien. June, que se passe-t-il ?

— Je dois y aller, réussit-elle à dire. Je te verrai plus tard.

Déverrouillant la porte de son appartement, la main tremblante, June prie pour que toute cette histoire ne soit qu'une mauvaise blague, que Margaux bluffe, que sa mère soit à l'intérieur, lovée sur le canapé avec un bon livre, buvant le verre de chardonnay qu'elle s'autorise après le travail. Mais, quand elle pénètre dans l'appartement vide, June prend conscience de la dure réalité. Des larmes ruissellent sur son visage tandis qu'elle file droit dans la chambre de sa mère. Elle ne sait pas ce qu'elle cherche, mais elle fouille partout : les tiroirs, le dressing, la salle de bains, sous le lit, sur le balcon, dans son bureau. Ne trouvant rien, elle retourne vers sa propre chambre et se laisse choir sur le sol.

Je suis tellement désolée, maman, crie-t-elle dans le vide. Elle aurait dû arrêter l'enquête après le meurtre de Dan. Elle aurait dû dire à l'inspecteur tout ce qu'elle savait. Elle n'aurait pas dû prendre le risque de rencontrer Bram Bakker dans un aéroport à Amsterdam en rentrant de Baden-Baden, au vu et au su de tous. Pour qui se prend-elle, à s'attaquer ainsi à Margaux de Laurent ?

June ferme les yeux et visualise cette photo sur le téléphone de Margaux. Sa mère, son joli carré blond complètement ébouriffé, son tailleur bleu nuit préféré froissé, le nœud de son chemisier de soie mauve défait. Elles ont pris leur petit-déjeuner ensemble avant qu'elle parte au bureau. Elle allait bien alors. Tout allait bien. Quand Margaux l'a-t-elle enlevée ? Est-elle même jamais arrivée à son bureau ? June regarde son portable, s'apprête à appeler le cabinet pour vérifier, mais raccroche, se remémorant l'avertissement de Margaux de ne contacter personne, qu'elle le saura. Elle balance son téléphone comme s'il était contaminé.

Une heure passe ainsi, assise dans sa chambre à réfléchir aux rares options qui s'offrent à elle. Elle regarde les piles de documents qui tapissent l'intégralité du mur du fond de sa chambre, l'arc-en-ciel de Post-it, tout ce qui l'a amenée à ce moment : les œuvres d'art volées. Ernst Engel. La peinture. Helmuth et Carl Geisler. Bram Bakker. Lucerne. Les Dassel. Ellis Baum... *Cette femme veut absolument tout.*

Mais elle n'aura pas ma mère. June repense à Baden-Baden, quand elles trempaient toutes les deux dans le jacuzzi minéralisé intérieur de l'hôtel après leur entretien avec Lilian Dassel. Elles avaient prévu de passer la soirée au casino. Sa mère avait raison. *Pourquoi ne pas profiter que nous sommes là pour nous amuser.* C'était parfait, jusqu'à ce que sa mère fasse une remarque.

— Chérie, je crois savoir pourquoi cette histoire est si importante pour toi. Il ne s'agit pas d'un simple reportage. Mais de toi, non ?

Elle avait lissé les cheveux mouillés de June et joué avec quelques mèches qui frisaient déjà.

— Comment ça ?

— Eh bien, Dan était un peu comme un père pour toi.

— Dan n'était *pas* comme un père, c'était mon mentor, mon ami. Franchement, maman ! Tu veux aborder ce sujet ? Je n'ai jamais manqué de rien, d'accord. Tu as été à la fois la meilleure des mères et la meilleure des pères. Je veux passer le témoin, faire ce qui est juste… Le reportage de Dan est devenu le mien. Et oui, je ne veux pas le décevoir. Il est mort, je sais. Mais j'entends toujours sa voix dans mon crâne. N'oublie pas que c'est toi qui m'as appris à me battre pour la vérité, quoi qu'il en coûte.

Elle avait levé les poings.

— Alors, désolée de vous décevoir, docteur Freud, mais il ne s'agit pas d'un père aux abonnés absents, mais de me battre pour une cause juste.

Liz Roth, toujours si prompte à riposter, avait été prise de court car sa fille était dans le vrai, et elle lui avait toujours dit qu'on pouvait débattre de tout, mais pas de la vérité.

— J'ai peut-être oublié de te dire une chose, avait-elle dit alors. Il vaut mieux que certaines vérités restent enfouies.

Elle avait pris la main mouillée de June dans la sienne.

— Le tout est de savoir quand persévérer, et quand laisser tomber.

Sa mère adorant avoir le dernier mot, elle lui avait lâché la main et était sortie du jacuzzi.

— Je t'aime, mais tu me ressembles beaucoup trop, et donc, sois prudente.

June se met à prier tandis qu'elle ramasse ses documents pour les donner à Margaux de Laurent. *Je ne peux pas te perdre, maman. S'il te plaît, reste en vie.* Elle fait des copies des plus importants dans le bureau, puis fourre le tout dans un petit sac en toile. Réfléchis, se dit-elle. Ne laisse pas tes émotions brouiller ta raison. Les règles : *connais ton sujet... Ce n'est pas le résultat qui intéresse Margaux de Laurent, mais le jeu.* N'est-ce pas l'avertissement qu'Adam lui a donné quand elle a fait sa connaissance à la cabane ?

June décide alors de ne rien lui dire à propos de Lilian Dassel. C'est son atout, ce que ce monstre veut plus que tout. Si elle lui donne tout de suite cette information vitale, si cette femme gagne *trop* vite, alors sa mère est condamnée. *Game over.*

Son téléphone sonne. Un SMS de Louise :

Vous allez bien ?

Non, Louise, pas du tout. Ma mère est gardée en otage par la femme qui a tué Dan et tout ça, par ma faute. Elle répond, juste au cas où son appareil serait sur écoute :

Oui, tout va bien.

June regarde le salon vide par la porte ouverte de sa chambre. Le message de Louise lui a rappelé qu'elle avait encore une carte à abattre. Elle va chercher son sac à main dans le couloir de l'entrée, regarde à l'intérieur et sent une lueur d'espoir. Comme le dirait Louise, la seule façon de gagner cette partie est de la jouer *à l'ancienne.*

41

— Tu es tombée sur la tête, Margaux ? Tu as kidnappé la mère ? hurle Wyatt Ross au téléphone. Comme si on n'avait pas assez de problèmes ! Tu aurais d'abord dû m'en parler. Je me serais assuré…

— Je t'en parle maintenant, le coupe Margaux.

Elle jette un regard dans le bar de l'hôtel, pratiquement vide à 21 h 30. Rasoir, typique du Midwest. Pas comme à New York, où l'action ne fait que commencer.

— Tu es en sursis avec mise à l'épreuve, je te rappelle. Au moins, la balle est à nouveau dans mon camp, à sa juste place. Voici le plan. Deux hommes viendront la chercher dans quelques heures et la ramèneront à Correns. Mon avion est à l'aéroport de Chicago, et il décollera avec elle à son bord ainsi qu'un sac rempli de documents de sa fille, June Roth. Tu prendras la mère et les documents et renverras ces hommes et mon avion directement à New York. Je rentrerai par un vol régulier dans la matinée.

— Attends, reviens un peu en arrière. Tu as kidnappé la mère *et* tu as récupéré tous les documents de Roth, comment tu as fait ça ?

Sous-entendu : *sans moi*.

— Crois-moi, c'est de loin la chose la plus facile que j'ai faite cette semaine.

Qu'il médite là-dessus.

— Bon, donne-moi des nouvelles des tableaux.

Le silence s'éternise. Wyatt s'éclaircit la gorge.

— On a gagné près de soixante millions de dollars en Bitcoin jusque-là. Net, après l'énorme commission qu'ont empochée la mafia et ces skinheads pour avoir servi de prête-noms aux œuvres et nous avoir tenus hors du coup. Et je ne parle que de la vente de quatre tableaux. J'ai le plaisir de t'informer qu'on n'a pas dû les brader comme je le pensais initialement pour détourner l'attention de nous. De plus, j'ai également reçu plus de soixante-dix demandes pour d'autres toiles sur des sites fantômes. La bonne nouvelle, c'est que ces œuvres ne restent pas immobiles. Il y a de la demande, mais…

— Mais quoi ? l'interrompt Margaux en tirant une longue bouffée sur sa cigarette.

— D'après mon contact en Sicile, Bram Bakker fouine partout, pose toutes les bonnes questions à propos des toiles de Geisler. Je me dis qu'on s'en est tirés avec d'énormes bénéfices, et qu'on devrait faire profil bas, ne plus mettre de toiles sur le marché, ou attendre au moins que le Basel soit passé. Si on continue à ce rythme…

— Je croyais que tu avais dit qu'on devait agir vite sinon les toiles perdraient de la valeur.

— C'est vrai. Mais c'était avant que Bakker vienne fouiner et s'approche un peu trop à mon goût.

— Très bien, soupire bruyamment Margaux, mets ce plan-là en pause pour le moment. En revanche, Griffin Freund assure, il place des toiles à droite et à gauche auprès de ses clients véreux. Et crois-moi, ces trafiquants de drogue se foutent comme d'une guigne que les toiles soient volées, d'ailleurs ils préfèrent, ça les fait mousser. Ils font de la surenchère et je ne compte pas ralentir ces ventes. Freund en a écoulé six en à peine trois jours la semaine dernière. Il en veut plus, insiste-t-elle. Et tu vas les lui fournir.

— Je recommande vivement de tout mettre en pause. Penses-y, d'accord ?

Il prend une grande inspiration.

— Et encore un truc… en ce qui concerne Bakker, ta petite fouineuse de Chicago l'a rencontré à l'aéroport de Schiphol à son retour de Baden-Baden avec sa mère. J'ai là une photo d'eux trois assis ouvertement dans un café de l'aéroport. On doit découvrir de quoi il retournait exactement.

— D'accord. Je m'en occupe. Et, Wyatt, je vais enfin en avoir pour mon argent avec toi. C'est *toi* qui vas jouer la baby-sitter d'Elizabeth Roth jusqu'à ce que je puisse revenir à Correns.

Elle sourit, imaginant sa stupéfaction.

— Garde-la à la cave, nourris-la, et découvre tout ce que tu peux. Cette fois, dit-elle après une pause, fais ton putain de boulot.

Margaux finit sa cigarette et son scotch, puis se dirige vers sa chambre au quatrième étage de l'hôtel. Elle trouve la mère de June là où elle l'a laissée plusieurs heures auparavant, assise dans le fauteuil dans un coin de la pièce, attachée et bâillonnée. Elle est en collants ; ses escarpins noirs à petit talon sont au pied du lit, et sa veste de tailleur coupe boxy est soigneusement étalée dessus. Margaux lui ôte son bâillon et la détache, puis lui interdit de bouger ou de crier en lui pointant une arme sur la tempe. *Sinon.*

Elle s'assied ensuite sur le lit en face d'elle, sans baisser son arme.

— Vous appréciez la vue ?

Liz serre les dents en se massant les poignets.

— J'ai connu mieux.

Margaux rit.

— Je n'en doute pas. Sachez que dans quelques heures… vous prendrez d'autres vacances en Europe, encore mieux que Baden-Baden. Votre fille zélée travaille pour moi à présent afin de vous sauver la vie. On a passé un marché il y a quelques heures.

Elle s'arrête pour lui laisser le temps de bien prendre conscience de sa situation.

— Je vais maintenant vous offrir une possibilité de sauver June en retour, dit-elle en se penchant vers Liz. Toute information serait utile à votre cause.

Liz blêmit.

— Pourquoi devrais-je vous croire ? lui dit-elle avec un air de défi. Vous avez tué Dan Mansfield, non ? Pourquoi nous épargneriez-vous, moi ou ma fille ? J'exige de savoir avant de vous donner quoi que ce soit.

— Vous exigez ?

Margaux se retient d'applaudir. *Couillue, comme sa fille.*

— J'*aurais* tué Dan Mansfield, la reprend-elle. Vous êtes avocate. Méfiez-vous des suppositions tant que vous ne disposez pas de tous les faits. Mais il ne s'agit pas de Mansfield ; il s'agit de June.

Le visage de Liz se décompose.

— Que lui avez-vous fait ?

— Rien. Pour être tout à fait honnête, il vaut mieux pour moi qu'elle soit en pleine forme pour faire le boulot de terrain à ma place. Elle est plutôt douée dans sa partie. Je comprends pourquoi Dan l'a engagée. Très organisée. Mais il reste des blancs, des pièces manquantes, que je *vous* demande de combler.

Liz croise les bras et la fusille du regard. Margaux se dit qu'elle doit être mortelle au tribunal.

— Et une fois que vous aurez obtenu ce que vous voulez ?

— Disons-le autrement : pas une fois, mais *quand*. Vous me donnerez exactement ce que je veux.

Liz lui renvoie un regard sévère.

— Et si je n'obtempère pas ?

— C'est un choix. La vie de June vaut-elle une peinture ?

Liz plisse les yeux, évaluant ses maigres options.

— Je refuse de faire ou dire quoi que ce soit tant que vous ne m'aurez pas garanti, preuve à l'appui, que vous ne toucherez pas à ma fille.

— Telle mère, telle fille, répond Margaux avec un sourire coincé, pensant que sa défunte mère, cette ivrogne, l'aurait volontiers échangée contre une bouteille de champagne et de la cocaïne haut de gamme. Ce que vous devez comprendre, c'est que June est complètement dépassée. Si j'étais vous, je commencerais à dire la vérité, tout ce que vous savez, et je vous donne ma parole qu'il ne lui sera fait aucun mal. Voici le marché… je cherche une toile qui m'appartient de plein droit. Il n'y a que ça qui m'intéresse. Vous me la donnez, et vous serez récompensée pour cette information.

— Vous ne vous intéressez qu'à *vous*, rétorque Liz. J'ai poursuivi des personnes dans votre genre pendant des années.

— Dans mon genre ? Des psychopathes, vous voulez dire.

C'est bien plus amusant qu'elle se l'était imaginé.

— Bien, alors je n'ai pas besoin de m'expliquer. Vous *savez* exactement de quoi il retourne ici. Économisons-nous du temps et de l'énergie. Nous savons l'une comme l'autre que je ne m'arrêterai pas tant que je n'aurai pas obtenu ce que je veux.

— Et vous ne vous arrêterez pas plus après, parce que ça ne suffit jamais.

— Vous semblez *vraiment* connaître le genre de personne que je suis, se moque Margaux. Jouons, et voyons où ça nous mène. Pourquoi Adam Chase était-il chez vous ?

Liz reste muette. Margaux inspire un petit coup. Elle pourrait lui faire du mal. Elle pourrait lui arracher ses cheveux méchés un par un. Ce serait si foutrement facile.

— Votre silence ne peut que nuire à votre fille. Mais, une fois encore, c'est vous qui choisissez.

Liz se recroqueville quand Margaux se lève et se met à lui tourner autour.

— J'ai des photos d'Adam Chase dans votre immeuble, assis sur un banc dans le hall, pourquoi était-il là ? Que faisiez-vous *réellement* à Baden-Baden ? Pourquoi June a-t-elle rencontré Bram Bakker à Amsterdam lors de votre retour à Chicago ? Pourquoi cherchiez-*vous* des informations financières sur mes galeries ? Je vous garantis que vous allez répondre à mes questions.

Mais Liz reste bouche cousue, résolue à ne pas céder d'un pouce. Margaux se retient de la gifler.

— Au cas où je n'aurais pas été suffisamment claire, Maître, mon hacker, que vous rencontrerez bientôt, a pénétré les ordinateurs de votre cabinet. Je saurai donc exactement ce que vous tramiez. Aucune des informations que vous ou June avez sur moi ou mes galeries n'est confidentielle. Vous n'êtes encore en vie que parce que j'ai besoin que vous combliez les vides et que je n'ai pas de temps à perdre.

— Vous allez me tuer de toute façon.

— Peut-être, ou peut-être pas. Et, pour votre gouverne, ce ne sera pas moi qui le ferai.

Margaux entend trois petits coups à la porte. *Ils sont en avance.* Elle dégage les chaussures de la femme d'un coup de pied et va ouvrir.

— Je vous conseille de coopérer. Votre fille fait tout ce qu'elle peut pour vous sauver la couenne. Le moins que vous puissiez faire est d'avoir l'obligeance d'*essayer* de rester en vie.

42

Art Basel, Miami

Margaux traverse avec grâce la cour de la Versace Mansion. Tous les yeux sont rivés sur elle. Elle prend la pose, main sur la hanche, pochette à paillettes Judith Leiber le long du flanc, et se délecte de cette dévotion. Elle fait un retour fracassant et doit une fière chandelle à Griffin Freund. Tout le gotha est venu à sa soirée du Basel présentée comme l'événement incontournable marquant la réapparition de l'artiste en vogue Adam Chase. Elle lance un sourire radieux aux admirateurs. *Ma fête, mon retour.*

Elle regarde June à l'autre bout de la pièce, et est satisfaite du spectacle. Elle est magnifique dans la robe bandage à coupe asymétrique qu'elle lui a envoyée et ordonné de porter ce soir. Hervé Léger ne déçoit jamais. Et le reste… la crinière bouclée qui cascade dans son dos, les courbes, le maquillage. Elle a suivi à la lettre ses instructions. June est maintenant sa marionnette. C'est toute la beauté du *sinon.* Il permet de tirer les ficelles autant qu'on veut.

Elle repère Griffin qui se mêle au loin à un groupe de collectionneurs, semant les graines du dernier lot de toiles volées qu'elle vient de lui envoyer. Ce type sait y faire. Une main est appuyée contre l'épaule d'un client potentiel, l'autre bras enlace nonchalamment Henri Lamonte, le photographe de renommée internationale. *L'ancien amant d'Ellis Baum.* Margaux serre les poings. Elle s'occupera de ce problème dès que le Basel sera terminé.

Et il y a Adam, dans un espace privé à l'autre bout de la cour, interviewé par *ARTnews*. Ses peintures sont disséminées dans la cour et les somptueux abords de la piscine. Des bougies dorées entourent chacune d'elles, formant un cercle rituel. La série, intitulée *Femme, telle qu'elle*, est principalement constituée de représentations abstraites de June Roth. *Comme si je l'ignorais*, pense Margaux, les lèvres fendues d'un sourire ironique. Lui aussi, elle s'en occupera après le Basel.

Lissant sa minirobe smoking Tom Ford expressément faite pour elle, Margaux reporte son attention sur le chef-d'œuvre drapé au centre de l'espace, la seule toile réellement importante ce soir. Celle-ci l'attend comme une adolescente timide qui se cache. Margaux se sent foudroyée par un éclair de rancœur. *Imposteur !* a-t-elle envie de hurler à la toile contrefaite. Elle retient sa respiration, se force à étouffer la colère qui gronde. Elle a promis à tous les journalistes présents ce soir de leur offrir du sensationnel en plus de la résurrection très attendue d'Adam Chase, et elle le fera. Elle sait, sans l'ombre d'un doute, que dès qu'elle aura été dévoilée, la toile fera les gros titres partout dans le monde. Elle se fabrique un large sourire, sent la chaleur des appareils qui crépitent autour d'elle.

Margaux prélève deux flûtes de champagne sur le plateau d'un serveur et se dirige vers June. Parvenue près d'elle, Margaux perçoit sa nervosité, qu'elle ne parvient pas à masquer. Elle effleure la peau veloutée de son épaule dénudée et savoure le dégoût qu'elle lit dans ses yeux.

— Vous êtes parfaite. Prenez des notes. J'ai promis une exclusivité au *Miami Herald* pour le magazine du dimanche et l'édition internationale. J'ai convaincu le rédacteur de *vous* laisser écrire l'article et de m'interviewer. Vous l'écrirez plus tard ce soir.

Du coin de l'œil, Margaux voit Adam observer leur échange. À son expression confuse, il est clair qu'il ignorait que June serait là. Selon Wyatt, June avait maintenu le silence radio toute la semaine, respectant sa part de marché. Elle n'avait contacté personne d'important et s'était faite discrète, conformément aux instructions. Il y avait eu cet instant douteux plus tôt dans la soirée quand Adam l'avait vue et abordée. Mais Margaux avait aussitôt mis fin à leur entrevue. Et June avait joué le jeu, sachant qu'au moindre faux pas sa mère risquait de la payer de sa vie.

Margaux caresse légèrement le bras de June, puis l'embrasse sur les lèvres juste pour la contrarier, tout en jetant un regard en coin à Adam en espérant qu'il ne l'ait pas raté. *Regarde, moi aussi je peux jouer. Et je suis la plus douée.* Du coin de l'œil, elle voit son assistante lui faire signe de venir. Elle hoche la tête. *C'est l'heure.*

Elle quitte June pour se faufiler jusqu'au podium improvisé et se placer près de la peinture. Son assistante lui tend un micro, et Margaux attend que la foule se calme. En vérité, elle préférerait faire durer ce moment exquis. Elle l'a mérité. Au milieu des applaudissements, des cris et de la cacophonie ambiante, elle sent son portable vibrer sans discontinuer contre sa poitrine. Elle commence par l'ignorer, mais il persiste. Elle met la main dans la poche cachée de sa veste de smoking et tend vite l'appareil à son assistante.

— Répondez, lui ordonne-t-elle en plaquant un sourire sur son visage.

— L'homme dit que c'est urgent, lui murmure son assistante.

Wyatt Ross.

— Dites-lui que je suis occupée pour le moment.

La fille semble effrayée.

— Il m'a dit de vous dire : « Ne quittez pas la fille des yeux… »

Margaux regarde June de l'autre côté de la cour. *Quel coup fourré me prépares-tu ?* Elle la tuera de ses propres mains, la démembrera si elle lui gâche cette soirée.

— Dites-lui que je m'en occupe.

Puis, baissant la voix, Margaux se penche et chuchote des instructions à l'oreille de son assistante. La fille sourit élégamment aux curieux, puis file. Margaux s'éclaircit la gorge, ajuste légèrement sa pose pour les appareils photo, veillant à ce que la lueur des bougies reflète les étoiles qui brillent dans ses yeux.

— Bonsoir et bienvenue. Je suis ravie d'être parmi vous ce soir…

Riche, lente et envoûtante. On lui a dit qu'elle avait une hauteur de voix parfaite et il est indéniable qu'elle sait chauffer une salle. Ce n'est pas son premier Basel, mais ce sera le plus mémorable. Regardez-les, qui lui mangent dans la main tandis qu'elle relate l'extraordinaire histoire du légendaire grand-papa Charles de Laurent qui s'était donné pour mission de sauver l'art moderne pendant la guerre, risquant tout… *Putain, que je suis bonne.*

Margaux énumère lentement les toiles célèbres que son grand-père a sauvées sous des applaudissements nourris, suivis bien sûr d'une ovation. Pendant qu'elle parle, elle remarque avec plaisir que l'hôtesse d'accueil, l'une des six agentes de sécurité triées sur le volet, se faufile vivement à travers la foule jusqu'à June.

— Ce tableau, Margaux montre derrière elle la toile recouverte, peint par l'incomparable Ernst Engel, fondateur du mouvement expressionniste, appartenait autrefois à mon grand-père.

Son visage se fait parfaitement solennel, comme à un enterrement.

— Il a été arraché à sa galerie de Paris en 1939 par le pilleur d'art d'Hitler, Helmuth Geisler.

Elle laisse planer un silence pour que cet élément crucial pénètre bien les esprits. Toutes les personnes présentes ont entendu parler du trésor de Geisler, du meurtre de son fils et du vol d'une valeur d'un milliard de dollars. Leur communauté n'avait pas connu pareille affaire depuis des décennies. Margaux poursuit en décrivant la signification personnelle de cette toile pour sa famille, sa grand-mère mourante surtout, et en expliquant qu'elle avait su très tôt qu'elle consacrerait sa vie à la retrouver.

Elle aborde ensuite cet instant grisant, quand elle avait entendu dire qu'un Engel pourrait figurer parmi les œuvres volées de la collection de Geisler. Elle avait su au fond de son cœur que la toile perdue, *si* importante pour sa famille, existait.

— Puis, dit-elle en essuyant quelques fausses larmes et en ajoutant un trémolo parfait à sa voix, j'ai appris par une source qu'elle avait atterri entre de mauvaises mains. Oui, mes amis… comme vous pouvez tous l'imaginer, la récupérer n'a pas été une partie de plaisir…

Elle s'interrompt pour ménager son effet. Son assistante, revenue depuis à ses côtés, lui tend un mouchoir dans un timing parfait. Margaux la remercie d'un signe de tête, se disant que ce geste vaudra un bonus à cette fille. Les appareils crépitent, les flashs s'illuminent. L'image ne pouvait être meilleure.

— Le moment venu, je vous promets de vous communiquer tous les détails, tout ce qui a permis de retrouver cette magnifique peinture.

Elle se retourne vers son assistante.

— Sans plus attendre, je vous présente *La Femme en feu*, la dernière œuvre d'Ernst Engel.

La toile est dévoilée d'un coup sec et théâtral.

Le tonnerre d'applaudissements qui résonne autour est si stupéfiant que Margaux sent le sol trembler sous ses stilettos. Elle voit des larmes dans les yeux de ses invités. Les journalistes culturels écrivent fiévreusement et s'approchent d'elle. Elle croise le regard interloqué d'Adam. *Oui, je viens de tout faire voler en éclats. Oh, et dis à ton grand-père mourant que la toile est maintenant en sécurité avec moi.*

Le téléphone qui était discrètement posé au pied de la toile vibre sans discontinuer. Elle baisse les yeux. Wyatt Ross. *Encore.*

— Tu as intérêt à ce que ce soit important, siffle-t-elle dans le combiné tandis qu'une douzaine de journalistes se mettent à grouiller autour d'elle.

— Ne quitte pas la fille des yeux.

— J'ai entendu, pourquoi ?

— Elle sait où se trouve le vrai tableau, hurle-t-il. Putain, elle le sait !

43

L'hôtesse pousse June dans la voiture garée et tend sa pochette au chauffeur. Quelqu'un lui place un sac sur la tête avant qu'elle ait pu appeler au secours et lui attache les poignets. Elle parvient tout juste à respirer. *Où l'emmènent-ils ?* Elle étouffe et a l'impression qu'un nœud se resserre autour d'elle alors qu'elle s'appuie contre le siège en cuir, tremblant dans sa robe légère.

June s'efforce de rester calme tandis que la voiture accélère, de se concentrer sur les détails, de revenir sur l'enchaînement des événements. *Adam.* Elle repense au début de la soirée, quand elle avait fait le tour de la piscine et découvert ses toiles exposées, sa dernière série. Celle pour laquelle elle avait posé, et d'autres qu'il avait dû peindre de mémoire sous plusieurs angles, dans différentes poses. Elle formait la pierre angulaire de son exposition.

June ferme les yeux et se rappelle la surprise d'Adam, à l'autre bout de la pièce, quand il l'avait vue entrer.

— Que fais-tu là ? C'est quoi cette tenue ? Et pourquoi ne m'as-tu donné aucunes nouvelles ? avait-il demandé après l'avoir remarquée et rejointe en vitesse.

June avait jeté un regard rapide à Margaux, non loin de là, coincée au milieu d'un cercle d'admirateurs.

— Pourquoi m'as-tu peinte sous toutes les coutures ? avait-elle réussi à chuchoter comme Margaux interrompait sa conversation et se dépêchait d'approcher.

— C'était une surprise. J'étais… inspiré.

— Bon sang, Adam.

June savait qu'elle ne disposait que de quelques secondes pour l'avertir au sujet de sa mère.

— Elle a ma…

Margaux était vite intervenue, avait passé un bras nonchalant autour d'Adam, empêchant June d'ajouter quoi que ce soit.

— Je vois que tu as rencontré June. C'est une journaliste de Chicago qui prépare un… article de premier plan sur l'art. Je l'ai invitée à venir ici. June, avait-elle dit en désignant derrière elle le cercle qu'elle venait de quitter, c'est le rédacteur dont je vous ai parlé. Il a hâte de vous rencontrer. *Maintenant.*

Elle l'avait gentiment poussée dans cette direction et l'avait mise en garde d'un regard : *n'y pensez même pas.*

Et voilà. Elle avait passé son bras dans celui d'Adam pour le retenir et l'avait éloigné. Il s'était retourné pour interroger June du regard. Elle avait fait non de la tête, alors qu'elle mourait d'envie de hurler la vérité. Il avait dû croire qu'elle avait berné Margaux avec l'article sur les œuvres volées et que c'était la raison de sa présence. *Elle a ma mère, Adam. Elle l'a enlevée.* Mais il s'était déjà retourné, pensant peut-être l'aider en jouant le jeu.

Et plus tard… après que le tableau avait été dévoilé, avant qu'elle comprenne ce qui lui arrivait, avant qu'elle puisse contacter Adam d'une manière ou d'une autre, l'hôtesse lui avait agrippé le bras et ordonné de quitter immédiatement la soirée avec elle, sinon sa mère en ferait les frais.

Qu'aurais-je pu faire ? Et la toile… *Comment est-ce même possible ? Comment Margaux l'a-t-elle trouvée ?* Elle ne peut pas avoir découvert aussi vite l'existence de Lilian Dassel, et il est impensable que Lilian ait révélé l'emplacement de la peinture. Sauf si… pense June, la peur au ventre, *sauf si ma mère a été contrainte d'avouer.* Ou sauf si… son cœur bat à tout rompre, et une lueur d'espoir brille dans ses yeux en dépit de sa situation désespérée. Margaux expose la copie.

Une demi-heure plus tard environ, la voiture s'arrête, les portières se déverrouillent automatiquement et on lui ôte le sac. Elle reprend son souffle tandis que le chauffeur l'extrait brusquement de la voiture et la pousse vers une immense villa envahie par une bougainvillée avec une toiture en tuiles de style espagnol. Le jardin paysager est éclairé de couleurs fluo kitch. Le chauffeur, dont elle voit clairement le visage à présent, a une trentaine d'années et de grands yeux ronds, des cheveux roux coupés court, et une barbe en ancre souligne sa mâchoire. Il la propulse vers la maison et ouvre la porte, et June se retrouve dans l'entrée, près d'une énorme composition florale débordant d'arums.

Elle balaie du regard la vaste entrée en marbre noir et blanc et remarque que les murs sont couverts de tableaux du sol au plafond, et que cela continue dans l'escalier en colimaçon. L'homme la mène dans la bibliothèque voisine, désigne le canapé et lui dit de s'asseoir et de ne pas bouger. Il se plante face à elle et pose nonchalamment un pistolet sur ses genoux. Il la fixe de ses yeux vides et globuleux et ne dit qu'une chose :

— Vous ne ressemblez pas à votre mère.

Le cœur de June se serre. *Il a vu ma mère. Est-elle vivante ?* Elle meurt d'envie de le bombarder de questions, mais il a tout d'un tueur, alors elle se tait. Il n'y a nulle part où aller, nulle part où fuir. Elle est prisonnière ici. Elle se calme et se concentre sur la grande peinture qui lui fait face, un Chagall. C'est une scène onirique allégorique colorée. Elle l'a déjà vue. Son visage se décompose quand elle comprend qu'elle figurait sur la liste des peintures qui auraient fait partie de la collection d'œuvres volées de Geisler. Elle avait été confisquée à un grand collectionneur juif allemand pendant la guerre. Elle l'avait vue en photo quand elle faisait ses recherches. *Où suis-je ? À qui est cette maison ?* Elle inspecte la pièce en quête d'indices, sans bouger la tête pour ne pas provoquer le chauffeur.

Margaux entre quelques heures plus tard. Elle n'est plus en robe de soirée. Elle a enfilé un jean baggy, des bottines et un pull noir ample. Elle murmure quelques mots au chauffeur. Il hoche la tête, lui tend le pistolet puis détache les poignets de June avant de quitter la pièce. Margaux prend sa place, allume une cigarette, et désigne la toile derrière elle.

— Oui, je sais exactement à quoi vous pensez, parce que je sais *comment* vous pensez. Cette toile était dans vos recherches, non ? Je crois que vous aviez un Post-it dessus marqué « volée ». À mon sens, c'est l'une des toiles que j'ai *sauvées*.

Elle prend une longue bouffée et souffle la fumée vers le plafond comme une ingénue hollywoodienne.

— Je crains que votre bon ami Bram Bakker, détective d'exception, n'ait raté celle-ci.

Margaux croise lentement les jambes comme si elle avait tout le temps devant elle et qu'elles étaient deux copines en train de discuter.

— Au cas où vous vous poseriez la question, c'est la maison d'un de nos plus gros clients, qui est ravi de nous accueillir ce soir. Et, pour votre gouverne, la soirée a été un franc succès. Dans quelques petites minutes, ajoute-t-elle les yeux pétillants, vous allez m'interviewer comme prévu pour le reportage sur les œuvres volées. Je vous raconterai la fabuleuse histoire de ma découverte de cette peinture appartenant légitimement à ma famille dans une obscure petite ville de… si nous disions

Plaisance, en Italie ? J'ai toujours adoré cet endroit. Vous allez expliquer pourquoi je suis l'héritière légitime de ce tableau. Vous pouvez insérer une ligne ou deux sur les ventes sous la *contrainte* et la loi. Je dispose de tous les documents légaux pour le prouver. Vous êtes incollable sur les ventes contraintes, non ? C'était dans vos recherches. Sous la section Principes de la conférence de Washington, avec un Post-it jaune. C'est cette réunion internationale qui a désigné comme « suspectes » toutes les œuvres européennes vendues entre 1933 et 1945 et indiqué qu'elles nécessitaient une inspection plus poussée, dit Margaux avec un rictus soudain qui relève un côté de sa bouche, une vision effrayante. À mon avis, nous sommes confrontées à un problème moral. Si j'ai volé aux voleurs d'art, fais-je alors partie des bons ou des méchants ?

Elle appuie son menton dans le creux de sa main, comme un professeur débattant d'une question philosophique ouverte. June reste silencieuse, ne bouge pas le moindre muscle.

— Une fois que j'aurai approuvé votre article, poursuit-elle, nous prendrons toutes les deux l'avion pour aller voir une de vos amies à Baden-Baden. Pour être franche, j'en ai un peu marre de tous ces déplacements ce mois-ci. Trop d'allées et venues. Quoique ce voyage devrait amplement en valoir la peine, vous ne croyez pas ? Apparemment, votre amie sait où se trouve la *vraie* peinture.

La vraie *peinture*, June confirme en silence. La toile dévoilée ce soir était bien le faux. Mais elle est au courant de l'existence de Lilian. Sa mère a dû… Elle ferme brièvement les yeux.

— Ma mère est-elle en vie ? réussit-elle à demander.

— Pour le moment…

Le regard glacial de Margaux ne quitte pas une seconde le visage soulagé de June.

— Et oui, c'est la contrefaçon que j'ai présentée ce soir. Notre petit secret. Et on va le garder ainsi. Le faux, cependant, aura son utilité. Il sera exposé dans un musée de mon choix, et tout le mérite m'en reviendra. La vraie toile en revanche rentrera avec moi dans le sud de la France, là où est sa juste place. Et vous allez vous en assurer…

Sinon. June ne peut retenir les chaudes larmes qui affluent. Absolument rien ne s'est déroulé comme prévu, et sa mère en paiera certainement le prix.

Margaux lui tend un mouchoir puis prend dans son grand sac Birkin une clé USB enregistreur qu'elle pose sur la table basse devant June.

— Vous me courez après depuis le jour où vous avez rencontré Dan Mansfield. J'ai décidé de fêter mon succès en vous racontant la vérité, *toute la vérité.* C'est pour récompenser votre dur labeur. Alors, séchez vos larmes et préparez-vous à entendre la vérité, à obtenir des *réponses.* C'est ce pour quoi vous vivez… et mourez, n'est-ce pas, June ?

June ne peut ni parler ni penser, tant elle a peur. Elle regarde Margaux jouer avec la crosse de l'arme, la tête penchée, narcissique à l'excès. Elle connaît cette attitude. Elle l'a vue chez d'innombrables hommes politiques, célébrités et VIP qui pensent que sans eux le monde s'arrêterait de tourner, qu'ils sont hors du commun. Margaux *veut* révéler la vérité, veut se vanter de ses frasques perverses. Elle veut lui faire peur. Mais cela va au-delà… Cette femme cherche désespérément un public. Quel intérêt à se montrer plus intelligente que tout le monde, à revendiquer la victoire, si vous n'avez personne à qui le raconter ? Mais si elle dit tout, pense June avec un sursaut de panique, alors elle devra me tuer.

— Commencez ! ordonne Margaux.

Commencez ? June la dévisage sans cligner des yeux, ne saisissant pas vraiment.

— Mais bon sang, j'ai dit de commencer l'interview !

June passe à la vitesse supérieure. Ni note ni préparation. La vie de sa mère et la sienne en dépendent. Cette histoire, cette prétendue interview, lui fait gagner du temps. Alors, elle se lance…

— Vous vous appelez Margaux de Laurent, où êtes-vous née et parlez-moi de votre enfance…

June enchaîne les questions. Chaque minute qu'elle meuble est une minute de vie supplémentaire pour sa mère. Mais au fond d'elle, elle soupçonne qu'elle pousse Margaux à donner des détails intimes parce qu'elle a beau la détester, c'est elle qui détient la clé de cette histoire, le passeport pour pénétrer un monde de l'art qu'elle n'a fait qu'explorer, quand Margaux l'a vécu de l'intérieur. Au fil de l'entretien, June commence à se perdre dans les événements qui ont forgé Margaux de Laurent, marchande d'art brillante et psychopathe, maître d'œuvre de comportements sinistres et destructeurs. Mais en dessous, c'est une femme triste et blessée. Terriblement seule.

June presse ses doigts contre sa tempe.

— Parlez-moi du meurtre de Geisler… comment avez-vous fait pour ne pas vous faire prendre ?

— Je préfère vous raconter une meilleure histoire de cette autre fois où je ne me suis pas fait prendre…

Margaux se laisse emporter par l'excitation.

— L'histoire de la mort de mon père il y a bientôt cinq ans. La nuit où Adam Chase l'a tué. Vous connaissez Adam, bien sûr ? Le type que je vous ai présenté ce soir. L'artiste. Ouais, lui, dit-elle en faisant légèrement claquer ses lèvres. Vous avez joué une belle comédie tous les deux, vu que vous avez couché avec lui il y a quelques semaines à peine. Et qu'il est venu vous voir à Chicago. Et que chacune des peintures qu'il a exposées ce soir était de *vous*. Vous me croyez stupide ?

Margaux se lève, s'approche du bar dans l'angle et se verse un verre de vin. Elle en sert aussi un à June.

— Je vais associer cette histoire à une bonne syrah… vous en aurez besoin.

*

Margaux n'amenait jamais personne à Correns. C'était son sanctuaire. Elle y conservait tous les précieux souvenirs de son grand-père. Elle y venait pour fuir le monde. Personne ne méritait de connaître cette partie de sa vie qu'elle protégeait dur comme fer. Mais Carice van der Pol était différente. C'était la première femme avec qui Margaux avait ressenti une proximité, un véritable lien. Avec Carice, elle riait, parlait d'art, et racontait même sa famille dysfonctionnelle, parce que celle de Carice n'était pas si différente de la sienne. Et quand elles faisaient l'amour, Margaux était présente et éprouvait un sentiment proche de l'intimité. Carice était aussi sa première véritable amie. Carice van der Pol était bien la seule personne qu'elle avait aimée en dehors de son grand-père. Et pourtant, ce n'était jamais suffisant pour remplir le vide abyssal. Et il y avait aussi Adam.

Carice était son amante en Europe, et Adam son amant aux États-Unis, une séparation parfaite. Mais ce week-end-là, Margaux avait commis l'erreur fatale de réunir les deux mondes dans le seul endroit qui comptait pour elle. Quand Sébastien de Laurent avait annoncé à sa fille qu'il prévoyait de lui organiser pour ses trente ans une fête au vignoble, son lieu favori, et de l'emmener ensuite naviguer quelques jours sur le yacht, Margaux avait été prise de court. C'était la toute première fois qu'il la mettait à l'honneur, qu'il voulait passer du temps avec elle. Elle avait hésité à accepter car Sébastien n'agissait jamais sans arrière-pensée. Ignorant son instinct deux fois en une journée, Margaux avait dit oui à son père, puis invité Adam et Carice à la rejoindre.

Ce long week-end avait été un mélange parfait de drogues et de sexe, de nourriture et d'alcools. Lors de la soirée dans le patio de la maison, Sébastien avait enlacé sa fille sous les guirlandes lumineuses. Margaux avait dansé avec lui, ri avec lui, s'était autorisée à être séduite par le charme habile de son père. Elle avait finalement compris pourquoi tout le monde gravitait autour de ce personnage hors du commun. Elle avait l'impression de refaire connaissance avec son père et il est vrai que, pour une fois, elle ne l'avait pas détesté.

Adam, en revanche, n'allait pas bien. L'héroïne était devenue un vrai problème, et il ne pouvait plus cacher son addiction en public. Bien plus tard cette nuit-là, on avait frappé à la porte de sa chambre. Elle s'y trouvait avec Carice. C'était le majordome.

– Mademoiselle Margaux, votre ami, le jeune homme. Je suis vraiment désolé… il ne va pas bien du tout. Venez avec moi s'il vous plaît.

Margaux avait dévalé les escaliers et filé près de la piscine, où elle avait trouvé Adam allongé à plat ventre sur les dalles du patio, en train de convulser. Sa peau était si pâle, il suffoquait, et ses lèvres étaient pratiquement violettes. Elle l'avait pris dans ses bras.

– Adam, je t'en prie, pas maintenant. Pas ce week-end. Pas ici. On en a parlé…

– J'en avais besoin, Margaux… Besoin…

Il s'étouffait dans son vomi, délirait. Combien avait-il pris ? Il avait surtout besoin d'aller à l'hôpital. Mais Margaux avait pensé aux gros titres et n'avait vraiment pas voulu que ce week-end de rêve s'achève. Il y avait un médecin très discret en ville. Elle l'avait appelé, l'avait supplié de la retrouver dans une chambre privée à l'hôpital. Elle avait demandé au majordome de porter Adam à sa voiture. Elle avait laissé des messages à Carice et à son père, les informant de la situation et leur disant qu'elle passerait probablement la nuit à l'hôpital jusqu'à ce qu'Adam, à qui on administrait une puissante dose de Narcan, soit stabilisé.

Margaux avait changé d'avis au cours de la nuit. Son instinct lui avait dicté de rentrer.

Il était presque 4 heures du matin quand elle avait monté l'escalier en colimaçon qui menait à sa chambre, épuisée et vidée. Elle était entrée et avait pilé net en voyant le relief du cul en forme de cœur de Carice rebondir dans l'air, puis deux jambes poilues nouées autour d'elle. *Son père.* Elle les avait vus danser plus tôt pendant la soirée, l'un tout contre l'autre, mais il dansait comme ça avec tout le monde. Elle l'avait par ailleurs vu zieuter Carice au dîner, mais là aussi, rien d'inhabituel. Mais elle avait manqué les œillades de son amie. Carice lui ressemblait *trop*, elle aimait plus le jeu que la récompense. Ils ne l'avaient pas vue sur le seuil. *Parfait.* Ils la croyaient encore avec Adam. Elle était ressortie de la chambre sans un bruit, les laissant baiser, rire, croire qu'ils l'avaient bernée.

La fête d'anniversaire s'était poursuivie sur le yacht le lendemain soir. Champagne à gogo, musique toute la nuit, drogues de qualité extra. Son père bourré avait passé ses bras autour d'elle.

— Tu n'oublieras jamais cette nuit, *mon cœur**.

— Jamais, lui avait-elle répondu en lui rendant son étreinte.

Elle avait attendu son heure. Plus tard ce soir-là, Carice dormait d'un côté du lit dans la cabine principale et Adam, qui se rétablissait doucement, occupait l'autre oreiller. Ils avaient partagé le lit à trois plus tôt. Son corps avait été en pilote automatique, se mouvant en rythme avec les leurs, un enchevêtrement érotique de membres, alors que son esprit était ailleurs. Elle avait regardé ses deux amants comme à distance, séparée d'eux, insensible. L'une la trompait, l'autre se droguait. Et quand ils s'étaient enfin endormis, Margaux s'était levée et assise dans le fauteuil face à eux afin d'élaborer sa stratégie.

Une demi-heure plus tard, elle avait réveillé Adam, une seringue à la main.

— C'est ce que tu veux, non ?

Elle avait agité l'aiguille au-dessus de sa tête et il avait changé de position, encore affaibli par l'overdose et les grandes quantités de Narcan.

— Ne réveille pas Carice, avait-elle dit en posant un doigt sur ses lèvres. C'est notre secret.

— Oui, avait-il répondu en tendant la main vers la seringue, ses yeux vitreux soudain illuminés. Plus que tout.

Elle avait éloigné la seringue afin qu'il ne puisse pas la saisir.

— Pas encore, mais bientôt. Suis-moi. Tu fais un truc pour moi d'abord et après, je fais ça pour toi.

Son père était sur le pont, allongé ivre mort dans une chaise longue où elle l'avait laissé plus tôt. Elle avait regardé Adam, qui n'avait pas lâché la drogue des yeux.

— Mon père a envie d'aller se baigner. Aide-moi à le mettre à l'eau et tu auras ta dose. Autant que tu veux, Adam… C'est promis.

Adam avait semblé partagé. *C'est un chic type*, s'était-elle dit en remuant la tête. Un chic type avec une mauvaise habitude.

— Je ne crois pas, Margaux.

Elle avait agité l'aiguille devant lui, s'était approchée de l'eau et avait feint de la lâcher dans la mer.

— Fais-le, sinon.

Sinon… Ses mots magiques.

Son ours de père avait écarté ses bras charnus quand Adam et elle l'avaient hissé jusqu'au bord du yacht, puis Margaux avait reculé.

— Maintenant, avait-elle ordonné à Adam. Pousse-le.

Mais Adam, affaibli et l'esprit embrouillé, avait hésité.

— Fais-le, putain de loser ! avait-elle hurlé, mais il était pétrifié, les mains posées sur son père.

Elle n'avait pas de temps à perdre avec ça. Elle était arrivée à toute vitesse derrière Adam et avait poussé ses mains avec toute la colère, la solitude et l'abandon qu'elle avait accumulés en trente ans. Elle avait reculé au moment où son père basculait par-dessus bord. La dernière poussée avait été si nette et rapide que Sébastien avait à peine fait une éclaboussure, comme un rocher énorme s'écrasant dans une piscine remplie de gélatine. Il avait lutté, les yeux agrandis par la peur et en claquant des dents comme il prenait conscience que sa propre fille avait signé son arrêt de mort. Margaux avait éprouvé un véritable sentiment de triomphe.

Au moment où il rendait son dernier soupir, Margaux s'était retournée et avait découvert Carice en T-shirt blanc, mamelons dressés à travers le fin tissu de coton, bouche ouverte en un *hurlement silencieux* qui témoignait qu'elle avait compris et se sentait coupable. C'était à cause d'elle.

— Regarde son visage, Carice, ces dents découvertes, avait dit Margaux d'une voix indifférente, parfaitement calme. Elles ne te rappellent pas cette peinture de Basquiat ?

*

June est horrifiée quand Margaux achève son histoire.

— Et la suite, tout le monde la connaît.

Margaux essuie ses mains sur son jean.

— Adam Chase, votre amant, votre peintre, peut ajouter « assassin » à son crédit. Qui plus est, j'ai veillé à ce que les empreintes de Carice figurent sur les drogues prises par mon père avant qu'il se noie. J'ai aussi pu acheter le silence de la police locale qui a déclaré que la mort de Sébastien était accidentelle.

— Mais rien de tout ça n'est vrai, riposte June. C'est *vous* qui avez drogué votre père. Vous avez drogué Adam. Vous avez piégé Carice. Vous étiez derrière le geste fatal. C'est vous l'assassin.

Margaux mime un pistolet avec ses doigts.

— Vérifiez les faits. Adam n'était *pas* sous l'influence de la drogue. Il en avait tellement envie qu'il était prêt à pousser mon père dans l'eau pour une seringue. Et oui, j'étais là derrière lui pour déclencher ce geste, mais Adam *croit* l'avoir fait. Son sentiment de culpabilité, pas le mien. Et voici une autre vérité… mon père serait de toute façon mort. Son verre était bourré de strychnine, un poison destiné aux rats, un verre que Carice lui avait tendu sans le savoir plus tôt dans la soirée. Parfait, non ? Carice pense avoir empoisonné mon père par inadvertance. J'ai donc acheté son silence jusqu'à ce que vous vous mettiez à fourrer votre nez partout. Vous voyez la beauté de tout ça, June ? C'est un classique. L'être et le paraître. Relisez Shakespeare.

Elle se lève, regarde la bibliothèque derrière elle.

— Le plaisir n'est pas dans l'acte de tuer, loin de là. Non, l'important, c'est ce qui vient avant et après. Tout planifier et s'en tirer impunément.

Elle se tourne vers June, savourant son pouvoir.

— Dites-moi, qui exerce le plus de contrôle, la marionnette ou le marionnettiste ? C'est aussi simple que ça.

— Pourquoi prenez-vous le risque de révéler tout ça ? lui demande June en tentant de masquer sa peur.

Il n'y a qu'une seule raison.

— Je vous connais à présent. Ce qui vous excite, c'est de trouver l'histoire qui fera un bon sujet d'article. De chercher des réponses, quels que soient les risques. Je ne fais que vous ôter ce plaisir. Maintenant que nous avons terminé l'interview, ajoute Margaux avec un sourire dur comme l'acier, vous avez trois heures pour écrire l'article que le monde entier lira. Le chauffeur va vous apporter un portable et des vêtements de rechange et il restera avec vous pendant que je me repose. Et ensuite…

June attend de connaître son sort, mais Margaux attrape son enregistreur sur la table et se lève pour partir, sans finir sa phrase.

44

Baden-Baden, Allemagne

Lilian Dassel aurait-elle eu dix bonnes années de moins qu'elle aurait pu apprécier la situation, le rebondissement, tout cet imbroglio. Mais elle était fatiguée, plus vieille que la plupart des gens, épuisée par une vie passée à se venger de son enfance tragique. Alors qu'elle examine les deux femmes en face d'elle, l'une qu'elle a déjà vue et l'autre qui, malgré son allure sophistiquée, la regarde comme si elle était son quatre-heures, Lilian comprend que l'affaire s'est corsée.

Elle a reçu hier le message urgent de la directrice. Il émanait de la jeune femme : *Dites à Frau Dassel qu'une personne vient la voir au sujet de la peinture.* La directrice lui avait demandé si elle savait de quoi il retournait. Elle avait menti et répondu par l'affirmative. Elle avait menti parce qu'elle ne comptait pas mourir sans savoir exactement ce qu'il adviendrait de la toile.

La sophistiquée se lance.

— Lilian, je m'appelle Margaux de Laurent. Je suis marchande d'art, dit-elle en tendant la main. Vous avez peut-être entendu parler de moi…

— Non, je crains que non.

Lilian ignore la main tendue pour se concentrer sur June, qui lui lance d'étranges regards. La jeune femme semble terrifiée, très différente de lors de leur dernière entrevue, comme si elle tentait de dissimuler quelque chose. Ou y était *forcée*. Elle avait bien trop souvent croisé ces regards – pupilles rétractées, blancs des yeux immenses, écarquillés par la peur. Elle avait vécu chaque jour avec ce même regard hanté à Auschwitz, et bien plus tard dans le sillage de ses cauchemars. La jeune femme cachait quelque chose.

— Pourquoi êtes-vous vraiment ici ?

Lilian écarte de son visage sa masse de cheveux blancs poussés par le vent. Elle avait insisté pour sortir malgré le froid et la neige au sol. Tout le monde sait que Lilian Dassel a besoin d'oxygène. Cela arrive sans prévenir, quand des souvenirs calcinés réclament de l'air à grands cris.

— Vous détenez une peinture qui m'appartient, dit simplement Margaux.

— Qui vous appartient. Qui VOUS appartient !

Lilian hurle de rire. *Qui est cette femme ?* Cela explique le regard effrayé de la fille.

— Cette foutue peinture, c'est ça ? Toutes ces vies qu'elle a emportées ! Pourquoi est-elle à vous, Mam'zelle Chicos ?

Elle regarde June.

— Et pas à elle ? Ou à lui ?

Elle désigne d'un doigt osseux un vieil homme au loin, emmitouflé dans tellement de couches qu'il ressemble à un igloo.

— Dites-moi, mademoiselle de Laurent, pourquoi est-ce que *vous*, vous méritez cette peinture ?

Margaux croise les bras, peu habituée à ce qu'on s'oppose à elle.

— Parce qu'elle appartenait à mon grand-père, qu'elle lui a été volée pendant la guerre. Je prévois d'en faire don à un musée pour lui faire honneur, pour vous faire honneur.

Les yeux perçants de Lilian se transforment en glaçons.

— Un musée ? Ces crapules ? C'est le dernier endroit où j'accrocherais ma peinture. Vous ne me semblez pas femme à faire honneur à l'honneur. N'ai-je pas raison, jeune fille ? dit-elle avec un regard vers June.

Elle oblige Margaux à baisser les yeux. Margaux jette un regard menaçant à June, que Lilian perçoit aussitôt. Elle connaît ces regards.

— Allez-y, dites-lui la vérité. Je n'ai pas de temps à perdre avec ces enfantillages.

June choisit soigneusement sa réponse.

— Frau Dassel, je vous en prie, écoutez-la… Elle détient ma mère. Vous vous en souvenez ? Elle était avec moi quand nous nous sommes rencontrées. Je vous en prie, faites-le pour moi, dites-lui où se trouve la peinture, et ma mère sera libre.

Les yeux de June se troublent et elle tente de ravaler ses larmes, mais Lilian est intelligente. Elle ne se laisse pas démonter. Elle perçoit à présent Margaux sous un jour nouveau, une lumière plus crue, et elle se lâche.

— J'en ai vu des comme vous dans les camps. Des *kapos*. Vous vous croyez si supérieure. Une vraie petite brute. Qui fait miroiter du pain en échange de services. Vous êtes juive, non ? À moitié juive peut-être. Je le vois. Quand on grandit pendant la guerre, on devine ces choses. Vous devriez avoir honte. Et je le sais parce que moi aussi, j'ai été une *kapo*. J'ai été obligée d'en devenir une pour survivre, crie Lilian d'une voix stridente. J'étais jolie autrefois. Plus que vous. Mais ce qui nous différencie, c'est que je n'ai agi ainsi *que* pour pourrir la vie privilégiée de Franz Dassel. J'ai passé ma vie à lui faire payer le meurtre de ma famille.

Elle désigne June du doigt.

— Sa mère m'a tout de suite plu. Savez-vous qu'elle m'a envoyé un cadeau après notre rencontre, pour me remercier ? Et pas n'importe quoi. Un cadeau qui avait du sens. Mais vous ne comprendriez pas.

Elle agite son doigt entre les yeux de Margaux, comme une sorcière sur le point de jeter un sort. Margaux tressaille, recule d'un pas.

— Je vais vous dire exactement où est le tableau, mais vous allez donner à cette jeune fille ce qu'elle veut en échange. Vous allez libérer cette mère. Vous m'avez comprise ?

Margaux acquiesce, mais June sait qu'elle ment. Elle n'a pas l'intention de lui donner autre chose que ce qu'elle mérite à ses yeux.

— Elle est là-bas… dit Lilian, le regard perdu dans le lointain comme si *La Femme en feu* se matérialisait devant ses yeux. Dans le sous-sol de la maison, là où le cauchemar a commencé. Franz me l'a donnée quand je l'ai quitté. Il m'a suppliée de rester. La seule chose qui est restée dans cette maison de merde est cette maudite peinture. Je la haïssais mais je n'ai pas pu me résoudre à la détruire. Elle a gardé mon père en vie et lui a apporté de la joie. Franz ne s'en est jamais douté…

Elle rit de délectation en repensant à sa fourberie passée.

— Mais la peinture ne vous appartient pas. Ne vous faites pas d'illusions. Elle est à moi. Et c'est moi qui décide qui l'aura.

— Elle se trouve chez les Dassel ? s'étonne Margaux qui ne comprend pas, ne connaissant pas l'histoire.

— Demandez-lui, dit Lilian en désignant June. Elle sait. La peinture est pour elle, pas pour vous. Je ne vous ai pas appréciée à la seconde où vous êtes arrivée.

Elle prend la main de June et la serre entre ses doigts bleuis par le froid.

— Le banc…, dit-elle en désignant le siège sous elle. Dans un monde où plus rien n'a de sens. Je ne l'oublierai jamais.

Ma mère avait raison, se dit June, les larmes aux yeux. *Comme toujours.* Sa mère avait insisté pour offrir à Lilian leurs gains au casino de Baden-Baden. En retournant à l'aéroport le lendemain, elles s'étaient arrêtées à la résidence et avaient parlé à la directrice. Elles avaient demandé que l'argent aille à un joli banc installé près de l'arbre bien-aimé de Lilian… sur lequel serait gravé son nom, et qui serait à jamais connu comme le banc Lilian Baum Dassel.

Juste avant de quitter Lilian, June se retourne une dernière fois et leurs yeux se croisent. Mais son regard a changé. On y lit moins la peur, et davantage le calcul. Lilian, une femme qui s'est toute sa vie méfiée des êtres humains, sait lire dans les yeux. Un clin d'œil lui a toujours suffi pour connaître toute la vérité. Cette fille se battra jusqu'au bout. Elle en a croisé des comme elle dans les camps. Des filles qui payaient généralement leur nature rebelle de leur vie, mais qui faisaient naître l'espoir : si le corps pouvait être torturé, l'esprit ne pouvait être brisé. *Quoi qu'il advienne.*

45

Forêt de Grunewald, Berlin

Le vol depuis Baden-Baden était court, moins de deux heures jusqu'à l'aéroport de Berlin-Brandenbourg, puis vingt minutes de voiture jusqu'à la forêt de Grunewald. June regarde par la vitre alors qu'ils approchent lentement du Dassel *Schloss* en plein cœur de la forêt.

La monstruosité à deux étages avec ses nombreux colombages de bouleaux et de pins et recouverte d'une fine couche de neige fait l'effet d'un pavillon de chasse hanté. Au-dessus, le ciel est d'un gris pâle et morne. Ni nuage ni soleil, seule l'opacité demeure. L'effroi envahit June alors que son haleine embue la vitre. C'est là que *La Femme en feu* se cache depuis des décennies. Rien d'étonnant à ce qu'elle n'ait jamais été retrouvée. Qui voudrait venir ici ? Personne ne dit un mot pendant que la voiture sinue lentement dans la longue allée de graviers. June se tasse à chaque tour de roue. Elle s'agrippe à la banquette arrière en cuir, fixe la nuque de ses ravisseurs et serre les dents quand ils se garent. *Je vais mourir ici.*

— Quel cauchemar, dit Margaux au chauffeur, le même type qu'à Miami avec ses cheveux en brosse et ses yeux globuleux, transparents comme un lac en hiver.

— Je trouve ça douillet, dit-il.

— Ça ne m'étonne pas.

Margaux se retourne et regarde June avec un sourire sinistre.

— Rien à voir avec Baden-Baden, hein ?

June ne répond pas. Elle ne veut surtout pas nourrir la bête et lui faire ce plaisir.

Margaux rafraîchit son rouge à lèvres dans la glace passager puis vérifie son pistolet. Du rouge à lèvres, c'est quoi ce binz ?

— Tu m'as apporté ce que j'avais demandé ? demande-t-elle au chauffeur.

— Bien sûr.

Il lui tend une petite sacoche à outils et une grosse lampe torche, que Margaux fourre dans son grand sac. Lilian leur a dit que la peinture était enfouie dans le mur du sous-sol et qu'elles devaient entrer par un escalier caché le long du flanc ouest de la maison. Margaux descend de voiture et claque des doigts pour indiquer à June d'en faire autant.

— Seuls les gardiens vivent ici apparemment, lui dit-elle après s'être faufilée à ses côtés. Un mari sénile et sa femme, et ils sont à la messe. Moi aussi je me renseigne.

Du moins, on le fait pour elle. June la regarde glisser délicatement l'arme dans son dos, coincée dans son jean, puis la recouvrir de son blouson.

— Si quelqu'un est là ou nous arrête, ne dites rien.

Elle passe ensuite la tête par la vitre ouverte.

— Va garer la voiture à un endroit où on ne te verra pas. Avec autant d'arbres, ça ne devrait pas être difficile. Je t'appellerai quand je serai prête. Ne viens pas avant d'avoir reçu mon appel. Compris ?

June remarque que Margaux a dit quand *je* serai prête, et *non* quand *nous* serons prêtes.

Son cœur bat la chamade tandis qu'elles se dirigent en silence vers l'arrière de la demeure le long d'un chemin déneigé entre une rangée compacte d'arbres et de buissons. Elles parviennent enfin à l'escalier recouvert d'une épaisse couche de lierre et de débris. Margaux sort un couteau et se fraie un passage avant de crocheter aisément la serrure. La porte s'ouvre en couinant. June a la boule au ventre quand elles pénètrent dans le sous-sol obscur, froid et humide. Margaux éclaire la vaste cave de sa torche. Les nombreuses toiles d'araignées agrippées aux vieux meubles et caisses lui donnent l'aspect d'une crypte moisie. L'idée que la jeune Lilian, terrifiée par les araignées, ait dû se cacher là soulève le cœur de June.

— La vieille a dit que la peinture était au fond à gauche, juste après la chaudière. Clouée dans le mur. Six clous, trois sur deux rangées. Elle a été très précise, dit Margaux alors que June respire fort à côté d'elle, fixant l'arme qui dépasse de son jean.

Elle pourrait tendre la main et l'attraper.

— Arrêtez de me coller, on croirait entendre un animal. Reculez.

Margaux tire sur un fil qui pend et une petite ampoule au plafond peine à éclairer l'espace. Elle désigne le mur opposé. Le revêtement lambrissé. Six clous, trois sur deux rangées. Exactement tel que l'a décrit Lilian. June déglutit comme Margaux la pousse vers l'avant.

— Prenez ça et retirez tous les clous.

Elle prend un marteau dans la sacoche et le tend à June, sort son arme et la pointe sur elle.

— Et dépêchez-vous.

June ne peut s'empêcher de respirer bruyamment, comme un animal apparemment, et même de trembler, tandis qu'elle extrait un par un les longs clous rouillés avec les griffes du marteau. Les clous s'envolent et le numéro trois s'accroche à son pull. Margaux ne l'ayant pas remarqué, elle l'enfonce rapidement dans sa ceinture et s'attaque aussitôt au quatrième pour ne pas attirer son attention. Quand tous les clous sont retirés, elle regarde Margaux, qui hoche la tête.

— Les lambris à présent.

June tire sur les lattes mal ajustées, si fragiles qu'elles se rompent dans sa main. Elle laisse les morceaux choir par terre, recule et tressaille. *Oh mon Dieu, elle est là*, étroitement enroulée et enveloppée dans une bâche. Elle s'écarte pour que Margaux puisse regarder. Ses yeux brillent comme un voleur de bijoux devant un diamant laissé sans surveillance.

— Sortez-la délicatement et donnez-la-moi.

La toile est grande, plus grande que June, et elle est coincée, incrustée entre la suie et les toiles d'araignée. June tousse. Elle parvient à la sortir au prix de gros efforts et après un certain temps. Elle se retourne en la tenant le long de son flanc, et regarde Margaux.

— Posez-la. Déroulez-la. Je veux la voir de mes propres yeux.

Margaux passe la torche sur la toile à mesure que June la déroule sur le sol poussiéreux.

La Femme en feu se révèle dans toute sa splendeur. *Oui, c'est moi*, proclament les couleurs. En dépit de décennies d'hibernation, les pigments sont encore plus lumineux, forts et intenses que la contrefaçon. Les deux femmes se regardent, et elles ont beau se haïr, elles sont émerveillées par l'extraordinaire beauté qui s'offre à leurs yeux. Margaux se place au-dessus de la peinture et pointe la lumière sur la signature à peine perceptible dans l'angle inférieur droit.

— Ernst Engel. Le L avec sa boucle… c'est bon. La barre du T… L'inclinaison du coup de pinceau vers la gauche.

Ses yeux brillent de fièvre et son visage s'éclaire d'un sourire exalté.

— Indiquant une signature de gaucher. C'est ça. Putain, c'est ça !

Elle ne vous appartient pas. June a des étourdissements et froid, pourtant une chaleur lui pique les joues. Elle pense à Ellis, à Dan et Adam, à leur première rencontre dans le Montana. *Son équipe.* Dan est mort pour cette peinture. Et Ellis… Elle entend Margaux tirer le chien du pistolet. Elle lève les yeux, regarde l'arme et retient son souffle.

— Vous allez prendre la peinture et me laisser mourir ici, c'est ça ?

La lueur de la torche projette une pâleur spectrale sur le visage de Margaux.

— Vous avez un meilleur plan ?

Le ventre de June se noue. *C'est maintenant ou jamais.*

— Oui, en effet.

Margaux rit et le son se réverbère sur les murs.

— Ça ne m'étonne pas. Mais il n'y a pas de fin heureuse ici. Tout s'est déroulé comme prévu. Votre article a été publié aujourd'hui dans le *Miami Herald*. Le vrai tableau est à présent entre mes mains. Le faux ira dans un musée, et mon nom sera célébré.

Elle écarte grand les bras, comme si elle se préparait pour un rappel au théâtre.

— Le méchant rafle toute la mise.

Fais-en un jeu. Fais-la jouer.

— À vrai dire, le méchant pourrait ne rien rafler du tout, dit June d'une voix tremblante qu'elle tente de maîtriser.

Elle prend un risque. Il règne un silence assourdissant dans la pièce.

— Mais putain, de quoi parlez-vous ?

Fais-la marcher. Elle fait un pas audacieux vers l'avant et sa voix se raffermit.

— Quand j'étais au lycée, j'ai travaillé sur une série d'articles révélant l'existence d'un réseau de trafic sexuel national. J'ai servi d'appât. Ça a été une réussite. Les criminels ont été arrêtés, emprisonnés.

— Qu'est-ce que ça peut me foutre ?

June inspire l'air à l'odeur de renfermé.

— J'ai tiré une leçon de cette histoire, quelque chose que je n'ai jamais oublié.

Elle pense à Rick Janus, le Rick Janus *d'avant* cette nuit.

— Le journaliste senior m'a dit : « Quoi que tu fasses, qu'il s'agisse d'un sujet de peu ou de grande importance, prévois *toujours* un back-up. » Et il parlait d'un magnéto de secours.

June attend que ses paroles fassent leur effet.

Margaux ouvre grand la mâchoire.

— De quoi parlez-vous ? J'ai éteint votre téléphone à l'hôtel et repris mon magnéto à Miami. Vous bluffez.

— En effet, mais vous avez loupé mon bon vieux back-up à Chicago.

Le cœur de June lui martèle la poitrine. Toute sa vie dépend de cet instant.

— Il était dans mon sac, dans une petite poche, et il a tout enregistré. Votre admission du meurtre de Geisler et du vol de sa collection. Avec vos mots, pas les miens.

Malgré la peur qui se propage en elle comme un feu de forêt, June voit toute couleur déserter le visage de Margaux, et elle sait qu'elle l'a atteinte. Le silence résonne momentanément entre elles.

— Je vais vous le répéter en des termes que vous comprendrez. Si j'y reste, vous aussi.

— Espèce de salope.

Margaux frappe la tête de June du canon de son arme. June tombe à la renverse et ressent une douleur lancinante. Mais elle se relève, enhardie, et presse sa main contre sa tête en sang. *Continue. Tu la tiens. Gagne du temps.*

— Il y a plus…, poursuit-elle. Vous avez tout mis sous surveillance, n'est-ce pas ? Mon téléphone, mon portable, ma maison, le travail de ma mère. Vous m'avez acculée, je vous le concède. Mais le truc que vous avez bien évidemment oublié, c'est le lien humain. Parce que vous n'êtes *pas* humaine.

Sa déclaration tonitruante lui vient des profondeurs de son être à présent libéré, qui n'a plus rien à perdre.

— Le magnéto de secours est entre les mains d'une journaliste de mon journal. Mais je n'en suis pas restée là. J'ai fait une sauvegarde de ma sauvegarde. J'ai aussi écrit la *véritable* histoire à la main, la totalité, pas les mensonges publiés aujourd'hui. Oui, à la main. *À l'ancienne.* S'il m'arrive quelque chose… eh bien, vous savez comment ça marche. Les mauvaises nouvelles font toujours la une.

June saigne abondamment à la tempe, mais l'ignore.

— Imaginez le titre : « Margaux de Laurent, meurtrière et voleuse d'œuvres d'art… »

Margaux abaisse le chien.

June retient son souffle. Elle tremble de tous ses membres mais s'efforce de se maîtriser.

— On peut passer un marché. Je peux arrêter la machine. À vous de décider.

— Je ne passe pas de marchés.

Mais Margaux n'a pas non plus tiré.

— Libérez ma mère. Donnez ce tableau à Ellis Baum, et…

— Il y a encore autre chose ?

Margaux rit à gorge déployée. Mais elle joue, elle est accro et n'a pas quitté la partie.

— Simple curiosité, qu'est-ce que je gagne en échange ?

June regarde dans les yeux durs de Margaux.

— Vous conservez votre réputation. La vérité est enterrée.

Pour l'instant, se dit June. *Juste pour l'instant.*

Passer un marché avec une meurtrière enfreint *toutes* les règles. *Mais il y a parfois des exceptions, Dan. Il* faut *parfois enfreindre les règles.* Si cela permet de survivre. Si cela permet de rapporter sa peinture à Ellis…

— L'histoire que vous voulez faire connaître au monde est déjà publiée. Vous avez là la possibilité de faire le bon choix pour une fois. Je ne sais pas si vous craignez la mort, mais je sais que vous avez peur qu'on découvre vos secrets, et surtout, peur de perdre.

Margaux appuie l'arme contre la tempe de June.

— Je ne perds pas. Jamais. Je gagne toujours.

Et dans cet instant, dans l'interstice, juste avant que Margaux tire, June lui plonge le clou rouillé dans le cou de toutes ses forces, de toute sa rage, de toutes ses émotions accumulées.

Le sang gicle, Margaux hurle et tire. Elle tombe à la renverse sur le sol en ciment. La balle frôle l'épaule de June, entaille son chemisier et emporte un peu de peau. June sent la vive brûlure, la balle l'a manquée de peu. Margaux tente désespérément de retirer le clou qui semble avoir touché une artère. Dans la faible luminosité, June commence à voir flou et s'écroule. *Sa tête.* Un objet pointu lui lacère le dos, des griffes lui mordent la peau. Elle tâtonne, attrape le marteau, prend de l'élan et, avec le peu de forces qui lui restent, le plante profondément dans la cuisse de Margaux avant qu'elle puisse reprendre le pistolet. June pèse de tout son poids pour enfoncer profondément les griffes. Pour Dan, pour Adam, pour Ellis, pour sa mère, pour la Source anonyme.

Margaux hurle de douleur en se vidant de son sang.

— Le marché, dit-elle en respirant difficilement par à-coups. Mon grand-père… protégez son nom, mes galeries – et je vous donnerai ce que vous voulez.

June avance vers elle en s'aidant d'un bras, rampant comme un soldat blessé dans la jungle. Son épaule brûle et elle ne peut endiguer son saignement à la tête. Elle s'oblige à garder une voix posée.

— D'abord vous libérez ma mère. Il n'y a pas d'autre marché qui tienne.

Elle attrape l'arme par terre puis le sac de Margaux et en sort son téléphone. Elle s'empare de la main molle de Margaux pour le déverrouiller en appuyant son pouce contre l'écran. Elle regarde les messages mais parvient à peine à lire les noms.

— Wyatt… Wyatt, parvient à dire Margaux.

June a des vertiges.

— Siri, appelle Wyatt, crie-t-elle.

Putain, Siri, ne te trompe pas pour une fois. Le téléphone sonne, June passe sur haut-parleur et prie en silence. *Pitié, Seigneur, faites qu'elle aille bien.*

— Margaux.

Un homme répond dès la première sonnerie.

June pointe l'arme. Margaux, la voix affaiblie, crie sans grande conviction dans le combiné.

— Laisse partir la mère. Tire-toi, vite, on est foutus. Découverts. Barre-toi !

June prie pour que cela suffise à sauver sa mère.

— Les autres toiles, où sont les toiles volées de Geisler ? réussit-elle à demander alors que des élancements insupportables lui déchirent le crâne.

Pour Dan. Le reportage.

— Mon grand-père d'abord… promettez-moi.

Margaux ne peut masquer son ton suppliant en faveur de l'unique personne qui s'était vraiment souciée d'elle.

— Je protégerai son nom quoi qu'il arrive, promet June. Où sont les peintures ?

Margaux n'a presque plus de souffle.

— Correns. Le coffre-fort… Promettez-moi ! crie-t-elle d'une voix qui n'a plus rien d'humain.

— C'est promis, répète June alors que la respiration de Margaux a des ratés, cale, puis cesse totalement.

June pousse un gros soupir de soulagement, mais la peur s'insinue en elle. *Elle est partie, morte… Je l'ai tuée.*

Elle s'empare du téléphone de Margaux, appuie à nouveau le pouce de la morte et compose le 112, le numéro d'urgence.

— *Urgence !* crie-t-elle dans le combiné. Aidez-moi !

Alors qu'elle s'efforce de surmonter la douleur insoutenable, June entrevoit Margaux allongée là, le clou dépassant de son cou ensanglanté comme une fléchette dans une cible. Elle lorgne la porte à l'autre extrémité de la pièce. À des kilomètres. Elle doit sortir de là avec la peinture avant que le chauffeur ait des soupçons et décide de venir vérifier et achever le boulot. Elle se cachera dans la forêt jusqu'à l'arrivée des secours, si jamais ils arrivent. C'est sa seule option. Elle traîne tant bien que mal son corps blessé jusqu'au mur le plus proche, sur lequel elle prend appui pour se lever, mais ses jambes ne la soutiennent pas. Elle reprend son souffle, adossée au mur, et repère par terre la torche qui éclaire au ras du sol. Elle suit le long faisceau lumineux… jusqu'à la toile.

Elle n'en revient pas.

Le sang de Margaux s'est infiltré dans la toile et en a imprégné toute la moitié inférieure. Le fluide rouge violacé profond a fusionné avec les tourbillons flamboyants bleus, corail, or et écarlates, créant un enfer de couleurs et de textures encore plus riche et dynamique. Elle jette un nouveau coup d'œil au corps de Margaux sur le ciment froid. Elle avait raison. Elle ne perd jamais. Elle a eu le dernier mot. Son sang, sa signature, marquera à jamais *La Femme en feu*. Elle a gagné.

Étourdie et désorientée, June glisse le long du mur jusqu'au sol, puis rampe vers la toile au moment où elle entend au loin la sirène d'une ambulance et, plus près encore, le crissement frénétique des pneus d'une voiture qui prend la fuite.

46

Manhattan

Ellis les entend entrer dans sa chambre d'hôpital, June chuchotant à Adam de passer devant, qu'elle a besoin d'un moment pour se ressaisir avant de le voir. *Le*, pense Ellis, à savoir *moi*. C'est ça le truc, quand un sens devient défaillant, un autre se renforce. Maintenant qu'il a perdu la vue, son ouïe s'est aiguisée comme s'il avait rajeuni. Comme si les bruits du monde étaient encore à sa portée.

June reste près de la porte. Ellis sent sa présence. Il imagine ce qu'elle voit. Un fragment de l'homme qui régnait autrefois sur l'univers de la mode, qui mettait fin aux conversations dès qu'il entrait dans une pièce. Un homme au passé secret. Plus maintenant. Maintenant, il est cette chose.

Adam est venu la veille et lui a lu textuellement l'article de première page de June, qui a été repris en une de la presse internationale. Tout le passé d'Ellis a été révélé… en commençant par le meurtre de sa mère par les nazis, puis son arrivée dans ce pays en tant que réfugié de guerre, les maisons d'accueil, son ascension jusqu'à devenir ce créateur de chaussures de renommée mondiale, et, bien sûr, le lien intime le reliant au dernier chef-d'œuvre connu d'Ernst Engel. Les crimes de Margaux de Laurent ont été dénoncés, meurtre, enlèvement et cupidité. Même l'emplacement du trésor de Geisler a été dévoilé et, enfin, la réputation de Dan Mansfield a été rétablie. Ce n'est plus un homme tué par ses addictions, mais un homme, un journaliste réputé, mort alors qu'il menait une enquête. Sans oublier l'infime victoire qu'Ellis savoure en secret : Griffin Freund ira en prison pour recel d'œuvres d'art spoliées par les nazis. *Et la peinture…* Sa mère sera bientôt à la maison.

— June, lui dit-il. C'est vraiment vrai ?

— Oui, Ellis, répond-elle en riant, parvenue au pied de son lit.

Mais ce n'est pas vraiment un rire. Il a entendu ce même son toute la semaine. Un rire destiné à une personne malade, mourante. Un rire forcé, outré.

— C'est vrai.

Ellis sent soudain les doigts solides de son petit-fils se mêler aux siens. Il serre fort la main d'Adam. Le garçon a été là pratiquement tous les jours de la semaine. Tous ceux qu'il aime sont passés le voir, une valse de personnes venues lui rendre un dernier hommage, lui dire au revoir… au cas où. Sa femme, ses filles, ses petites-filles, ses employées préférées, Paul son chauffeur et, oui, même Henri, qui lui a raconté dans le détail son entretien avec la police où il leur avait remis tout ce qu'il avait découvert sur Griffin Freund au cours du dernier mois. Freund se vantait auprès de lui de ses clients corrompus, des œuvres volées qu'il leur avait vendues. Ellis ne veut pas connaître le reste, les détails sordides qui tourbillonnent dans son crâne… Henri a-t-il couché avec Freund pour obtenir ces confidences sur l'oreiller ? *Tu m'as manqué*, lui a dit Henri quand ils se sont retrouvés seuls. *Chaque jour. Et tu me manqueras chaque jour que je passerai sans toi.*

Mon bel Henri. *Ça suffit.*

— Ellis, répète June, l'interrompant dans ses pensées. La toile… elle n'est plus en transit. Elle est là. Je vous l'ai apportée.

Cette fille. Dan serait si fier. *Ne pleure pas. Ils ne sont pas venus voir un vieil homme pleurer, ils sont venus t'apporter la joie des retrouvailles avec ta mère.* Il entend au loin le martèlement de pas qui approchent de la chambre. Puis, une réalité plus brutale apparaît. Il pose sa main sur son cœur pour l'empêcher de se briser. *Ma mère est ici... mais je ne pourrai pas la voir.*

— Ne t'inquiète pas. Ce sont les agents de la sécurité, le rassure Adam. Nous voulons juste être sûrs de ne plus jamais perdre ce tableau.

Mon garçon, se dit Ellis, *c'est June, n'est-ce pas ? C'est pour ça que tu débordes de vitalité et ne broies plus du noir. Elle a un je-ne-sais-quoi...* Il entend qu'on déroule la peinture près de June. Il ne peut plus se retenir.

— Je ne pourrai pas la voir. Ma mère... gémit-il alors que June tend la main vers la sienne.

— Elle est là maintenant, Ellis. C'est ce qui compte. Donnez-moi votre main. Vous allez la sentir avec vos doigts.

Elle lui parle d'une voix douce, maternelle, comme quand elle l'avait raccompagné de Berlin après cet entretien avec Stefan Dassel.

— Que disait autrefois Ernst Engel ? « L'art n'est pas ce que vous voyez, mais ce qu'il provoque en vous d'émotions. »

Tandis que les larmes roulent en silence sur le visage d'Ellis, Adam et June le redressent en position assise, face à la peinture qu'il ne peut voir. Les agents de la sécurité allongent la toile sur les draps qui lui couvrent les jambes. Adam prend la main de son grand-père, et ensemble, ils parcourent la toile de haut en bas avec leurs doigts.

— Ce sont ses cheveux, grand-père... figure-toi le jaune. Doré comme le soleil. Tu te souviens de son odeur ?

— Oui, florale.

Ellis ferme les yeux, s'imagine sa mère faisant ses longues tresses blondes devant le miroir ovale de sa coiffeuse.

— Ses yeux sont bleus. Mais pas n'importe quel bleu, celui de l'océan à 5 heures de l'après-midi, dit Adam d'une voix douce. Imagine-le.

— Oui, oui, je le vois.

Et c'est vrai. Dans son esprit, Ellis revoit tout, sa mère assise sur le lit à côté de lui, lui caressant les cheveux après un mauvais rêve.

June prend son autre main et lui fait suivre la courbe du torse de sa mère jusqu'à l'incendie qui l'engloutit.

— Vous sentez les couleurs, Ellis ? La passion ? Les flammes sont pourpres, bleues, or, vertes, orange…

Sa voix a un raté, alors qu'elle se souvient que le sang séché de Margaux s'y trouve à présent mêlé.

— Même violettes. Ernst Engel a rendu compte de tout.

— Oui, June, oui.

— Ellis, poursuit-elle tendrement, la toile va rester ici avec vous. Elle gardera un œil sur vous. Vous ne pouvez pas la voir, mais vous sentirez sa présence. Jusqu'à…

Elle s'interrompt. *Jusqu'à.*

La main frêle d'Ellis agrippe celle de June.

— Merci de me l'avoir rapportée.

Il visualise sa mère, belle et courageuse en ce tout dernier jour… un petit garçon impuissant à la fenêtre qui la regarde tandis qu'on l'exhibe dans la rue, vêtue de sa robe préférée et de talons hauts, la marche de la mort sur un fond cruel de rires collectifs. Les soldats. Tous ces gens – pour beaucoup ses voisins et des gérants de boutiques du quartier – qui rient et se moquent. Il ne pouvait pas la sauver. Il ne pouvait pas la protéger alors.

— Elle est en sécurité. Enfin.

Le corps d'Ellis s'apaise puis s'immobilise progressivement. *Je peux partir maintenant.*

Épilogue

Ils sont tous venus. Adam les a tous invités à la cérémonie en mémoire d'Ellis qui se tient au siège d'Anika Baum, au sud de Manhattan. June passe en revue les visages connus, réunis dans le hall d'entrée décoré pour honorer la vie extraordinaire d'Ellis Baum. La famille Baum dans son intégralité, Henri, tous les employés d'Anika Baum, des designers célèbres et des stars du monde entier, Bram Bakker, sa mère, Louise, même Owen son portier sont venus rendre hommage non seulement à cet homme inoubliable, mais aussi à l'histoire de sa vie – et à *sa peinture.*

Le regard de June se pose sur Owen. Son « ange gardien » avait protégé ses documents en ce jour atroce où elle avait appris que sa mère avait été enlevée. Elle savait que Margaux avait accès à tous ses dispositifs électroniques, mais pas à son bloc-notes, l'outil de base de tout journaliste. Les feuilles de papier rédigées à la main qu'elle avait confiées à Owen racontaient toute l'histoire, *la vérité*. Elle les lui avait discrètement passées dans une enveloppe, en veillant bien à éviter les caméras du lobby, au moment où elle partait remettre ses recherches à Margaux. Dans l'enveloppe, il y avait des instructions explicites pour qu'Owen apporte toutes les informations à Louise au journal. Elle lui avait également donné le numéro de la ligne sécurisée de Bram Bakker et le nom de l'inspecteur en charge du dossier de Dan, pour le cas où il leur arriverait malheur, à sa mère ou à elle. Elle sourit. Les instructions étaient accompagnées d'un délirant arc-en-ciel de Post-it, sa spécialité. Du journalisme à l'ancienne. June savait qu'Owen, un dur à cuire de South Jamaica à qui elle faisait implicitement confiance, saurait exactement quoi faire.

Une seule personne est assise dans la pièce. June touche délicatement l'épaule de l'invitée la plus importante peut-être, venue présenter ses respects. Lilian Dassel et sa chevelure vaporeuse blanche, sa volonté de fer et son regard vif. Elle est venue pour lui, pour son célèbre frère illégitime et pour la peinture. Johanna Lutz, la directrice de la résidence médicalisée qui avait accompagné Lilian à New York, avait confié à June juste avant le début de la cérémonie que Lilian avait tenu à faire ce voyage pénible parce que « cette foutue peinture va enfin faire quelque chose de bien. Je veux le voir de mes propres yeux ». Elles avaient bien ri.

Adam se penche, ses lèvres lui effleurent la joue.

— C'est l'heure.

June opine, ôte sa main de l'épaule de Lilian et approche doucement du microphone. Elle fixe le tableau dans sa vitrine derrière elle, qui restera à demeure ici et formera la pièce maîtresse du bâtiment Anika Baum.

— Bonsoir à tous… Je m'appelle June Roth. Je suis une journaliste, et une amie d'Ellis Baum et des siens. Si je suis là, c'est parce que mon mentor, le brillant Daniel Mansfield, m'a appris que la quête de la vérité ne s'accompagnait pas d'une satisfaction immédiate. C'est un processus, un long voyage, qui commence par le premier récit d'un événement et se construit au fil du temps jusqu'à ce qu'on trouve des réponses. Il y a des règles, et aucun raccourci n'est possible.

Elle ravale la boule qui se forme dans sa gorge.

— Dan aurait tellement aimé ce moment ! Lui a qui a perdu la vie en s'efforçant de rapporter cette toile magnifique à son grand ami Ellis.

Elle s'interrompt et lève brièvement ses yeux emplis de larmes.

— Ce soir, je vais vous raconter l'histoire d'une toile. Une œuvre d'art qui a affecté tant de vies, tout en ayant une vie propre extraordinaire…

Quand June termine, quand les applaudissements s'éteignent, elle désigne la grande plaque dorée à côté de la peinture dans sa vitrine et lit à voix haute :

LA FEMME EN FEU
D'ERNST ENGEL
1938 Berlin

En l'honneur de ces artistes qui ont perdu la vie et leurs pinceaux dans l'Allemagne nazie

En mémoire d'Anika Baum, mère & muse, d'Ellis Baum, d'Arno Baum et de Daniel Mansfield

En remerciement à Lilian Baum Dassel qui a protégé ce chef-d'œuvre

En reconnaissance à Charles de Laurent et à ses efforts courageux pour sauver l'art moderne de ceux qui voulaient le détruire.

Seule June sait que les flammes de la toile sont couvertes du sang de Margaux de Laurent, *sa signature*, un secret qu'elle emportera dans la tombe. Elle sait qu'elle enfreint les règles une fois de plus, mais elle se rappelle les paroles de sa mère à Baden-Baden : *il vaut mieux que certaines vérités restent enfouies.*

Adam s'approche d'elle avec un sourire penaud quand elle redescend lentement de l'estrade.

— Tu étais magnifique. Suis-moi. J'ai quelque chose pour toi.

Elle regarde l'assistance tapageuse.

— On ne peut pas filer comme ça.

— Mais si, on peut.

Il désigne un ascenseur discret dans l'angle du vaste hall.

— Juste quelques minutes. Personne ne le remarquera.

Elle montre l'attroupement de journalistes qui se dirigent vers elle.

— Je crois que *tout le monde* le remarquera.

— Grand bien leur fasse. On va revenir.

Il lui prend la main, et ils passent devant deux agents de la sécurité qui le saluent de la tête. C'est de toute évidence un coup monté.

— La suite penthouse ? Vraiment, Adam ?

Elle rougit tandis que les portes de l'ascenseur se referment derrière eux.

Il l'enlace et l'embrasse.

— J'aimerais bien… mais ce n'est pas ce à quoi tu penses.

Ils sortent de l'ascenseur dans un étroit couloir menant droit au bureau d'Ellis Baum. La petite entrée est une véritable exposition de photos de stars et de personnalités de marque, des centaines de clichés de femmes éminentes foulant les tapis rouges dans leurs précieuses Anika Baum personnalisées. Aux antipodes du décor du bureau d'Ellis. Sans chichi ni esbroufe, juste un aperçu discret de l'homme qu'il était.

Quand June regarde autour d'elle, elle a l'impression d'avoir été parachutée dans la boule à neige personnelle d'Ellis. Tout est d'une blancheur éclatante, d'une élégance zen. La pièce est faiblement éclairée, et les seules touches de couleur viennent des photos de famille d'Ellis posées sur une crédence, et de quelques-unes de ses chaussures préférées tapissant un long mur comme une fresque dédiée à l'art de la chaussure. Derrière l'imposant bureau, le panorama urbain est tout entier contenu dans les fenêtres, et June perçoit presque l'éclat et le pouls de la ville illuminée. Quand elle se retourne, Adam est devant elle avec, dans les mains, une boîte décorée d'un énorme nœud doré.

– C'est pour toi, dit-il timidement en la lui tendant. C'est la dernière chose que mon grand-père m'a dite… Enfin, pas *la* dernière.

Il détourne le regard comme pour rassembler son courage.

– Il m'a dit : « Donne-les à June, et écris ce que j'ai à dire, jeune homme »… puis ses toutes dernières paroles ont été : « Ne laisse pas cette fille s'échapper. »

June frissonne.

– Je suppose que je suis *cette* fille.

Elle prend le paquet en riant et son cœur se serre quand elle ouvre la carte :

Pour une jeune femme spéciale, une battante en quête de vérité, aussi pragmatique qu'époustouflante. Je n'oublierai jamais mes toutes premières chaussures… ni mes dernières.

Merci, June. – Ellis

Elle lève des yeux emplis de larmes vers Adam. Sa dernière paire de chaussures. *Pour elle.* Adam lui serre doucement le bras.

– Tu te rappelles quand je t'ai dit qu'ils avaient trouvé mon grand-père par terre dans l'atelier de sa première boutique ? De tous ses magasins, c'était celui qu'il préférait. Eh bien, apparemment, il était en train de dessiner ces chaussures au sous-sol…

Adam a un petit geste de la tête, comme s'il revoyait son grand-père penché sur son travail. Sa voix chancelle.

— Son créateur en chef les a achevées juste avant sa mort. Il a bien entendu refusé de mourir avant d'avoir donné son approbation définitive. Je suis convaincu qu'il est resté en vie ces quelques dernières semaines parce qu'il attendait que ces chaussures soient terminées. Ouvre-la, dit-il en montrant la boîte.

Gênée par son regard, June ouvre lentement la boîte et en sort l'ultime création d'Ellis Baum. Les larmes coulant maintenant librement sur ses joues, elle lève les superbes stilettos noirs à semelles extérieures dorées. À la différence des autres créations d'Ellis, ces talons ne sont ni hauts ni effilés, mais robustes et élégamment fonctionnels. Une gerbe de minuscules diamants est incrustée autour d'un unique saphir microscopique, sa pierre porte-bonheur. Elle fixe le saphir.

— Comment a-t-il su…

— Il avait manifestement craqué pour toi.

Adam replace tendrement une boucle rebelle tombée devant ses yeux.

— Mon grand-père était comme ça, un artisan, chaque détail comptait.

Il tend la main et passe l'index sur la pierre porte-bonheur.

— Mais il y a plus… regarde dans la chaussure.

Elle lève la chaussure à la lumière, regarde le texte gravé dans la doublure, qui reproduit fidèlement l'écriture d'Ellis :

LA JUNE, UNE FEMME EN FEU.

Elle serre les chaussures tout contre elle, contre son cœur, comme si les talons étaient Ellis, enlaçant à la fois l'homme et son talent artistique.

Adam lui ôte délicatement les chaussures des mains et les pose sur le bureau vide. Puis il l'attire à lui avec la même urgence que le soir où elle était revenue à Chicago avec des points de suture à l'épaule et des hématomes sur le front. Sa mère et elle avaient été retenues à l'ambassade américaine à Paris pour y être interrogées, puis on les avait autorisées à rentrer chez elles. Adam attendait à la porte avec deux agents de police quand elles étaient sorties de l'avion à l'aéroport O'Hare.

— Au fait… dit-il. Je me doute que tu vas recevoir des milliers de propositions de travail après tout ça, mais ne t'avise plus jamais de partir comme ça pour un sujet d'article, sans rien dire, sans prévenir. Je suis sérieux, ajoute-t-il en lui jetant un regard noir appuyé.

Ses paroles la transpercent de part en part. Elle sait exactement ce que c'est de s'inquiéter au point d'être tétanisée.

— Je ne peux pas promettre de ne pas tout lâcher pour poursuivre un sujet… mais je vais chercher à améliorer la partie où *tu t'inquiètes*.

Elle espère ainsi apaiser ses peurs, mais ils savent l'un comme l'autre qu'elle ne cessera jamais de chercher la vérité, d'aller au fond des choses. Être journaliste lui est aussi vital que respirer. Ce n'est pas un choix, c'est sa ligne de vie.

— Je suis très fier de ce que tu fais, c'est juste, tu sais…

Adam frotte ses pieds contre le plancher en bois blond, puis la regarde avec ses yeux émeraude brillants.

— Je sais.

Elle effleure le chaume de ses joues. *On ne joue plus les cow-boys*, s'admoneste-t-elle. *Il y a des règles…*

Un sourire espiègle s'élargit sur l'horizon du visage d'Adam quand il se penche pour l'embrasser. June se rappelle alors la toute première fois qu'elle l'avait vu sur le seuil de sa cabane, un beau solitaire se remettant d'un sombre passé, avec son jean déchiré, son T-shirt à l'effigie d'un groupe de rock et sa timidité. Elle s'était demandé alors à quoi il pensait. Elle le savait à présent. Il ne pensait pas, il la peignait dans sa tête comme elle écrivait l'article dans la sienne, absorbant les plus infimes détails et les remisant pour plus tard.

Cet ouvrage a été composé
par Atlant'Communication
au Bernard (Vendée)

Impression réalisée par

BUSSIÈRE
Saint-Amand-Montrond (Cher)

en mars 2024
pour le compte des éditions Archipoche

Imprimé en France
N° d'impression : 2076962
N° d'édition : 822
Dépôt légal : mars 2024